CIEŃ
KILIMANDŻARO

SERGIUSZ PINKWART
AGNIESZKA ŻUKOWSKA

CIEŃ KILIMANDZARO

ALBATROS
Wydawnictwo
A. Kuryłowicz

Redakcja: Beata Słama

Ilustracje na okładce:
Getty Images/Flash Press Media (*front okładki*)
Andrzej Kuryłowicz (*wnętrze okładki*)

Projekt graficzny okładki: Agnieszka Francman-Jastrzębska

Skład: Laguna

ISBN 978-83-7659-165-0

Dystrybucja
Firma Księgarska Jacek Olesiejuk
Poznańska 91, 05-850 Ożarów Maz.
t./f. 022-535-0557, 022-721-3011/7007/7009
www.olesiejuk.pl

Sprzedaż wysyłkowa – księgarnie internetowe
www.empik.com
www.merlin.pl
www.gandalf.com.pl
www.ksiazki.wp.pl
www.amazonka.pl

WYDAWNICTWO ALBATROS
ANDRZEJ KURYŁOWICZ
Wiktorii Wiedeńskiej 7/24, 02-954 Warszawa

2010. Wydanie I
Druk: WZDZ – Drukarnia Lega, Opole

WSTĘP

*Wioska Nungwi na północnym wybrzeżu Zanzibaru,
kwiecień 1993 roku*

— Doktorze! Tutaj! Szybko!

Czarnoskóry dwunastolatek darł się na całe gardło, podskakując i rozpaczliwie machając rękami w stronę łodzi, która niespiesznie zbliżała się do plaży, walcząc z prądem wieczornego odpływu.

— Panowie... — Tomasz Jaworski, szczupły mężczyzna w lnianej koszuli siedzący na dziobie, odwrócił się do swoich dwóch towarzyszy — mam nadzieję, że wycieczka wam się podobała. Wieczorem, tak jak wczoraj, możemy spotkać się na drinku w barze U Chola. Porozmawiamy o interesach. Jak sami mogliście zauważyć, perspektywy stworzenia tu raju dla turystów są obiecujące. Rafa koralowa być może nie jest tak imponująca, jak ta u wschodnich wybrzeży Australii, ale na pewno usatysfakcjonuje płetwonurków znudzonych egipskimi kurortami nad Morzem Czerwonym...

— Doktorze!

Chłopiec nie ustawał w wysiłkach, by zwrócić na siebie uwagę. Wszedł do wody, która teraz sięgała mu do piersi.

— Thomas... — Jeden z pasażerów łódki wskazał nastolatka. — Ten dzieciak, tam w wodzie, chyba ma do ciebie jakąś sprawę.

Jaworski wzruszył ramionami, z trudem kryjąc irytację. Zbyt długo czekał na ten dzień, by teraz rzucić wszystko i odgrywać rolę dobrego samarytanina. Przez ostatnie dwanaście miesięcy był na każde wezwanie, zszywał rany, podawał leki zbijające gorączkę, trzymał za rękę umierających. Nie miał nic przeciwko temu. Swój zawód traktował jak misję. W końcu przyjechał tu po to, by nieść pomoc ze wszystkich sił, wykorzystując wiedzę, którą zdobył na studiach medycznych w Warszawie. Ale teraz, jeszcze choćby przez pół godziny, chciał wyrzucić z pamięci pokraczny barak, który przed wieloma laty socjalistyczna Tanzania wybudowała dla wiejskiego szpitala. Marzył, by zapomnieć o przysiędze Hipokratesa i oceanie nieszczęść, z którymi codziennie się stykał. Pragnął być jeszcze przez chwilę wiarygodnym biznesmenem. Jednym z tych wiecznie uśmiechniętych, wyluzowanych yuppies, którzy zawsze mają czas dla klientów. Zwłaszcza jeśli są nimi szefowie jednego z największych niemieckich biur podróży, zainteresowani zainwestowaniem sporych pieniędzy w kompleks hotelowy.

— Thomas, nie musisz nas odprowadzać. Wiemy, że jesteś tu lekarzem. Byłeś dziś świetnym przewodnikiem i doskonale się spisałeś, ale chyba ktoś potrzebuje twojej pomocy...

Starszy mężczyzna z elegancko przystrzyżoną siwą brodą, która upodabniała go do Ernesta Hemingwaya, pochylił się i uścisnął Jaworskiemu dłoń.

— Przekonałeś nas, Thomas, że to miejsce z przyszłością. Jesteśmy bardzo zadowoleni. Wieczorem omówimy zasady naszej dalszej współpracy.

Jaworski odetchnął z ulgą. Od kilkunastu tygodni opracowywał w najdrobniejszych szczegółach plany stworzenia w Nungwi kurortu. Posada wiejskiego lekarza nie zaspokajała jego ambicji. Nie bez znaczenia było też to, że sprawy finansowe wyglądały do tej pory kiepsko, żeby nie powiedzieć tragicznie. Otwarcie własnej szkoły nurkowania mogłoby być szansą na stabilizację finansową. Tylko trzeba by ściągnąć turystów. Bogatych, znudzonych leżeniem na słońcu i spragnionych rozrywki...

— Doktorze!

— Cóż... Obowiązki mnie wzywają. Rozumiecie... — Tomasz uśmiechnął się niepewnie.

Dwaj jego kompani pokiwali głowami i zajęli się pakowaniem do brezentowych worków sprzętu do nurkowania. Tymczasem łódka minęła pas wystających z wody skał i zaczęła mocno kołysać się na płyciźnie. Jaworski wskoczył do ciepłego jak zupa oceanu i brnąc po pas w wodzie, szybko dotarł do zalewanego falami nastolatka i razem pokonali kilkanaście metrów dzielących ich od piaszczystej plaży.

— Cześć Ambros, co się stało? — Tomasz przyjaźnie poklepał dzieciaka po kościstych plecach.

— Prędko, doktorze! Popobawa znów się pojawił! O, jakie nieszczęście, doktorze, prędko! — Chłopiec przestępował

7

z nogi na nogę i nerwowo szarpał swoje czarne kręcone włosy.

Tomasz wykręcił mokrą koszulę i odprowadził wzrokiem łódkę, która płynęła powoli w stronę oddalonego o kilometr jedynego w wiosce pomostu przy targu rybnym.

— Mów, o co chodzi!

Chłopak złapał go za rękę. Był bardzo zdenerwowany.

— Popobawa ugryzł dobrą panią. Jest źle! Prędko! Prędko!

Tomasz zbladł.

— Baśka!

Wystartował jak sprinter i biegł ile sił w nogach do wioski, której pierwsze zabudowania zaczynały się tuż za szeroką na kilkanaście metrów plażą. Wbiegł pomiędzy gliniane domki i w ostatniej chwili, niemal cudem, wyminął rogatą krowę, która z filozoficznym spokojem przeżuwała coś na środku zakurzonej wąskiej ścieżki. Biegł dalej, aż z impetem wpadł pomiędzy kobiety, które w kolorowych zawojach wracały z targu, niosąc w koszach na głowach świeże owoce. Na brudną ziemię posypały się soczyste ananasy, zielone banany i suszone na słońcu daktyle. Kobiety zaczęły lamentować, ale Tomasz tego nie słyszał, ani nie widział wyciągniętych w jego stronę zaciśniętych pięści. Gnał w stronę pokracznego cementowego baraku, który pełnił funkcję szpitala. Bez tchu wpadł do środka. Jednym rzutem oka ocenił sytuację i poczuł, że włosy na głowie stają mu dęba.

Basia leżała nieprzytomna na prostym metalowym łóżku, a do jej ręki podłączona była kroplówka zawieszona na zardzewiałym stojaku. Nad łóżkiem pochylała się stara pomarszczona Murzynka i mamrocząc magiczne formuły, okadzała głowę chorej wiązką dymiących ziół. Kilka kroków dalej, pod ścianą, stał ciemnoskóry lekarz i z rezygnacją obserwował znachorkę. Ręce trzymał w kieszeniach wykrochmalonego białego fartucha.

— Nelson! Co tu się dzieje?! — Tomasz złapał medyka za ramiona i potrząsnął nim z całej siły.

— Zrobiłem wszystko co mogłem — wyjąkał lekarz, w ostatniej chwili łapiąc okulary, które spadły mu z nosa, gdy Tomasz nim szarpał. — Naprawdę wszystko...

Jaworski puścił go i odwrócił się do leżącej na łóżku kobiety. Opanował się z ogromnym wysiłkiem i gestem pokazał znachorce, że ma się wynosić. Dotknął nadgarstka chorej i odszukał kciukiem miejsce, w którym mógł wyczuć puls. Ściągnął brwi, starając się skupić spojrzenie na tarczy zegarka, ale cyfry rozmazywały mu się przed oczami.

— Może godzinę po tym, jak odpłynąłeś, Basia przyszła do mnie tu, do szpitalnej przychodni. Miała wysoką gorączkę. Wszystko działo się błyskawicznie — zaczął Nelson cichym, łamiącym się głosem.

— *Plasmodium falciparum*? — bardziej stwierdził, niż zapytał Tomasz. — Zrobiłeś test? Mamy gdzieś jeszcze odczynnik Giemsy?

— Nie mamy. Ale obraz kliniczny jest jasny. To malaria mózgowa. Ma bardzo gwałtowny przebieg. Przypuszczam, iż to dlatego, że Basia jest bardzo osłabiona po porodzie.

Tomasz poczuł w żołądku lodowatą kulę.

— Czemu nie zadzwoniłeś po karetkę do Stone Town? Tam w szpitalu miałaby większą szansę.

— Nie sądzę. Już po sześciu godzinach od pierwszych objawów straciła przytomność. Ma ostrą niewydolność nerek i prawdopodobnie pękniętą śledzionę...

— Dlaczego, do cholery, nie zadzwoniłeś po karetkę?

Tomasz wstał z zaciśniętymi pięściami. Wyglądał tak, jakby z całych sił powstrzymywał się od uderzenia czarnoskórego lekarza.

Nelson zdjął okulary i przetarł je bawełnianą szmatką, którą wyjął z kieszeni spodni. Przez moment wahał się, nim odpowiedział:

— Wiem, że niełatwo ci to zrozumieć. Jesteś tu dopiero od roku. Ale nie wszystko można racjonalnie wytłumaczyć. Dziś w nocy ktoś uszkodził linię telefoniczną. Zostaliśmy odcięci od świata. Wieśniacy nie mają wątpliwości...

— Tak, słyszałem — przerwał mu Tomasz, a na jego twarzy pojawił się kpiący uśmieszek. — Popobawa, tak? Wszyscy tu trzęsą się ze strachu, bo pojawił się w okolicy człowiek ptak.

— Człowiek nietoperz — poprawił go odruchowo Nelson. — Ja też wolałbym nie wierzyć w upiory. Ale wiesz przecież równie dobrze jak ja, że wczoraj zmarło dwoje dzieci. Telefony w wiosce milczą, a jedyny samochód — stara toyota należąca do Chola — ma przebite wszystkie opony. Powiesz, że to przypadek. Zwykły zbieg okoliczności. Ale w Afryce nikt nie wierzy w zbiegi okoliczności. Zwłaszcza jeśli kilka dni wcześniej w sąsiedniej wiosce jakiś staruszek zobaczył w nocy cień wielkiego nietoperza, a rano już nie żył.

Tomasz spojrzał ostro na lekarza.

— Problemem tu nie jest duch, lecz komary. Ludzi zabija malaria. — Odwrócił się gwałtownie i z wściekłością walnął pięścią w ścianę — Ktoś musi mieć samochód!

Nelson pokręcił głową.

— To uboga wioska rybacka. O czwartej rano zaczną zjeżdżać kupcy na targ przy przystani, a koło ósmej przyjadą busy dalla-dalla z turystami. Do tego czasu musimy czekać.

— To wioska rybacka. Są łodzie...

Lekarz wzruszył ramionami.

— Żaglowy rybacki dhow do Stone Town może dotrzeć w szesnaście godzin, a stan chorej wyklucza tak długi rejs po otwartym oceanie. Musimy czekać przynajmniej na przyjazd kupców. Do tego czasu możemy się tylko modlić.

Zrezygnowany Tomasz usiadł na brzegu łóżka i przytulił do piersi bezwładną rękę Basi. Nelson nalał z plastikowej butelki wodę do obitego kubka i podał go Tomaszowi.

— Tom, uwierz mi, zrobiłem wszystko, co w mojej mocy. Od razu podałem jej dożylnie roztwór chininy. Zrobiłem zastrzyk z halfanu. Więcej lekarstw nie mamy. Zresztą w Stone Town nie wymyśliliby niczego innego. Ale przecież jesteś lekarzem i to wiesz. Jeśli do rana... Gdy rano przyjadą kupcy, weźmiemy najwygodniejszy samochód, jaki uda nam się znaleźć, i zawieziemy ją do Stone Town. Może nawet załatwimy na miejscu awionetkę do szpitala w Dar es-Salaam. Zrobimy, co się da, ale...

— Basia!

Tomasz poczuł, że chora ściska konwulsyjnie jego dłoń. W tym samym momencie otworzyła oczy.

— Przepraszam — szepnęła. — Wybacz mi...

— Basiu! Zaczekaj! Nie odchodź! — krzyknął Tomasz, widząc, że jej oczy mętnieją. Z całej siły ściskała jego rękę. — Rany boskie! Patrz na mnie! Wyciągnę cię stąd. Przysięgam! Wyjedziemy z tej cholernej wyspy. Wrócimy do...

Przerwał, bo Basia przyciągnęła jego głowę do swojej rozpalonej twarzy.

— Pamiętaj...

Jeszcze otworzyła usta, żeby coś powiedzieć, ale nie mogła wydobyć głosu. Minutę później nie żyła.

Nelson odłączył kroplówkę i odsunął zardzewiały stojak w kąt pokoju. Naciągnął prześcieradło na naznaczoną cierpieniem twarz Basi. Siłą odciągnął przyjaciela od ciała i podprowadził go do drzwi.

— Tom, idź do domu. Ja się wszystkim zajmę.

Zapadł szybki tropikalny zmierzch. Tomasz szedł jak automat. Jego plany i marzenia w jednej chwili legły w gruzach. Jeszcze godzinę temu był królem życia. Miał ochotę skakać z radości. Wszystko układało się tak pomyślnie. Byli na rajskiej wyspie, otoczeni szacunkiem mieszkańców. Wkrótce to miejsce miało zmienić się w oazę dobrobytu. Szefowie biura podróży zapewniali go, że tutejsze plaże, rafa i pobliskie plantacje przypraw przyciągną bogatych turystów z Hamburga czy Berlina. Ale to było godzinę temu. Teraz znienawidził Zanzibar.

Przeciął plac targowy i skręcił w boczną uliczkę. Tu, wśród krwistoczerwonych bugenwilli, stał mały schludny domek. Gdy wszedł do środka, tęga Murzynka poderwała się z fotela.

— Jak mały? — spytał Tomasz, starając się z całych sił, by jego głos był spokojny i naturalny.

— Śpi jak aniołek. A jak się czuje pani Basia? — Murzynka rzuciła mu trwożliwe spojrzenie.

Tomasz nie odpowiedział. Wszedł do pokoju dziecinnego. Pod moskitierą leżał w łóżeczku dwumiesięczny chłopczyk. Spał spokojnie, ssąc kciuk. Tomasz poczuł, że uginają się pod nim nogi. Osunął się na kolana, ukrył twarz w dłoniach i się rozpłakał.

ROZDZIAŁ I

Warszawa, 14 lutego 2008 roku

Poderwał się gwałtownie. Serce biło mu jak oszalałe, a w uszy wwiercał się sygnał elektronicznego budzika.

— Wyłącz to wreszcie! — jęknęła zirytowana Ewa. Przewróciła się na drugi bok i jednocześnie gwałtownym szarpnięciem zerwała z niego kołdrę. W ciągu dwóch sekund szczelnie się nią owinęła.

Wygląda jak larwa — pomyślał Tomasz i z niechęcią, wolno sięgnął do wyłącznika alarmu w budziku. Ostry dźwięk urwał się gwałtownie, ale w głowie Tomasza huczało jeszcze przez kilkanaście sekund. Czuł się rozbity. Coś mu się śniło. Ale co? Na pewno jakiś koszmar, bo T-shirt, który służył mu jako piżama, był mokry od potu. Zamknął oczy. Puls powoli się uspokajał. Pod powiekami wirowały jeszcze strzępy snu: intensywnie zielony kolor oceanu, zapach gorącej ziemi po porannej ulewie, uśmiech kobiety, którą kochał... Mało brakowało, a znów zapadłby w sen, ale zmusił się, by otworzyć oczy. Dziś nie może pozwolić sobie na wylegiwanie się w ciepłej pościeli.

Wstał z łóżka i odsunął żaluzje w oknie. Nie zauważył

większej różnicy. Mieszkanie wciąż tonęło w mroku. Za oknem wstawał szary, zimowy, warszawski świt.

— Znów w nocy płakałeś — powiedziała cicho Ewa. — Powiesz mi wreszcie, co to za sen, który tak cię rozkleja?

— Nie pamiętam — odpowiedział odruchowo.

— Wybacz, ale ci nie wierzę.

Tomasz przechodził przez to wiele razy. Ewa potrafiła barwnie i z detalami opisać każdy swój sen. Nie mogła uwierzyć, że jemu najbardziej wyraziste obrazy umykają już kilka sekund po obudzeniu. To jej się po prostu nie mieściło w głowie. Czasem próbował gorączkowo coś wymyślić, żeby zaspokoić jej ciekawość, ale ona bezbłędnie rozpoznawała kłamstwa i jeszcze bardziej utwierdzało ją to w przekonaniu, że Tomasz ukrywa przed nią coś ważnego.

— Znowu ci się śniła?

— Przepraszam cię. Naprawdę nie pamiętam.

— Musisz być taki szczery? Mógłbyś choć raz skłamać, powiedzieć, że kochasz tylko mnie i to o mnie śnisz. — Ewa odwróciła się do ściany, jakby chciała, żeby wyraźnie odczuł, jak bardzo ją zranił. Jej oczy wypełniły się łzami.

— Tylko ciebie kocham. Przecież wiesz...

— To zostań. Nie chcę, żebyś znów pojechał tam beze mnie. Nie chcę. Nie chcę!

Wzruszył ramionami.

— To jedź ze mną.

— Dobrze wiesz, że nie mogę. Mówiłam ci. Naczelny cofnął mi urlop. Dołożyli nam stron do gazety i mamy skrócony deadline. Za tydzień, dwa, sytuacja się rozładuje. Ale dziś nie dam rady.

— Nie musisz pracować w miejscu, w którym traktuje się ludzi jak niewolników. Mogę utrzymać całą naszą rodzinę.

— Mówisz jak męski szowinista. Nie wierzę, że chciałbyś mieć w domu gosposię, która gotuje obiady i błaga cię o sto złotych na fryzjera.

Tomasz odwrócił się gwałtownie.

— To absurd! Mamy wspólne konto, karty kredytowe. Nigdy nie musiałaś prosić mnie o pieniądze. Tak byłoby również wtedy, gdybyś nie pracowała. Może wtedy bylibyśmy szczęśliwsi? Może moglibyśmy spędzać ze sobą więcej czasu? Nie byłoby problemu ze wspólnym wyjazdem.

— Wiesz, że nie o to chodzi. Ja po prostu nie chcę, żebyś tam jechał.

— Ile masz zaległego urlopu?

— Znów do tego wracasz? Przecież ci mówiłam. Siedemdziesiąt dwa dni. Ale tak już jest w korporacjach. Nie toleruje się urlopów, co najwyżej wyskoki na długi weekend gdzieś na plażę. Dlaczego nie możemy jak normalna rodzina polecieć na tydzień do Hurghady? Poopalać się. Razem ponudzić. Wyskoczyć z Kubą na wycieczkę, zobaczyć piramidy, Nil. Przecież wiesz, że o tym marzę, a nie o jakimś cholernym wulkanie. Dlaczego nigdy nie chcesz zrobić czegoś dla mnie? Chociaż raz...

Tomasz spojrzał na zegarek.

— Chcesz kawy? Nie? Ja się napiję. Za dwie godziny musimy być na lotnisku.

Zabębnił pięścią w ścianę.

— Kuba! Wstawaj!

Ewa uniosła się na łokciu i spojrzała na Tomasza z niechęcią.

— Piętnaście lat temu popełniłam największy błąd życia. Nawet nie wiesz, jak bardzo tego żałuję.

— Mylisz się. Wiem.

Obrócił się na pięcie i wyszedł z sypialni. Otworzył z rozmachem drzwi do pokoju syna.

— Co jest, tato?

Nastolatek zsunął z uszu wielkie słuchawki i odwrócił głowę od monitora, na którym uzbrojony w bazookę osiłek biegł po ulicach wirtualnego miasta, siejąc śmierć i zniszczenie.

— Już wstałeś? Umyłeś się? Za chwilę musimy wychodzić.

— Jeszcze minutka. Zrozum. Miesiąc bez Warcrafta to dla mnie jakiś kosmiczny odwyk.

Tomasz westchnął ciężko i wyszedł, zamykając za sobą drzwi. W łazience odkręcił wodę, namydlił twarz i w skupieniu zaczął się golić.

A jeśli Ewa ma rację? Jeżeli powrót do niej był pomyłką? Bzdura! Ze złością odłożył jednorazową maszynkę do kubka ze szczotkami do zębów. Znajomi uważali ich za wyjątkowo dobraną parę. Wytrwali ze sobą przez tyle lat, choć związki ich rówieśników rozpadały się jeden po drugim jak domki z kart. Po pierwszym kryzysie udało im się wypracować „system wczesnego ostrzegania o zagrożeniach". Siadali i — choć Tomasz tego nie znosił — rozmawiali godzinami, analizując wszystkie za i przeciw. Kiedyś potrafili się pokłócić i nie odzywać do siebie przez kilka dni, ale ostatnie lata przyniosły uspokojenie. Tomasz nauczył się odbierać najczulsze sygnały o nadchodzącym niebezpieczeństwie i unikać starć z Ewą. W szermierce na słowa z dziennikarką zajmującą się psychologią był bez szans. Odkrył za to, że czasem wystarczy, by pierwszy powiedział „przepraszam", kupił kwiaty albo kolczyki, które Ewa namiętnie zbierała, a wiatr rozwiewał czarne chmury zbierające się na horyzoncie. Przez dwa ostatnie lata pokłócili się tylko raz, gdy Tomasz zaczął rozmowę o wyjeździe do Afryki. Ewa najpierw nic nie odpowiedziała, ale gdy zachęcony jej milczeniem zaczął przedstawiać szczegóły i pomysły na marszrutę, gniew i złość wybuchły w niej ze zdwojoną siłą. W końcu dała się przekonać. A raczej zrozumiała, że Tomasza nic nie odwiedzie od realizacji planu. I wtedy postanowiła się do niego przyłączyć. Zaczęli przygotowywać się do wyjazdu. Tomasz gromadził ekwipunek i rezerwował przez Internet hotele. Ona skoncentrowała się na kwestiach merytorycznych. Kupiła w księgarni wszystkie książki o Afryce Wschodniej, przewodniki i beletrystykę. Przeczytała jeszcze raz *Śniegi Kilimandżaro* Hemingwaya i z żalem przypomniała sobie, że wbrew obietnicy, którą niesie tytuł, nie ma tam nic o zdobywaniu najwyższego szczytu Afryki. Znacznie bardziej podobało jej się *Pożegnanie z Afryką* Karen Blixen, ale Tomasz zwrócił jej uwagę, że akcja książki rozgrywa się w Kenii, a oni przecież wybierają się do Tanzanii. Roześmiała się, a wieczorem razem obejrzeli film z Meryl Streep i Robertem Redfordem. Takie chwile zdarzały się jednak rzadko. Problemy w redakcji Ewy — choć żadne z nich nigdy by się do tego nie przyznało — oboje przyjęli z ulgą. Ona — bo tak naprawdę nigdy nie chciała jechać do miejsca, które, jak święcie wierzyła, było źródłem jej wszystkich małżeńskich nieszczęść. On — ponieważ bał się jej niezadowolenia, złych nastrojów i roszczeniowego nastawienia, które wyjazd do ubogiego kraju, w którym trudno jest zaplanować dokładnie każdy krok, mogłoby zamienić w pasmo cierpień. Poza tym czuł, że powinien tam pojechać sam z synem. Od jakiegoś czasu tracił kontakt z Kubą. Bezradnie przyglądał się, jak chłopak się od niego oddala. Nie potrafił zmusić się, by nauczyć się grać w jego ulubione gry. Nic nie rozumiał z seriali i rozrywkowych programów telewizyjnych, które syn uwielbiał. Czytali inne książki. Czasem łapał się na tym, że przysłuchuje się jego rozmowom z kolegami i nie rozpoznaje nawet poszczególnych słów, jakby mówili innym językiem. Zastanawiał się, jak to możliwe. Przecież różniło ich zaledwie dwadzieścia pięć lat. W pracy miał kolegów znacznie starszych i nigdy nie czuł między sobą a nimi takiego dystansu, jaki był pomiędzy nim a synem.

— Tato! Już chyba musimy wychodzić!

Tomasz spryskał się wodą kolońską i spojrzał na zegarek.

— Za pięć minut.

— Mamo! Za pięć minut wychodzimy! — krzyknął Kuba, widząc Ewę, która w koszuli nocnej wyłoniła się z sypialni.

— Ja nie jadę. Tata ci nie mówił?

Tomasz wzruszył ramionami. Nalał do filiżanki kawę z ekspresu i podał żonie.

— Myślałem, że chociaż odwieziesz nas na lotnisko.

— Chyba żartujesz! — oburzona Ewa odstawiła filiżankę na kuchenny blat z takim rozmachem, że kawa chlusnęła na podłogę.

— Żartuję — spokojnie powiedział Tomasz, uśmiechnął się i papierowym ręcznikiem wytarł plamę. — Już wczoraj wieczorem zamówiłem taksówkę. Na pewno zaraz podjedzie. Nie musisz się o nas martwić, zdążymy... Ostatnie zdanie wypowiedział z wyraźnie wyczuwalnym sarkazmem. Ewa powstrzymała się od komentarza, choć trudno było jej ukryć, jak bardzo jest zawiedziona. Pożegnali się zdawkowo, życząc sobie szczęśliwej podróży i rychłego spotkania, gdy Ewa upora się z problemami w pracy.

Gdy Tomasz i Kuba, objuczeni plecakami, zamknęli za sobą drzwi, Ewa opadła z jękiem na kanapę. Czuła, że nitki, którymi zszywała swoje małżeństwo przez ostatnie piętnaście lat, wymykają jej się z rąk. Naprawdę się starała. Przez wiele lat rodzina była dla niej punktem odniesienia. Zdawała sobie sprawę, co stanęło między nimi, ale wierzyła w swoje zdolności. W końcu jest specjalistką od analizowania i opisywania powikłanych ludzkich losów. Na co dzień spotykała się ze znacznie bardziej skomplikowanymi historiami. Dzięki Bogu u nich nigdy nie dochodziło do gorszących scen, awantur czy bicia. W sumie mogła uważać się za szczęściarę. Ale z drugiej strony czuła się oszukana i skrzywdzona. Gdy piętnaście lat temu godziła się na powrót Tomasza, chciała, by wrócił do niej ten sam facet, który opuścił ją półtora roku wcześniej: czarujący, inteligentny i śmiertelnie w niej zakochany młody lekarz — wszystkie przyjaciółki go jej zazdrościły. Była gotowa mu wybaczyć, puścić w niepamięć noce, które przepłakała, wiedząc, że w tym czasie on jest z tamtą... Wychowała jego dziecko. Była lojalna do momentu, gdy zrozumiała, że się oszukuje. Tamten Tomasz nigdy nie wrócił. Rozpłynął się w powietrzu gdzieś tam, pod równikiem. Dostała bladą kopię niewartą tych wszystkich wysiłków i jej miłości.

Wzięła pilota i zaczęła mechanicznie przełączać kanały. Telewizja śniadaniowa, głupawy serial, gadające głowy, telezakupy... Sięgnęła po laptopa stojącego na stoliku, uruchomiła Internet i w tym samym momencie zamigotała kolorowa ikonka komunikatora.

Pokręciła w zadumie głową i wstała, by zaparzyć kawę. Zmusiła się, by odsunąć w czasie to, co musiało nadejść, co przeczuwała każdym nerwem. Nie była naiwna. Znała siebie. Wiedziała, co oznacza przyspieszone bicie serca. Nie miała żadnych skrupułów ani wątpliwości. Już nie. Wróciła na kanapę, upiła łyk kawy i kliknęła na migające słoneczko oznaczające nadejście nowej wiadomości. Na ekranie pojawiło się okienko, w którym przeczytała jedno krótkie słowo: „Jesteś?". Zastukała w klawiaturę: „Już jestem. Pojechali". Odczekała kilkanaście sekund i na ekranie zamrugało kolejne pytanie: „Co proponujesz? Dziś walentynki!". Uśmiechnęła się do siebie. Może jednak ten dzień nie będzie taki zły?

ROZDZIAŁ II

Chmury się rozstąpiły i zobaczył ziemię. Równe prostokąty pól, o tej porze roku beznadziejnie bure, gdzieniegdzie pokryte szarymi liszajami śniegu. Spokojny bas silnika działał na niego jak kołysanka. Przetarł oczy i ziewnął szeroko. Spojrzał na syna siedzącego obok. Kuba nasunął na głowę kaptur bluzy dresowej. Całą jego uwagę pochłaniała mała konsola do gier, którą trzymał na kolanach. Tomasz sięgnął do siatkowej kieszeni przed sobą po kolorowe czasopismo wydawane przez linie lotnicze. Reklamy ekskluzywnych zegarków i markowych alkoholi przedzielały krótkie reportaże sławiące uroki polskich miast i dalekich egzotycznych wycieczek.

— Czego panowie się napiją? *What would you like to drink?*

Stewardesa uśmiechnęła się zachęcająco.

— Piwo! — burknął Kuba.

Tomasz zgromił go wzrokiem.

— Prosimy dwa razy sok pomarańczowy. — Ściszył głos. — Chcesz za wszelką cenę być taki dorosły?

— Ale tato, o co ci chodzi? Nie mogę się napić piwa?

— Nie. Nie możesz. I to jest raz. A dwa... Na pewno nie wolno ci w ten sposób traktować stewardesy. To nie kelnerka w pubie. Zresztą do kelnerki też powinno się mówić grzecznie.

— A co ja takiego powiedziałem? Po prostu poprosiłem o piwo. Sama zapytała, co podać. Weź, nie świruj...

— Nie chodzi o to, co powiedziałeś... A właściwie nie tylko o to co, ale przede wszystkim, jak to zrobiłeś. To było bardzo nieuprzejme.

Kuba jeszcze głębiej naciągnął kaptur i ostentacyjnie odwrócił się od ojca. Tomasz westchnął cicho i pokręcił z niedowierzaniem głową. Zastanawiał się, gdzie popełnił błąd. A może to Kuba miał rację? Może nie powinien wymagać od niego, by stosować się do zasad savoir-vivre'u, bo to się nastolatkowi nigdy w dorosłym życiu nie przyda? Co z tego, że będzie grzeczny, jeśli w drodze do kariery rozdepczą go konkurenci niewiedzący, co to fair play? Być może są gdzieś jakieś kursy dla rodziców, na których uczą, jak wpajać dzieciom bezwzględność, bezczelność i chamstwo, by wrażliwy syn czy córka poradzili sobie w dorosłym życiu.

Roześmiał się w duchu. No tak, przecież ich wspólny wyjazd do Afryki w jakimś stopniu zawdzięcza właśnie takiemu opryskliwemu gówniarzowi. Tomasz nigdy nie zapomni tamtego dnia, kiedy to na jego dyżurze w szpitalu pojawił się siedemnastolatek w kapturze naciągniętym na twarz. Przywiozła go rządowa lancia, a barczysty ochroniarz władował się z dzieciakiem do gabinetu w izbie przyjęć, omijając zarówno kolejkę, jak i rejestrację.

Jaworski zacisnął zęby, ale zbadał pacjenta zachowującego

się jak rozkapryszona gwiazda rocka. Okazało się, że z podróży do Senegalu przywiózł kilka pcheł piaskowych, które zagnieździły mu się pod paznokciami u nóg. Usunięcie ich wymagało krótkiego zabiegu. Jednak kolejka w poczekalni była długa, a drugi pełniący dyżur lekarz zajęty był poważną operacją w sąsiedniej sali. Na dodatek na biurku Jaworskiego zadzwonił wewnętrzny telefon.

— Postaraj się uporać z tym jak najszybciej — polecił Tomaszowi ordynator. — To syn Zielińskiego. TEGO Zielińskiego — rzucił przez zęby i odłożył słuchawkę.

Tomasz wzruszył ramionami. Nie miał zbyt dużo czasu na oglądanie telewizji i nie cierpiał polityki. Zielińskiego pamiętał jak przez mgłę: postawny mężczyzna w garniturze i z wiecznie tłustymi, mocno przerzedzonymi włosami. Jego poglądy nic go nie obchodziły i nie miał ochoty zastanawiać się nad koneksjami polityka. Z ordynatorem nie dyskutował, ale to był dość pracowity dzień. Do szpitala trafiło znacznie więcej pacjentów w gorszym stanie niż nastolatek, któremu pustynia pomyliła się z plażą i spacerował po wydmach w basenowych klapkach. Dwie godziny później zadzwoniła komórka Tomasza.

— Mój syn wciąż czeka na zabieg. Wie pan, kto mówi?

— Przykro mi, ale jest dużo pacjentów i nie mogę się nim zająć natychmiast.

— Nie pierdol! Ile mam ci zapłacić, żebyś zabrał się do roboty i uwolnił mojego syna od bólu?

Jaworski głośno wciągnął powietrze. Poczuł, że krew uderza mu do głowy. Całą siłą woli powstrzymał się przed rzuceniem telefonu.

— Proponuje mi pan pieniądze? Mam nadzieję, że to żart.

— Nie mam czasu na żarty. Jaka jest twoja stawka? Pięć, sześć tysięcy?

— To moja prywatna komórka. Skąd ma pan numer? Tym razem po drugiej stronie usłyszał niecierpliwe sapnięcie.

— Podbijasz stawkę, skurwysynu? Więc proszę... Wal! Ile ci podsypać papiera, żebyś zrobił dobrze to, co należy do twoich zasranych obowiązków? Ile?

— Będziemy się targowali? — Tomasz czuł, że wzbiera w nim furia. — Zaraz zaproponuje mi pan dziesięć, a może sto tysięcy? Albo wyjazd na Wyspy Kanaryjskie? Nie! — Nabrał powietrza. — Nie ze mną takie numery. Nie mam czasu. Żegnam! Proszę do mnie nie dzwonić.

Pół godziny później ordynator wezwał Tomasza do swojego gabinetu i poprosił, by usiadł w skórzanym fotelu.

— Muszę ci coś puścić — wymamrotał i podłączył swojego nowiutkiego iPhone'a do wieży stereo.

— Nie bardzo mam czas. Pacjenci czekają... — powiedział niepewnie Tomasz, ale z miny zwierzchnika wywnioskował, że nie chodzi tylko o popisanie się możliwościami błyszczącego gadżeciku.

— Dostałem to przed chwilą pocztą elektroniczną. Usiądź i posłuchaj.

Ordynator uporał się z podłączeniem sprzętu i włączył odtwarzanie pliku MP3.

„Mój syn wciąż czeka na operację" — popłynął z głośników głos łatwo rozpoznawalny dla każdego w Polsce, kto interesuje się polityką.

„Proponuje mi pan pieniądze?" — to był kpiący ton Tomasza.

„Nie mam czasu na żarty" — odpowiedział stanowczo Zieliński.

„Będziemy się targowali? Sto tysięcy. Albo wyjazd na Wyspy Kanaryjskie".

Tomasz zacisnął pięści.

— To manipulacja! Ja nic takiego nie...

— Przestań! Zastanów się dobrze, zanim coś chlapniesz — przerwał mu ordynator. Z kieszeni fartucha wyjął paczkę papierosów, pstryknął zapalniczką, przypalił i zaciągnął się z lubością.

— Jak wiesz, tu nie można palić — zaczął enigmatycznie. Wstał i wyszedł na balkon.

Tomasz nie bardzo wiedział, jak się ma zachować. W końcu ruszył za przełożonym. Ordynator stał oparty o poręcz i spokojnie delektował się dymem.

— Panie ordynatorze — zaczął Jaworski — nie jestem dzieckiem i domyślam się, co to nagranie może oznaczać dla naszego szpitala. Jeżeli to jakoś pomoże, natychmiast złożę wypowiedzenie. Ale chciałbym, żeby pan wiedział, jak było naprawdę. Nie znam się na sprawach technicznych, ale wytoczę proces temu Zielińskiemu. Oddam to nagranie do ekspertyzy i jestem pewien...

Wbił ręce w kieszenie fartucha. Czuł pustkę, jakby zapadał się w nicość. Ordynator poklepał go po plecach.

— Wiem, że to manipulacja, ale to niczego nie zmienia. Byłem znacznie młodszy od ciebie, gdy w tysiąc dziewięćset siedemdziesiątym siódmym roku pierwszy raz dostałem prawie taką samą fałszywkę. Czasy się zmieniają, a ubeckie metody wciąż są takie same.

— To co pan proponuje? — zapytał Tomasz z nadzieją.

— Zoperuj tego gnojka, a potem weź pięć tygodni urlopu. Sprawa przyschnie.

— Będzie miał pan przeze mnie kłopoty.

Ordynator roześmiał się, a śmiech przeszedł w suchy, męczący kaszel.

— Jesteś lekarzem, a nic nie widzisz? Mam raka. Za dwa, góra trzy miesiące odłożę łychę.

— Co? Jak?

— No mówię przecież... Kopnę w kalendarz. Będę wąchał kwiatki od spodu. Mam ci tłumaczyć?

Ordynator ze smakiem palił papierosa i patrzył na Tomasza z ironicznym uśmieszkiem. Tomasz pokręcił głową, odwrócił się i pchnął drzwi balkonowe. Wyjazd na pięć tygodni? Urlop? Prawie zapomniał, co to słowo oznacza. Dokąd ma wyjechać i z kim? Przecież nie z Ewą, z którą ostatnio układa mu się coraz gorzej. Z Kubą? Dokąd... Szedł ponurym korytarzem o ścianach, na których wisiały pamiętające jeszcze wczesnego Gomułkę apele do obywateli, by myli ręce przed jedzeniem, kontrolowali u dentysty „stan jamy ustnej", i wykresy ilustrujące rozprzestrzenianie się wirusa grypy. Liczył rozedrgane świetlówki wiszące u sufitu. Jedna, druga... I wtedy zaczęła w nim kiełkować myśl, że nic w życiu nie dzieje się bez przyczyny. Kłamliwy polityk, który najpierw obrzucił go stekiem wyzwisk, a później podjął próbę zdyskredytowania go przed ordynatorem, teraz jawił mu się niemal jako wysłannik niebios. Tomasz uśmiechnął się do siebie i stanął przed drzwiami obskurnej windy. Nie nacisnął jednak przycisku, tylko patrzył w przestrzeń i rozmyślał gorączkowo. Od wielu lat żył jak w koszmarnym śnie: wstawał rano, odwoził dziecko do szkoły, jechał do pracy, przez osiem, a częściej dziesięć godzin zajmował się pacjentami, wracał do domu, jadł kolację... W dawnych czasach wieczorami rozmawiał jeszcze z żoną, ale teraz najczęściej siadał z książką w fotelu, starając się ignorować ryczący na cały regulator telewizor. A potem szedł spać, nie zapominając, by nastawić budzik. Zakopał głęboko w pamięci wszystkie marzenia, które miał w młodości. Zamknął oczy i z całych sił próbował przypomnieć sobie choć jedno. Jedno, jedyne marzenie. To nie powinno być aż takie trudne. Ale było. Zacisnął powieki i czekał, oczyszczając umysł ze wszystkich myśli. Najpierw pojawił się blady zarys, zaledwie cień na tle niebieskiego nieba. Cień powiększał się i przybrał kształt stożka. U szerokiej podstawy był czarnozielony. Porastał go gęsty i ciemny las równikowy. Pachniał zgnilizną i słodkimi aromatami owoców. Pośród omszałych pni snuły się porwane smugi mgły. Ze splątanych koron drzew, trzydzieści, czterdzieści metrów nad ziemią, skapywały krople deszczu. Tomasz, wciąż stojąc z zamkniętymi oczami przed drzwiami windy, łowił uchem wspomnienia tajemniczych odgłosów zwierząt, które zamieszkiwały las u podnóża stożka. Te wszystkie pohukiwania, szelesty i pomruki kończyły się wraz z ostatnimi czarnozielonymi drzewami. Wyżej królował kolor zielony. Łąki i górskie hale pokryte kosówką. Powietrze drgało w promieniach słońca. Ponad łąkami zaczynała się szara kamienista pustynia. Nad skałami szybowały czarne przecinki kruków. Chłodny wiatr gwizdał w załomach bazaltowych głazów. Zastygłe rzeki lawy powoli zamieniały się w ciemny pył. Wreszcie, tuż pod ciemnoniebieskim niebem, był kolor biały — odwieczne śniegi. Gdy wiał mocny wiatr, widać było tumany białego puchu, które nad szczytem tworzyły charakterystyczny pióropusz.

„Kilimandżaro" — powiedział cicho Tomasz. Tak, to jest cel, o który warto walczyć. Basia marzyła o tym, by razem wspięli się na dach Afryki. Może nadszedł czas, by zrealizować to marzenie z ich synem?

„Samolot zbliża się do lotniska w Zurychu, proszę zapiąć pasy". Metalicznie brzmiący komunikat brutalnie przeciął jego sen.

Przetarł oczy. Znów miał uczucie, że śniło mu się coś istotnego, co w jednej chwili uleciało. Spojrzał na syna. Spał wtulony w oparcie fotela. Jego rysy złagodniały, kaptur zsunął się, odsłaniając kręcone ciemne włosy. Z czułością pogładził Kubę po głowie i sprawdził, czy ma zapięty pas. Samolot zaczął podchodzić do lądowania.

ROZDZIAŁ III

Ewa z trzaskiem złożyła deskę do prasowania. Zwinęła sznur od żelazka i otworzyła drzwi garderoby. Na półkach leżały równe rzędy poskładanych ubrań, pudła z pościelą, od dawna nieużywane kołdry i koce. Odstawiła żelazko na dolną półkę, obok odkurzacza. Zawahała się przez moment, a potem sięgnęła głębiej i wyjęła stare pudełko po butach z nasmarowanym flamastrem napisem „PIT-y 1999—2004". Wróciła do kuchni i zrobiła sobie kawę. Z parującym kubkiem w ręku usiadła w fotelu, podwijając nogi. Otworzyła pudełko i spod warstwy rachunków wyciągnęła szarą grubą kopertę. Upiła łyk kawy. Nie zaglądała do tych szpargałów od co najmniej dziesięciu lat. Sama nie wiedziała, dlaczego ich jeszcze nie wyrzuciła. Trzymała je chyba tylko dlatego, by nie zapomnieć najtrudniejszych chwil swojego życia. Wydarzeń, które — dużo by za to dała — nie powinny mieć miejsca. Odstawiła na stolik kubek z kawą i otworzyła kopertę.

W środku było kilka pożółkłych listów i wypłowiałe zdjęcia. Ewa przejrzała stosik papierów i wybrała ten, który

31

leżał wcześniej na spodzie. Rozłożyła pokrytą równym pismem kartkę i uśmiechnęła się. Znała ten list na pamięć. Był czas, gdy sięgała po niego kilka razy dziennie. Przesunęła wzrokiem po dobrze znanych zdaniach:

Nairobi, 26 września 1991 roku

Najukochańszy Skarbie, tęsknię za Tobą i jak wariat piszę już z lotniska w stolicy Kenii, choć od naszego ostatniego pocałunku minęło dopiero 11 godzin i 27 minut. Nie mam pojęcia, jak wytrzymam całe cztery miesiące bez Ciebie. Ten staż to chyba najgłupszy pomysł w moim życiu. Boże! Czemu nie chciałem być internistą, tak jak doradzał mi ojciec?! Mam też pretensję do Ciebie, mój Skarbie. Dlaczego pozwoliłaś mi wyjechać tak daleko i na tak długo? Przecież wiesz, że jeśli powiedziałabyś słowo, rzuciłbym wszystko i został w naszym małym mieszkanku, z moją najukochańszą Ewunią...

Od dwóch godzin czekam na odprawę paszportową. Wcale nie jest tak gorąco, jak się spodziewałem. A przecież Nairobi leży prawie na równiku! Też mi Afryka! Pewnie nie ma nawet 25 stopni. Wokół snuje się masa ludzi w mundurach. Mają ważne miny, raczej na pokaz. Mój paszport z wbitą ważną wizą nie zrobił chyba na nikim dobrego wrażenia, bo wąsaty Murzyn zabrał go godzinę temu gdzieś na zaplecze i teraz nie wiem, co mam robić. A czeka mnie jeszcze dziś przejazd przez granicę do Tanzanii. Napisz, proszę, jak najszybciej, co u Ciebie? Czy zdałaś tę poprawkę u Bielińskiego? Jak

początek roku na uniwerku? Czy kochasz mnie jeszcze?
A może korzystając z nieobecności Twojego męża, kręci
się już koło Ciebie jakiś usłużny kolega? Ten mój wyjazd
to błąd. Widzę to coraz wyraźniej. Powiedz, będziesz na
mnie czekała???

Kocham Cię,
Twój
T.

Ewa jeszcze raz przebiegła wzrokiem po wypłowiałych literach, a później starannie złożyła list i włożyła do szarej koperty. Mało co w życiu sprawiało jej większy ból niż czytanie tych kilkunastu linijek. Ile razy zastanawiała się, co by było, gdyby wtedy poprosiła Tomasza, żeby nie jechał. Ale czy można oszukać przeznaczenie? Znała cenę, jaką zapłaciła za rzucone wtedy zdanie: „Jedź, przecież powinieneś robić to, co kochasz". Jaką była idealistką! Jej rodzice byli zachwyceni, gdy przedstawiła im Tomasza. Młody przystojny lekarz. Studia zaliczone na samych piątkach. Doskonały kandydat na męża i towarzysza życia. Niezmanierowany, prostolinijny i uczciwy. Z ideałami, które pchnęły go w stronę medycyny tropikalnej. Chciał zbawiać świat i leczyć najuboższych, którzy często nigdy wcześniej nie widzieli lekarza. A Ewa... Młoda studentka dziennikarstwa kochała Tomasza za jego entuzjazm i pasję. Imponował jej. Gdy opowiadał o swoich marzeniach, oczami duszy widziała biały domek gdzieś na sawannie. Może farmę, jak u Karen Blixen w *Pożegnaniu z Afryką*? Mogli zamieszkać tam razem. On jeździłby starym land-roverem i leczył tubylców w małych wioskach. Ona pisałaby książki na tarasie z widokiem na odległe pasmo gór porośniętych odwiecznym lasem. Dla dziewczyny z kraju, który właśnie wyszedł z szarego socjalizmu, Afryka była mityczną ziemią obiecaną. Gdy całowała się z Tomaszem na Okęciu, to marzenie wydawało jej się na wyciągnięcie ręki. Szepnęła mu na pożegnanie, by na miejscu rozejrzał się, bo może za parę lat, gdy ona skończy studia, mogliby się przenieść gdzieś do Kenii czy Tanzanii. Kilka miesięcy później, gdy wspominała ten moment, czuła wściekłość i żal, że los z niej zakpił. Sięgnęła po kubek i upiła dwa łyki. Skrzywiła się. Kawa była zimna i gorzka. Odłożyła na bok list Tomasza i znów sięgnęła do pudełka. Wyjęła kilka wyblakłych zdjęć, na których szczupły wysoki blondyn w jasnym fartuchu stał w otoczeniu roześmianych czarnoskórych dzieciaków na tle cementowego baraku bez okien. Odwróciła zdjęcie i odczytała zapisane maczkiem słowa.

Arusha, okręgowy szpital Mt. Meru,
1 października 1991 roku

Kochanie, jak widzisz, warunki są spartańskie. A nawet jeszcze gorsze, niż tu widać. To jedyny szpital w okolicy. Zbudowano go w 1926 roku i od tamtego czasu nikt nie wpadł na pomysł, żeby go wyremontować, co w tutejszym klimacie oznacza, że od pół wieku te budynki są ruiną. Całe szczęście, że są tu fantastyczni ludzie, którzy w najtrudniejszych sytuacjach zachowują pogodę ducha. Wszystkie choroby leczy się aspiryną, z rzadka chininą, której notorycznie brakuje. Wciąż nie mogę się przyzwyczaić do tego, że śmierć małych dzieci

34

chorych na malarię traktuje się tu jak coś oczywistego.
To nawet nie jest znieczulica. Tanzańczycy bardzo ko-
chają swoje maluchy i traktują jak największy skarb.
Ale choroba i śmierć to według nich wola boska. Mam
wrażenie, że nikt nie oczekuje od nas, że będziemy o ich
życie walczyli do końca i wszelkimi możliwymi sposo-
bami. Jeśli w Europie pacjent umiera, jest to tragedia,
a równocześnie sprawa mocno podejrzana. Jak to?
Wczoraj jeszcze żył, a teraz go nie ma? Umarł w szpita-
lu? Na pewno ktoś popełnił błąd. Trzeba go znaleźć
i ukarać! Tutaj jest inaczej — śmierć jest naturalna tak
samo jak życie. Jeśli uda się raz na jakiś czas któreś
z dzieci uratować, rodzice mówią, że to cud. Zobacz, jak
cieszą się z życia te małe szczeniaki dwa-trzy dni po
zbiciu gorączki.

Kocham Cię (przecież wiesz...)
T.

Oczywiście, że wiedziała. Wierzyła jego słowom bez
zastrzeżeń z naiwną wiarą, którą mają ci, którzy kochają
pierwszy raz. Nawet przez myśl jej nie przeszło, że Tomasz
mógłby ją oszukać, zdradzić. Żyła wspomnieniami z ich
wspólnych dni i nocy oraz marzeniami o tym, jak to będzie,
gdy on wróci z Afryki. Teraźniejszość nie istniała. Świat był
jej obojętny. Co nie znaczy, że czekała bezczynnie. Chodziła
na uczelnię, zdawała egzaminy, spotykała się z rodzicami
i ze znajomymi. Raz nawet dała się przyjaciółce wyciągnąć
do dyskoteki. Ale to wszystko nie miało znaczenia. Jej
umysł był podporządkowany czekaniu na powrót Tomasza.
Była nieobecna nawet wtedy, gdy uśmiechała się podczas

niedzielnego obiadu u rodziców. Wciąż układała w głowie długie listy do Tomasza. Pisała niewiele i zawsze optymistycznie — nie chciała, by martwił się jej samotnością. Ale w każdej sekundzie o nim myślała i wyobrażała sobie, że jest z nią i ją wspiera. To właśnie w tamtym czasie go wyidealizowała. Nieobecny ciałem, stał się najwspanialszym i najprzystojniejszym mężczyzną świata. Człowiekiem, który oświadczył jej się tuż przed wyjazdem, i którego oświadczyny przyjęła. Potajemnie kupiła suknię ślubną i zarezerwowała termin ślubu w kościele św. Anny przy placu Zamkowym. Ślub z idealnym mężczyzną musiał mieć odpowiednią oprawę. Dobrze, że miała tyle zdrowego rozsądku, by trzymać to wszystko w tajemnicy przed rodzicami. Dzięki temu oszczędziła im bólu, gdy sytuacja tak diametralnie się zmieniła.

Ewa bez większego zainteresowania przejrzała kilka kolejnych kartek, na których powtarzały się miłosne zaklęcia i skargi na samotność, na zmianę z nużącymi opisami medycznych przypadłości podopiecznych Tomasza. Dopiero list napisany na błękitnej papeterii zwrócił jej uwagę.

Marangu, 6 listopada 1991 roku

Najukochańsza Ewuniu, już odliczam dni do momentu, kiedy znów będę mógł się z Tobą kochać. Został nam jeszcze tylko miesiąc rozłąki. Minie jak z bicza strzelił! Zwłaszcza że mam tu wreszcie z kim pogadać. Do szpitala przyjechała grupa wolontariuszy z Francji przysłana przez organizację Lekarze bez Granic. Jest wśród nich nawet jedna Polka, która studiuje w Paryżu politologię. To dość rozrywkowe towarzystwo, nie pozbawione jednak ideałów. No wiesz, to ich francuskie „Liberte! Egalite! Fraternite!". Najważniejsze jednak, że przywieźli całą ciężarówkę lekarstw i — czego najbardziej nam brakowało — moskitiery do łóżeczek dziecięcych. Możesz sobie wyobrazić, jaki był tu wybuch radości i entuzjazmu. Francuzi trochę mnie też odciążyli, więc z częścią wolontariuszy zorganizowaliśmy wypad na Kilimandżaro. W kilka dni zebraliśmy odpowiedni sprzęt i pełni zapału wyjechaliśmy najpierw do Moshi — całkiem sporej miejscowości położonej już w cieniu wulkanu — a potem do Marangu. To mała wioska nieopodal bramy parku narodowego. Jutro zaczynamy szturm! Mamy bojowe nastroje, co chyba widać na zdjęciu. Od lewej: Pascal, Marion, nasz przewodnik Mustafa, Xavier, ja i Basia.

Ostrożnie odwróciła kartkę. Na drugiej stronie było krzywo przyklejone zdjęcie. Grupa uśmiechniętych młodych ludzi w strojach safari stała na tle rozbuchanej zieleni gaju bananowego. Wolno wodziła palcem po twarzach. Przystojny brunet, piegowaty rudzielec, mizernej postury Murzyn, pryszczaty drągal, Tomasz z trzydniowym zarostem... Twarz ostatniej osoby na zdjęciu została zamazana długopisem. Ktoś długo i mocno drapał w tym miejscu papier, aż niemal zrobiła się dziura. Ewa bez emocji patrzyła na pożółkły kawałek sztywnego papieru fotograficznego. Czuła tylko pustkę. Próbowała sobie przypomnieć, kiedy zamazała twarz rywalki. Czy zrobiła to w ataku furii? A może na zimno, pedantycznie stawiając obok siebie równe kreski? Nie pamiętała niczego. W jej wspomnieniach nie pozostał ani jeden fakt z tamtych kilkunastu miesięcy, które minęły pomiędzy chwilą, gdy dowiedziała się, że Tomasz się zakochał i do niej nie wróci, a tą, gdy otworzyła mu drzwi ich wspólnego mieszkania, a on stał, ze śpiącym niemowlakiem w śmiesznym plastikowym nosidełku i patrzył na nią z lękiem. Wahała się zaledwie sekundę, ale ta sekunda wystarczyła, by zobaczyła w jego oczach strach. Dopiero w tamtej chwili prysł mit, który tak pielęgnowała. Mit silnego, mądrego mężczyzny, który wie wszystko. I chociaż wpuściła Tomasza do domu i do swojego życia, nigdy mu nie wybaczyła tamtego strachu.

Ciszę przerwało buczenie domofonu. Ewa drgnęła i z niechęcią wrzuciła papiery do pudełka. Wstała z kanapy i podeszła do okna. Pod bramą stało lśniące nowością terenowe bmw. Wzruszyła ramionami. Marcin lubił popisywać się w ten sposób, jakby myślał, że Ewa nie wie, że te wszystkie fantastyczne bryki to tylko egzemplarze wypożyczane dziennikarzom motoryzacyjnym do testów. Domofon brzęczał coraz bardziej natarczywie. Przez moment zastanawiała się poważnie, czy nie wrócić do łóżka i naciągnąć na głowę kołdrę, ale w końcu zdecydowała się nacisnąć przycisk otwierający drzwi do budynku. Westchnęła i rzuciła okiem w lustro. W sekundę otrząsnęła się z nostalgii. Miała dwie minuty na zdjęcie tego okropnego rozciągniętego dresu i zrobienie czegoś z potarganymi włosami.

ROZDZIAŁ IV

— Jak to wojna? Jaka wojna? To co mamy zrobić?

Urzędniczka w twarzowym mundurze szwajcarskich linii lotniczych z irytacją wskazała telewizor zawieszony pod sufitem hali odlotów lotniska w Zurychu. Na ekranie reporter CNN, energicznie gestykulując, nadawał relację z dymiących zgliszcz. Tuż za nim grupa czarnoskórych wyrostków podskakiwała i wymachiwała wojowniczo maczetami. Jeden z nich, wesoło pląsając, zbliżył się do leżącego nieopodal na wpół spalonego ciała, zamachnął się maczetą i obciął trupowi rękę. Grupa z tyłu zawyła w ekstazie. Reporter dramatycznym gestem próbował zasłonić obiektyw, ale kamerzysta zdążył zrobić zbliżenie zakrwawionego kikuta. Zaraz potem relację przerwano, a na ekranie pojawili się komentatorzy siedzący w studio.

— Obrzydliwe... — mruknął Kuba, odwracając się od telewizora. — To tam chcesz mnie, tato, zabrać? Gratulacje!

Tomasz kręcił z niedowierzaniem głową.

— Nie! Przecież jedziemy do zupełnie innego kraju. Do Tanzanii, a nie do Kenii. A zresztą, takie rozruchy zdarzają się nie tylko w Afryce. Nie pamiętasz tego, ale parę lat temu, kilkaset kilometrów od Warszawy, w Bośni czy Kosowie...

Przerwał i odwrócił się do urzędniczki. Miał teraz ważniejsze sprawy na głowie niż kreślenie naburmuszonemu nastolatkowi zarysu historii politycznej ostatnich lat. Zrezygnowany Kuba usiadł na plecaku i wyjął konsolę PlayStation. Starał się skoncentrować na grze, ale spod oka wciąż obserwował ojca, który z zafrasowaną miną klarował coś kobiecie w mundurze. „Super się zaczyna" — mruknął do siebie z sarkazmem. Miał nadzieję, że Tomasz spojrzy na niego, rozłoży bezradnie ręce, a potem obaj wrócą do Polski. Nie podzielał jego fascynacji Afryką. Nie rozumiał, dlaczego ojciec tak się uparł na ten ich wspólny wyjazd. Nigdy wcześniej nie wykazywał takiej determinacji. Oczywiście kiedyś jeździli razem na wakacje, ale to Ewa za każdym razem decydowała o celu podróży. Odkąd Kuba pamiętał, zawsze wyjeżdżali na krótko, tydzień, najdłużej dziesięć dni. Zwykle na Mazury, zimą na narty na Słowację. Kilka razy towarzyszył Ewie w wyjazdach służbowych, gdy jakieś firmy PR organizowały w ośrodkach SPA konferencje dla dziennikarzy. Jeszcze nigdy nie wyjeżdżał sam z ojcem. Nie uważał, by koniecznie musiało się to zmienić. Tomasz wciąż czegoś od niego chciał, nie podobało mu się jego zachowanie, towarzystwo, w jakim się obracał, jego dziewczyny... Kuba poruszył się niespokojnie. To był chyba najważniejszy powód jego niechęci do zimowego wyjazdu z Warszawy: miał inne plany na walentynki...

— Kuba!

Tomasz machał do niego z uśmiechem. Chłopak z ponurą

miną wyłączył konsolę i wrzucił ją do plecaka. Pogodny wyraz twarzy Tomasza mógł oznaczać tylko jedno: znalazł jakieś rozwiązanie problemu. A więc jednak ta podróż nie zakończy się na szwajcarskim lotnisku.

Zarzucili plecaki na ramiona, przejściem podziemnym przeszli na peron kolejki i wsiedli do pociągu jadącego do miasta. Tomasz był rozluźniony i w doskonałym nastroju. Uszło z niego całe napięcie ostatnich godzin.

— Nie jest źle, synu. Plany nam się trochę pozmieniały, ale stracimy tylko dobę. Jutro rano polecimy bezpośrednio do Tanzanii, do Dar es-Salaam. Ale najpierw musimy znaleźć tu jakiś nocleg, który nie zrujnuje naszego budżetu.

— Świetnie! — skwitował Kuba. — Poszukajmy więc jakiejś brudnej nory.

Tomasz pozostawił ironiczną uwagę syna bez komentarza. Miał zbyt dobry humor, by reagować na każdą zaczepkę. Jak na połowę lutego, pogoda była niemal wiosenna. W rozpiętych kurtkach wędrowali ulicami, wystawiając twarze do słońca. Gdzieniegdzie na trawnikach leżały równe pryzmy śniegu. Niedaleko stacji, przy małej uliczce Zwinglistrasse, znaleźli niedrogi hotelik. Wprawdzie pokój był naprawdę niewielki — mieściły się w nim z trudem dwa pojedyncze łóżka i przyśrubowany do ściany telewizor — ale miał za to dość schludną i wcale nie taką małą łazienkę. Zresztą Tomasz nie zamierzał spędzać w tym pokoju ani minuty ponad to, co było konieczne. Zdjęli plecaki, i mimo nieśmiałych, raczej symbolicznych protestów Kuby, poszli na miasto. Błądzili po higienicznie czystych chodnikach, oglądając wystawy. W końcu usiedli w przytulnej restauracji nad jeziorem. Przez duże szyby widać było ośnieżone szczyty Alp. Tomasz zamówił dla nich podwójną porcję fondue i zignorował prośbę syna, który na widok parującego kociołka chciał „dostać jednak coś, co się nadaje do jedzenia".

— Nadal nie rozumiem, dlaczego nie chciałeś, żebyśmy pojechali z mamą na narty, tylko uparłeś się na tę Afrykę. Kuba z zaciętą miną siorbał colę przez słomkę. Tomasz westchnął, nadział na widelec kawałek bagietki, zanurzył w roztopionym serze i podał synowi.

— Spróbuj trochę tego, to miejscowy przysmak. Słuchaj, wiem, że wolałbyś, żebyśmy pojechali wszyscy razem, ale spróbuj popatrzeć na to od jasnej strony. Jedziesz do Afryki!

— Gdzie na ulicy odrąbują ludziom ręce. Dzięki, tato...

— Wiem, że to, co widziałeś, było okropne, ale to naprawdę nie jest coś, co musi się nam przydarzyć. Jedziemy do innego kraju.

— Kenia czy Tanzania... Co za różnica? I tu, i tam są dzicy, brudni...

— Hej, hej! — Tomasz przerwał synowi i pogroził mu palcem. — Tylko mi tu nie wyjeżdżaj z rasistowskimi tekstami. Czarni, żółci, biali czy czerwoni... To po prostu ludzie. Są wszędzie, dobrzy i źli, mądrzy i głupi, złodzieje i laureaci Nagrody Nobla. Nie sądź nikogo po kolorze skóry, bo możesz się zdziwić...

— Tato, nie jestem rasistą. — Kuba już sam sięgnął po cienką kiełbaskę, zanurzył ją w tężejącym serze i zjadł ze smakiem. Ten szwajcarski wynalazek nie jest tak dobry jak cheeseburger z McDonalda, ale daje się zjeść. — Chodzi o to, że nie chciałbym skończyć zarąbany maczetą. A sam widziałeś, jak tam to wygląda. A tak w ogóle, to dlaczego oni się leją?

Tomasz się zawahał. Zadał kiedyś dokładnie to samo pytanie młodej wolontariuszce w szpitalu w Arushy, studentce politologii na francuskim uniwersytecie. Na oddział ratunkowy trafiało wówczas dużo dzieci z obozów dla uchodźców umieszczonych po drugiej stronie „afrykańskiego morza" — Jeziora Wiktorii. Z Ruandy uciekło do Tanzanii kilkadziesiąt tysięcy ludzi. Trwała tam wojna domowa, której apogeum miało przypaść na 1994 rok, ale już od 1990 roku konflikt pomiędzy „panami życia i śmierci" z plemienia Hutu i „podludźmi" Tutsi przybrał rozmiary katastrofy humanitarnej. Basia, w przeciwieństwie do Tomasza, wiedziała bardzo dużo o zawiłościach historii czarnej Afryki. Irytowała ją bezczynność ONZ i hipokryzja zachodnich rządów, przymykających oko na wielomilionowe kontrakty swoich koncernów zbrojeniowych, które zarabiały krocie, wysyłając broń ruandyjskim bojówkom rządowym. Za każdym razem, gdy pod szpital podjeżdżała ciężarówka pełna chorych i okaleczonych dzieci, Basia jako pierwsza zgłaszała się do opatrywania rannych. Francuskojęzyczni uchodźcy Tutsi powierzali jej swoje bolesne historie, a ona dzieliła się nimi z Tomaszem. Dzięki temu młody polski lekarz powoli zaczął orientować się w mapie afrykańskich nieszczęść i złożonych konfliktów plemiennych. Teraz, czując na sobie pytający wzrok syna, przypominał sobie tamte wieczory, podczas których Basia z ogniem w oczach opowiadała o poszczególnych społecznościach wschodniej Afryki, zastanawiając się, jak im pomóc.

— Kenia to kraj, w którym mieszka wiele plemion — zaczął Tomasz, patrząc przez idealnie czystą szybę na góry i ich symetryczne odbicie w Jeziorze Zuryskim. — Każde z nich mocno akcentuje własną odrębność i nienawidzi sąsiadów. W Tanzanii tak na szczęście nie jest. Osobno żyją tylko Masajowie. Ale oni nie są groźni. Zajmują się swoimi sprawami i uważają za lepszych od wszystkich innych ludzi na świecie. Nie zniżają się do takich rzeczy jak wojna. Reszta, choć pochodzi z różnych plemion, jest wymieszana. Załatwiły to rządy socjalistyczne, które nastały po odzyskaniu niepodległości na początku lat sześćdziesiątych. Można powiedzieć, że tamta ideologia, forsująca równość trochę na siłę, w tym jednym przypadku się sprawdziła.

Kuba pokręcił głową.

— Nie za bardzo łapię, o co ci chodzi, ale wiem jedno: Jeśli pojechalibyśmy na narty w Dolomity, nie musiałbym się zastanawiać, czy facet, który idzie w moją stronę, jest Masajem i czy ożeni mi kosę pod żebro.

Tomasz nalał herbatę z dzbanuszka do porcelanowej filiżanki.

— Naprawdę groźne są rzeczy na pozór niewinne. Czy wiesz, że w tej restauracji, przy stoliku pod ścianą, tam, gdzie siedzi teraz amerykańska rodzinka, Lenin z Trockim grali w szachy i dyskutowali o wywołaniu rewolucji w Rosji? Być może właśnie tutaj obmyślili plan obalenia cara, którego realizacja kosztowała życie kilkudziesięciu milionów ludzi? W tej samej restauracji, jeśli wierzyć tamtej tabliczce przy wejściu, lubił wypić kawę Benito Mussolini, zanim został faszystowskim dyktatorem Włoch.

Chłopak popatrzył na ojca zdziwiony.

— Mussolini? Lenin? Co oni tu robili? Przyjechali na narty?

Tomasz zaśmiał się i dołożył sobie sałatki.

— Pewnie słyszałeś, że Szwajcaria to kraj neutralny. Tak jest od bardzo dawna. Na świecie wybuchały różne wojny i rewolucje, a tutaj od czasów Wilhelma Tella był spokój. Dlatego do Zurychu przyjeżdżali uchodźcy polityczni ze wszystkich stron. Gdy Rosją rządził car, do Szwajcarii wyemigrowali komuniści. Potem, po rewolucji październikowej, ich miejsce w tej restauracji zajęli wypędzeni ze swoich majątków rosyjscy arystokraci.

— A dzisiaj? Kto tu knuje?

Tomasz teatralnym gestem wskazał gości siedzących przy innych stolikach.

— Teraz miejsce uchodźców zajęli turyści tacy jak my czy tamci Amerykanie. Co nie znaczy, że uchodźców w Szwajcarii nie ma. Przyjeżdżają, tak samo jak do innych bogatych krajów Europy. W końcu dyktatur czy wojen domowych na świecie jest całkiem sporo. Ale w takich restauracjach raczej ich nie spotkasz. Za drogo...

— Wolałbym zobaczyć tu Mussoliniego czy tych dwóch Ruskich niż czarnych kolesi z maczetami.

Argumentacja Kuby była logiczna. Tomasz uśmiechnął się i skinął z aprobatą głową.

— Masz rację. Mussolini, Lenin i Trocki pewnie byli mili dla kelnerów, może nawet zostawiali duże napiwki. A spotkani wieczorem na ulicy, zeszliby nam z drogi. Tego raczej nie można się spodziewać po nastolatkach z Nairobi. Jednak jeśli chodzi o liczbę ofiar i okrucieństwo, nasi sympatyczni starsi panowie biją tamte dzieciaki na głowę. Choć statystyka to może nie jest najlepsza meto...

— Tato!

Tomasz urwał i spojrzał zdziwiony na syna. Kuba czujnie śledził niewysoką postać przemykającą między stolikami. Czarnoskóry dzieciak chwiał się, idąc w ich stronę, ale kelner już go namierzył i krzyknął coś ostro po niemiecku. Równocześnie jednoznacznym ruchem pokazał drzwi. Murzyn zatoczył się i zadziwiająco zręcznym gestem złapał torebkę samotnej kobiety, która siedziała przy stoliku stojącym tuż obok stolika Tomasza i Kuby, zatopiona w lekturze grubego magazynu.

Kelner rzucił się w stronę złodzieja i prawie złapał go za kaptur kurtki, ale chłopak odskoczył, przewracając kilka ciasno ustawionych stolików. Turyści zerwali się na równe nogi. Dzieciak, ściskając ukradzioną torebkę, chciał wykorzystać zamieszanie i torując sobie drogę łokciami, przedzierał się do drzwi. Postawny kelner był jednak szybszy i zagrodził jedyne wyjście z restauracji. Nastolatek odwrócił się i złapał ze stołu nóż. Cofał się powoli, wpatrzony w kelnera. Nagle odwrócił się i jednym skokiem znalazł przy Kubie. Tomasz zerwał się, ale było za późno. Napastnik przystawił chłopakowi nóż do gardła. Jakaś kobieta krzyknęła przeraźliwie.

— Nie ruszaj się!

Tomasz nie musiał tego mówić. Kuba stał sparaliżowany ze strachu. Wpatrywał się w ojca szeroko otwartymi oczami.

Tymczasem Murzyn ustawił się za Kubą i popchnął go w stronę drzwi. Było jasne, że chce przedrzeć się z zakładnikiem do wyjścia. Bełkotał coś niewyraźnie do kelnera, który wciąż zagradzał mu drogę. W pewnym momencie chłopak oderwał nóż od szyi Kuby i machnął nim groźnie przed nosem osiłka w białym fartuchu. Tomasz tylko na to czekał. Złapał za ostrze i odciągnął rękę napastnika od twarzy syna. Poczuł, jak nóż rani mu dłoń, ale nie zwolnił uścisku, za to drugą ręką z całej siły uderzył złodzieja w twarz. Sekundę później uderzył jeszcze raz, łamiąc mu nos. Przerażony Kuba patrzył, jak jego czarnoskóry rówieśnik osuwa się na parkiet cały we krwi.

W oddali usłyszeli dźwięk policyjnych syren.

ROZDZIAŁ V

— Kochałeś się kiedyś z całkiem obcą kobietą?

— Co?

Marcin przerwał na moment i uniósł się na łokciach, by spojrzeć na Ewę i z odległości dwudziestu centymetrów ocenić, czy mówi poważnie.

— Z kimś obcym. Z dziewczyną, której nie znałeś. Nie wiedziałeś nawet, jak ma na imię — spokojnie tłumaczyła Ewa i poruszyła delikatnie biodrami, by Marcin nie wysunął się z jej ciepłego wnętrza.

— Aaa, o to chodzi! — Marcin się uśmiechnął. Już miał pewność, że to tylko gra. — Oczywiście, że nie, laluniu. To naprawdę pierwszy raz. A jak właściwie masz na imię?

Ewa westchnęła. Gdyby miał lepszy refleks, to byłoby może i zabawne.

— Pytałam poważnie. Ale jak chcesz, możemy o tym porozmawiać później. Kiedy krew znów zacznie dotleniać ci mózg.

Marcin roześmiał się niepewnie i znów podjął równy

rytm potwierdzany delikatnymi skrzypnięciami sprężyn materaca.

— Ale dlaczego pytasz mnie o takie rzeczy? — Znów przerwał na moment. — Czy to jakaś nowa metoda? Chcesz mnie trochę rozproszyć, żeby zdążyć z orgazmem przede mną?

— Aż tak łatwo mnie rozszyfrować? Uwielbiam się z tobą kochać i chcę, żeby to trwało jeszcze... chwilkę.

Ewa przytuliła go mocniej i zamknęła mu usta długim pocałunkiem. Nie chciała, by dostrzegł jej nieco ironiczny uśmiech. Skurczami mięśnia Kegla zmusiła go, by podkręcił tempo. Bez trudu osiągnęła cel. Z satysfakcją obserwowała spod spuszczonych powiek, jak Marcin z coraz większym trudem łapie oddech, a jego ciało napina się w pierwszych skurczach rozkoszy.

Była dobrą kochanką i miała tego świadomość. Od lat prowadziła w gazecie rubrykę *psychologia i seks*. Wiele godzin spędziła na zgłębianiu tematu zarówno od strony czysto teoretycznej, jak i na zajęciach praktycznych. Poznała i wypracowała skuteczne techniki, które pozwalały jej osiągać orgazm w dowolnym momencie. Często w sposób niedostrzegalny dla partnera. Problem polegał na tym, że jej myśli, gdy już czuła spełnienie, odpływały w stronę bieżących spraw i obowiązków. Dziś miała oddać tekst o wadach i zaletach przypadkowego seksu do wiosennego wydania magazynu. Skarciła się w myślach za to, że wciąga Marcina w swoje sprawy zawodowe. Nie powinna tego robić. Zwłaszcza w takim momencie. Dlatego teraz postanowiła dać mu orgazm, który wymaże z pamięci tamto niefortunne pytanie.

I rzeczywiście, gdy później leżeli na łóżku, bezwstydnie

nadzy, odpoczywając między kolejnymi seriami pieszczot, Marcin nie wrócił do tamtej przerwanej rozmowy. Miał za to inny problem. Przez jakiś czas ważył i dobierał słowa, aż wreszcie zapytał:

— Ewuniu, pójdziesz ze mną do opery?

— Nie znałam cię od tej strony. Zaskakujesz mnie... Marcin, zadowolony, pokiwał głową i sięgnął do kieszeni marynarki wiszącej na oparciu krzesła.

— No... Przysłali zaproszenie do naczelnego, a on, wiesz, co myśli o takich tam... No więc nikt nie chciał, to ja...

— Jesteś słodki... — Ewa wyjęła mu z ręki kolorowy kartonik i przeturlała się na brzuch, podstawiając pośladki pod jego dłoń.

— *Madame Bovary* czy coś takiego... — mruknął Marcin i spojrzał na zegarek. O jedenastej musiał oddać pożyczone bmw i miał mało czasu.

— *Madam Butterfly* Pucciniego. Wiesz, o czym to jest? — Ewa spojrzała na niego zrezygnowana. Zgodnie z jej przypuszczeniami rozłożył bezradnie ręce.

— O facecie, który wyjeżdża do Japonii, robi tam dziecko miejscowej nastolatce, a potem wraca do żony.

— *Sorry*. Jeśli wolisz, możemy pójść do kina albo na pizzę.

— Nie, to akurat moja ulubiona opera. Taka życiowa, rozumiesz?

Marcin pokręcił ze zdziwieniem głową. Nie potrafi rozgryźć tej dziwnej kobiety. Jest zupełnie inna od tych wszystkich lasek, które poznawał na zlotach miłośników starych samochodów i imprezach branżowych. Pociągała go i odpychała w sposób, który doprowadzał go do szaleństwa.

— Pójdziemy do opery, a potem gdzieś na kolację — zdecydowała Ewa. Uniosła się na tyle, by móc się przytulić do szerokiej piersi Marcina i zaczęła delikatnie głaskać jego tors. — Akurat teraz wieczory mam wolne. Ale błagam cię... włóż marynarkę.

Marcin się skrzywił.

— A ty?

— Włożę sukienkę i szpilki. O mnie się nie bój. Wiem, jak się ubrać.

Zrobił niewinną minkę. Ewa była pewna, o co ją zaraz zapyta. I nie pomyliła się.

— Włożysz... wiesz, to co lubię?

— Przecież wiesz.

Marcin wiedział. Nigdy nie zapomni tego dnia, gdy do newsroomu wparowała zgrabna blondynka z zajmującego pomieszczenia na tym samym piętrze kobiecego miesięcznika i kołysząc się na wysokich obcasach, zapytała: „Hej, mogę wam zająć chwilkę? Wolicie, gdy dziewczyny noszą rajstopy czy pończochy? Od razu uprzedzając wasze głupie pytania: ja rajstop z zasady nie noszę...". Znad komputerów wychyliły się kudłate głowy specjalistów od sprzęgieł, olejów i koni mechanicznych. Ewa bez cienia zażenowania podchodziła do każdego i zaznaczała w notatniku odpowiedzi potrzebne jej do tekstu. Jak było do przewidzenia, wynik był 14:3 dla pończoch. Te trzy głosy za rajstopami to oczywiście zdanie jedynych kobiet zatrudnionych w „Świecie Aut". Następnego dnia Marcin zebrał się na odwagę i ruszył na poszukiwania blondynki z kobiecej redakcji. Zjedli razem lunch. Potem podrzucił ją do domu pożyczonym od kolegi kabrioletem. W rewanżu zaprosiła go na górę i kochali się, zanim zagotowała się woda na herbatę. Wyszedł wtedy z jej mieszkania odurzony i zakochany. Nie wiedział jeszcze o niej nic oprócz tego, że jest piękna, seksowna i inteligentna. To, że ma męża, dziecko i prawie dziesięć lat więcej niż on, w ogóle go nie obchodziło. Jeśli się nad czymś zastanawiał, to tylko nad tym, jakim jest szczęściarzem, że spotkał ją na swojej drodze, a ona go pokochała.

Ewa, w przeciwieństwie do Marcina, na początku zdecydowanie nie brała pod uwagę romansu. Sytuacja wymknęła się nieco spod kontroli, ale była zbyt zaabsorbowana problemami w swoim usychającym związku z Tomaszem, by cokolwiek planować. Miała już kilka podobnych jednorazowych przygód na wyjazdach integracyjnych i nie podejrzewała, by Marcin różnił się od tamtych mężczyzn, którzy po wspólnie spędzonej nocy brali od niej numer telefonu i ślad po nich ginął. I tym razem się nie spodziewała niczego innego, więc gdy młody dziennikarz „Świata Aut" następnego dnia położył na jej biurku czerwoną różę, była zaskoczona i zdezorientowana. Przespała się z nim jeszcze kilka razy, nim poczuła, że musi podjąć decyzję. Podobał jej się, kochał ją jak nastoletni szczeniak i wyglądało na to, że ma wobec niej jak najuczciwsze zamiary. Związek Ewy z Tomaszem traktował z respektem, ale nie wahał się wyznać jej, że zamierza o nią walczyć, bo jest przekonany, że to właśnie ona jest tą jedną, jedyną, a Marcin jest jej przeznaczony. Jego determinacja ją ujęła. Spojrzała na tego chłopaka z innej perspektywy i musiała przyznać, że pomimo zaledwie dwudziestu kilku lat jest dojrzały i stanowi niezły materiał na męża. Należy go tylko trochę ucywilizować, nadrobić braki w edukacji i... pokochać. Ewa od tak dawna nikogo nie kochała, że trudno jej było odnaleźć w sobie to uczucie. Na pewno Marcin ją fascynował, kusił i, w przeciwieństwie do męża, gotów był o nią walczyć. Ale czy to, co do niego czuje, to jest prawdziwa miłość? Tego nie wiedziała nawet sama Ewa. Dojrzewała powoli. Odwrotnie niż jemu podobało jej się obecne status quo, choć zdawała sobie sprawę, że tej sytuacji nie da się ciągnąć w nieskończoność. Bała się utraty stabilizacji i pozycji, którą zdobyła u boku Tomasza. Porzucenie męża i zamieszkanie z Marcinem byłoby skokiem na główkę do nieznanej rzeki. Mogło się skończyć wspaniale, albo — co bardziej prawdopodobne — tragicznie. Nie czuła się gotowa do podjęcia aż takiego ryzyka.

— Kocham cię... — wyszeptał Marcin, bawiąc się kosmykiem jej włosów. — Kocham cię i chciałbym zostać tu z tobą cały dzień, ale chyba musimy iść do pracy. Zaraz rozdzwonią się telefony...

— Jeszcze chwileczkę... Tak mi z tobą dobrze.

Ewa wtuliła się w Marcina i zamruczała jak kotka, gdy musnął delikatnie czubek jej piersi.

— Jak ty to robisz? — zapytała z zamkniętymi oczami, poddając się jego pieszczotom. — Jak to robisz, że przy takich wielkich dłoniach syberyjskiego drwala masz tak czuły dotyk? Mam wrażenie, że grasz na mnie jak na jakimś instrumencie.

— Umiem grać na gitarze — zaśmiał się Marcin — ale to wymaga raczej siły i precyzji niż subtelności.

— Zagrasz kiedyś dla mnie?

— Może... A ty na czym grasz?

Rzuciła mu spojrzenie spod półprzymkniętych powiek.

— Zaraz się przekonasz...

Podciągnęła się na łokciach i przesunęła w dół łóżka.

— Nie... Chciałbym... Naprawdę bardzo chciałbym, ale nie mamy już czasu...

Marcin stanowczym gestem przytrzymał jej głowę, zanim zdążyła zrobić to, na co najwyraźniej miała ochotę.

— Naprawdę musimy się zbierać...

— Masz rację.

Ewa przeciągnęła się i sięgnęła po komórkę. Marcin zerwał się z łóżka i zaczął się ubierać. Patrzyła, jak zapina koszulę, i próbowała sobie wyobrazić, że ma sześćdziesiąt lat. Czy wytrzyma z nim tak długo? Czy będzie kochał ją, starą i pomarszczoną, czy też oznajmi jej pewnego dnia: „Kochanie, to była pomyłka!", i odejdzie do młodszej? O czym będą przez te lata rozmawiali?

— Idziesz? — Marcin niecierpliwił się, stojąc z ręką na klamce.

Ewa pokręciła głową.

— Jedź sam. Pojadę moim samochodem. Miłego dnia!

Zrobił krok w jej stronę. Chciał jej jeszcze raz dotknąć, przytulić, pocałować, ale zorientował się, że Ewa już zniknęła w łazience. Zaśmiał się gorzko i wyszedł. Nie po raz pierwszy odniósł wrażenie, że Ewa go lekceważy i sprowadza wyłącznie do roli kochanka, nie chce się angażować, nie traktuje go poważnie. A to go bolało. Czuł, że to niesprawiedliwe, że w przeciwieństwie do niej on wciąga się w ten związek coraz bardziej. Jego myśli niemal nieustannie krążyły wokół Ewy. W dzień i w nocy miał pod powiekami jej obraz. Emocjonalny chłód, z jakim go niekiedy traktowała, wywoływał u niego skurcz żołądka i złość. Zastanawiał się gorączkowo, gdzie popełnił błąd i jak sprawić, by ta zagadkowa dziewczyna, która w łóżku doprowadza go do szaleństwa, wreszcie go pokochała.

ROZDZIAŁ VI

From: kuba-jawor@yahoo.com
Subject: z Afryki
Date: February 15, 2008 11:23 PM GMT +03:00
To: Ewa.jaworska@kobietamodna.pl

Kochana Mamo,
Siemanko! Dojechaliśmy wreszcie do tej Afryki.
Miało być niby tak gorąco, a tu leje deszcz i jest
generalnie nieciekawie. Wczoraj była niezła afera.
Ale to już wiesz, bo tata dzwonił do ciebie z policji,
nie? Trochę podsłuchiwałem, jak rozmawialiście,
i wiem, że nie powiedział ci, że ma nieźle zjechaną
rękę. Ten koleś, który przystawił mi nóż do szyi,
haratnął go w dłoń. Na szczęście ten nóż to był taki
zwykły, do obiadu, a nie maczeta. Widziałaś
w telewizji, jak w Afryce tną maczetami ludzi? Ale
jazda! No, na policji trzymali nas parę godzin
i dopiero wieczorem w hotelu usiedliśmy do
Internetu, żeby znaleźć jakiś pokój na dwa dni

w Dar es-Salaam (fajnie się ta wiocha nazywa, jak kiełbasa, nie?). Wyobraź sobie, że był tylko jeden hotel, po 50 dolarów za pokój. Nie liczę tych wszystkich Hiltonów i Holidayów. Tata mówił, że dzielnica będzie taka bardziej klimatyczna. I rzeczywiście.

Ale najpierw musieliśmy tam dolecieć. Prawie cały dzień nam to zajęło. I jeszcze dwie godziny spędziliśmy na lotnisku, bo trzeba było załatwić te wszystkie wizy i pieczątki. Jak jechaliśmy taksą do hotelu, to już się zrobiło całkiem ciemno. Wyobraź sobie, że asfalt skończył się po jakichś 15 minutach, a potem to już byłem pewny, że taksiarz chce nas obrobić i porzucić gdzieś w rowie, bo jechaliśmy prawie godzinę przez jakieś potworne slumsy. Ludzie siedzieli na poboczu i palili ogniska przed chatami z kartonowych pudeł. Jedyne oświetlone elektrycznością miejsca to takie dziwne bary, gdzie grają w bilard chudzi jak tyczki, wysocy Murzyni okryci czerwonymi kocykami. Tata mówi, że to Masajowie. I że oni nie są niebezpieczni, bo i tak wiedzą, że są najlepsi na świecie, więc współczują innym — tym, którzy Masajami nie są. Jechaliśmy tak po tych wertepach strasznie długo, aż stanęliśmy przed żelazną bramą. Za nią był mały domek, taki prawdziwy — z cegły, a nie z dykty. Hotel Diana. Przywitała nas jakaś stara baba, do której tata mówił po angielsku mother, ale to przecież nie jest jego mama? Przynajmniej mam taką nadzieję ;-) No i pokazała nam pokój. Nawet może być. Tata się dziwił, że są nowe moskitiery i prawie w ogóle nie ma karaluchów. Piszę „prawie", bo w łazience były dwa, i to całkiem spore. Było już ciemno, ale tata uparł się, że pójdziemy jeszcze na jakąś kolację. Wymienił u „mother" 100 dolarów i poszliśmy. Obejrzeliśmy ze trzy bary w okolicy i raczej tacie się nie spodobały. W końcu poszliśmy do ostatniego i tata zagadał z właścicielką, która zaprowadziła nas do kuchni. To było coś! Superancko! W czymś w rodzaju piwnicy kilku facetów, prawie gołych, (spodobałoby ci się ;-)) przy świetle pochodni rąbało kawałki mięsa. Krew sikała na wszystkie strony. Tata przyznał później, że się trochę bał, ale nadrabiał miną. Powiedział „OK", wyszliśmy na zewnątrz i usiedliśmy przy stoliku. Jakiś chłopiec, może pięcioletni, przyniósł nam w plastikowej butelce po mineralnej wodę z mydłem. Umyliśmy ręce nad podłogą (raczej nad czymś w rodzaju błocka), a po półgodzinie przynieśli nam jedzenie. Zajefajne! (to taki sarkazm). Jakiś trudny do zidentyfikowania gulasz i smażone małe banany. O dziwo, całkiem zjadliwe. Tata walnął do tego dwa piwa: Kilimanjaro i Safari. Mnie zamówił ciepłą colę. A najlepsze było, jak zapytał właścicielkę, z czego jest ten pyszny gulasz. A ona na to: *This stew is made of pok.* Tata uśmiechnął się i ją poprawił: *Made of pork!* — że niby ze świni... Ale ona twardo: *No! Not at all. It's of pok!* Na co tata pyta: *What is pok?*, a ona: *Pok? It's a big cat.* No i teraz nie wiemy... Albo babka miała niezłą gadkę i poczucie

humoru, albo naprawdę zjedliśmy gulasz z kota.
W każdym razie od tego czasu minęły już dwie
godziny i wciąż żyję. Tylko pić mi się chce, a cola się
skończyła. Muszę jakoś wytrzymać. Dam radę!
Całuję cię mocno!
Twój!
Kuba

Ewa zamknęła laptopa. Nieoczekiwanie dla samej siebie
uśmiechnęła się i poczuła w sercu lekkie ukłucie. Kuba jest
dobrym dzieciakiem. Wyobraziła sobie, jak by to było, gdyby
pojechała z nimi. Na pewno nie pozwoliłaby Tomaszowi
zabrać chłopca na nocny spacer. Jedzenie w podejrzanych
miejscach też nie wchodziłoby w grę. Tylko wariat tak by
się narażał. Ale z drugiej strony Kuba opisuje to tak zabawnie... Zastanawiała się, co mu odpowiedzieć. Przed czymś
przestrzec? Bez sensu — i tak nie posłucha, w końcu jest
w Afryce pod opieką ojca. Dodać otuchy? To, co pisał, nie
brzmiało jak skarga zrozpaczonego nastolatka. Raczej jak
list chłopaka, który staje się mężczyzną. Postanowiła odłożyć
to zadanie na później. Sięgnęła po torebkę i wyjęła z niej
kosmetyczkę. Nie mogła pozwolić, by Marcin zobaczył ją
bez makijażu. Wyciągnęła szminkę, lusterko i zaczęła malować usta. Kuba... Traktuje ją jak prawdziwą matkę. A i ona,
bywało, zapominała, że to nie ona go urodziła. Wymogła
kiedyś na Tomaszu, by nigdy nie powiedział synowi o jego
prawdziwej, biologicznej matce. Do tej pory dotrzymywał
obietnicy i nie miała powodu wątpić w szczerość uczuć
Kuby do niej. Chłopak był o wiele silniej związany z nią niż
z ojcem. Miał wiele jej cech i kochał ją na swój nieznośny

nastoletni sposób. Gdy się do niej przytulał, czuła ciepło i spokój. Na wywiadówkach walczyła o niego jak lwica, aż wychowawczyni w szkole poprosiła, by zamiast niej przychodził bardziej ugodowy Tomasz. Czasem jednak przypominała sobie, że Kuba jest synem jej rywalki i żywym dowodem zdrady męża. Wtedy wzbierała w niej złość. Miała ochotę wyrzucić ich obu z domu i zmienić zamki w drzwiach. Skończyła się malować i spojrzała na zegarek. Do spotkania z Marcinem miała już tylko kilka minut. Zgasiła lampkę nad komputerem i zdjęła z oparcia fotela płaszcz.

— Co? Nasza pani od seksu wybiera się już do domu? Niektórym to się powodzi... — syknęła Milena i ostentacyjnie spojrzała na zegarek. Popatrzyła jeszcze raz z udawanym niedowierzaniem. Potrząsnęła nim i przyłożyła do ucha, po czym podniosła niemal pod sam nos.

— Nie wysilaj się, jest piętnasta trzydzieści. — Ewa wzruszyła ramionami. Nie ma to jak bezinteresowna zawiść przyjaciółki. Do niedawna z szefową działu zagranicznego były nierozłączne. Razem chodziły do bufetu na obiad i na zakupy po pracy. Pożyczały sobie ciuchy, a kiedyś nawet Ewa dała Milenie swoją paczkę pigułek antykoncepcyjnych, gdy ta zapomniała umówić się do ginekologa. Ale od kilku miesięcy, a konkretnie od czasu, gdy Ewa zaczęła romansować z Marcinem, ich stosunki się ochłodziły.

— Doigrasz się. — Milena znacząco kiwnęła głową w stronę gabinetu redaktora naczelnego.

— Nie twój interes. Popracuję w domu. Termin mam na jutro. Przyniosę tekst, nie martw się.

— No nie wiem, czy masz czas pisać w domu... Podobno jesteś słomianą wdową i nie narzekasz na brak powodzenia.

59

Ewa poczuła, że krew uderza jej do głowy.

— A co konkretnie masz na myśli?

— No, nie unoś się tak. — Na twarzy Mileny pojawił się grymas, który mógł, przy dużej dozie dobrej woli, zostać uznany za uśmiech. — Wszyscy wiemy, że jesteś bardzo zaangażowana w... hm, motoryzację.

Milena obróciła się na pięcie i ruszyła do drzwi.

— Zazdrościsz? — Ewa nie zamierzała odejść bez słowa. Milena zatrzymała się i z ręką na klamce odwróciła do Ewy.

— Słucham? Mówiłaś coś? Pytasz, czy zazdroszczę ci, że posuwa cię ten młody przygłup ze „Świata Aut"? Nie, nie zazdroszczę. Nie dotknęłabym go nawet kijem.

Kilka koleżanek w pokoju zaśmiało się nerwowo, po czym natychmiast pochyliły się nad klawiaturami komputerów. Ewa poczuła, jakby ktoś dał jej w twarz. Ale tylko się uśmiechnęła.

— Współczuję ci. Ostatni orgazm miałaś w dwudziestym wieku. Z Patrickiem Swayze. Szkoda, że on o tym nie wiedział...

Cios był celny. Milena, odkąd opuścił ją drugi mąż, nie potrafiła związać się z nikim na stałe. Podczas corocznych wyjazdów integracyjnych robiła dosłownie wszystko, by uwieść kogokolwiek, ale raczej z mizernym skutkiem. Plotkowano, że zdesperowana redaktorka działu zagranicznego świadczy usługi seksualne naczelnemu, ale w to akurat Ewa nie wierzyła. Zbyt dobrze znała gust Starego i wiedziała, że Milena jest antytezą dziewczyn, które przewijają się przez jego łóżko. Jej zazdrość o miłość Marcina do Ewy zniszczyła ich przyjaźń i źle wpłynęła na atmosferę w pracy.

— Mam nadzieję, że twój tekst będzie równie dobry jak twój dowcip. Już nie mogę się doczekać — wycedziła Milena, wbijając w Ewę zimne spojrzenie. — A ty wyłącz to cholerne świństwo! — huknęła na Grażynkę, szefową działu kultury, która, swoim zwyczajem, puściła w komputerze płytę z muzyką.

— To Satan Croce. — Grażynka uśmiechnęła się przymilnie. — No, wiesz... *Mamy duszę twojego dziecka, a teraz przyszliśmy po twoją* — przytoczyła slogan z radiowej reklamy popularnego ostatnio zespołu.

Milena pokręciła z niedowierzaniem głową.

— Jesteście wszystkie nienormalne — prychnęła i wypadła z pokoju, trzaskając drzwiami.

Ewa popatrzyła na koleżanki. Wiedziała, że gdy tylko wyjdzie, stanie się bohaterką plotek i długich dyskusji. Po raz pierwszy od wyjazdu Tomasza zatęskniła za nim. Szkoda, że nie może wrócić do domu i opowiedzieć mu, co jej się dziś przydarzyło. Poczuła się irracjonalnie samotna. „Tomku, wróć do mnie..." — wyszeptała w myślach, ale szybko skarciła się za tę chwilę słabości. Czas, gdy zwierzała się mężowi z problemów i stresów w pracy, dawno minął.

ROZDZIAŁ VII

Kuba otworzył oczy i w pierwszej chwili nie mógł sobie przypomnieć, gdzie jest i jak tu trafił. Wokół niego unosiła się biała muślinowa mgiełka. Odgarnął ręką moskitierę i musiał zmrużyć oczy: blask tropikalnego poranka prawie go oślepił. Jednocześnie poczuł intensywną woń kwiatów bugenwilli, kadzidła, butwiejących liści i aromat świeżo zmielonej kawy — charakterystyczny zapach, który przynosi poranek w Afryce Równikowej. Zza okna dobiegały wesołe pokrzykiwania dzieciaków. Kuba wychylił się i zobaczył, że tylko kilkanaście metrów oddziela go od odrapanego baraku mieszczącego szkołę. W oknach nie było szyb. Nie, nie zostały wybite, po prostu nikt ich tam nigdy nie wstawił, więc mógł przyjrzeć się dzieciakom w biało-szafirowych mundurkach, jak chórem powtarzają litery na tablicy wskazywane przez nauczyciela. Uczyły się z entuzjazmem, drąc się przy tym wniebogłosy. Kuba patrzył na to z pobłażliwym uśmiechem.

— Wstałeś już? To świetnie. Właśnie miałem cię budzić.

Tomasz zajrzał do pokoju. Był w doskonałym nastroju, już ubrany i ogolony. W ręku trzymał kubek z gorącą kawą.

— Pospiesz się. Pojedziemy na najlepszy targ ze sztuką ludową w tej części świata. Chcę popatrzeć i popytać o ceny, żeby mnie już nigdzie nie kusiło kupowanie hebanowych główek, bransoletek, wisiorków i tym podobnych rzeczy. No, wstawaj! Szkoda dnia!

Kuba ziewnął i skinął głową. Nie chciało mu się nigdzie chodzić, ale nie miał też ochoty zaczynać wyjazdu od kłótni z ojcem.

Za dnia okolica wyglądała znacznie przyjaźniej, a miejscami nawet swojsko. Domki z dykty kryte blachą falistą przypominały do złudzenia budki działkowców nieopodal parku Skaryszewskiego na warszawskiej Pradze. Dziurawy asfalt i pobocze z popękanych betonowych płyt także nie różniły się od tego, co można znaleźć w małych miasteczkach na peryferiach Warszawy. Ludzie na ulicach — co Kubę zaskoczyło — ubrani byli zadziwiająco schludnie. Mężczyźni w garniturowych spodniach i wyprasowanych koszulach szybkim krokiem zdążali na przystanek autobusowy przy szosie prowadzącej do centrum miasta. Dziewczyny, jeśli zignorować kolor skóry, nie różniły się specjalnie od swoich rówieśniczek znad Wisły.

— Zrozumiałem to wiele lat temu. — Tomasz patrzył na ulicę. — Globalizacja polega na tym, że na całym świecie wszyscy chodzimy w takich samych dżinsach...

— ...Uszytych przez chińskie dzieci — dokończył Kuba. — Zawsze mi to mówisz. Ale rzeczywiście, ci goście mają na sobie takie same podróbki markowych ciuchów jak leszcze z Wołomina.

— To Mwenge, dzielnica, w której mieszkają głównie Murzyni. Kilkanaście lat temu były to prawdziwe slumsy.

Teraz jest dużo lepiej, niż się spodziewałem — powiedział Tomasz i poklepał syna po plecach.

— Pewnie, że mieszkają tu Murzyni. A niby kto? Jesteśmy chyba w Afryce? — odpowiedział nieco niepewnie chłopak.

— No, niby tak. Ale na wschodnim wybrzeżu Afryki nic nie jest takie oczywiste. A w Dar es-Salaam, a jeszcze wyraźniej zobaczysz to na Zanzibarze, miesza się wiele kultur i języków. Są tu dzielnice murzyńskie, arabskie, europejskie, a nawet hinduska.

— Hinduska? A co niby tu robią Hindusi? — zdziwił się Kuba.

Tomasz się zaśmiał.

— To co wszyscy: pracują i starają się przetrwać jakoś kolejny dzień życia. Większość przyjechała tu z Indii, gdy Afryką Wschodnią rządzili Anglicy. Poczuli się jak u siebie w domu, bo jak się uczyłeś na geografii, subkontynent indyjski to część Afryki. Miliony lat temu...

Kuba ziewnął ostentacyjnie.

— No dobra. Sam kiedyś nadrobisz braki w podstawach. Teraz po prostu patrz i staraj się chłonąć atmosferę — mruknął Tomasz.

Zeszli z asfaltowej drogi na pokrytą pyłem ścieżkę. Tomasz się rozglądał. W końcu poprosił o pomoc starszego Murzyna ubranego w szykowny dwurzędowy garnitur i sandały. Za dyskretnie wręczonego dolara elegant zaprowadził ich na placyk, wokół którego rozstawili kramiki rzeźbiarze, malarze, a także całkiem zwykli sprzedawcy bananów i orzeszków nerkowca. Osobny kwartał zajmowali Masajowie. Na trzcinowych matach i wczorajszych gazetach rozłożyli wisiorki z kłami lwów, koraliki, a przede wszystkim sandały zrobione ze starych opon samochodowych.

— Musisz traktować Masajów trochę jak naszych górali — półgłosem tłumaczył Tomasz. — Noszą zawsze przy sobie krótkie laseczki, tak jak juhasi ciupagi. Chodzą w sandałach z opon niczym w kierpcach. No i żywią się wyłącznie gotowanym mlekiem i krwią krów... Nie chciałbyś tego próbować, zaręczam ci.

— W ogóle nie są podobni do górali — prychnął Kuba. — Górale jedzą oscypki i kwaśnicę. Wiem, bo byłem na wycieczce szkolnej w Zakopanem.

— No. Masz rację, zagalopowałem się. — Tomasz wyglądał na speszonego. — O! Popatrz, jakie piękne są te obrazy. Jak naszego Nikifora z Krynicy.

Stanął przed płótnem, na którym wielkookie i długonogie flamingi brodziły w jeziorze pełnym krokodyli i hipopotamów. W tle widać było ośnieżoną kopułę Kilimandżaro.

— Podoba ci się to? — spytał, krzywiąc się Kuba.

— Oczywiście! To prymitywne malarstwo, ale pełne dziecięcego uroku.

— Mam nadzieję, że żartujesz...

Wokół Tomasza i Kuby zrobiło się zamieszanie. Sprzedawca, którego płótna oglądali, dwoił się i troił, by zwrócić ich uwagę na pozostałe towary. Gdy odwrócili się, chcąc odejść, zaczął głośno lamentować. Udawał, że już zapakował „kupiony" przez nich obraz i teraz domagał się zapłaty. Równocześnie inni kupcy ciągnęli Tomasza za rękaw, by odwiedził ich kramy. „Tylko popatrz! Nic nie musisz kupować!" — darł się ubrany w długą białą szatę sprzedawca hebanowych masek. Tomasz wdał się z nim w dyskusję, jedną ręką opędzając się od natrętnego marszanda.

Kuba miał dość. Wąskim przejściem pomiędzy straganami przeszedł z bazaru na obszerne podwórko. Przysiadł na stercie pustych skrzynek po owocach i otarł pot z czoła. Chciało mu się pić. Było duszno, jakby zbierało się na burzę. Niebo miało barwę mlecznobiałą. Rozejrzał się. Z dziedzińca można było wejść do trzech lepianek. Nie miały okien, a tylko ciemne otwory przesłonięte zasłonami z kolorowych koralików. Jedne z takich prowizorycznych „drzwi" uniosły się i trzyletni może chłopiec spojrzał na niego ciekawie. Kuba pomachał mu przyjaźnie. Malec uśmiechnął się i zniknął w chacie. Pojawił się po chwili, w towarzystwie starszej o rok siostry, która dumnie trzymała przed sobą ułamaną gałązkę. Kuba przyjrzał się uważnie. Na brązowym prostym patyku siedzi dziesięciocentymetrowa jaszczurka.

— Chodźcie tu bliżej! — powiedział po polsku i przywołał dzieciaki gestem.

Rodzeństwo posłusznie stanęło przed Kubą i nim zdążył o cokolwiek zapytać, zaczęło śpiewać cienkimi głosikami:

Jumbo
Jumbo bwana,
Habari gani
Nzuri sana,
Wageni
Mwakaribishwa
Kilimandżaro
Hakuna matata

— Uczysz się suahili? Świetnie! — Pomiędzy straganami przecisnął się starszy mężczyzna w koszuli z koloratką i usiadł obok Kuby. Dzieci ze zdwojoną energią zaśpiewały ten sam przebój, a mężczyzna z uśmiechem nucił razem z nimi.

— Skąd pan... skąd ksiądz — poprawił się szybko Kuba — i to Polak, tu się wziął?

Mężczyzna zaśmiał się i machnął ręką w kierunku lepianek.

— Niedaleko stąd, tam, za tymi ruderami, jest parafia świętego Maksymiliana Kolbego. To mój rewir. Wszyscy znają ojca Mariana. Pracuję tu od niemal dwudziestu lat. A ty, młodzieńcze?

— Kuba Jaworski. — Chłopak z powagą podał księdzu rękę. — Przyjechałem tu wczoraj z tatą. Z Warszawy.

— Czekaj, czekaj... — Ojciec Marian ściągnął brwi i zamyślił się, trąc niedogolony policzek. — Jaworski, powiadasz?

Kuba przytaknął.

— Jaworski... — powtórzył ksiądz i popatrzył na chłopca uważnie. — Jakub Jaworski? To niemożliwe — mruknął do siebie — ile to było lat temu...

— Co? Co było? — Kuba patrzył na niego zdziwiony.

— Nic, nic... A właściwie, to może... — Duchowny się roześmiał. — To byłby numer! Wiesz, maluchu, chrzciłem tu kiedyś w naszej ubogiej parafii jednego Jakuba Jaworskiego, ale ty wyglądasz na dużo starszego. Kawał chłopa z ciebie!

— Urodziłem się w Warszawie i jestem tu pierwszy raz — szybko odpowiedział Kuba.

— No, to pewnie się pomyliłem! — stwierdził ksiądz i kiwnął palcem na maluchy przyglądające im się z ciekawością. Chłopiec i dziewczynka jak na rozkaz złapali się za ręce i zaczęli śpiewać:

Jumbo
Jumbo bwana,
Habari gani
Nzuri sana...

Ksiądz sięgnął do kieszeni i dał dzieciom garść drobnych.

— Ta piosenka to właściwie skrócony kurs językowy: „Cześć! Witaj gościu. Jak się masz? Bardzo dobrze. Serdecznie zapraszamy. Kilimandżaro"... no, to chyba rozumiesz... No i na końcu ich ulubione sformułowanie, które usłyszysz tysiące razy na każdym kroku: *Hakuna matata*, czyli nie ma problemu.

Kuba się uśmiechnął.

— *Hakuna matata...* O! Tata!

— Wszędzie cię szukałem, nie rób mi... — zaczął Tomasz wściekły, ale urwał w pół zdania i spojrzał zdziwiony na księdza siedzącego obok jego syna.

— Kopę lat, Tomku! — Duchowny mrugnął porozumiewawczo. — Zdziwiony, że jeszcze żyję? Sam się dziwię...

— Ojciec Marian? — Jaworski rozłożył ramiona i serdecznie uścisnął księdza. — Miałeś się zgłosić do mnie w Warszawie. Położyłbym cię u siebie w szpitalu na jakiś mały remont. — Pogroził mu palcem. — Swojego lekarza trzeba słuchać!

— Byłeś moim lekarzem, ale zdezerterowałeś.

— Widzę, że poznałeś już mojego syna...

Ksiądz skinął głową.

— Tato, chce mi się pić — jęknął Kuba. — Padnę, jeśli nie strzelę dużej coli z lodówki.

— Tuż przy tamtym straganie widziałem chłopaka, który sprzedaje orzechy kokosowe — podpowiedział ojciec Marian.

— Chce mi się pić, a nie jeść — sprostował Kuba.

Tomasz zaśmiał się i wręczył synowi pomięty banknot.

— Idź i daj mu ten tysiąc szylingów. Dostaniesz za to dwa orzechy. Spodoba ci się, zobaczysz...

Kuba bez przekonania wziął pieniądze i ociągając się, poszedł na plac targowy. Rzeczywiście, nieopodal stał jego rówieśnik ze starym zardzewiałym rowerem, który przy kierownicy miał przymocowany wielki kosz z zielonymi kokosami. Kuba podał mu banknot i pokazał na migi, że chce mu się pić. Młody sprzedawca błysnął w uśmiechu śnieżnobiałymi zębami i szybkim gestem wyciągnął z koszyka orzech i maczetę z szerokim ostrzem. Kuba odruchowo zrobił krok do tyłu, ale chłopak zaczął sprawnie ociosywać twardą skorupę. Po chwili trzymał w ręce coś w rodzaju kubka z łupiny kokosa. Jeszcze dziesięć sekund i Kuba sączył biały, słodki i zadziwiająco zimny płyn.

— Dobre... *Good!* — Kuba wymownie pomasował się po brzuchu, a potem pokazał kosz orzechów. — Chcę jeszcze! To dużo lepsze od coca-coli. Rozumiesz?

Odwrócił się i zadowolony pomachał ojcu.

Kilka kroków dalej Tomasz, z pochyloną głową, słuchał krótkiego kazania, które uznał za stosowne wygłosić ojciec Marian.

— Jak mogłeś mu nie powiedzieć?! Czy życie w kłamstwie dało wam szczęście? Tak nie wolno...

— Chcę to nadrobić, ale przysięgałem Ewie...

— Przysięgać wolno tylko przed obliczem Boga. A wobec ludzi twoje słowa powinny być tak — tak, nie — nie. A wszystko inne od złego pochodzi. Ale... — twarz księdza złagodniała — kim jestem, żeby cię potępiać. Wybacz...

— Powiem mu... w swoim czasie. Po to tu przyjechałem.

Duchowny pokiwał głową.

— Jest jeszcze jedna sprawa — zaczął Tomasz niepewnie. — Wiem, że to idiotyczne. Nie powinienem zawracać ojcu głowy, pewnie ojciec się spieszy...

Ksiądz spojrzał na zegarek.

— Msza może trochę poczekać. — Wzruszył ramionami. — I tak rzadko któraś z tych moich pogańskich owieczek zagląda do kościoła.

— Chodzi o to, że... — Jaworski ściszył głos — ona mi się śni. Prawie każdej nocy.

— Basia?

— Tak.

— Pomódl się o zbawienie jej duszy.

Tomasz westchnął ciężko.

— Czasami zmarli przychodzą do nas w snach — powiedział poważnie duchowny — żeby poprosić nas o uregulowanie ich ziemskich spraw. Szczególnie jeśli ktoś odszedł nagle i niespodziewanie. Tak jak Basia... Wyspowiadaj się i pomódl, a rozwiązanie samo ci się objawi. Chcesz przyjść do mnie do kościoła?

Jaworski pokręcił energicznie głową.

— Przepraszam, ale nie wierzę. Już nie. Jestem racjonalistą, lekarzem...

Ojciec Marian popatrzył na niego rozbawiony.

— Tomku... Z ręką na sercu powiedz mi, czy jako lekarz nigdy nie doświadczyłeś obecności Boga?

— Wraca Kuba... Nie chciałbym...

— Rozumiem. — Ksiądz skinął głową. — Zmieńmy temat. Co kupiłeś na naszym targu?

— Maskę! — roześmiał się Tomasz i wydobył z czarnej plastikowej reklamówki drewnianą twarz wykrzywioną w potwornym grymasie.

— Tato! Ale czaderska! — wykrzyknął Kuba.

— Naprawdę makabryczna — przyznał Tomasz. — Długo się targowałem, ale było warto. To będzie ozdoba mojej kolekcji.

— Uważaj, maska bywa niebezpieczna, jeśli jakiś czarownik napromieniował ją złą energią — powiedział duchowny bardzo cicho. — Widywałem tu już takie rzeczy.

— Czy to oficjalne stanowisko Stolicy Apostolskiej? — Tomasz silił się na żartobliwy ton, ale nie było mu do śmiechu.

Ksiądz wzruszył ramionami

— Tu z takimi rzeczami trzeba uważać. Magia, z definicji, tak jak i wiara, nie jest naukowo udowodniona, a w Afryce nawet najwięksi racjonaliści czasem doznają łaski wiary. Albo niełaski magii. Oby nie było dla ciebie za późno...

ROZDZIAŁ VIII

Gabinet naczelnego zwykło się w redakcyjnym slangu nazywać „zamrażarką". Tego określenia używała nawet sekretarka, wzywając poszczególnych dziennikarzy na „mrożenie" do szefa. Wszystko wzięło się z tego, że Stary non stop palił. A że w nowoczesnym biurowcu, w którym mieściła się „Kobieta Modna", palenie było surowo zabronione i pełno było czujników dymu, naczelny ostentacyjnie otwierał okno i dmuchał w stronę ciągnących się pod budynkiem parkingów. Jednak, zapewne zgodnie z jakimś tajemniczym prawem fizyki, dym nie chciał wylatywać na zewnątrz. Snuł się po całym gabinecie, jakby mroźne lutowe powietrze wtłaczało go z powrotem do środka. Szef był pod tym względem niereformowalny. Palił, odkąd w połowie lat siedemdziesiątych zaczął pracę w „Sztandarze Młodych", i nie wyobrażał sobie redagowania tekstów bez papierosa i szklanki kawy z gęstą zawiesiną fusów. Jakimś cudem udało mu się też przegapić rewolucję technologiczną, którą w gazetach w połowie lat dziewięćdziesiątych przyniosły komputery. Stary nie splamił się do tej pory ani jednym kliknięciem. I co gorsza — był z tego dumny. Wszystkie teksty czytał na płachtach papieru. W ciągu ostatnich kilku lat tylko i wyłącznie z jego powodu poszło pod topór kilka hektarów puszczy amazońskiej. Wprowadzał poprawki zamaszystymi ruchami wiecznego pióra i oddawał tekst dziennikarzowi, który musiał biedzić się nad odcyfrowaniem stenograficznych skrótów, których nie uczono już nawet na dziennikarskich uczelniach. Wydłużało to czas przygotowania materiałów do druku, ale w przypadku miesięcznika nie było to aż tak bolesne.

Ewa, przed wejściem do gabinetu naczelnego narzuciła na sukienkę płaszcz, ale i tak po dwóch minutach dygotała z zimna. Stary, co było oczywiste, palił, siedząc tyłem do otwartego na oścież okna. Patrzył na Ewę z zagadkowym, nieco kpiącym uśmieszkiem.

— Ale, do cholery, o co ci tak naprawdę chodzi?

— Tydzień temu zamknęliśmy numer marcowy. Oddałam wszystkie teksty do wydania kwietniowego i naprawdę nie widzę powodu, żebyś mi nadal blokował urlop.

Stary zaciągnął się z rozkoszą dymem i policzył do dziesięciu, zanim wypuścił powietrze.

— Jeszcze nie czytałem. A tekstów, których redaktor naczelny nie przeczytał, nie można uznać za oddane.

Stary uwielbiał mówić o sobie w trzeciej osobie, jakby był cesarzem.

— Nie czytałeś? To przeczytaj! — żachnęła się Ewa. — Słuchaj, mam ponad siedemdziesiąt dni niewykorzystanego urlopu z ostatnich kilku lat. Gdyby dowiedziała się o tym inspekcja pracy...

Stary machnął z lekceważeniem ręką i stuknął palcem w gazetę, która leżała na biurku.

— Wiesz, co tu piszą? Nadchodzi wielki kryzys. Z Agory zwolnili kilkaset osób, a to dopiero początek tsunami. Axel Springer, Gruner, Bauer, Hachette... — wyliczał, odginając palce. Papieros w kąciku jego ust chwiał się niebezpiecznie. Zafascynowana Ewa podążyła wzrokiem za kawałkiem popiołu, który odpadł od żarzącego się koniuszka i zniknął gdzieś w stercie papierów. Spodziewała się, że zaraz wybuchnie pożar, ale nic takiego się nie stało. Poczuła zawód.

— Masz jakieś nowe niepokojące dane o naszej sprzedaży? — zapytała z niewinną miną.

Stary wyczuł niebezpieczeństwo. Co innego ogólne narzekania na stan rynku, a co innego konkretny spadek sprzedaży tytułu, za który jest odpowiedzialny. Mówiąc wprost: jeśli jest kiepsko na rynku, to on może zwalniać. A jeśli magazyn, którym kieruje, słabo się sprzedaje — zwalniają jego.

— Nie mamy jeszcze najnowszych zestawień — odpowiedział wymijająco — ale kryzys dopiero się zaczyna i media bardzo mocno to odczują. Już jest dużo mniej reklam. A będzie tylko gorzej. Trzeba ostro ciąć koszty i bardziej się starać. Jeśli będziemy mieli lepsze, bardziej interesujące teksty, podniesiemy poziom merytoryczny i edytorski, to zwiększymy sprzedaż kosztem konkurencji i prezesi będą mieli mniejsze parcie na redukcje w naszym zespole. Jesteśmy przecież jedną drużyną. Rozumiesz?

— Nie, nie rozumiem, jaki to ma związek z moim urlopem, który należy mi się jak psu kość.

Naczelny pstryknął zapalniczką i zapalił kolejnego papierosa.

— Redaktor naczelny codziennie odbiera kilka telefonów... — zawiesił głos. — Sama czołówka polskiej prasy! Domyślasz się, o co mnie proszą. Ale na razie odmawiam. Wiesz dlaczego? Bo mówię im, że mam już najlepszych, najzdolniejszych i najbardziej pracowitych dziennikarzy w całym kraju. Mam ludzi, dla których praca w „Kobiecie Modnej" jest sensem życia, pasją i największą radością, a nie tylko sposobem na zarobienie niezłych — to także powiedzmy otwarcie — całkiem niezłych pieniędzy. Tak im odpowiada redaktor naczelny, a ty mi tu wyjeżdżasz z jakimś pieprzonym urlopem?

Stary się rozkręcał. Gestykulował tak energicznie, że zgasł mu papieros. Ewa analizowała jego słowa, starając się z całych sił, by nie dać się wpędzić w poczucie winy. W końcu to ona jest w tej redakcji od psychologii. Zastanawiała się tylko, co z tego, co naczelny mówi, może być prawdą. Bo konstruowanie wypowiedzi z kilku wątłych prawd i półprawd tak, żeby całość dała obraz przekonującej, choć całkowicie fałszywej rzeczywistości, było jego specjalnością. Rzeczywiście, o kryzysie i zwolnieniach mówiło się już od dawna. Tak samo jak rytualnie zapewniało się, że kłopoty ma konkurencja, a nam sprzedaż „co prawda już nie rośnie tak dynamicznie, ale i — dzięki Bogu — nie spada". Coś może być na rzeczy. Któraś z gwiazd żurnalistyki — tego wykluczyć nie sposób — być może kontrolnie zadzwoniła do Starego, żeby wybadać, czy byłby skłonny sypnąć więcej kasy, niż gwiazda dostaje w macierzystej redakcji. Musiało go to wprawić w fantastyczny nastrój i zapewne z tego powodu zdecydował się „dokręcić śrubę" swoim etatowym pracownikom. Dlatego na wszelki wypadek należy działać ostrożnie.

— Słuchaj, nie proszę cię o złote góry, o podwyżkę, samochód z kierowcą ani nawet o służbową kartę kredytową, choć wiem, że parę osób z redakcji ma takie gadżety. Ja chcę tylko dwa tygodnie urlopu. I to w sytuacji, w której zostawiam wszystko zapięte na ostatni guzik.

Naczelny po raz pierwszy podczas tej rozmowy spojrzał na nią uważniej. Przez moment widać było na jego twarzy skupienie. Zastanawiał się.

— A po co, do cholery, są ci teraz potrzebne dwa tygodnie? — Stary uśmiechnął się kwaśno. — Weź jak człowiek — dwa dni: piątek i poniedziałek. Pojedź na narty do Zakopanego na taki przedłużony weekend i będziesz zadowolona. Może nawet dorzucę ci jeszcze dzień wolnego gratis! To co, umawiamy się?

Ewa tego się właśnie po nim spodziewała. W normalnych warunkach taką propozycję przyjęłaby z wdzięcznością. Ale nie dziś.

— Chcę wyjechać na dłużej, z rodziną... — zaczęła ostrożnie. Szef nie przepadał za takimi argumentami. Rodzina, a zwłaszcza dzieci, była według niego zbędnym balastem. Co z tego, że sam miał ich czwórkę, każde z inną żoną, skoro nie pamiętał nawet ich imion. Wyznawał zasadę, że naprawdę dobrzy dziennikarze nie mają prawa mieć udanego życia rodzinnego. „Rodzina albo praca. Wybór należy do ciebie" — zwykł mówić młodym dziennikarkom w przeddzień ślubu, gdy wszyscy inni składali konwencjonalne gratulacje i życzenia wszystkiego najlepszego na nowej drodze życia. Nie, żeby liczył na to, że któraś się zawaha. Po prostu chodziło mu o zepsucie pannie młodej dobrego nastroju.

— Chcesz wyjechać z mężem?

W jego pytaniu czaiła się pułapka. Ewa instynktownie naprężyła mięśnie, jakby szykowała się do odparowania ciosu.

— Tak. Chcemy wyskoczyć na jakieś last minute — paplała z uśmiechem kretynki przylepionym do twarzy. — Gdzieś, gdzie jest ciepło, ale oczywiście nie za daleko. Liznąć trochę słońca, plaży i morza. Zrelaksować się i naładować akumulatory, żeby z jeszcze większą energią zabrać się do walki z kryzysem.

Za nic nie mogła przecież zdradzić mu prawdy. Gdyby dowiedział się, że „nie za daleko" oznacza Afrykę Równikową, z czystej zawiści wymyśliłby coś, żeby jej nie puścić nawet na te dwa dni.

— Chcesz wyjechać z mężem? — powtórzył zdziwiony. — Myślałem, że wam się ostatnio nie układa...

— Nie. Skądże? Wszystko w porządku — odpowiedziała bez namysłu.

— Bo jeśli coś jest nie tak, powiedz. Może pomożemy? Przecież wiesz, że zawsze możesz przyjść do mnie z każdą sprawą. Drzwi są otwarte.

Ewa pokiwała głową. Dobrze wiedziała, że do Starego musiały dojść jakieś plotki o Marcinie. Ale nie była na tyle głupia, by zwierzać mu się ze swoich problemów. Dobrze zapamiętała sobie blisko czterdziestoletnią Marysię z korekty, która w przypływie słabości zwierzyła się naczelnemu z problemów z odwiecznym narzeczonym. Kilka następnych miesięcy było dla niej prawdziwym koszmarem. Stary nie ominął żadnej okazji, żeby jej nie poniżyć. Wszystkie słowa Marysi analizował publicznie pod kątem kłopotów osobistych. Czasem dogryzał jej zupełnie bezinteresownie. Ewa, tak jak inne dziewczyny, współczuła koleżance, ale nie mogła nic zrobić.

— U mnie naprawdę wszystko w porządku, ale przydałby mi się urlop.

Naczelny pokręcił z irytacją głową.

— Dam ci tydzień, ale dopiero po zamknięciu kwietniowego numeru i zaplanowaniu maja. Nie może tak być, że inni pracują nad twoimi tekstami, gdy ty wylegujesz się na plaży w Hurghadzie.

Ewa wstała. Rozmowa skończona. Wiedziała, że dziś więcej nie osiągnie. Mimo wszystko nie wyglądało to źle. Jeśli uda jej się zatwierdzić tematy i dogadać z sekretarzami redakcji, to w ciągu dziesięciu dni wyrobi się ze wszystkim. Dojedzie do Tomasza i Kuby akurat po ich zejściu z Kilimandżaro. To będzie dobry moment, bo wspinanie się na liczącą niemal sześć tysięcy metrów górę nie jest jej marzeniem. Za to z przyjemnością popluska się w Oceanie Indyjskim. A na to wciąż jeszcze ma szansę. Otworzyła z rozmachem drzwi i omal nie zderzyła się z Mileną, która ewidentnie podsłuchiwała.

— Uważaj! — syknęła Ewa. — Jeśli już musisz warować pod zamrażarką, to się chociaż ubierz. W tej bluzeczce łatwo tu złapiesz zapalenie płuc.

— Suka! — syknęła Milena i odruchowo zakryła ręką dekolt. Szybko jednak odzyskała rezon. — Widzę, że jesteś w doskonałym nastroju. Złożyłaś wypowiedzenie?

— Nie... — Ewa machnęła lekceważąco ręką. — Stary poprosił mnie, żebym w tym roku zamiast ciebie pojechała na festiwal do Cannes. Twoja zeszłoroczna relacja była tak beznadziejna, że wszystkie stażystki się z niej śmiały, a organizatorzy poprosili, by w następnym roku przysłać z redakcji prawdziwego dziennikarza...

— Naprawdę? Prosili o boginię seksu? — Milena teatralnie uniosła brwi. — No to jedź!

I kołysząc się na wysokich obcasach, wróciła do biurka. Ewa wzruszyła ramionami. Miała zbyt dobry humor, żeby zepsuła go ta zazdrosna flądra. Jedyne, co ją martwiło, to fakt, że musi powiedzieć Marcinowi o swoim wyjeździe do Tanzanii. Ten chłopak jest cierpliwy i zakochany w niej po uszy, ale ostatnio coraz częściej daje jej do zrozumienia, że chciałby ją mieć na wyłączność. Ewa pokręciła głową i podjęła decyzję.

ROZDZIAŁ IX

Autobus największej firmy transportowej w Afryce Wschodniej Scandinavian Travel był wyposażony w klimatyzację, ale kierowca z jakichś sobie tylko znanych powodów nie zamierzał z niej skorzystać. Sześćset kilometrów z wybrzeża w głąb kontynentu zapowiadało się więc raczej upalnie. Ruszyli o ósmej rano i wszystkie znaki na niebie i ziemi wskazywały, że mają małe szanse, by dojechać na miejsce przed nocą. Tomasz i Kuba siedzieli w jednym z pierwszych rzędów, zaraz za kierowcą i konduktorem. Szofer był wąsatym milczącym grubasem. Z satysfakcją napawał się odrobiną władzy, którą miał nad pasażerami, a także poniekąd nad innymi użytkownikami drogi. Nad wyraz chętnie używał klaksonu i z sadystyczną przyjemnością spychał na pobocze i do przydrożnych rowów rowerzystów i rodziny, które z całym dobytkiem przemieszczały się na dychawicznych chińskich motorowerach. Konduktor był jego przeciwieństwem: niski, ruchliwy, gadatliwy, o małych oczkach cwaniaka. Czasami stukał dwa razy w fotel kierowcy i wtedy grubas, z wyrazem niesmaku na twarzy, zatrzymywał się przy jakiejś szczególnie ładnej dziewczynie, która z koszem na głowie wędrowała drogą. Konduktor wdawał się z nią we flirt i czasem dopiero po kilku minutach dawał znak do odjazdu. Niektóre dziewczyny decydowały się na to, by wsiąść do autobusu. Jeśli miały pieniądze, konduktor zabierał im wygniecione banknoty i pomagał jakoś usadowić się z bagażami i inwentarzem na siedzeniach z tyłu. Jeśli nie miały czym płacić, zabawiał z nimi na tylnych fotelach nieco dłużej. Za oknem krajobraz przez kilka godzin prawie się nie zmieniał. Wstęga asfaltu przecinała monotonną przestrzeń. Pola porośnięte juką, gaje bananowe, a najczęściej kamienisty step z pojedynczymi parasolami akacji i termitierami, wyglądającymi jak zamki z szarego piasku, które magicznym sposobem ktoś przeniósł tu wprost z bałtyckich plaż. Z bezpiecznej odległości na przejeżdżający autobus obojętnie patrzyli pasterze wsparci na długich kijach. Wokół nich niemrawo przeżuwały suchą trawę stada owiec, kóz, lub rogatych i garbatych krów.

Na rzadkich w tym rejonie skrzyżowaniach dróg autobus zwalniał, a czasem się zatrzymywał, i natychmiast otaczała go gromada sprzedawców. Pojawiali się nagle, wyskakiwali z okolicznych krzaków albo podnosili się z rowów, gdzie drzemali w towarzystwie różnokolorowych śmieci. Przystawiali do okien tyczki z przymocowanymi do nich kiściami bananów, świeżymi ananasami i zapakowanymi w plastikowe torebki orzeszkami nerkowca. Zresztą w ten sposób można było się zaopatrzyć nie tylko w przekąski. Handlarze podnosili do góry szerokie deski z rozłożonymi na nich dziesiątkami par okularów przeciwsłonecznych, parasolami, tenisówkami, klapkami, a nawet z żywymi kurami. Turyści w autobusie (oprócz Kuby i Tomasza była tam para Amerykanów, dwie dziewczyny z Wielkiej Brytanii i grupa Niemców), patrzyli na ten pokaz handlowych umiejętności z dystansem, na którego dnie czaiła się niechęć. Ale za to kilkunastu Tanzańczyków robiło zakupy z prawdziwą przyjemnością, przebierając w towarze i głośno targując się z kupcami. Zachowywali się swobodnie, jakby spacerowali z wózkami po hipermarkecie.

W południe kierowca zatrzymał się przy przydrożnym barze i zachrypniętym głosem Louisa Armstronga zapowiedział dziesięciominutowy postój. Pasażerowie karnie ustawili się w kolejce i zamawiali jedyną potrawę, która była w bufecie: samaki ugali, czyli, jak Tomasz wytłumaczył synowi, smażoną rybę z kulką kukurydzianego purée. Kuba nie był zachwycony, ale sącząc ciepłą coca-colę, starał się nie okazywać, jak bardzo jest rozczarowany.

Tomasz wprost przeciwnie, z każdym kilometrem czuł się lepiej. Zapach powietrza, ostry smak potraw, a nawet wciskający w ziemię upał przypominały mu młodość i kojarzyły się z nieskrępowaną wolnością i przygodą. Z latami, kiedy wszystko wydawało się możliwe. Jeszcze zanim nastał czas kompromisów.

Popatrzył na syna. Kuba z kiepsko skrywanym obrzydzeniem grzebał plastikowym widelcem w talerzu. Jego mina mówiła wyraźnie, że w tej chwili dużo by dał za podwójnego cheeseburgera i frytki. Tomasz westchnął cicho. Może fizycznie jego syn jest podobny do Basi — ma ten sam kształt oczu, wystające kości policzkowe i tak jak ona czasami zamyśla się, skubiąc czubek ucha — ale to tyle. Jeśli chodzi o charakter i upodobania, Kuba jest wierną kopią Ewy. Choć biologicznie nic ich ze sobą nie łączy, ma większość jej gestów i tak jak ona nie przepada za przygodami. Zwłaszcza jeśli łączą się ze zmianą menu. Tomasz uśmiechnął się w duchu, gdy przypomniał sobie swoją pierwszą podróż z Nairobi do Arushy. Chłonął wtedy Afrykę z całym dobrodziejstwem inwentarza. Chciał wszystkiego spróbować, dotknąć, zgłębić. Basia była taka sama jak on. Dlatego rozumieli się bez słów. Gdyby była dziś z nimi, nie tylko zjadłaby ze smakiem samaki ugali, ale jeszcze jakimś sposobem dostałaby się do kuchni i pogadała z kucharkami o życiu i ich ulubionych tradycyjnych potrawach. Przygotowywanie wymyślnych potraw stało się w Tanzanii jej pasją, choć trudno było się tego domyślić, bo była szczupła i wysportowana. Marzyła o wydaniu książki kucharskiej narodów Afryki. Zbierała skrzętnie wszystkie opowieści mistrzów patelni z przydrożnych barów i spelunek, ale również kobiet w maleńkich wioskach, i zapisywała w dużym czarnym notesie Moleskine. Tomasz śmiał się, że Basia zna już trzysta sześćdziesiąt pięć sposobów przyrządzania kassawy — jeden na każdy dzień roku — jakby chciała, by jej życie było wielkim piknikiem.

Ewa, wprost przeciwnie, była chora na samą myśl o spróbowaniu czegoś nowego. Nie znosiła eksperymentów. Mogła codziennie chodzić do tej samej restauracji i zamawiać to samo danie. W obskurnym bufecie, cztery godziny drogi od Dar es-Salaam, zachowałaby się dokładnie tak jak teraz Kuba — grzebałaby widelcem w potrawie, przyglądając jej się z napiętą uwagą i z obrzydzeniem.

Nerwowy dźwięk klaksonu poderwał gości od stolików. Kierowca wściekle bębnił pięścią w kierownicę.

— *I said ten minutes. TEN MINUTES!* — wrzeszczał.

Tomasz wzruszył ramionami, szybko zgarnął z talerza resztki ryby i wskoczył do autobusu. Kuba z ulgą zostawił na plastikowym stole prawie nietkniętą potrawę. Ciężki upał w autobusie bez klimatyzacji działał jak najlepszy środek nasenny. Pasażerowie szybko zapadli w niespokojną drzemkę, budząc się co kilka minut, gdy auto podskakiwało na jakichś wyjątkowo wrednych wybojach. Szofer prowadził na granicy ryzyka: przyspieszał przed ostrymi zakrętami i zabierał się do wyprzedzania tuż przed wierzchołkami wzniesień. Tomasz obiecał sobie, że jeśli uda mu się przeżyć, a także — na co specjalnie nie liczył — utrzymać w sobie samaki ugali, w nagrodę wypije wieczorem nie jedno, ale dwa zimne piwa Kilimanjaro. Tymczasem znużony zapadł w męczący sen. Obudził go gwar. Autobus stał z wyłączonym silnikiem na placu targowym. W szyby stukali sprzedawcy orzeszków. Szybkim ruchem sprawdził, czy ma przy sobie portfel i dokumenty. Kuba wciąż spał z głową na jego ramieniu. Tomasz poznał to miejsce. Nie zmieniło się aż tak bardzo w ciągu piętnastu lat. Główny plac Moshi pełnił nie tylko funkcję targowiska, ale również punktu informacyjnego i kontaktowego dla obieżyświatów, którzy szukali przewodników i tragarzy na safari i Kilimandżaro. Wyjrzał z zaciekawieniem przez okno. Powinno być widać najwyższy szczyt Afryki. Majestatyczna góra stała gdzieś, zapewne całkiem niedaleko, ale niestety szczelnie otulona mgłami.

Konduktor pomógł wyciągnąć bagaże dwóm Angielkom i dał sygnał do odjazdu. Został im do przejechania już niewielki odcinek, zaledwie godzina jazdy wzdłuż plantacji kawy. Słońce zachodziło, nasycając powietrze ciepłym złotym blaskiem. Tomasz nagle zdał sobie sprawę z tego, że po raz pierwszy od wielu lat czuje wewnętrzny spokój i harmonię. W tej chwili nie zastanawiał się nawet nad tym, czy zdoła wejść z Kubą na Kilimandżaro. Nie obchodziło go to, czy uda mu się znaleźć przewodnika, hotel, podjąć gotówkę z bankomatu i zjeść porządną kolację. To wszystko było istotne, ale w tym momencie bardziej liczyła się droga, a nie cel. Pomruki silnika i skoczna afrykańska muzyka płynąca z radia wprowadziły go w stan bliski snu na jawie. Z każdą minutą czuł się coraz bardziej szczęśliwy. Ewa, warszawski szpital, stan konta w banku i zapowiadany w gazetach kryzys, wszystko to zbiło się w jego głowie w kulę, którą wziął do ręki i z całej siły cisnął w wieczorne niebo. Nie mógł tego zobaczyć, ale wiedział, że z rozgwieżdżonego nieboskłonu spoglądają na niego oczy Basi. Jej spojrzenie przenika przez zardzewiałą karoserię autobusu i zatrzymuje się na nim i opartej o jego ramię czuprynie Kuby. Poczuł nutkę żalu, że Basia nie mogła choćby spróbować wychować ich syna. Na pewno miałaby do niego więcej cierpliwości. Może udałoby jej się uniknąć paru błędów, ustrzec Kubę przed niektórymi niebezpieczeństwami. Może pokazałaby mu trochę inny świat? A możliwe też, że przy Basi inny byłby również Tomasz. Nie uciekałby z chłodnego emocjonalnie domu do pracy. Odnalazłby w sobie siłę, żeby uniknąć paru pokus i jego sumienie byłoby czystsze. Ale o tym nie dane mu było się przekonać. Stało się to, co się stało, i nie było już czego rozpamiętywać. Wyroki losu...

— Gdzie jesteśmy?

Kuba przeciągnął się i przysunął nos do szyby.

— Już dojeżdżamy na miejsce. Arusha to serce Afryki. Tu krzyżują się wszystkie drogi. Turyści, tacy jak my, mają tu bazę wypadową do wszystkich największych parków narodowych i na Kilimandżaro.

Chłopak wzruszył ramionami. Nie chciało mu się wysłuchiwać kolejnego nudnego wykładu. Jeżeli o czymś w tej chwili marzył, to o wielkiej dwulitrowej butelce zimnej coli. Ale na to, jak się domyślał, nie można było tu liczyć.

Chwilę później na dworcu autobusowym w Arushy Tomasz uścisnął dłoń korpulentnego czarnoskórego biznesmena, odzianego w nienagannie skrojony biały garnitur.

— Richardzie, w ogóle się nie zmieniłeś!

— *Jumbo bwana!* Witaj, doktorze. A to twój syn? Przyjechałeś bez żony? Mam nadzieję, że jest zdrowa? — Biznesmen pytał uprzejmie, a równocześnie niedostrzegalnymi gestami dyrygował dwoma tragarzami, którzy pakowali bagaże Tomasza i Kuby do wielkiego starego land-rovera.

— Nie podoba mi się ten facet — szepnął Kuba do ojca. — Jest jakiś taki oślizgły i ma uśmiech przylepiony do twarzy. Oczka mu latają.

— Uspokój się, wszystko będzie dobrze — zapewnił go Tomasz. — Po prostu pilnuje, żeby nas ktoś nie obrobił. Przynajmniej do momentu, w którym mu zapłacimy. Od niego zależy powodzenie całej naszej wyprawy.

ROZDZIAŁ X

— Nie rozumiem, co chcesz osiągnąć. Po co ci właściwie ten urlop? — zapytał Konstanty i zaatakował widelcem naleśnik ze szpinakiem.

Ewa się zawahała. Jej przyjaciel miał prawo zadać takie pytanie. W końcu przez ostatnie tygodnie przy każdej okazji zwierzała mu się i narzekała, jak bardzo nie chce jechać z Tomaszem.

— A ja tam Ewę doskonale rozumiem. Afryka, piaszczyste plaże, słońce, *all inclusive*... — wyliczała Sandra.

— Chyba zwariowałaś! — przerwał jej Konstanty. — Przecież właśnie o to się rozchodzi. Ewa chciała normalnie, jak biały człowiek, pojechać do ciepłych krajów i pobyczyć się pod palmą, a jej mąż wyskoczył z jakimś Kilimandżaro!

Zapadła niezręczna cisza.

— Kilimandżaro to... to taka góra, prawda? — zapytała niepewnie Sandra. Była świetną graficzką. Korzystając z komputera, potrafiła odmłodzić każdego o dwadzieścia lat i odchudzić do granic anoreksji. Ale nigdy przesadnie nie interesowała się geografią czy literaturą.

— Nie czytałaś Hemingwaya? — zdziwił się Konstanty, który szczycił się tym, że jest jedynym szefem działu mody po polonistyce, a książki od dzieciństwa pożerał wręcz nałogowo.

— Przestańcie. Kilimandżaro to wysoka góra. Zdaje się, że jest tam bardzo zimno i nieprzyjemnie, chociaż stoi prawie na równiku. Nie ma tam żadnych palm ani rozkosznych plaż, tylko skały i śnieg. Nie rozumiem, po co się pchać gdzieś, gdzie nie dzieje się nic ciekawego, a jeszcze trzeba się namęczyć. To obrzydliwe — stwierdziła Ewa i zdecydowanym ruchem odłożyła łyżkę. Jej ostatnia uwaga odnosiła się do ogórkowej. Od wielu miesięcy w redakcyjnym bufecie zamawiała tę zupę, bo ma mało kalorii, ale nigdy nie zjadła więcej niż kilka łyżek.

— Męska przygoda. Ty tego nie zrozumiesz — mruknął Konstanty i przezornie odsunął swój talerz jak najdalej od Ewy.

— Pojechałbyś do Afryki, żeby tydzień zmarnować w górach? — zaatakowała Sandra.

— Ja? Nigdy — powiedział z mocą Konstanty. — Ale jak same wiecie, nie jestem typowym samcem alfa ani nawet beta. Już prędzej wyobrażam sobie mojego chłopaka, jak z plecakiem zasuwa do schroniska. Kiedyś na jakimś obozie wędrownym w Tatrach... No, nieważne! Pytanie jednak było inne: co się stało, że zdecydowałaś się walczyć ze Starym o urlop, na który nie miałaś ochoty?

— Sama nie wiem... — Ewa ukroiła kawałek wegetariańskiej lazanii na talerzu Sandry. — Dobre! — Rozchmurzyła się. — Zamienisz się?

Przyjaciółka chciała zaprotestować, ale Ewa już podsunęła jej talerz swojej chłodnej zupy i zabrała się do lazanii.

— Stary nie straszył cię kryzysem? — zapytał Konstanty. — Nie było cię na ostatnim zebraniu, a to był motyw przewodni całego spotkania. Podobno z Agory zwolnili już dwieście osób.

— Dziś mi mówił, że trzysta. Jutro pewnie będzie tysiąc. Oczywiście, że mnie sondował, jak bardzo jestem zdeterminowana.

— A jak bardzo jesteś? — zaciekawiła się Sandra.

— Bardzo. Mam dosyć tej warszawskiej zimy, chłodnego mokrego wiatru, wiecznego mroku. Budzisz się i jest ciemno, idziesz do pracy w szarówce, potem siedzisz przy zapalonym świetle, a gdy wracasz do domu, jest dla odmiany... ciemno. Tu się nie da żyć.

— A czy przypadkiem nie chodzi o to, że coś nie tak z Marcinem? — drążył Konstanty.

Ten romans był w redakcji tajemnicą poliszynela, więc Ewa już od dawna nie ukrywała go przed przyjaciółmi. Jednak zanim odpowiedziała, szybko zlustrowała najbliższe stoliki.

— Pewnie masz rację. Trochę zaczynam się go bać.

— Wygląda na miłego chłopaka. Ale tacy mogą być najgorsi. Oglądałam niedawno taki film... Ale żeby Marcin był zboczeńcem? Chce od ciebie jakiegoś wyuzdanego seksu? — dopytywała się Sandra z błyskiem w oku. — Niech zgadnę... Lubi gadżety! A może wiąże cię i zostawia na godzinę samą i nagą na podziemnym parkingu, a potem...

— Przestań! To ty masz chorą wyobraźnię, a nie on. Nie, nic z tych rzeczy. Szczerze mówiąc, byłam chyba pierwszą kobietą, z którą kochał się w innej pozycji niż misjonarska. I, muszę to powiedzieć, choć mnie samą wprawiło to w osłupienie: to była moja inicjatywa.

— Zawsze byłaś wyuzdaną zdzirą...

Sandra bez entuzjazmu mieszała łyżką w ogórkowej, patrząc ze złością, jak jej lazania szybko znika z talerza stojącego przed Ewą.

— Nie jest zboczkiem, więc co? Chce się z tobą ożenić? — domyślił się Konstanty.

Ewa z ociąganiem przytaknęła. Nagle wydało jej się, że za bardzo otworzyła się przed przyjaciółmi, ale teraz już nie było odwrotu.

— Nie rozumiem, czym się martwisz. Jesteś w czepku urodzona. Dwóch fajnych facetów cię kocha — powiedziała Sandra z wyraźnie wyczuwalnym wyrzutem. Ona nie miała takiego szczęścia. Jej poprzedni facet po prostu ją okradł, a na koniec jeszcze podbił oko i złamał nos. To było trzy lata temu. Od tamtego czasu w jej życiu nie zdarzyło się nic równie ekscytującego.

— Lepsze jest wrogiem dobrego — podpowiedział Konstanty, oblizując nóż.

— Nie rób tak, bo mi skóra cierpnie — jęknęła Ewa. — A z tymi fajnymi facetami to nie przesadzaj. Już z jednym czasem bywa udręka, a z dwoma...

— A co z Tomaszem? Pogodziliście się jakoś przed jego wyjazdem? — zapytał szef działu mody, zamaszystym ruchem krojąc ostatni kawałek naleśnika.

— Raczej nie nazwałabym tego pogodzeniem się. Spakował się, zabrał Kubę i wyjechał. Nawet nie pamiętał o walentynkach.

— Za to ty pamiętałaś — powiedziała z przekąsem Sandra. — Co mu dałaś w prezencie?

Zabolały ją uwagi Ewy. Odbierała je jako zawoalowane szyderstwo. Owszem, nie miała powodzenia u facetów, ale nie widziała w tym swojej winy. Praca w kobiecym magazynie od rana do nocy nie sprzyja nawiązywaniu kontaktów towarzyskich. Gdyby jeszcze była dziennikarką... mogłaby biegać na imprezy, premiery, robić wywiady z ciekawymi ludźmi. Coś by się jej wreszcie trafiło. Jako grafik miała kontakt wyłącznie ze zdjęciami gwiazd na ekranie komputera. A to za mało, by zbudować z kimkolwiek satysfakcjonujący związek.

— Oczywiście, że pamiętałam o walentynkach i czekałam na prezent albo chociaż miłe słowo. Nie doczekałam się. Nie od męża.

— Czekałaś? — Sandra zatrzepotała rzęsami. — Tyle razy pisałaś, żeby kobiety nie czekały na gest ze strony mężczyzny, tylko wzięły sprawy w swoje ręce. Taka zawsze byłaś hop do przodu. Ileż razy pouczałaś mnie, żebym nie siedziała w kącie, tylko sama wychodziła na miasto i polowała na facetów jak jakaś wampirzyca. A tu nagle: „czekałam na prezent". No, to do ciebie niepodobne...

— Seks to co innego, a prezenty co innego. W tym przypadku jestem tradycjonalistką — odpowiedziała zdecydowanie Ewa. — To facet jest od tego, żeby obsypywać swoją boginię podarkami. To ma zresztą bardzo racjonalne wytłumaczenie psychologiczne. Mężczyźni od tysiącleci są przyzwyczajeni, by kupować miłość. Jeśli dostają coś za darmo, to tego nie cenią. Im więcej zainwestują, tym większą czują satysfakcję. Tak było już w czasach jaskiniowców.

Kto upolował i przywlókł większego mamuta, mógł liczyć na lepszą obsługę. Nieudacznik siedział pod ścianą i mógł co najwyżej popatrzeć. A jak myślicie, dlaczego bogaci faceci zasypują swoje kobiety brylantami? I dlaczego Hugh Hefner po osiemdziesiątce wciąż ma regularne orgazmy?

— Stary viagrus... — skrzywił się Konstanty.

— W twojej teorii są pewne bardzo istotne luki — zauważyła Sandra. — Jeśli rzeczywiście zależy ci na fantach, to powinnaś poszukać sobie starego bogacza, a nie juniora ze „Świata Aut". Co on ci może dać?

— Łyżeczkę kleistej białkowej mazi — szepnął Konstanty, mrużąc jedno oko.

— No wiesz! — Ewa demonstracyjnie odsunęła niemal pusty talerz. — Przesadziłeś!

— No to co ci ten szczeniak dał? Pierścionek z cyrkonią?

— Nie doceniacie go... — Ewa wiedziała, że powinna zachować tę informację dla siebie, ale dała się sprowokować. Teraz nie było odwrotu. — Przyniósł mi bilety do opery — powiedziała cicho.

Konstanty i Sandra wymienili porozumiewawcze spojrzenia.

— Sprawa robi się poważna. Pójdziesz do teatru z troglodytą? — zapytał z udawaną uprzejmością Konstanty. — Przecież jemu „opera" kojarzy się tylko z przeglądarką internetową. Założę się, że nigdy w życiu nie był w teatrze.

— Wiem, że to nie jego żywioł, ale bardzo się stara. I to mnie niepokoi — powiedziała Ewa, stukając machinalnie widelcem o brzeg talerza. — Opera do niego nie pasuje. Teraz bardzo się do mnie nagina. Ale jeśli wyjdę za niego, długo tak nie wytrzyma. A nie chcę się drugi raz rozczarować...

— Uwaga! Wilk nadchodzi! — przerwał jej Konstanty.

— Witajcie! Widzę, że się spóźniłem. Wszystko zjedliście — zaśmiał się Marcin i postawił na stole tacę. Na jego talerzu leżał niezbyt apetyczny mielony, dwie kulki ziemniaków purée i gotowana marchewka z groszkiem. Konstanty spojrzał na ten zestaw z nieukrywanym obrzydzeniem i wstał. Podniosła się również Sandra.

— Na nas już czas, a wy, gołąbki, pogruchajcie sobie.

— Zostańcie... — szepnęła Ewa, ale jej przyjaciele już byli w drodze do windy.

Marcin wydawał się zadowolony z takiego obrotu spraw. Przysunął się bliżej do Ewy i położył rękę na jej dłoni.

— Kochanie, musimy porozmawiać...

ROZDZIAŁ XI

From: joasia1992@polka.eu
Subject: tesknie za Tobą
Date: February 18, 2008 09:50 AM GMT +01:00
To: kuba-jawor@yahoo.com

Hej, Młody!
Musi być ci ciężko w tamtym syfie. Dookoła pewno same brudasy. Mam nadzieję, że się czymś nie zarazisz, bo nie daruję ;-)
Wczoraj mieliśmy spotkanie w klubie i, kurna, jakoś bez ciebie i twoich głupich tekstów jest mi zajebiście smutno. Zakochałam się czy co :-?
Siwy prosił, żebyś nie zapomniał o tym, co mu obiecałeś. Jest strasznie cięty na twojego starego. Mówiłam mu, że ojciec Młodego jest w porządku, ale wiesz, jaki jest Siwy... Uważa, że każdy doktorek to złodziej i krętacz. Po tym, jak mu powiedziałeś, ile kosztowały bilety i w ogóle, że jedziecie na cały miesiąc na te różne safari i inne pierdoły, to się

strasznie napalił. Powtarzał mi jeszcze, żebym ci dała cynę, że jak wyciągniesz od swojego staruszka ze dwa, trzy nazwiska, to ci się odwdzięczy. Będziesz miał wjazd do nas, kiedy tylko chcesz, a w przyszłości przeskoczysz z młodzieżówki do partii. Kto wie, może zostaniesz posłem? Takie kariery już się u nas zdarzały :-)) Słuchaj, z Siwym lepiej nie zadzierać, bo różne rzeczy dzieją się z tymi, którzy go zlekceważyli. Jeśli masz problem z wystawieniem starzyka, to posłuchaj mojej rady i podpytaj, jak dorabiają jego koledzy. Nigdy nie wiadomo, co się może Siwemu przydać. Z tego, co wiem, to zbiera haki na wielu różnych doktorków. Tylko działaj ostrożnie. Pamiętasz, co mówili na szkoleniu? „Każdy ma swoją cenę". Czasem wystarczy znać taksę, a nasi ludzie zrobią resztę. Wiesz... Umówią się na wizytę, dadzą mu coś w łapę i nagrają na kamerę. Martwię się tylko, że ty przez ten czas całkiem ześwirujesz albo wyrwie cię jakaś czekoladka :-((Nie podoba mi się takie jeżdżenie do brudasów nie wiadomo po co. Co innego, gdybyś tam jechał trochę postrzelać :-! Nigdy nie zapominaj, kim jesteś i nie zadawaj się z małpami. A jak wrócisz, dostaniesz ode mnie nagrodę. Już nie mogę się doczekać ;-) Pamiętasz jeszcze o mnie?

Całuję :-*

Aśka

Kuba westchnął głęboko i niespokojnie rozejrzał się po ciasnym wnętrzu kafejki internetowej. Ojciec siedział przy starym pececie pod ścianą i przeglądał cyfrowe wydania polskich dzienników. Wydawało się, że jest tym całkowicie pochłonięty. Obok czarnoskóry chłopak w niezbyt czystej koszulce Manchester United grał w Quake'a. Po drugiej stronie brudnego stolika mężczyzna w zawoju zasłaniającym niemal całą twarz wpatrywał się w nieco falujący obraz na monitorze. Kuba dyskretnie zerknął mu przez ramię i poczuł się nieswojo. Strona internetowa, na którą patrzył, równie dobrze mogła być arabską wersją Naszej-Klasy, jak i instrukcją, jak zbudować bombę atomową. Facet w turbanie bardziej pasował do tej drugiej, mniej optymistycznej wersji.

Kuba wzruszył ramionami, odwrócił się do swojego komputera i postanowił skupić się na własnych problemach.

From: kuba-jawor@yahoo.com
Subject: Re: tesknie za Toba
Date: February 19, 2008 04:50 PM GMT +03:00
To: joasia1992@polka.eu

Siemka!
Dzięki za list. Pewnie, że o Tobie pamiętam!
Pozdrów też chłopaków. Nie dam się tu przerobić na czarnucha, spoko wodza :-). Misja od Siwego będzie wykonana. Chociaż jeszcze muszę ojca trochę rozmiękczyć. Wczoraj przyjechaliśmy do Arushy. To taka duża i raczej śmierdząca wiocha w środku Afryki. Z dworca odebrał nas Murzyn ubrany jak z raperskiego teledysku. Normalnie, mówię Ci, cały się błyszczał! Zawiózł nas do hotelu i elegancko skasował na pięć tysięcy baksów. To niby za zorganizowanie nam trzydniowego safari i za

wyprawę na Kili. Zapytałem ojca, skąd ma tyle keszu, ale się wykręcił. Powiedział: „Zobacz, już nie mam". Cwaniak!

Nasz hotel niby ładny, ale w środku to straszna nora pełna robactwa. W pokoju jest karaluchów jak na osiedlu z wielkiej płyty na Gocławiu. Bydlaki wcale się nas nie boją. Na początku strasznie mnie wkurzały i goniłem je, jak tylko widziałem te syfne czułki. Ale ojciec powiedział, że to nie ma sensu. Zgarnął tylko robactwo z łóżka i walnął w kimę. I rzeczywiście, rano robaki spacerowały już tylko po łazience. Może nas się brzydzą bardziej niż my ich? ;-) Jak brałem prysznic (woda tylko zimna, ale w tym upale to nawet przyjemne), wylazł z jakiejś szpary prawdziwy kolos. Miał z pięć centymetrów, gruby, z pancerzem jak niemiecki czołg. Zamachnąłem się na niego klapkiem, ale w ostatniej chwili spasowałem. Jednak budził szacun. Niespiesznie przespacerował przez całą łazienkę i zniknął w szczelinie pod kiblem.

W ramach śniadania wrzuciliśmy z ojcem jakieś grzanki z dżemem i talerz małych bananów, które miały wielkość, kształt, a i smak parówek (buee!), a potem poszliśmy w miasto. Pierwsze zetknięcie z Afryką za bramą hotelu to rzecz bardzo niefajna. Od razu podrywają się z krawężników jakieś gnojki, które tam warują 24 godziny na dobę. Najpierw się przymilają: *Jumbo bwana! Habari gani?* — co, jak mi stary przetłumaczył, znaczy mniej więcej: „Cześć gościu! Jak leci?" (swoją drogą ojciec, choć woli angielski, to nieźle kuma suahili. Od tej strony go nie znałem). Ale potem lumpy są już mniej miłe. Próbują na wszystkie sposoby wcisnąć nam jakiś trefny towar: koszulki, kapelusze, okulary, dzidy, maczety (tych szczególnie nie cierpię) i inne gadżety. A jak nie reagujemy, to snują się za nami kilka przecznic, a potem bezczelnie wyciągają łapy i mówią: „Dawaj mi moją kasę za to, że ciągnąłem się za tobą jak smród". To znaczy oni mówią już po angielsku: *Give me MY MONEY!*, ale sens jest taki jak wyżej. Ojciec dał im coś na odczepnego i poszliśmy zwiedzać city. Choć szczerze mówiąc, nie ma tu czego zwiedzać. Trochę klimatycznych sklepów, jeśli ktoś lubi chińsko-arabską tandetę, bazarek z fajnymi owocami i uliczka, na której krawcy — sami faceci — siedzą przed drzwiami warsztatów i kombinują coś na starych chińskich maszynach do szycia marki Butterfly :-). Zrobiliśmy kilka zdjęć i poszliśmy do knajpy. Ojciec zaprowadził mnie do jakiejś potwornej mordowni koło szpitala. Wyobraź sobie, że go tu znają! Powiedział mi, że był w Arushy jeszcze przed moim urodzeniem na jakimś stażu czy coś. W tej knajpie, normalnie od kelnera po lumpów przyspawanych do stolika, wszyscy go poklepywali po plecach i gdakali w tym swoim suahili. A potem postawili nam po piwie i talerzu z jakąś potworną rąbanką. Nawet nie chcę myśleć, skąd było to mięso, ale skoro obok jest szpital... Sama rozumiesz ;-@.

Teraz siedzimy w zatęchłej kafejce internetowej. Obok mnie jakiś talib uczy się korespondencyjnie techniki porywania zagranicznych turystów, a drugi dureń gra w Quake'a, jakby nie wiedział, że w Europie to już obciach. Jutro rano ruszamy na safari, więc odezwę się dopiero po powrocie. Oczywiście nie bardzo mi się tu podoba, ale w gruncie rzeczy nie jest tak źle. Byłoby zabawnie, gdybyśmy tu kiedyś przyjechali razem. Wiem! Nie lubisz czarnuchów. Ja też. Ale do wszystkiego można się przyzwyczaić.
Myślę o Tobie cały czas. A szczególnie nocą.
Wiesz, co mam na myśli ;-)
Całuję!

Kuba kliknął przycisk „send" i oderwał wzrok od ekranu. Serce zabiło mu mocniej. Tuż za nim stał ojciec.

— Skończyłeś? Chodźmy już.

— Długo na mnie czekasz? — zapytał Kuba lekko drżącym głosem.

— Nie. Dopiero co skończyłem czytać „Wyborczą". Piszą o wojnie domowej w Kenii. Zaczynam się martwić, że nam to pokrzyżuje plany.

— Mówiłeś, że nic nam się nie stanie, że tu jest bezpiecznie...

— Bo jest. Nie musisz się tym przejmować. Najgorsze, co może się stać, to to, że zamkną parki narodowe Ngorongoro i Serengeti, a potem zarządzą ewakuację zagranicznych turystów. Ale to grozi nam tylko jeśli po drugiej stronie granicy rzeczywiście wybuchnie wojna domowa.

— Nie podoba mi się ten facet. Co on czyta? — Kuba wskazał brodą „taliba" po drugiej stronie stolika.

Tomasz rzucił okiem na monitor i wzruszył ramionami.

— Niestety, nie znam arabskiego, ale sądząc po fotografiach, to jakiś portal randkowy albo zwykłe porno. Świństwa, ale nie są tu przesadnie karane.

Kuba z niedowierzaniem spojrzał na ekran komputera brodatego Araba i się zaczerwienił. Mocno roznegliżowane dziewczyny pokazywały wszystko, czym obdarzyła je natura.

— Przysięgam, że przed chwilą miał tam schematy bomb.

— Może studiuje zaocznie na politechnice, a teraz zrobił sobie małą przerwę w nauce? — domyślił się Jaworski. — Nie ma co oceniać ludzi po tym, co ściągają z Internetu. To przecież jeden wielki śmietnik...

Tomasz zapłacił i wyszli na dwór. Słońce schowało się już za zielone zbocza górującego nad Aruszą szczytu Meru.

— Co to za dziewczyna?

— Która dziewczyna? — Kuba starał się powiedzieć to obojętnym tonem, ale zdradziły go mocno zaróżowione policzki.

— Ta, do której piszesz długie listy.

— Koleżanka. Trochę starsza. Joasia.

— Opowiesz mi o niej?

— Kiedyś...

Tomasz nie naciskał. Otoczył syna ramieniem i ruszyli w stronę hotelu.

ROZDZIAŁ XII

Sympatyczny grubasek w wojskowej koszuli, furażerce i wielkich czarnych okularach był łudząco podobny do Idi Amina, obalonego krwawego dyktatora Ugandy. Richard (nawet o szóstej rano w nienagannym białym garniturze) przedstawił go jako przewodnika i kierowcę, a prywatnie swojego rodzonego brata. To miał być dowód wyjątkowego szacunku, jaki biznesman okazywał Tomaszowi. Wojskowy sznyt przewodnika (choć raczej rodem z *Przygód dobrego wojaka Szwejka*) nie mylił. Julius Mbongo przez kilkanaście lat służył w tanzańskiej żandarmerii wojskowej. Odszedł w niejasnych okolicznościach. Jak zwierzył się później Tomaszowi, „nie lubił duża korupcja". Gdy Kuba to usłyszał, o mało nie parsknął śmiechem. Julius, oględnie mówiąc, nie wyglądał na kogoś ogarniętego szałem walki z łapownictwem. Jeśli jego burzliwe rozstanie ze służbami mundurowymi miało jakiś związek z korupcją, to raczej nie taki, jaki korpulentny sobowtór Amina usiłował Tomaszowi wmówić.

Julius okazał się jednak doskonałym, choć obdarzonym nieco zbyt ułańską fantazją kierowcą, i niezłym przewodnikiem. Jak na jego poziom znajomości angielskiego, znał zaskakująco dużo nazw zwierząt, a także roślin. Botanika była jego prawdziwą pasją. Nie pominął żadnej okazji, by popisać się znajomością nazw najbardziej niepozornych krzaczków i długo rozwodził się nad zawiłościami wegetacji roślinek w tropikalnym, wiecznie zielonym lesie deszczowym. Obok niego miejsce w starym wojskowym land-roverze zajął Eric, najwyżej osiemnastoletni kucharz, którego umiejętności pozostawiały wiele do życzenia, ale zapał do pracy budził uznanie.

Żegnani niezbyt przychylnymi spojrzeniami krawężnikowych lumpów i handlarzy, odjechali spod hotelu Arusha Center Inn.

— Jesteśmy w sam środek Afryki — wychrypiał Julius, który poważnie traktował swoją funkcję przewodnika. — Ten pomnik... — machnął ręką w stronę stojącego na zatłoczonym rondzie obelisku — jest dokładnie w połowie drogi pomiędzy Kapsztadem a Kairem.

— Z Kairu do końca Afryki jest jeszcze kawał drogi, ale nie rób mu przykrości, tylko kiwnij głową — szepnął Tomasz do syna. Kuba wzruszył ramionami i wyjął konsolę PlayStation. Włączył ją, potrząsnął i ze złością wrzucił do plecaka.

— Zapomniałem naładować. Mam nadzieję, że nie jedziemy do jakiejś pieprzonej dziczy...

— Owszem, jedziemy. — Tomasz miał doskonały humor. Otworzył okno i wdychał zapach prażonej kassawy unoszący się z prowizorycznych garkuchni na poboczu.

— No, weź, tata... — żachnął się Kuba — chyba nie powiesz mi, że będziemy mieszkali w jakichś syfnych lepiankach bez prądu?

— W lepiankach chyba nie. Przecież mamy ze sobą namioty.

— Pięknie... Kurwa! Wymarzone wakacje. Nie ma co...

Tomasz spojrzał ostro na syna, ale ten demonstracyjnie odwrócił się do okna i patrzył na umykające w tył niekończące się plantacje kawy.

Tomasz pokręcił z dezaprobatą głową, ale zdusił w sobie potrzebę natychmiastowej reakcji. Zamiast tego poklepał syna po ramieniu.

— Zobaczysz, spodoba ci się.

Krajobraz stopniowo zaczął się zmieniać. Oddalali się od górującego nad Arushą wulkanicznego stożka Meru, a plantacje i gaje bananowe ustąpiły pustym przestrzeniom porośniętym suchą ostrą trawą. Rozgrzane powietrze delikatnie falowało nad asfaltową wstęgą. Julius rozpędził samochód, ale Tomasz mógł tylko zgadywać, z jaką jadą prędkością, bo wskazówka szybkościomierza wciąż spokojnie wskazywała zero. Żadnych oznak życia nie przejawiał też wskaźnik poziomu paliwa, ale szofera w ogóle to nie martwiło. Tomasz miał nadzieję, że jakieś naprawdę ważne dla bezpieczeństwa samochodu podzespoły działają choć trochę lepiej.

Zbliżało się południe. Z nieba lał się żar. Tomasz poczuł, że kleją mu się oczy. Zamknął je i znalazł się w warszawskim szpitalu, w sali operacyjnej.

— Panie profesorze...

— Kleszcze i zacisk. Jaka jest saturacja?

— Panie profesorze, czy podpisze mi pan zgodę na staż w Arushy? Dostałem propozycję wyjazdu. To tylko cztery miesiące, a...

— Jaworski, odsuń się, do cholery. Mam tu otwartego człowieka, a ty mi dupę zawracasz.

— Przepraszam, ale to dla mnie ważne. Czekam na pana od rana. Widzę, że jest pan zajęty, ale ten wyjazd to dla mnie ogromna szansa. Tu, w Warszawie, nigdy nie będę miał tak wielu różnorodnych przypadków *falciparum*.

Chirurg odwrócił się do instrumentariuszki.

— Pani Haniu, co z tą saturacją? Niechże spojrzy pani wreszcie na pulsoksymetr!

— Profesorze, bardzo mi zależy...

— A jedźże tam i nie wracaj!

— Potrzebny mi pana podpis.

— Zostaw pismo w dziekanacie, a teraz zjeżdżaj. Pani Haniu...

Samochód podskoczył na wybojach, aż zajęczały amortyzatory. Tomasz otworzył oczy i opuścił szybę. Do środka wdarło się ze świstem gorące powietrze. Szybko zamknął okno. Na zewnątrz musi być ponad trzydzieści pięć stopni. Pomimo upału główna arteria łącząca wybrzeże z Jeziorem Wiktorii i zachodnią granicą tętniła życiem. Poboczem wędrowały kobiety w kolorowych batikowych sukienkach, z ekwilibrystyczną zręcznością balansując wielkimi plastikowymi wiadrami ustawionymi na głowie. Julius co chwilę opierał ciężką dłoń o klakson, spędzając ze środka drogi chińskie rowery. Takim wehikułem podróżowała zwykle cała rodzina. Ojciec naciskał na pedały, przed sobą na ramie wiózł żonę z niemowlakiem przy piersi. Na bagażniku i najprzeróżniejszych dostawkach i podpórkach wiózł pozostałe dzieciaki i bagaże. Tomasz się uśmiechnął. Niewiele zmieniło tu się od czasów, gdy pokonywał tę drogę z Basią piętnaście lat temu. Jechali z Arushy do obozu dla uchodźców Toto nieopodal miasta Mwanza nad Jeziorem Wiktorii. Wojna w Ruandzie wypędziła do Tanzanii tysiące ludzi. Kilkadziesiąt maleńkich przychodni rozsianych na obszarze wielkości połowy Polski nie zapewniało właściwej opieki medycznej rdzennym mieszkańcom kraju, a co dopiero uchodźcom. Oni mogli liczyć tylko na cud. I jednym z takich cudów była wyprawa trójki lekarzy z Arushy do obozu Toto. Basia dołączyła do grupy w ostatniej chwili i nie dała sobie wytłumaczyć, że to zbyt ryzykowne. Po prostu wskoczyła do rozklekotanej białej toyoty, która pełniła funkcję karetki pogotowia, a po godzinach kierowca dorabiał jako taksówkarz. Pojechali na zachód przez parki narodowe, ponieważ tam przejazd ochraniało wojsko. Ciągnęli się za ciężarówką wiozącą dary francuskiego Czerwonego Krzyża i przeklinali brak klimatyzacji. Nie sposób było jechać z zamkniętymi oknami, bo temperatura w środku pojazdu dochodziła do pięćdziesięciu stopni. Ale po otworzeniu okien samochód wypełniały kłęby pyłu zmieszanego ze spalinami z jadącego przed nimi furgonu. Z tamtej dwudniowej wyprawy Tomasz zapamiętał głównie niekończące się kolumny kobiet wędrujących skrajem drogi znikąd donikąd. Szły wyprostowane jak trzciny, ze wzrokiem utkwionym w drżący od gorąca horyzont, na głowach niosły wielkie pakunki, a w zawiniątkach na plecach spały ich małe dzieci. Zawsze poruszały się w grupach, po kilkadziesiąt. „To dla bezpieczeństwa" — wytłumaczył im kierowca. Podróżowanie w pojedynkę mogło źle się skończyć. I tak gazety pełne były krótkich notek o wędrowcach rozszarpanych przez lwy lub zadeptanych przez słonie. Gdy okrążali Jezioro Wiktorii, więcej czasu musieli spędzać na wojskowych blokadach. Drobiazgowo sprawdzano im dokumenty. A czasem dowódcy stojącego na pustkowiu posterunku, niezależnie od pory dnia czy nocy w okularach przeciwsłonecznych, leniwym gestem wskazywali ciężarówkę. Wtedy jeden z żołnierzy wskakiwał na pakę i bez słowa zrzucał na pobocze dwudziestokilogramowy worek z ryżem. Za pierwszym razem, gdy do tego doszło, Basia dostała furii. Ledwo ją powstrzymali przed skoczeniem na żołdaków z zaciśniętymi pięściami. Moses, młody tanzański lekarz, długo i spokojnie melodyjnym głosem tłumaczył jej, że nie ma w tym nic dziwnego. Ba, utrata paru worków z żywnością to żaden problem, bo przecież gdyby wojsko nie pilnowało drogi, niechybnie pojawiliby się bandyci. A ci zabraliby im wszystko, a na koniec poderżnęli gardła. Wojsko zachowuje się przyzwoicie, a zadowala się niewielkim „bakszyszem". Zresztą muszą przecież coś jeść. Jeśli nie zabraliby tego worka z ryżem, musieliby ograbić wieśniaków, dla których mogłoby to oznaczać śmierć. Pozbawieni nędznych zapasów ludzie, w obliczu płaczących z głodu dzieci i umierających kobiet, postawieni pod ścianą, zapewne sięgnęliby po maczety i poszli ukraść jedzenie innym biedakom. A tak, dzięki zarekwirowanemu workowi ryżu, można było uchronić dziesiątki rodzin od tragicznego losu.

Gdy stanęli wreszcie w Toto, na ciężarówce brakowało kilkunastu worków, ale zarówno kierowcy, jak i lekarze odetchnęli z ulgą. Obóz uchodźców Basia i Tomasz wyobrażali sobie jako skupisko namiotów, lecz Toto, choć powstało zaledwie dwa lata wcześniej, wyglądało jak większość miasteczek w tym regionie Afryki. Między domami z gliny zmieszanej z krowim nawozem biegały dzieciaki i wychudzone psy. Zapach dymu z ognisk zagłuszał smród otwartych rynsztoków. Wszędzie walały się śmieci, strzępy foliowych torebek i worków jutowych. Ciężarówka, a za nią karetka, wolno torowały sobie drogę w gęstniejącym tłumie, bo na wiadomość o przyjeździe transportu z darami z lepianek i byle jak skleconych bud wyległy setki ludzi. Wesoło pokrzykując, eskortowali samochody aż do placu pośrodku obozu. Tu uzbrojona w kije straż odgrodziła ciężarówkę od ciżby, a kilku przejętych swoją rolą młodzików, pod uważnym okiem kierowcy, wdrapało się na pakę i zaczęło rozładunek. Tymczasem lekarze rozstawili prowizoryczny namiot, przymocowując brezentową płachtę do dachu toyoty i kilku rachitycznych, oskubanych przez kozy drzewek. Do zmierzchu pozostało zaledwie kilka godzin i w tym czasie należało przeprowadzić szczepienia dzieci. Polio, choroba praktycznie wyeliminowana w Europie, tu wciąż jeszcze miała swoje ogniska. Matki z niemowlakami już ustawiły się w długiej kolejce. Basia ważyła każde dziecko na prymitywnej wadze, która składała się z kocyka zawieszonego na zardzewiałej sprężynie. Kręcąc z niedowierzaniem głową, zapisywała wyniki w zeszycie. Nawet trzy-czterolatki rzadko ważyły więcej niż chuderlawy dwulatek z Europy. Większość dzieciaków patrzyła na nią z zaciekawieniem zmieszanym ze strachem. Kurczowo trzymały się matek, ale doustną dawkę szczepionki przyjmowały ze stoickim spokojem, po czym chciwie wyciągały ręce po rozdawane przez Basię cukierki.

Gdy słońce wisiało tuż nad horyzontem, Moses zarządził przerwę w pracy aż do rana. W obozie nie było elektryczności, a chybotliwy blask lamp naftowych nie mógł zastąpić żarówek. Tomasz zdjął gumowe rękawiczki, umył ręce w misce z wodą i mrugnął do Basi.

— Chodź... Zanim przygotują nam kolację, zobaczymy to afrykańskie morze.

Wyszli z obozu i ścieżką wydeptaną przez tysiące stóp dotarli do nieruchomej tafli wody. Aż po ciemniejący horyzont leżało przed nimi płaskie migoczące lustro. Usiedli w milczeniu na piaszczystym brzegu. Basia przytuliła się do Tomasza. Ciepły wiatr wiejący ze wschodu przynosił zapach zbutwiałego drewna, ryb i wodorostów. Na białym piasku kładły się długie cienie. Powietrze rozbrzmiewało śpiewem ptaków i jednostajnym brzęczeniem komarów.

— Jaki tu spokój... — szepnęła Basia.

Tomasz pokiwał głową. Aż trudno było uwierzyć, że niecały kilometr stąd tysiące uciekinierów z Ruandy starają się przetrwać kolejny dzień. Ludzie rozpaczliwie czekali na pomoc i snuli marzenia o powrocie do swoich spalonych wiosek.

Nagle Basia mocno wczepiła się w ramię Tomasza. Zadrżała ziemia, a pobliskie zarośla rozstąpiły się ze złowieszczym chrzęstem. Tomasz napiął wszystkie mięśnie, ale pozostał nieruchomy, wpatrzony w oczy diabła, który wyłonił się niespodziewanie z suchych chaszczy. Dzieliło ich od niego najwyżej dziesięć kroków. Odległość zbyt mała, by uciec.

Tomasz gorączkowo odgrzebywał w pamięci artykuł, który czytał kiedyś w „National Geographic" o zwierzętach żyjących w Parku Narodowym Serengeti. Autor twierdził, że pierwsze spotkanie z antylopą gnu to zwykle szok, bo zwierzę to dokładnie odpowiada wyobrażeniom Europejczyków o Księciu Ciemności. Wtedy, w czytelni warszawskiego Empiku, Tomasz doszedł do wniosku, że przewrażliwiony podróżnik przesadza. Dziś musiał przyznać, że nazwa tej antylopy w języku afrikaans, *Wildebeest*, czyli „dzika bestia", doskonale oddaje jej wygląd i charakter. Byk, który stał naprzeciwko nich na szeroko rozstawionych kopytach, miał sylwetkę atlety i wzrost dorosłego człowieka. Tomasz oceniał, że może ważyć nawet czterysta kilogramów. Najbardziej niesamowity był potężny łeb zwierzęcia zwieńczony „diablimi" rogami. Pociągły pysk okolony kępami rozwichrzonych włosów i wyszczerzone zęby potęgowały wrażenie szaleństwa. I z tego, co Jaworski pamiętał z artykułu, nie było to wrażenie bezpodstawne. Dziennikarz „National Geographic" twierdził, że jeśli gnu poczuje zagrożenie, może zaatakować nawet lwa. I nie jest w tym pojedynku bez szans.

— Po prostu siedź nieruchomo — powiedział Tomasz najciszej jak mógł. — Jeśli się zezłości, uciekaj, a ja postaram się go zatrzymać.

— Daj spokój! — żachnęła się Basia. — Co zrobisz? Złapiesz go za rogi jak Ursus byka w *Quo vadis*? Lepiej siedźmy tu razem i albo przeżyjemy, albo...

Zamilkła.

Potężny samiec patrzył na nich niespokojnie, bijąc wściekle ogonem o boki. Wydawało się jednak, że jego strach mija. Prawidłowo oszacował układ sił: to on tu rządzi. Wolno podszedł do wody, zanurzył się po pęciny i zaczął pić. Za

109

nim powoli wyłaniała się z krzaków reszta stada. Dwie, trzy, pięć antylop... Po dwudziestej Tomasz przestał liczyć.

— Powoli wstajemy... — szepnął. — Spokojnie... bardzo wolno. Jeśli się spłoszą, to po nas.

Unieśli się z piasku i ostrożnie, krok za krokiem wycofywali się w stronę zarośli. Wtem byk, który przywiódł tu stado, wyskoczył z płytkiej wody, odwrócił głowę i spojrzał na intruzów wściekłym wzrokiem. Tomasz znieruchomiał, ale Basia nie zamierzała czekać na rozwój wypadków. Krzyknęła przeraźliwie i rzuciła się do ucieczki. A Tomasz za nią. Uciekali, nie oglądając się za siebie, najpierw przez wysoką trawę, potem przez jakieś krzaki, aż wypadli na otwartą przestrzeń sawanny. Biegli coraz wolniej, bo najwyraźniej nic ich nie goniło. W końcu Tomasz potknął się i upadł na miękki zielony dywan. Basia położyła się obok niego, głośno łapiąc powietrze. Ostatnie promienie słońca dawno już zniknęły, a niebo po zachodniej stronie rozświetliło się na ciemnopomarańczowo.

— Wiesz, że jesteśmy nieodpowiedzialni? — zaśmiał się Tomasz.

— Niestety — przytaknęła Basia. — Choć ktoś wcześniej zapewniał, że mnie obroni...

— To ty wydałaś okrzyk bojowy. Nie wiedziałem, czy mam bronić ciebie, czy tego biednego zwierzęcia.

— Mój ty rycerzu... — Basia zerwała źdźbło trawy i połaskotała Tomasza po twarzy.

Złapał ją za rękę i przyciągnął do siebie. Czuł ciepło jej ciała. Zamknął oczy i powoli, centymetr za centymetrem, zbliżał się ustami do jej warg. Gdy dotarł do celu, musnął je najpierw delikatnie, a potem odsunął się nieco, patrząc w jej szeroko otwarte oczy. Chciał coś powiedzieć, wytłumaczyć się, błagać o wybaczenie, ale ona przytuliła go mocno i zatracili się w pocałunku.

*

Hamowanie było tak gwałtowne, że Tomasz i Kuba o mało nie wypadli przez przednią szybę. Samochód w chmurze dymu z klocków hamulcowych zatańczył i stanął w poprzek szosy, dotykając zderzakiem garbatej krowy, która z filozoficznym spokojem i bez większego zainteresowania przypatrywała się sunącej ku niej śmierci.

— *We Masai!* — krzyknął Julius ze złością, wychylając się przez okno i machając wściekle pięścią w stronę kilkunastoletniego wyrostka. — Uważaj na krowa, masajski gnojku! Gdzie masz oczy?!

Pasterz, ściskając w zębach brzeg okrywającego go kocyka, wybiegł na jezdnię i okładając krowę cienkim kijem, przegonił ją na pobocze. Ani razu nie odwrócił głowy w stronę samochodu, ignorując kierowcę wciąż obrzucającego go wyzwiskami. Kuba patrzył zafascynowany w jeden punkt. Na sznurku, którym nastoletni pasterz przewiązał się w pasie, dyndał błyszczący metalicznym blaskiem długi nóż.

— Tato...

Tomasz rozcierał guza na czole.

— Wszystko w porządku? Chyba jednak powinniśmy zapiąć pasy... À propos, widziałeś tu jakieś pasy?

— Tato... Ten chłopak ma maczetę. Czy to bandyta? Jeden z tych, co wiesz... widziałeś... odcinają trupom ręce?

— Skąd! — Tomasz trącił Juliusa i pokazał mu gestem, żeby jechał. — Maczeta to zwykła rzecz, bez której szanujący

111

się mężczyzna nie rusza się z domu. Można za jej pomocą naciąć drewna na ognisko albo obronić się przed jakimś drapieżnikiem. Może nie przed lwem, ale...

— Tato! — przerwał mu Kuba. — Przecież ten chłopak był w moim wieku!

— Nie jesteś już taki młody! — zaśmiał się Tomasz, ale przez jego twarz przemknął cień. — Tu piętnastolatki już się nie bawią z innymi dziećmi, tylko wstępują do armii, albo, w wersji bardziej pacyfistycznej, doglądają stada krów. Są w pewnym sensie dorośli.

Kuba odwrócił się i jeszcze raz popatrzył na oddalający się asfaltową szosą punkcik. Wciąż widać było błyski rzucane przez słońce odbijające się od połyskującej metalowej klingi.

Rozdział XIII

...dwa razy częściej od swoich rówieśników, którzy są w zalegalizowanych związkach małżeńskich. Ostatnie badania przeprowadzone na uniwersytecie w Baltimore przyniosły zaskakujące wyniki. Po raz pierwszy do przypadkowych kontaktów seksualnych przyznało się więcej kobiet niż mężczyzn. I co więcej, te dziewczyny, które deklarują, że uprawiają anonimowo seks częściej niż dwa razy w tygodniu, mają znacznie mocniejsze orgazmy. Co to oznacza? Możliwe, że na naszych oczach zmieniają się stereotypy, które wykuwały się przez setki lat. Jednak bardziej prawdopodobne jest to, że kobiety wreszcie zaczęły mówić prawdę. Z wielu względów społecznych opłacało im się przez lata ukrywać swoją seksualność. Dziś mogą zrzucić maskę i nie obawiać się wykluczenia z konserwatywnego społeczeństwa. Przyznanie się do przeżywania satysfakcjonującego orgazmu przestało być przywilejem mężczyzny...

Ewa zdjęła okulary i przetarła zmęczone oczy.

— Co piszesz? — zainteresował się Konstanty.

— Manifest feministyczny.

— Jak zwykle... — Ziewnął i zerknął ponad jej ramieniem na ekran monitora. — Namawiasz te biedne dziewczyny z Sieradza i Wąbrzeźna, żeby przyprawiły rogi tym swoim Waldkom i Marianom, i puściły się z Waldkami i Marianami swoich najlepszych przyjaciółek?

Ewa wzruszyła ramionami i upiła łyk zimnej herbaty z kubka stojącego koło monitora.

— A ty niby jesteś lepszy? Pokazujesz im torebki za dwa tysiące i szpilki za pięć. A w następnym miesiącu odwrotnie: torebki za pięć i szpilki za dwa tysiące. I to wszystko mają czytać laski z pensją półtora tysiąca brutto! Ja im przynajmniej piszę o czymś, co mogą mieć za darmo.

— Nie za darmo, tylko za dziewięć dziewięćdziesiąt dziewięć — poprawił ją Konstanty. — Żeby przeżyć „satysfakcjonujący orgazm", muszą najpierw szarpnąć się na gazetę. Chyba że nasi komputerowcy wrzucą twój tekst do Internetu.

— Myślisz, że „satysfakcjonujący orgazm" byłby dobrym tytułem?

Konstanty zamyślił się, ogryzając koniec długopisu.

— Bo ja wiem... Czy orgazm może być niesatysfakcjonujący? Orgazm to przecież synonim najwyższej satysfakcji.

Ewa spojrzała na niego pobłażliwie.

— Oczywiście! Jeśli się jest facetem, zna się tylko jeden typ orgazmu: kilka skurczy, strzyknięcie spermą i po krzyku. Ile ci to zajmuje czasu? Trzy? Cztery sekundy? Kobieta nawet nie nazwałaby czegoś takiego „orgazmem", a na pewno nie „satysfakcjonującym orgazmem", tylko raczej „zawracaniem głowy".

— Mimo wszystko lubię sobie tym „pozawracać głowę" — pogodnie wyznał Konstanty. — I nie muszę błagać mojego partnera, by przez czterdzieści pięć minut masował mi stopy, bo inaczej niczego nie osiągnę.

— Masowanie stóp, ale nie tylko stóp, tak w ogóle... jest szalenie romantyczne.

— Wiem, czytałem o tym w poprzednim numerze. Ale zaręczam ci, że większość facetów potrafi osiągnąć naprawdę satysfakcjonujący orgazm wszystkimi tradycyjnymi metodami. A nawet... — zawahał się, ale tylko na moment — a nawet nietradycyjnymi. To tylko kwestia odpowiedniej stymulacji... — dodał protekcjonalnie. — Ale co ty o tym możesz wiedzieć? Przecież godzinami szukacie mitycznego „punktu G", a potem „punktu K". Czas mija, pot leje się strumieniami, a orgazmu jak nie było, tak nie ma. W takich chwilach naprawdę wam współczuję. Jeśli facet jest gościem starej daty i uważa, że żona ma gotować i dwa razy w tygodniu przez pół godziny robić za materac, to zamiast orgazmu będzie miała tylko bolesne otarcia naskórka.

Ewa westchnęła z udawanym żalem.

— Jaka szkoda, że nie jesteś hetero. Pokazałabym ci, co to jest prawdziwy orgazm.

— Moja orientacja wcale nie przeszkadza — ożywił się Konstanty. — Chętnie popatrzę na popis mistrzyni. Błagam, pokaż mi, jak osiągasz nieziemski orgazm. Mam całkiem dobrej jakości aparat w telefonie, więc...

— Idiota — prychnęła Ewa i popukała się w czoło.

Wewnętrzny interkom zachrypiał głosem asystentki naczelnego:

„Przyszedł Pan Kanapka. Dziś w promocji podobno jest buła z łososiem. Jeśli ktoś reflektuje, to zapraszam...".

— W promocji? — skrzywiła się Ewa. — To co, nie sprzedało im się wczoraj?

— Ja biorę. Lubię kupować na wyprzedażach — wesoło stwierdził Konstanty.

— Weź dla mnie! — krzyknęła Sandra, wychylając się zza przepierzenia, które oddzielało studio graficzne od newsroomu. — Ja chętnie zjem, a ta paniusia niech żyje sobie samą miłością.

— Zdzira...

Ewa westchnęła i sięgnęła do torebki po portfel. No tak, będzie musiała pójść do bankomatu albo pożyczyć pieniądze. Nie lubiła takich sytuacji. Wolała już nie zjeść obiadu.

Żeby czymś się zająć i nie patrzeć na przyjaciół zajadających się chrupiącymi bułkami od Pana Kanapki, sięgnęła po stosik listów, które asystentka naczelnego położyła rano na jej biurku.

Rozerwała pierwsze dwie koperty i niezbyt uważnie przejrzała ich zawartość. Listy z zakładów karnych. Jak co dzień. Ciągle to samo. Od lat fascynowało ją, dlaczego wariaci i skazańcy są pewni, że skoro jest szefową działu *psychologia i seks*, to po prostu musi być nimfomanką żądną przygód w sali widzeń we Wronkach...

Wzięła do ręki kolejny list. Polecony. Rozłożyła lawendową kartkę. Równe, okrągłe litery. Pismo kobiece, z nieco staroświeckimi zawijasami i literą „z" pisaną z rosyjska, niemal jak „3". Zaczęła czytać i w jednej chwili zapomniała o Panu Kanapce.

Miła Pani Ewo,

Ośmieliłam się napisać do Pani po wielu latach rozterek. Błagam, niech Pani przeczyta ten list do końca i wybaczy starej kobiecie, że zajmuje Pani czas. Muszę coś wyznać. Miałam córkę, która byłaby dziś w Pani wieku. Szesnaście lat temu mieszkaliśmy z moim ówczesnym mężem we Francji. Basia studiowała na Sorbonie. Była wrażliwą idealistką. Chciała zmieniać świat i dlatego pojechała jako wolontariuszka do Afryki. Przez kilka miesięcy pracowała tam w szpitalu na oddziale dziecięcym. Nie było jej łatwo. Dzwoniła do mnie i płakała ze złości i bólu, bo nie mogła poradzić sobie z takim ogromem cierpienia. Poznała w Tanzanii polskiego lekarza. Zakochała się w nim. Z wzajemnością. Zdaję sobie sprawę, że to musi być dla Pani bolesny temat, ale obie wiemy, że Basi nie ma już na tym świecie. Dopiero niedawno dowiedziałam się, że moja córka urodziła w Afryce syna. To Pani wychowała mojego wnuka. Jestem za to dozgonnie wdzięczna. Splot życiowych okoliczności sprawił, że po latach, które spędziłam we Francji, i po rozpadzie mojego małżeństwa, układam sobie życie na nowo. Tym razem aż w Ameryce Południowej. Zostało mi niewiele czasu, stąd może ta zbyt bezpośrednia prośba do Pani. Chciałabym się spotkać. Przyjeżdżam dosłownie na kilka tygodni. Usłyszałam o Pani od jednego z naszych, jak się okazało, wspólnych znajomych. Wszystko wytłumaczę, gdy się zobaczymy. Proponuję środę 20 lutego w kawiarni hotelu Bristol. O godzinie 17. Długo zastanawiałam się, czy dopisać w tym miejscu swój numer *telefonu, ale jeśli zaakceptuje Pani tę propozycję, to proszę po prostu przyjść. Jeśli Pani się nie pojawi, trudno. Zrozumiem i to. Ale będę na Panią czekała. To z pewnością moje ostatnie tygodnie w ojczyźnie. Przyjmę każdą Pani decyzję, ale liczę, że się mimo wszystko spotkamy. Mam do Pani tak wiele pytań...*

Z poważaniem
Anna Bonacieux

Ewa ze złością zmięła list i wrzuciła do kosza. Po sekundzie namysłu wyjęła jednak pognieciony papier, wyprostowała, złożyła i schowała do torebki. Miała mieszane uczucia. Do niedawna ten rozdział swojego życia uważała za definitywnie zamknięty. Myliła się. Ale czy tylko to ją złościło? Przecież to zbieg okoliczności, że ta sprawa wypłynęła właśnie teraz. Może i dobrze, że Tomasza nie ma. Gdyby był, pewnie natychmiast by do niego zadzwoniła, wzburzona i wściekła. A on ugłaskałby ją jakimś gładkim kłamstwem, a potem sam spotkał się z matką swojej miłości. A tak ma chwilę, żeby pomyśleć, zastanowić się nad kolejnym ruchem. Może nawet zignorować zaproszenie do Bristolu, a Tomasz nigdy się o niczym nie dowie. Zanim wróci z Afryki, mamy Basi już tu nie będzie. A jeśli będzie i go odnajdzie? Może jednak lepiej spotkać się z nią i ostro powiedzieć, żeby nigdy więcej nie próbowała wtrącać się w ich życie. Tylko czy to jeszcze jest ich wspólne życie? Tak czy inaczej, lepiej poznać wroga. Spojrzała na zegarek, a potem na kalendarz wiszący na ścianie. Jeszcze raz sprawdziła godzinę. No tak! Mało brakowało, a pani Bonacieux zjadłaby dziś kolację w Bristolu sama. I to tylko z powodu opieszałości poczty. Ewa wzięła do ręki kopertę. List został wysłany dwa tygodnie temu. Dotarł w ostatniej chwili. Należało jeszcze wyjaśnić ostatnią kwestię.

— Konstanty?

Ewa odwróciła się do szefa działu mody, który próbował dla zabawy wbić się w damski pastelowy kostium Chanel wypożyczony z showroomu do sesji zdjęciowej. Właściwie prawie mu się udało.

— Mówiłaś coś do mnie, walcząca feministko?

— Czy opowiadałeś komuś historię Kuby?

— Tej wyspy, na której rządzi przystojniak Fidel?

Ewa aż sapnęła z irytacji.

— Oczywiście, że chodzi o mojego syna i dobrze o tym wiesz. Wygadałeś komuś, że go adoptowałam?

Konstanty udał, że się zastanawia. Potarł machinalnie szorstki, trzydniowy zarost na brodzie i przymknął oczy.

— Hm... Możliwe... Komuś kiedyś coś tam być może i szepnąłem. Wiesz, że lubię ciekawe historie. A to w sumie niezła opowieść. Nie wiedziałem, że to tajemnica...

Ewa wyłączyła komputer i wstała zza biurka. Wszystko zaczynało układać się w logiczną całość.

— Wiesz, że jesteś gorszy niż przekupka na targu?

Konstanty zrobił skruszoną minkę.

— Zrobiłem coś złego?

— Nie wiem. To się dopiero okaże.

ROZDZIAŁ XIV

— Nareszcie coś się dzieje...

Kuba podniósł się i wyjrzał przez otwarty dach. Julius zwolnił, a po przejechaniu kilkunastu metrów zatrzymał samochód. Na szutrowej drodze przed nimi stał słoń.

— Samotnik? — zapytał Tomasz z niepokojem. — Może być niebezpieczny? Chyba w samochodzie nic nam nie grozi, prawda, Juliusie? Kuba, nie wychylaj się!

Po Parku Narodowym Lake Manyara krążyli już prawie dwie godziny, ale jak dotąd z obiecanej przez Tomasza „wspaniałej, emocjonującej wyprawy" niewiele wychodziło. Tuż za bramą przez drogę przebiegło stado rogatych smukłych gazeli. Zanim Kuba zdążył sięgnąć po kamerę, zwierzęta znikły w krzakach po drugiej stronie alejki. Chłopiec czekał przez kilka kolejnych minut, ale nic się nie wydarzyło. Julius jechał powoli, mogli więc z Tomaszem stać i wyglądać przez otwarty dach, trzymając się metalowych poręczy. Przewodnik zasypywał ich niezrozumiałymi nazwami tysięcy roślin i zmuszał, by zachwycali się kolorowymi ptaszkami wielkości wróbli, które żerowały na rozłożystych akacjach.

Kuba przez moment zainteresował się dziwnym drzewem, z którego zwisały setki owoców przypominających wielkie białe ogórki.

— To drzewo kiełbasiane — ucieszył się Julius, widząc zainteresowanie chłopaka. — Owoce dobre dla słoni. A w gałęziach lubi lampart. Patrzcie dobrze!

Ale choć patrzyli długo i „dobrze", żadnego lamparta nie dostrzegli.

Julius dojechał boczną dróżką do jeziora. Być może kiedy indziej tłoczyły się tu stada antylop, zebr i żyraf, a za nimi czaiły się wielkie koty, czekając na dogodny moment do rozpoczęcia krwawych łowów, ale o tej porze błotniste brzegi były puste, jeśli nie liczyć tysięcy różowych flamingów brodzących w płytkiej wodzie. Stado hipopotamów chlapiących się daleko, na środku jeziora, wyglądało jak archipelag małych wysepek. Tomasz, mimo najszczerszych chęci, nie potrafił zarazić Kuby entuzjazmem do afrykańskiej przyrody. Dopiero widok słonia na szutrowej ścieżce kilkanaście metrów przed maską samochodu zrobił na chłopaku wrażenie.

— Tato! On na nas patrzy! Super! Może podjedziemy bliżej?

Jednak rzut oka na spiętego, zdenerwowanego Juliusa wystarczył, by Tomasz zrezygnował z powtórzenia mu prośby syna.

— Słoń stary, niedobrze — powiedział cicho Julius i wrzucił wsteczny bieg. Nie ruszył jednak, bo tuż za samochodem na ścieżce pojawiła się samica z małym rozbrykanym słoniątkiem. Kuba był zachwycony. Odłożył kamerę i wychylając się przez otwór w dachu, robił zdjęcia.

— Już wystarczy. Usiądź! — Tomasz zdecydowanie pociągnął syna za koszulę.

— Ale, tato! Słonie...

— Usiądź! Nasz przewodnik się denerwuje i zapewne ma powody.

— To tylko słonie. Słoniki... — powiedział z pretensją w głosie Kuba, ale opuścił aparat i usiadł.

— Słoń jak zły, to niebezpieczny — wyjaśnił Julius. — Rok temu widziałem, jak taki jeden stanął na samochód. Cztery osoby były trupy. Od razu! W sekunda.

Mały słonik pokłusował w zarośla za kolorowym motylem, a w ślad z nim dostojnym krokiem ruszyła samica. Samiec podniósł trąbę i wydał ostrzegawczy gwizd. Julius odwrócił głowę i widząc, że ścieżka z tyłu jest już wolna, na wstecznym biegu wycofał auto aż za najbliższy zakręt. Odczekali kilka minut, obserwując kilkupokoleniową rodzinę pawianów bawiącą się w konarach ogromnego baobabu. Julius zgasił silnik. Milczeli, wsłuchując się w odgłosy tropikalnego lasu: krzyki małp, kwilenie kolorowych ptaków, te wszystkie niezidentyfikowane szelesty, pomruki i klekoty dochodzące zza ściany zieleni.

— Wiesz, tato... — zaczął cicho Kuba — fajnie, że mnie tu wziąłeś. Ten las jest zajebisty. A słoń... No, szacun!

Tomasz pokiwał głową.

— Magiczne miejsce, co?

— Wiesz... — Kubie zaświeciły się oczy — jeśli będę miał syna, to też go tu przywiozę, żeby zobaczył te śmieszne małpy i słonia. Superprzygoda!

Tomasz odsunął się, na ile pozwalały warunki wnętrza samochodu terenowego, i zrobił zdjęcie. Uśmiechnięta buzia szczęśliwego nastolatka na tle afrykańskiego krajobrazu za oknem. Choćby dla takiej fotografii warto było tu przyjechać. Wieczorem na kempingu Eric, małomówny kucharz, podał im z dumą pieczone bulwy kassawy. Tomasz uprzedził syna, by nie spodziewał się zbyt wiele, ale, o dziwo, Kuba ze smakiem zjadł potrawę przypominającą nieco pozostawione za długo w popiele ziemniaki. Do tego kucharz dołożył łykowate udka kurczaka, które — jak podejrzewali — zostały po poprzednim safari. Najsmaczniejszy był deser — małe „korniszonowate" banany i dojrzałe mango. Zresztą, żeby zdobyć mango, nie trzeba było specjalnie się trudzić. Eric po prostu schylił się i zgarnął kilka owoców leżących na ziemi nieopodal namiotów. Wysokie mangowce rosły wszędzie, na całym kempingu.

Po kolacji Kuba włóczył się po ogrodzonym terenie. Z radością odkrył, że w umywalni, która zajmowała centralne miejsce, są gniazdka elektryczne. Podłączył więc ładowarkę od playStation do kontaktu i znudzony usiadł na schodach umywalni, gapiąc się na uśmiechniętego Masaja, który wędrował po obozowisku, oferując turystom koraliki i „oryginalne" afrykańskie obrazy.

Tomasz przespacerował się do wioski, gdzie w jedynym, ale za to dobrze zaopatrzonym sklepie kupił litrową coca-colę dla syna i dwa piwa dla siebie. Zapadał szybki tropikalny zmierzch. Do obozu zjeżdżały rozklekotane terenówki, zwożąc na nocleg turystów po całodniowych trudach safari. Wszyscy gromadzili się w zastawionej stolikami i plastikowymi krzesłami altanie pełniącej funkcję jadalni.

W tym przestronnym pomieszczeniu bohaterami wieczoru byli dwaj Austriacy, którzy wybrali się na safari tuż po zdobyciu wierzchołka Kilimandżaro. Międzynarodowe towarzystwo, składające się głównie z australijskich i nowozelandzkich studentek (na południowej półkuli trwała właśnie letnia przerwa semestralna), słuchało z zapartym tchem barwnej relacji krzepkich Tyrolczyków. Kuba i Tomasz przyłączyli się do grupy milczących słuchaczy. Według tego, co opowiadali zdobywcy, każde tysiąc metrów wysokości okupione było nadludzkim wysiłkiem, atakami choroby wysokościowej i utarczkami z chytrymi i leniwymi tragarzami. Kuba po raz pierwszy poczuł się niewyraźnie. Do tej pory w ogóle nie zastanawiał się nad czekającymi go trudami wysokogórskiej wyprawy. Teraz patrzył na spalone słońcem, brodate twarze Austriaków i zdał sobie sprawę, że już za kilka dni sam będzie musiał się zmierzyć z najwyższą górą Afryki. Wspinacze być może trochę koloryzowali — z lekkim zażenowaniem przyznali, że nie dotarli do najwyższego punktu wulkanu, bo burza śnieżna zmusiła ich do odwrotu na wysokości około 5700 metrów. Ale z pewnością osiągnięcie krawędzi krateru kosztowało ich sporo wysiłku.

Tomasz sączył powoli ciepłe piwo i kątem oka obserwował Kubę. Widział, jakie wrażenie wywarła na nim opowieść Austriaków. Sam też do tej pory nie myślał o tym, jak będzie wyglądało wejście na Kilimandżaro w towarzystwie piętnastolatka. Szesnaście lat temu on również samego szczytu nie zdobył. Czy nie porywa się i dziś z motyką na słońce? Nigdy nie chodził z Kubą po górach. Nie było na to czasu, a raczej — musiał to przed samym sobą przyznać — miał inne priorytety. Patrząc na swoje życie z dystansu, widział to wyraźnie. Jego kariera naprawdę by nie ucierpiała, gdyby dwa razy do roku brał urlop i jechał gdzieś z żoną i dzieckiem. Pogardzał tak zwanymi kurortami, do których pielgrzymują tysiące zwykłych szczęśliwych rodzin. Ale czy słusznie? W czym był, ze swoją pogardą, lepszy od tamtych zwyczajnych mężów i ojców? Na co czekał? Co osiągnął? Chyba tylko to, że nie rozumie własnego syna. Ten absurdalny pomysł, że wspólny wyjazd do Afryki wszystko zmieni i poprawi ich relacje, nie mógł się udać. Ewa miała rację. Do tego, by porozmawiać z Kubą o Basi, wystarczyłby wyjazd na weekend nad morze. Jednak Tomasz instynktownie czuł, że zdobycie Kilimandżaro jest im potrzebne, bo między nimi wyrósł mur. Jedynie wspólne, mocne doświadczenie, przypłacone ogromnym zmęczeniem, a może nawet zaprawione goryczą porażki, może zbliżyć ich do siebie tak, że będą mogli porozmawiać o najbardziej bolesnych sprawach z przeszłości.

ROZDZIAŁ XV

Poznała ją od razu i zdała sobie sprawę, że tę twarz zna przecież od dzieciństwa. Choć nigdy wcześniej nie spotkała Anny Bonacieux, widziała ją wielokrotnie w kinie i telewizji. Francuskie nazwisko — zapewne pozostałość po którymś z mężczyzn jej życia — mogło mylić. Ale ta sylwetka pełna gracji i pewności siebie, którą mają tylko kobiety znające swoją wartość, przywodziła na myśl najlepsze filmy Andrzeja Wajdy, Zanussiego, Kawalerowicza. Anna siedziała przy oknie i obracała w szczupłych palcach niezapalonego papierosa. Przed nią, na marmurowym blacie, stała filiżanka espresso.

— To pani...

Anna obdarzyła Ewę czarującym uśmiechem i podała jej rękę. Przy stoliku natychmiast pojawił się kelner.

— Czym mogę służyć?

Ewa zamówiła cappuccino i kawałek ciasta. Anna zadowoliła się butelką wody mineralnej. Kelner chciał podać jej ogień, ale odprawiła go machnięciem ręki.

— Nie palę już od kilku lat — wytłumaczyła Ewie. —

Ale wciąż nie potrafię rozmawiać bez papierosa. Musiałam więc pójść na swego rodzaju kompromis.

— Nie przeszkadza mi to, że pani nie pali — uśmiechnęła się Ewa. To miał być żart przełamujący lody, ale nie była z niego zadowolona.

Anna spoglądała na nią spod półprzymkniętych powiek. Zanim zaczęła mówić, upiła łyk zimnego espresso.

— Nawet pani nie wie, jak bałam się, że mój list trafi do kosza...

Ewa chciała jej przerwać, ale Anna na to nie pozwoliła. Czuła się, jakby stała przed nią kamera i filmowała najważniejszy występ w jej życiu.

— ...I, co najgorsze, musiałabym to zaakceptować, choć nie przywykłam przegrywać. Wiem, co pani o mnie myśli. Na pani miejscu zapewne myślałabym to samo: po co mam się spotykać z matką dziewczyny, która odbiła mi męża? W normalnych warunkach nigdy też nie ośmieliłabym się do pani napisać. Ale obie wiemy, że sytuacja nie jest normalna i nigdy taka nie była...

— Nie mam do pani żadnych pretensji — zdołała wtrącić Ewa — i muszę przyznać, że zastanawiałam się często, kim jest matka tej... tej kobiety.

— Basi... — uściśliła Anna. — Matka Basi. Matka dwudziestolatki, która w obcym, dalekim kraju zakochała się w niewłaściwym mężczyźnie i zapłaciła za to najwyższą cenę.

— Matka kobiety, dla której mój mąż mnie porzucił. I która stała się źródłem wszystkich moich kłopotów. Jej śmierć... Naprawdę bardzo pani współczuję... Ale jej śmierć niewiele zmieniła. Wciąż nie mogę pogodzić się z tym, że wtedy Tomasz mnie zostawił. Że gdyby nie to, że... że ona umarła, to pewnie nadal byliby razem. Nasze relacje nigdy już nie wróciły do stanu sprzed romansu Tomka z Basią. Czasem budzę się w nocy i czuję ból i strach, jakby to się stało wczoraj, a nie lata temu. Ilekroć patrzę na Kubę, widzę pani córkę. Wiem, że to uczucie nie pozwoliło mi kochać go tak, jak na to zasługuje. Choć Bóg mi świadkiem, starałam się!

Anna słuchała uważnie, wciąż obracając w palcach niezapalonego papierosa.

— Ma pani jego zdjęcie?

No tak, zdjęcie. Czy mam jego zdjęcie? — pomyślała szybko Ewa. Wyjęła telefon komórkowy i odnalazła fotografię, na której uśmiechnięty nastolatek dumnie pręży się obok sportowego motocykla. Anna przez dłuższą chwilę wpatrywała się w ekran, a gdy wyświetlacz zgasł, oddała aparat.

— Nie jest podobny do Basi, raczej do pani. Mam nadzieję, że jeszcze nie pozwalacie mu jeździć motocyklem?

— To motor mojego... znajomego. Naprawdę myśli pani, że Kuba jest podobny do mnie?

— Macie takie samo spojrzenie. Ale muszę pani wyznać, że Basia też nie była do mnie podobna, a przecież to moja rodzona córka. Inna sprawa, że spędziłyśmy razem niewiele czasu. Założę się, że znaczy pani o wiele więcej w życiu Kuby, niż ja znaczyłam w życiu Basi.

Wyjęła z paczki świeżego papierosa.

— Byłam złą matką. Nie! Niech pani nie zaprzecza! Nie jestem jeszcze taka stara, żeby wszyscy musieli prawić mi fałszywe komplementy. Gdy Basia się urodziła, miałam podpisane kontrakty. Nie mogłam, po prostu nie mogłam... utonąć w pieluchach. Ojciec Basi w dniu jej urodzin należał już do przeszłości. Nie, nie umarł. Po prostu przestał dla mnie istnieć. Bywa. Takie jest życie. Basię wychowywały kolejne nianie. A potem wyjechałam do Francji, gdzie związałam się z Jeanem Bonacieux, a moja córka wylądowała w bursie artystycznej. Wie pani, że grała na fortepianie?

— Ja też grałam na fortepianie. — Ewa wzruszyła ramionami.

— O jej wyprawie do Afryki dowiedziałam się post factum — ciągnęła niezrażona Anna. — Basia napisała do mnie list z Tanzanii. Kilka razy zadzwoniła. Mówiła mi o Tomaszu... — Aktorka uśmiechnęła się do kelnera i gestem poprosiła o drugą kawę. — Powiedziała mi też, że zamierza zostać na Zanzibarze. Cóż, uznałam, że to typowa fanaberia dorastającej panienki. Nie miałam pojęcia, że zaszła w ciążę i urodziła Kubę. O jej śmierci dowiedziałam się kilka tygodni później z listu polskiego ambasadora. Pismo było oficjalne. Ciepłe, ale krótkie i konkretne. Miałam akurat kolejne zawirowanie życiowe i nie mogłam nic zrobić. Pojechałam tam rok później. Nikt już niczego nie pamiętał. Pewnie pytałam niewłaściwych ludzi. Nie wiem nawet, gdzie jest jej grób.

— Nie ma żadnego grobu — powiedziała cicho Ewa. — Basia została skremowana, a prochy rozrzucono nad oceanem. Proszę mnie nie pytać, dlaczego Tomasz podjął taką, a nie inną decyzję, bo tego nie wiem.

— To akurat rozumiem. Basia zawsze była nieco egzaltowana. Rozsypanie prochów nad Oceanem Indyjskim to gest bardziej romantyczny niż kupienie zimnego nagrobka na warszawskim cmentarzu komunalnym. Na pewno by jej się to spodobało.

Na kilkanaście sekund zapadła niezręczna cisza.

— Jakoś tak instynktownie panią lubię. — Anna uśmiechnęła się życzliwie. — Wydaje mi się, że pani twardo stąpa po ziemi. Może nawet jesteś, moja droga, bardziej do mnie podobna niż moja własna córka?

Ewa milczała. Aktorce to najwyraźniej odpowiadało. Upiła łyk wody i mówiła dalej:

— Tak. Widzę to wyraźnie. Obie umiemy walczyć i podejmować trudne decyzje. Ale gdy już się na coś zdecydujemy, z pokorą ponosimy konsekwencje swoich wyborów, prawda? Oczywiście, że mam rację. Ma to pani wypisane na twarzy. Znam się na ludziach, proszę mi wierzyć...

— Co pani ma na myśli?

— To, że nie odeszła pani od męża. Inna posłałaby go do wszystkich diabłów, gdyby wrócił po dwóch latach z małym synkiem na ręku. Pani zaopiekowała się i obcym już w tym momencie mężczyzną, i cudzym dzieckiem. To wymagało sporej odwagi. Podziwiam panią.

Ewa pokręciła głową.

— A nie bierze pani pod uwagę, że zrobiłam to z poczucia bezradności? Proszę mi nie mówić, że mnie pani podziwia, bo decyzja, którą wtedy podjęłam, wydawała mi się jedyną możliwą. Nie rozważałam niczego innego. Kochałam tego człowieka. Był moją pierwszą miłością. Poznałam go, gdy byłam jeszcze w liceum. Tak się złożyło, że byliśmy parą, odkąd pamiętam. Bałam się, że nikt mnie już tak nie pokocha. Dlatego gdy stanął przede mną z małym dzieckiem... Nie mogłam, nie potrafiłam go... — Głos Ewy się załamał.

Poczuła napływające łzy i złość, że zaraz rozpłacze się przed tą obcą kobietą.

Anna gestem przywołała kelnera i zamówiła dwa kieliszki koniaku.

— Dla mnie, moja droga, jesteś prawdziwą bohaterką — powiedziała i podała Ewie chusteczkę. — Powiedz, czy zrobisz starej kobiecie tę łaskę i przedstawisz jej wnuka? Ewa otarła łzy i spojrzała na Annę. Aktorka czekała na jej decyzję z wyraźną obawą, jakby przygotowywała się psychicznie do porażki.

— Skąd pani się o nas dowiedziała?

Anna skrzywiła się ledwo dostrzegalnie. Nie takiej odpowiedzi się spodziewała.

— No tak, powinnam od tego zacząć. Ale to historia żałośnie absurdalna. Wręcz banalna. Usłyszałam o tobie... o was, u fryzjera. Choć zapewne Zenobiusz by się obraził za to trywialne miano. Fryzjerem był wcześniej, gdy jeszcze nazywał się Zenek. Dziś jest Zenobiuszem i określa się słowem „stylista". Więc... Mój stylista był tamtego dnia w kiepskim nastroju. W przerwie między nałożeniem kolejnej warstwy farby zaczął mi opowiadać najsmutniejszą historię, jaką znał. Po kilku zdaniach zorientowałam się, że mówi o Basi. Przekręcił imię — nic dziwnego, bo mojego imienia, najprostszego na świecie, też nie potrafi zapamiętać — ale reszta historii się zgadzała. Wysłuchałam jej do końca ze ściśniętym sercem. A potem zmusiłam Zenobiusza, żeby powiedział mi, jak dotrzeć do Kuby. Fryzjer nie miał pojęcia, jak znaleźć Tomasza. Zresztą w jego opowieści funkcjonował on jako mało istotny pyłek miotany wiatrem historii. Wiedział, kim jest pani, zdaje się, że macie wspólnego przyjaciela. Podał mi pani nazwisko i miejsce pracy. Jeszcze tego samego dnia kupiłam gazetę. Resztę pani zna. Czy teraz pozwoli mi pani poznać wnuka?

— Oczywiście. Nie mam nic przeciwko temu. Tylko że to nie takie proste. Po pierwsze, Kuba nic nie wie o Basi, a zatem nie podejrzewa nawet istnienia jej matki. Po drugie, razem z Tomaszem są teraz w Afryce.

Anna otworzyła szeroko oczy.

— Co ty, dziewczyno, mówisz?

— Wszystko pani wytłumaczę.

— No, ja myślę. Ale chyba muszę zapalić. Nie będę miała przed śmiercią lepszej okazji, żeby wrócić do nałogu niż dziś. Kelner!

Młody mężczyzna natychmiast pojawił się przy stoliku.

— Niech pan będzie tak dobry, przyniesie mi popielniczkę i zapali papierosa.

— Ale przecież pani powiedziała...

— Zmieniłam zdanie.

Kelner ze skwaszoną miną podał jej ogień i Anna zaciągnęła się z rozkoszą. Mężczyzna stał jeszcze chwilę, czekając na dodatkowe rozkazy, ale aktorka już się odwróciła, dając jednoznacznie do zrozumienia, że interesuje ją wyłącznie rozmowa z Ewą.

— Proszę mówić! Życie jest za krótkie na takie tajemnice.

ROZDZIAŁ XVI

— Tato! Śpisz?

Tomasz otworzył oczy. Była ciemna duszna noc. Przez zasuniętą moskitierę nie przebijał się do wnętrza namiotu najmniejszy powiew.

— Co się stało? Źle się czujesz?

— Nie. Wszystko w porządku. Tylko mam pytanie...

Tomasz całą siłą woli powstrzymał się od naciągnięcia śpiwora na głowę.

— Wiesz, która jest godzina? No dobrze... O co chodzi?

— O te stuki. Słyszysz? Jakby ktoś walił młotkami albo... maczetami. Mówiąc wprost... No, nie będę ściemniał: boję się.

Tomasz westchnął. Mógł mieć pretensje tylko do reporterów telewizyjnych, którzy wyolbrzymiali problem zamieszek w Kenii. A może rzeczywiście mały coś usłyszał? Znieruchomiał, wytężając słuch. Gdzieś daleko krzyknęła przenikliwie małpa. Jednostajnie, irytująco bzyczały komary, bezskutecznie szturmując muślin moskitiery. Wreszcie usłyszał. Wysoko, ale i blisko. W koronach drzew rosnących zaraz za ogrodzeniem. Jednostajny stuk tysięcy kołatek. Trwał przez kilka sekund i zamilkł. Pojawił się znów po minucie. Tomasz przeciągnął się i odwrócił na drugi bok.

— Nie ma się czego bać. Rano będziesz się z tego śmiał.

— Ale co to jest, tato?

— Zobaczysz. To niespodzianka. Ale zaręczam ci, że to nic groźnego, a już na pewno nie jest to banda dzikusów z maczetami. Ja w każdym razie chcę jeszcze trochę pospać. Dziś będzie ciężki dzień.

Kuba nie do końca dał się przekonać, ale równy oddech ojca uświadomił mu, że z rozmową z nim musi poczekać do rana.

Przed szóstą słońce, jak to w tropikach, wyskoczyło zza horyzontu i w ciągu kilku chwil noc zamieniła się w upalny dzień. Kuba rozsunął moskitierę i spojrzał na pobliskie drzewa. Po chwili odwrócił się do ojca, a jego twarz wyrażała bezgraniczne zdumienie.

— To bociany. Setki bocianów. Wiedziałeś! Czemu mi nie powiedziałeś? Wiesz, jak się bałem?

Tomasz się roześmiał.

— Widzisz? Strach ma wielkie oczy. Nie ma powodu bać się na zapas.

— Nasze bociany... — chłopak wciąż nie mógł w to uwierzyć. — Ale obciach! Pół nocy pękałem, bo jakiś bociek klekotał na drzewku. Mam nadzieję, że koledzy się nie dowiedzą...

Eric przygotował im śniadanie — grzanki z marmoladą i kawę z białym pyłem, który miał być mlekiem w proszku, ale uparcie bronił się przed rozpuszczeniem w mętnym ciepłym płynie. Tomasz, jak co rano, wydzielił sobie i synowi porcję leków antymalarycznych i wzmacniających, a potem pomógł Juliusowi zwinąć obóz i zapakować namioty do samochodu.

Wyruszyli o dziewiątej i po kilku kilometrach dojechali do krańca równiny. Teren zaczął się wznosić. Droga prowadziła zakosami na szczyt płaskowyżu. Zatrzymali się na tarasie widokowym.

— To Wielki Rów Afrykański. Uskok w miejscu, w którym dwie płyty kontynentalne nachodzą na siebie. — Tomasz machnął ręką w stronę wielkiego klifu porośniętego bujną tropikalną roślinnością, który ciągnął się aż po horyzont. Poniżej widać było srebrną taflę jeziora Manyara i niekończące się zielone równiny. Kuba zrobił kilka zdjęć, ale nie wiedział, dlaczego przewodnik i ojciec tak się zachwycają kupą skał.

— To kolebka człowiek — powiedział z dumą Julius.

Chłopiec spojrzał pytająco na ojca. Wprawdzie uczył się angielskiego już od przedszkola, ale nie zawsze rozumiał, co przewodnik mówi.

— Julius chciał ci powiedzieć, że gdzieś tutaj urzędowali Adam i Ewa — wyjaśnił z uśmiechem Tomasz.

— Mam pytanie... To żart? — Kuba spojrzał na ojca z niedowierzaniem.

— W pewnym sensie to prawda. W tych okolicach odnaleziono najstarsze ślady człowieka. Według antropologów pierwsi ludzie mieszkali właśnie tutaj i stąd rozprzestrzenili się na całą planetę. Czy wiesz, że DNA wszystkich ludzi na Ziemi ma cechy, które wskazują, że mieliśmy jedną matkę? A więc w sumie nauka potwierdza słowa Biblii. Na początku byli Adam i Ewa. A przynajmniej Ewa...

— Ewa, jak mama?

Tomasz zawahał się na moment, ale skinął głową.

— Tak. Jak mama. Choć nie sądzę, żeby tamta Ewa wiedziała, jak ma na imię.

Wsiedli do samochodu. Kuba otworzył okno i przymknął oczy. Wiatr rozwiewał mu włosy. Myślał o czymś intensywnie, nerwowo bębniąc palcami w karoserię. Nagle spojrzał na ojca i zdecydowanie pokręcił głową.

— *Sorry*, ale to się zupełnie nie trzyma kupy. Jeśli wszyscy ludzie pochodzą od jakiejś Ewy, która urodziła się tu, w Tanzanii... Tak? To znaczyłoby, że Murzyni mają najbardziej starożytną cywilizację. Tak? A gołym okiem widać, że cywilizacji to oni raczej tu nie mają, a już na pewno własnej, i do tego starożytnej.

— Może ich nie doceniasz?

— Weź, tata, przestań... Rozejrzyj się! Jedziemy angielskim land-roverem. Nasz przewodnik i jego koleś mają na sobie ciuchy uszyte gdzieś w Chinach. Na śniadanie dają nam tosty z dżemem i lurę z mlekiem w proszku. Afrykański być może był ten wczorajszy ziemniak...

— Kassawa — podpowiedział Tomasz.

— Niech mu będzie. Ale jeden ziemniak to trochę mało, jak na najstarszą cywilizację, nie uważasz?

Tomasz się uśmiechnął.

— Na cywilizację to rzeczywiście mało, ale pamiętaj, że zanim ktoś wymyślił auto, trzeba było wynaleźć koło, wpaść na to, jak rozpalić ogień. Z pomruków i świstów, które wydaje nasze gardło, ktoś musiał sklecić mowę. Wreszcie na samym początku komuś przyszło do głowy, żeby zejść z drzewa. Nawet najdłuższa podróż zaczyna się od pierwszego kroku. A tak się składa, że ten krok zrobili nasi przodkowie w tych okolicach.

Samochód stanął na małym parkingu przed bramą Parku Narodowego Ngorongoro. Julius i Eric poszli do kasy zapłacić za wjazd, a Tomasz i Kuba wysiedli, by rozprostować kości. Zdążyli obejrzeć nieciekawie zaopatrzony stragan z pamiątkami, gdy na parkingu wybuchła awantura. Pomiędzy zaparkowane samochody wbiegła licząca kilkanaście osobników rodzina pawianów. Małpy w kilka sekund opanowały teren. Działały metodycznie jak dobrze zorganizowany oddział komandosów. Błyskawicznie wskakiwały w otwarte okna kolejnych aut i wyciągały bagaże. Julius, widząc, co się dzieje, rzucił się w stronę land-rovera i w ostatniej chwili wyrwał dorodnemu samcowi torbę z kamerą Kuby. Małpa obnażyła zęby. Przez moment człowiek i zwierzę mierzyli się wzrokiem, ale pawian poddał się pierwszy. Zrezygnował z walki i skoczył w zarośla zaczynające się tuż za niskim murkiem, który otaczał parking.

— Okno zamykać, postój! — sapnął Julius i pogroził palcem Tomaszowi i Kubie, którzy stali jak słupy soli, patrząc z przerażeniem na pojedynki bokserskie rozgrywające się pomiędzy kierowcami a agresywnymi małpami. W kłębach kurzu pawiany rozrywały torby i plecaki, szukając jedzenia, ale nie gardząc też błyszczącymi aparatami fotograficznymi i kamerami.

— Ale zadyma! Jak na meczu Legii z Polonią! — krzyknął Kuba, gdy ochłonął z szoku. — Co za młyn!

— Stój! — Tomasz mocno złapał go za ramię.

— Tato, puść mnie!

Kuba miał wielką ochotę skoczyć w stronę samicy, która

umykała, trzymając pod pachą mały plecak ukradziony z otwartego jeepa parze amerykańskich turystów.

— Wiesz, jak długo goi się rana po ugryzieniu małpy? Rok, dwa, a czasem nigdy. Ten pawian ma na kłach miliony bakterii, o których twój system immunologiczny nie ma bladego pojęcia.

— Ale, tato...

Kuba w pierwszym odruchu chciał się wyrwać, jednak nie zaryzykował otwartego konfliktu z ojcem. Wsiedli do samochodu i zamknęli okna. Julius usiadł za kierownicą i ruszyli wąską szutrową dróżką w stronę zielonej ściany lasu.

ROZDZIAŁ XVII

— Nie możesz spać?

— Przytul mnie...

Marcin objął Ewę i zaczął machinalnie głaskać jej nagie plecy. Zamknęła oczy i poszukała wargami jego ust. Powoli wracał spokój. Chciała jak najszybciej zapomnieć o dręczącym ją koszmarze. Czego ta dziewczyna jeszcze od niej chce? Przecież zgodziła się na wyjazd Tomasza i Kuby do Afryki! Cienie przeszłości powinny zostać tam, gdzie ich miejsce — w wiecznym niebycie. Te niewyraźne senne mary przyprawiały ją o gęsią skórkę. Jeszcze mocniej wtuliła się w Marcina i z satysfakcją zauważyła, że jej starania odnoszą skutek. Odwróciła się na plecy i przyciągnęła go do siebie. Jak zwykle oparł się łokciami o materac, uważając, by nie przygnieść jej swoim ciężarem. Jakby nie wiedział, choć mówiła mu to tyle razy, że tego właśnie pragnie — całkowitego poddania się jego męskiej sile. On jednak wciąż traktował ją jak kruchą porcelanową laleczkę. Zaplotła nogi na jego plecach i pomogła mu dostać się do swego wnętrza.

Skoncentrowała się na własnej rozkoszy, narzucając od początku ostre tempo i kontrolując głębokość jego pchnięć. Wspomnienia zaczęły blaknąć, aż roztopiły się w skurczach orgazmu. Chwilę później eksplodował Marcin. Opadł na poduszkę i oddychał ciężko, czekając, aż puls wróci do normy. Ewa spojrzała na zegarek. Dochodziła siódma rano. Uśmiechnęła się smutno do siebie. Nie tak dawno pisała artykuł o terapeutycznej funkcji seksu pod przewrotnym tytułem: *Kochanie, boli mnie dziś głowa. Chodźmy do łóżka!* Konstanty na zebraniu redakcyjnym półżartem protestował przeciwko instrumentalnemu traktowaniu penisów, ale Stary tym razem wyjątkowo stanął po jej stronie, całkiem rozsądnie mówiąc, że nie zna faceta, który miałby coś przeciwko takiemu wykorzystywaniu istotnych fragmentów jego ciała.

— Chciałbym mieć z tobą dziecko.

Ewa uniosła się na łokciu i spojrzała zdziwiona na Marcina. Próbowała w mroku poranka dojrzeć wyraz jego twarzy. Wziął jej dłoń i przytulił do swojego szorstkiego policzka.

— No i możemy się pobrać.

— Mówisz poważnie?

— Nie jestem o tej porze w nastroju do żartów.

— Chcesz mieć ze mną i dziecko, i ślub? Dlaczego?

Marcin wzruszył ramionami, jakby sprawa była oczywista.

— Bo cię kocham. To chyba jasne.

No tak. Dla niego wszystko zawsze jest jasne — pomyślała Ewa i żeby zyskać na czasie, pocałowała go delikatnie w usta, przytrzymując nieznacznie zębami jego dolną wargę. Poddał się jej, ale gdy próbowała zanurkować pod kołdrę i przejść do śmielszych pieszczot, przytrzymał jej głowę i zmusił, by spojrzała mu w oczy.

— Nigdy nie mówisz mi, że mnie kochasz. A ja bardzo chcę być z tobą już zawsze. Chcę się z tobą ożenić, zamieszkać, no i mieć z tobą dziecko.

— Dlaczego to dla ciebie takie ważne? Czego ci brakuje?

Marcin puścił ją i położył się na plecach z rękami splecionymi pod głową. Ewa usiadła na łóżku i sięgnęła po porzuconą wieczorem muślinową nocną koszulę.

— Dobrze mi z tobą. Pierwszy raz spotkałem kobietę, z którą mogę godzinami rozmawiać. Nie chodzi tylko o seks... To znaczy... Seks z tobą jest cudowny — poprawił się szybko, bojąc się, że Ewa może źle odebrać jego intencje. — Ale chodzi o to, że nie potrafię bez ciebie żyć.

— Przecież jestem z tobą. Masz mnie na każde kiwnięcie palcem. Czy jest coś, czego nie pozwoliłam ci ze sobą zrobić?

Uniósł się na łokciu i delikatnie dotknął jej piersi.

— Nie chcę tego tak... Chcę zasypiać przy tobie i przy tobie się budzić. Zawsze. I teraz, kiedy kochamy się kilka razy dziennie. I za czterdzieści lat.

— Nie wierzę, że wytrzymasz ze mną tak długo.

— Daj mi szansę, to się przekonamy.

Ewa mięła w dłoniach koszulkę nocną i zastanawiała się nad jego słowami. Bała się już od początku ich romansu, że dojdzie do takiej rozmowy. Z jednej strony zdawała sobie sprawę z tego, że jej życie dojrzało do zmian. Z drugiej, nie była pewna, czy Marcin to właściwy partner. Jest zakochany, ale czas zedrze mu te różowe okulary, przez które na nią patrzy. I co wtedy zobaczy? Czy nadal będzie uważał, że kocha się co noc z najbardziej fascynującą kobietą na świecie? A poza tym Marcin jest zbyt młody, jeszcze nie przeszedł do końca przemiany z chłopca w mężczyznę.

Kusiło ją to, bo stwarzało niemal nieograniczone możliwości wpływania na jego życiowe decyzje. Ale czy na dłuższą metę odpowiada jej w związku rola nauczycielki? Spojrzała na niego z czułością. Leżał nagi i bezbronny. Patrzył na nią ze smutkiem, który nie pasował do jego młodzieńczej urody.

— Powiedz mi, dlaczego nie zdecydowałaś się na własne dziecko z mężem? — zapytał.

Cios był celny.

— A cóż to za pytanie? Naprawdę byłabym dla ciebie bardziej pociągająca, gdybym miała piątkę dzieci? Nie jestem według ciebie wystarczająco kobieca?

Chciała wykrzyczeć złość. Zagłuszyć pytania, na które sama nie umiała znaleźć odpowiedzi. Co ma powiedzieć? Że dziecko jest w jej związku z Tomaszem tematem tabu? Mąż kilkakrotnie próbował rozpocząć rozmowę na ten temat i za każdym razem kończyło się kłótnią. Ewa bała się zajść w ciążę, bo wciąż szukała oznak nadchodzącego końca małżeństwa. W najgorszych snach widziała kosmiczną katastrofę, która według niej nieuchronnie nadciągała. Gdyby miała zostać sama z dzieckiem, jej świat ległby w gruzach. Sytuacja, w której mają z Tomaszem tylko jedno dziecko, a na dodatek to jego syn, niepołączony z nią żadnymi więzami krwi, dawała jej komfort psychiczny. Wiele razy sięgała po ten argument podczas kłótni. Otwierała drzwi i mówiła Tomaszowi: „Jeśli ci się tu tak bardzo nie podoba, to IDŹCIE sobie gdzie indziej!'". On dobrze rozumiał, że liczba mnoga nie była użyta przypadkowo. Że chodzi o niego i jego syna. To zawsze działało na niego otrzeźwiająco. Gdyby mieli własne dzieci, wyrzucenie ich ojca z domu byłoby dla niej psychicznie dużo trudniejsze. Zwłaszcza że na co dzień między nimi nie dochodziło do poważniejszych spięć. Tomasz dbał, by Ewa nie dowiadywała się o jego romansach. Pił umiarkowanie i nigdy nie robił awantur po alkoholu. Pamiętał o urodzinach i kupował kwiaty na kolejne rocznice ślubu. Gdy Ewa zwierzyła się koleżankom z pracy, że w jej związek wkrada się rutyna i chłód, zamiast słów pocieszenia usłyszała tylko: „Przewróciło ci się w głowie". Nawet najbliższa jej Sandra, gdy pewnego razu rozmowa zeszła na Tomasza, zaproponowała, że z przyjemnością może w zastępstwie Ewy urodzić mu dwójkę, a nawet trójkę dzieci. Długo się z tego śmiały, ale na wszelki wypadek Ewa przestała zapraszać Sandrę do domu.

— Powiedz, ale tak szczerze... Czy ty mnie kochasz? — zapytał Marcin, kładąc głowę na jej kolanach.

Patrzył na nią od dołu, widząc nad sobą parę spiczastych piersi i czubek jej brody. Zmierzwiła mu czuprynę jak niesfornemu dzieciakowi. On przytrzymał jej rękę przy swoich ustach i wdychał delikatny zapach balsamu do ciała.

— Kocham cię. Ale chyba jeszcze za wcześnie na rozmowę o dziecku — powiedziała, ostrożnie dobierając słowa.

Marcin przytulił ją mocno. Czuł delikatną woń wanilii z orzechami i podziwiał aksamitną miękkość jej skóry.

— Wiem, że to za wcześnie. Jeszcze nie jesteś gotowa. Ja wszystko rozumiem. Ale obiecaj mi, że kiedyś będziemy razem. Stworzymy normalną rodzinę. Obiecasz mi to?

— Zanim uporam się z rozwodem, pewnie już będziesz z inną.

— Nie zrozumiałaś, co ci powiedziałem? Kocham cię. Nie chcę być z nikim innym.

— Kochasz mnie? A myślałam, że to uczucie zarezerwowałeś dla samochodów. A ze mnie raczej kiepski kierowca.

— A co to ma do rzeczy? Nauczysz się. Ostatecznie nie musisz prowadzić. Będę cię wszędzie woził. Mąż jako osobisty kierowca to chyba nie taki zły układ?

— Jeździsz motocyklem. A ja się ich boję.

— Pokochasz je tak jak ja.

— Jestem od ciebie starsza. Takie związki to wciąż u nas temat tabu. Przyjaciele się od ciebie odwrócą. Zobaczysz...

— Od kiedy to liczysz się ze zdaniem obcych ludzi? A jeśli komuś się to nie podoba, to niech spada. Nie potrzebuję takich przyjaciół. To w twojej gazecie przeczytałem, że jeśli ktoś przestał być przyjacielem, to znaczy, że nigdy nim nie był...

Ewa westchnęła głęboko i przeturlała się na drugą stronę łóżka. Dyskusja z zakochanym facetem nie ma większego sensu. Jego upór i optymizm powoli zaczęły kruszyć jej opór. Nikt nigdy wcześniej tak o nią nie walczył. Z Tomaszem znali się tak długo, że nawet nie pamiętała, kiedy i w jakich okolicznościach postanowili się związać. Nie mieli żadnych wspomnień z okresu, gdy nie byli jeszcze ze sobą, ani nikogo ze znajomych, kto pamiętałby ich czasy kawalerskie. Może po prostu byli ze sobą zbyt długo? Czy miłość też ma „termin przydatności do spożycia"? Ewa zanotowała sobie w pamięci to pytanie. Mogłaby to zgłosić jako temat do następnego numeru „Kobiety Modnej". Ale najpierw musi sprawić, żeby Marcin choć na moment przestał myśleć o zadawaniu niewygodnych pytań. To nie powinno być aż takie trudne. Ewa zręcznie wślizgnęła się pod kołdrę i nim Marcin zdążył zaprotestować, jego ciało przeszył pierwszy dreszcz rozkoszy.

ROZDZIAŁ XVIII

From: kuba-jawor@yahoo.com
Subject: wielka piatka
Date: February 22, 2008 06:57 PM GMT +03:00
To: joasia1992@polka.eu

Cześć!
Hej, miałaś mi napisać, jak tam nasza paczka.
Były jakieś nowe ustawki? Co wykombinował nasz
siwy *bwana*? — Tak właśnie mówią tutaj na szefa ;-)
Śmiesznie, nie? Właśnie wróciliśmy z safari. Niezła
jazda! Widziałem zajefajnego słonia, który chciał
nas rozdeptać. Potem małpy próbowały mi
podpieprzyć kamerę, ale nasz *derewa* — czyli
kierowca — na szczęście je pogonił. Dobrze, że
miałem tę kamerę, bo zrobiłem zajebisty film. Mam
całą „wielką piątkę" afrykańską, czyli słonia,
nosorożca, lwa, lamparta i bawołu. Pojechaliśmy do
takiego krateru Ngorongoro, gdzie jest po prostu
czad! Zwierzaki chodzą luzem po łące, a samochody

z turystami jeżdżą pomiędzy antylopami, zebrami, takimi sarenkami, które nazywają się gazele, są nawet strusie. No i lwy. Przy takim jednym to zatrzymaliśmy się na dobre pół godziny i czekaliśmy, aż się wyśpi i rozdziawi japę do zdjęcia ;-0. Zawiodłem się trochę na nosorożcach. To wielkie nieruchawe krowy oblepione błockiem. Nic ciekawego. Już lepsze są bawoły. Te to przynajmniej wyglądają groźnie. Jak się takie stado rozłożyło nam na drodze, to nie było siły, żeby je stamtąd przegonić. Leżały pokotem, olewając naszego land-rovera i patrzyły ponuro spode łba. A jeden tak wyzywająco i hardo się na nas gapił z odległości może metra od okna samochodu, że aż *derewa* odjechał na wstecznym, bo bał się, że nas bestia dziabnie rogiem. Najtrudniej było upolować lamparta. Krył się na takich drzewach obwieszonych kiełbasami. Znaczy to nie są prawdziwe kiełbasy, tylko owoce, ale wyglądają jak solidne kawały krakowskiej półsuchej. No i nasz *derewa* podjechał pod takie drzewo i mówi, że poprzednim razem, jak tu był z turystami, to znaleźli lamparta. Staliśmy, gapiliśmy się, nawet przez lornetkę, i nic. Aż nagle coś się poruszyło w liściach i hyc, na maskę samochodu. Ale mieliśmy stracha! Wziął nas z zaskoczenia, bo nawet nie zdążyłem mu strzelić foty, a on myk, i dał nura w krzaki. No to nasz *derewa* ruszył za nim, choć tam podobno za cholerę nie można zbaczać ze ścieżek. Ale ten kierowca to był łebski gość, podobno kiedyś służył w policji wojskowej, więc wiedział, jak w razie czego zagadać ze strażnikami. Jechaliśmy wolno, a duży cętkowany kotek ciągle pojawiał się i znikał gdzieś pod korzeniami. A potem dopadł do jakiegoś takiego rowu, tata mówił, że to sucha rzeka (głupie, nie?) no i polowanie się skończyło. Jak jeździliśmy po tych wertepach, to przez okno wpadło kilka dużych much. Ojciec i *derewa* strasznie się zdenerwowali, bo to były muchy tse-tse, które jak ugryzą, to podobno można się przekręcić. Udało nam się je zatłuc, ale się działo...

Kiedy wracaliśmy, zahaczyliśmy o wioskę Masajów. Za 50 dolarów ekstra wpuścili nas do środka i pozwolili robić zdjęcia. Bo jakbyśmy nie chcieli zapłacić, a zaczęli robić fotki, to rzucaliby w nas kamieniami — tak powiedział *derewa*, który jakoś tych Masajów nie lubi. W wiosce obejrzeliśmy chatę wodza. A wiesz, że im te domki zawsze budują baby? Faceci budowlankę uważają za obciach. Może dlatego, że ściany robi się tu z błota i krowich gówien. Poważka! W ramach tych 50 dolarów zrobili nam pokaz tańców i zawodzenia. Taniec tu wygląda tak jak w ciasno nabitej dyskotece. Wszyscy podskakują do rytmu. Śmiesznie! Nakręciłem ich kamerą. Wódz wioski zaprowadził nas do szkoły. Dzieciaki udawały, że powtarzają jakieś litery, które babka, owinięta kolorowym kocykiem, pokazywała im patykiem na tablicy. Te dzieci tam to normalnie tragedia! Wszystkie mają katar i na tych gilach z nosa i na załzawionych oczach siedzą im muchy.

Much jest tak dużo, że nikt ich nawet nie odgania. Ale jakimś dziwnym trafem na dorosłych muchy nie są tak cięte, jak na te dzieciaki. Tata rozdawał tym małym smarkaczom długopisy — reklamówki jakiejś firmy (sprawdzę ci nazwę później, bo teraz nie pamiętam). Gdy zapytałem, skąd je ma, powiedział, że dostał. Ze dwadzieścia długopisów rozdał! Podejrzane, nie? Jak już ci Masajowie potańczyli i pokazali nam szkołę, to zaczęli nam wciskać jakieś wisiorki, łuki, strzały i tym podobną tandetę. Wszystko chcieli za *ten dollars*. Przy okazji obejrzałem z bliska te ich maczety (każdy z tych Murzynów nosi przy sobie kijek i maczetę, i duży nóż z szerokim ostrzem i napisem „Made in China". W życiu bym czegoś takiego nie kupił. Już wolę zwykłego sprężynowca.

Do Arushy dojechaliśmy po południu. Całą drogę przekimałem, tak mnie jakoś to safari zmęczyło. A w hotelu co znaleźliśmy? Domyślasz się? No jasne! Karaluchy. W pokoju było aż czarno. Mało się nie porzygałem. Tata mówi, że pewnie one myślały, że już sobie pojechaliśmy i nie wrócimy. Ale wystarczyło, że trochę potupaliśmy i jakoś się pochowały. Mam nadzieję, że nie wlazły mi do łóżka... A co do tych twoich pytań, to próbowałem zagadnąć ojca o łapówki, ale zaczął mi pieprzyć coś o Afryce. Że tutaj wszystko niby załatwia się w ten sposób, bo to jeszcze przyzwyczajenie z dawnych czasów, a jak zapytałem o...

— Jeszcze długo będziesz pisał? Twój czas już dawno minął — powiedział z wyrzutem Tomasz. Kafejka internetowa była nabita turystami. Udało im się znaleźć tylko jeden wolny komputer i umówili się, że każdy z nich będzie korzystał z niego przez godzinę.

— Już, tato, kończę! Tylko wyślę...

Kuba błyskawicznie kliknął przycisk „send" i jego list zniknął z ekranu.

— Chciałem tylko sprawdzić pocztę i newsy.

— Dobra. Już cię puszczam.

— A jak tam... — Tomasz ściągnął brwi, próbując wydobyć z pamięci jakieś zapomniane słowo — jak tam radzi sobie twoja drużyna. Ta... no, wiesz...

Kuba zdziwiony uniósł brwi.

— Drużyna?

— No, ta drużyna piłkarska, której kibicujesz.

— Legia. Nie wiem.

Chłopak wzruszył ramionami. W sumie doceniał nieoczekiwane zainteresowanie ojca jego sprawami, ale obaj dobrze wiedzieli, że jest na to o kilka lat za późno.

Ustąpił miejsca ojcu, a sam wyszedł na dwór i usiadł na schodkach. Miał przed sobą widok na ruchliwą ulicę. Po obu stronach drogi biegł głęboki cementowy kanał ściekowy. Żeby wydostać się ze sklepów zajmujących parter budynków, ludzie musieli szukać chybotliwych kładek przerzuconych przez rów. Nikomu to nie przeszkadzało. Po deskach szerokich na kilkanaście centymetrów przechodzili mężczyźni w garniturach i z teczkami i kobiety niosące na głowie plastikowe wiadra z praniem albo wielkie kiście bananów. Nikt się nie zawahał, nie zwolnił kroku, nie zachwiał. Uwagę

Kuby zwrócił starszy biały mężczyzna, który wyszedł ze sklepu z hebanowymi maskami i stanął bezradnie na środku ulicy. Od razu otoczyło go kilku naganiaczy, oferując kapelusze, naszyjniki z „lwich kłów" czy T-shirty z napisem „Kilimanjaro. Tu byłem!". Turysta oganiał się od natrętów bezradnie, ciężko dysząc i wycierając pot z czoła białym, hotelowym ręcznikiem. Nagle osunął się na kolana, złapał za serce i padł jak długi na spękany asfalt.

Kuba poderwał się na nogi i torując sobie łokciami drogę w ścisku, dobiegł do ojca.

— Tato! Chodź prędko! Jakiś białas zemdlał na ulicy!

Tomasz wstał, zgarnął spod krzesła swój mały plecak i wybiegł na zewnątrz. Kuba chciał mu towarzyszyć, ale ojciec stanowczym gestem kazał mu zostać.

— Nie ruszaj się stąd na krok! Zaraz wrócę!

Chłopak wzruszył ramionami i usiadł przy komputerze. Rzucił okiem na ekran, a potem rozejrzał się niespokojnie. Ojciec był już na ulicy. Odsunął gapiów, ukląkł i zaczął cucić starszego mężczyznę. W kafejce kilka osób podeszło do okna i głośno komentowało całe zajście, traktując je raczej w kategoriach humorystycznych. Nikt nie zwracał uwagi na Kubę, ktory pochylił się nad ekranem i zaczął czytać:

From: ewa.jaworska@kobietamodna.pl
Subject: Z nudnej Warszawy
Date: February 21, 2008 15:39 PM GMT +01:00
To: jaworski@medicus.pl

Tomku,
Mam nadzieję, że nie popsuję Ci nastroju na tej milutkiej wycieczce, ale wyjechałeś sobie,

zapominając zapłacić ubezpieczenie samochodu. Znów zostałam sama z problemem. Oczywiście dam sobie radę i nie po to piszę, żeby sobie pozrzędzić. Nie chciałabym zajmować Twojego cennego czasu, ale zaszły pewne okoliczności, o których — jak sądzę — powinieneś wiedzieć. Chodzi o Kubusia. Mówiłeś mu już o Tej Kobiecie? Oczywiście... Przecież po to właśnie pojechałeś. Odnalazła mnie jej matka. Znasz ją, to ta aktorka od Wajdy — Anna Bonacieux. Ciekawe... Nigdy o tym nie wspominałeś, że miłość Twojego życia pochodziła z tak sławnej rodziny. Pewno usłyszę od Ciebie jakieś zapewnienie, że „nie wiedziałeś". Jakoś trudno mi w to uwierzyć. Ile jeszcze kłamstw będę musiała usłyszeć? Anna (swoją drogą, bardzo miła kobieta) zwierzyła mi się, że za kilka tygodni wyjeżdża na stałe do Argentyny i już nie planuje powrotu do Polski. Poznała jakiegoś bogatego właściciela winnic z Mendozy, a on się jej oświadczył. Cóż, niektórym szczęście sprzyja... Anna chce poświęcić swój czas pielęgnowaniu nowego związku. I trudno mi ją za to winić. Znalezienie mężczyzny, który może kobiecie zapewnić życie na odpowiednim poziomie i w dodatku nie jest notorycznym kłamcą, to w dzisiejszych czasach sprawa naprawdę bardzo trudna. Ale ona chciałaby jeszcze przed wyjazdem poznać swojego wnuka. Myślę, że moglibyśmy się na to zgodzić. Może Kubuś, gdy dorośnie, będzie chciał wyjechać do swojej bogatej babci? To pewnie dla niego życiowa szansa. Bo ja już straciłam nadzieję na to, że dobrobyt naszej rodziny będzie Ci kiedykolwiek leżał na sercu. Gdyby tak było, bardziej byś się starał o to, żeby zapewnić nam godziwe życie. Bo Ty, rzecz jasna, wolisz marnować czas i pieniądze na idiotyczne wyjazdy do Afryki, safari i Kilimandżaro. I tu nie chodzi o mnie... Ja już się przyzwyczaiłam, że na liście priorytetów jestem u Ciebie gdzieś na ostatnim miejscu. Ale chodzi o Twoje dziecko. Mam nadzieję, że wykorzystasz ten czas na przemyślenie swojego postępowania wobec nas. Nie życzę Ci, żebyś dobrze się bawił, bo znam Cię i wiem, że na pewno jest Ci świetnie.

Ewa

Kuba oderwał wzrok od monitora, zrobił kilka kroków w stronę wyjścia i usiadł ciężko na schodkach kafejki. Na ulicy dwaj sanitariusze wsuwali do karetki nosze ze starszym mężczyzną. Tomasz zawzięcie dyskutował z kierowcą ambulansu.

Chłopak próbował zmusić się do myślenia. Jakoś ułożyć sobie w głowie to, co przeczytał. Ojciec dostrzegł go i podniósł kciuk do góry. Kuba pomachał mu bez entuzjazmu. Czuł, że serce mu dudni jak stado spłoszonych koni.

„Muszę się dowiedzieć — powiedział do siebie, bezgłośnie poruszając wargami. — Muszę...".

ROZDZIAŁ XIX

Ewa przestała klaskać i uniosła się z fotela. Na widowni rozbłysły światła, a bileterki otworzyły wielkie drzwi wiodące do foyer. Marcin wciąż siedział na obitym czerwonym pluszem strapontenie, nieświadomy tego, że blokuje wyjście kilkunastu osobom z całego rzędu.

— Kochanie! Obudź się! — Ewa delikatnie trąciła go w ramię. Przy okazji po raz kolejny krytycznie otaksowała jego strój. Mówiła mu — to prawda — że ma się ubrać do opery elegancko, ale w najczarniejszych snach nie spodziewała się, że włoży frak. Najgorsze było to, że w ogóle nie zdawał sobie sprawy, że przesadził. Gdy podjechał po nią samochodem, był w płaszczu, dlatego nie zorientowała się, że nadciąga katastrofa. Dopiero w szatni okazało się, że Marcin pożyczył strój od kumpla, który pracował jako kelner w jednej z najdroższych warszawskich restauracji. Krój czegoś, co wziął za marynarkę, nieco Marcina zdziwił, ale nie na tyle, by choć tak na wszelki wypadek wziął ze sobą jeszcze coś innego. Kelnerski image nie był na szczęście konsekwentny. Mało który kelner nosi do fraka kraciastą koszulę i brązowe buty. Gdyby Marcin umiał jeszcze ten cyrkowy strój nosić ze swobodą i nonszalancją — pół biedy. Można by go uznać za dziwaka lub przedstawiciela warszawskiej bohemy. Programowego nonkonformistę, skandalistę lub w ostateczności — za geja. Ale on, na swoje nieszczęście, we fraku wyglądał na zagubionego prowincjusza, który w świątecznym ubraniu wybiera się na procesję w dniu Bożego Ciała. Na dodatek przypadło mu miejsce na dostawce. Skulony osiłek we fraku, który zasnął już po pierwszych dziesięciu minutach — pomyślała Ewa i poczuła, że się czerwieni. To z takim człowiekiem się zadaje i z nim przyszła do opery. Miała nadzieję, że nie spotkają nikogo znajomego.

Bardziej zdecydowanie szarpnęła go za ramię.

— Ewa! Przepraszam! Ja...

Poderwał się zawstydzony i przepuścił pozostałych widzów z rzędu, którzy, przechodząc, patrzyli na niego z politowaniem.

— Zaczekaj na mnie! Nie zostawiaj mnie tak...

Dogonił ją w przestronnym holu. Ewa, nie zatrzymując się ani na chwilę, skierowała się do klatki schodowej i marmurowymi schodami weszła na półpiętro. Stanęła dopiero przed bufetem. Zajęła miejsce na końcu kolejki. Wciąż ostentacyjnie ignorowała Marcina, który wreszcie zdesperowany złapał ją za rękę i siłą odwrócił w swoją stronę.

— Co ty sobie wyobrażasz?!

Kilka osób stojących bezpośrednio przed nimi rzuciło im zdziwione, pełne nagany spojrzenia, ale zaraz dyskretnie odwróciło wzrok. Otaczał ich radosny gwar teatralnego antraktu. Ludzie wymieniali ukłony i prowadzili niezobowiążujące pogawędki. Ktoś w pobliżu rozbawił towarzystwo jakąś anegdotą. Ewa marzyła, by wtopić się w ten anonimowy tłum, ale mężczyzna, który trzymał ją w mocnym uścisku, nie zamierzał jej na to pozwolić. Popatrzyła na niego bezsilnie, z nutą pogardy.

— Przestań się drzeć. Niepotrzebnie tu z tobą przyszłam. Przynosisz mi wstyd.

— To ten kelnerski frak, tak? Ten frak tak cię wkurzył? — Marcin spojrzał na nią z ironicznym uśmiechem. — A ci inni ludzie... Znasz ich? Oczywiście, że ich znasz. Są przecież z twojej „sfery". Spotykasz ich na bankietach, może nawet z paroma osobami chodziłaś do szkoły, na studia... Mają na sobie garnitury od Bossa i zegarki Cartiera, ale czy są przez to ludźmi, z którymi warto spędzić resztę życia?

— Chodzi mi tylko o to... — zaczęła Ewa pojednawczo — ...że nie umiesz się zachować. Jeśli opera cię nudzi, nie musieliśmy tu przychodzić. Przecież to ty załatwiłeś bilety! Mogliśmy pójść do kina albo do klubu, ostatecznie nawet na pizzę. Nie zmuszałam cię, żebyś się tu pchał. Nie chciałam, żebyś na siłę stał się kimś innym.

— To co? Nie mam już prawa przyjść do teatru? Jestem od nich — zrobił szeroki gest ręką — gorszy?

— Nie. Oczywiście, że nie jesteś gorszy. Może nawet od wielu z tych ludzi jesteś lepszy. Ale czy musiałeś wkładać ten strój, w którym wyglądasz jak klaun, i zapaść w sen tuż po pierwszych taktach uwertury?

— Przepraszam. Ale skąd miałem wiedzieć, że nie trawię opery? Jestem tu pierwszy raz! W pracy miałem dziś męczący dzień...

Ewa pokręciła głową i odwróciła się w stronę lady.

Zamówiła dwie lampki szampana, a Marcin skwapliwie zapłacił i w ostatniej chwili powstrzymał się przed wypiciem trunku jednym haustem.

Stanęli przy małym marmurowym stoliku. Ewa wzięła Marcina za rękę.

— Nie gniewaj się na mnie, ale zaczynam mieć poważne wątpliwości. Dziś już nie wiem, czy chcę, żebyśmy byli razem. A raczej wiem, że nie chcę.

— Dlaczego? Bo włożyłem niewłaściwą marynarkę?

— Bo jesteśmy z dwóch różnych światów.

— Dziś w nocy jakoś ci to nie przeszkadzało.

— W tym cały problem... — Ewa wyjrzała przez witrażowe okno. Latarnie podświetlały padający gęsto śnieg. — Nie umiem ci się oprzeć. Rozum mówi mi jedno, a serce...

— Serce?

Marcin przysunął się bliżej Ewy i musnął dłonią jej pierś.

— Nie dotykaj mnie w taki sposób przy ludziach... — szepnęła i przymknęła oczy.

Tylko się uśmiechnął i przesunął dłoń na jej plecy. Błądził przez chwilę palcami po wycięciu głębokiego dekoltu, który sięgał niemal do końca pleców, a potem zsunął rękę jeszcze niżej. Ewa przytuliła się do niego. Czuła, że traci nad sobą kontrolę. Ten chłopak działał na nią jak narkotyk.

— Chodźmy stąd... Dokądkolwiek. Jak najszybciej!

— A przedstawienie? — zdziwił się Marcin. — Prawdziwa fanka opery nie odpuści przecież wielkiego finału...

— To popularna sztuka. Grają ją kilka razy w roku. Zresztą już ją kiedyś widziałam. No, chodź... Nie pożałujesz. Pokażę ci, co to znaczy „wielki finał"...

Marcin objął ją i pocałował. Ewa zacisnęła powieki.

— Już po drugim dzwonku. Nie idziecie zobaczyć, jak ta nieszczęsna dziewczyna popełnia harakiri?

Obok nich stała Anna z kieliszkiem szampana.

Ewa odskoczyła od Marcina.

— To pani?

— Moja kochana, nasze drogi znów się krzyżują. I znów mój widok panią dziwi... — Anna doskonale bawiła się jej zażenowaniem. — Czy przedstawisz mi, Ewo, swojego ekscentrycznie ubranego przyjaciela?

— Sam się mogę przedstawić — oburzył się Marcin — Zaremba Marcin. A pani to kto?

Ewa ukryła twarz w dłoniach. W jednej chwili znienawidziła i Marcina, i siebie.

Anna się roześmiała i sięgnęła po papierosa.

— Nie wygląda pan na Węgra, więc po przyjacielsku radzę podawać najpierw imię, a dopiero później nazwisko. Ale gratuluję tupetu. Ja mam na imię Anna. Skoro moja twarz nic panu nie mówi, to nazwisko tym bardziej będzie brzmiało obco. Niech więc pan zrobi zaszczyt starej kobiecie i mówi mi po imieniu.

Marcin uśmiechnął się niepewnie. Nie wiedział, czy znajoma Ewy mówi poważnie, czy sobie z niego kpi.

— Dość tego! — Głos Ewy drżał z emocji. — To jakiś koszmarny sen. Przepraszam cię. Zmarnowałam ci wieczór. Ale to już ostatni raz. Pani Anno, porozmawiamy kiedy indziej. Teraz... — głos uwiązł jej w gardle.

Anna Bonacieux przypatrywała im się z życzliwym uśmiechem.

— Ewo, uspokój się. Ja wszystko rozumiem. Nie obawiaj się, nie zamierzam pobiec z tym do prasy... Ups! — Zaśmiała się sztucznie. — To przecież ty jesteś z prasy. A twój, hm... znajomy jest bohaterem reportażu czy po prostu kolegą z redakcji?

— Przepraszam panią, ale naprawdę to dla mnie potwornie krępujące... — Ewa skinęła Annie głową i szybkim krokiem ruszyła w stronę szatni. Marcin pobiegł za nią.

Anna wzruszyła ramionami. Zgniotła w popielniczce niezapalonego papierosa i dopiła szampana. Spojrzała na zegarek. Nie było sensu wracać na widownię tylko po to, by przekonać się, jak bezduszny amerykański oficer wykorzystuje naiwną gejszę i doprowadza ją do samobójstwa. Anna Bonacieux kochała opery Pucciniego, ale trzeciego aktu *Madame Butterfly* nie mogła znieść. Prawdę mówiąc, od śmierci Basi nie dotrwała do ostatniej arii ani razu.

ROZDZIAŁ XX

Pierwsze kroki w dżungli były jak zanurzenie się w basenie wypełnionym ciepłą wodą. Zaraz za bramą Parku Narodowego Kilimandżaro zaczynał się tropikalny las deszczowy. Kuba miał dość mgliste wyobrażenie o tym, co zobaczy na stoku najwyższej góry Afryki. Nastawiał się na widok palm i bananowców. Bardzo się zdziwił, bo drzewa, które rosły po obu stronach niezbyt stromej błotnistej ścieżki, przypominały do złudzenia buki i jawory, które widział na wycieczce szkolnej w Dolinie Olczyskiej. Może były trochę wyższe, bardziej omszałe, a ze splątanych konarów zwisały liany, ale mówiąc szczerze, spodziewał się bardziej egzotycznych widoków. Zresztą w ogóle mało co widział, bo korony drzew splatały się wysoko nad ścieżką, tworząc naturalny dach nieprzepuszczający światła. Gdzieś z góry nieustannie kapały wielkie krople deszczu. Tomasz i Kuba wyjęli z plecaków kurtki ortalionowe, ale po kilku krokach zdali sobie sprawę, że walka z wilgocią jest nie do wygrania. Przy prawie trzydziestu stopniach ciepła w kurtce po prostu nie dało się oddychać.

Ich grupa wczoraj powiększyła się z dwóch do ośmiu osób. Gdy wieczorem wrócili do hotelu, Richard — jak zawsze w białym garniturze i słomkowym kapeluszu — przedstawił im przewodnika, pod którego opieką mieli się wspiąć na Kilimandżaro. Samuel, niewysoki trzydziestolatek, przywitał się z uprzejmym dystansem. Czy ma doświadczenie? — Tak, był już na szczycie czterdzieści dziewięć razy. Czy prowadził już Polaków? — Tak, i to z sukcesem. Czy może im zagwarantować, że wejdą aż na wierzchołek krateru? — Nie. Ale wie, co zrobić, żeby prawdopodobieństwo tego było nieco większe.

Kuba patrzył ze z trudem skrywaną nieufnością na małomównego Tanzańczyka, ale Tomasz później wytłumaczył mu, że ostrożność i realizm w obietnicach mogą tylko świadczyć na korzyść Samuela. Zbytnia pewność siebie i hurraoptymizm byłyby nieprofesjonalne.

Jednak nawet Tomasza zaskoczyła liczba osób, które znalazły się w ich grupie. Przewodnik miał zastępcę, malutkiego staruszka, Dominika, który wyglądał na kogoś, kto nie jest w stanie o własnych siłach wspiąć się na krzesło barowe. Wiecznie uśmiechnięty młodzieniec w dziurawych adidasach miał być ich osobistym kucharzem. Zamyślony rastafarianin pełnił funkcję kelnera (Tomasz zaprotestował, ale Richard zarzekał się, że takie są tanzańskie przepisy i bez kelnera wyruszyć w góry nie sposób). Ekipy dopełniało dwóch tragarzy zatrudnionych w ostatniej chwili, tuż pod bramą parku, by dźwigali worki z prowiantem.

Wieczór upłynął na negocjacjach z Richardem, który próbował jeszcze podbić cenę z uwagi na „pewne dodatkowe koszty" (zepsuł się samochód, którym miał dowieźć ekipę z Arushy i trzeba było wynająć inny). Tomasz z uśmiechem, ale i stanowczo, odmówił. Biznesmen nalegał i rozmowa stała się nieprzyjemna. Jaworscy wrócili do pokoju hotelowego zmęczeni i rozdrażnieni. Kuba, tym razem bez emocji, niemal rutynowo, zgonił z łóżka karaluchy i zasnął w ubraniu, nim Tomasz skończył brać wieczorny prysznic. Ojciec przykrył go i sprawdził szczelność moskitiery nad łóżkiem. Siatka nie budziła zaufania. W kilku miejscach ktoś skleił rozdarcia plastrem. Spryskał więc muślinową zasłonę środkiem odstraszającym komary i zgasił światło. Dopiero w tym momencie przypomniał sobie o liście od Ewy. Nie zdążył go nawet zacząć czytać, gdy Kuba przybiegł z informacją o zasłabnięciu starszego Amerykanina. Tomasz przez moment zastanawiał się, czy powinien jeszcze wyjść i poszukać komputera z Internetem, ale nie miał już na to siły. Cokolwiek tam było napisane, musi poczekać tydzień do ich powrotu z gór.

Rankiem, po lekkim śniadaniu, wysłużony peugeot 504 zawiózł ich do wioski Marangu, gdzie zaczyna się szlak na Kilimandżaro. Jaworscy, pod okiem przewodnika, wpisali się do książki wejść, uiścili stosowne opłaty i weszli w las.

— Pole pole! — ostrzegł ich Samuel, gdy raźno ruszyli łagodnie wznoszącą się dróżką. — To jest najważniejsza zasada, którą musicie się kierować, jeśli chcecie dotrzeć na szczyt. *Pole pole* — oznacza „powoli". Wiem, że może wam się to, zwłaszcza tu na początku, wydawać głupie, ale zobaczycie, że opłaca się iść wolniej.

Tomasz i Kuba zastosowali się do tej zasady tak skrupulatnie, że mijali ich nie tylko obładowani tragarze, ale i turyści, którzy wyruszyli na szlak znacznie później. Kuba od wczorajszego wieczoru łamał sobie głowę, jak zacząć z ojcem rozmowę na temat listu, którego nie powinien przecież był czytać. Kilka razy nabierał powietrza, by się do tego przyznać, ale za każdym razem głos odmawiał mu posłuszeństwa. Tomasz szedł obok niego i także zastanawiał się, jak zacząć rozmowę o Basi. Przez całe lata wyobrażał sobie tę chwilę i teraz, gdy nadszedł właściwy moment, jego żołądek kurczył się ze strachu. Bał się przede wszystkim tego, że Kuba zareaguje złością i agresją, gdy dowie się, że przez tyle lat ojciec go okłamywał. Z drugiej strony, obojętność byłaby jeszcze gorsza. Jaworski byłby zawiedziony, gdyby jego syn po prostu wzruszył ramionami i przeszedł nad tajemnicą swojej przeszłości do porządku dziennego. Basia była dla Tomasza przez te wszystkie lata niezwykle ważna, ale musiał brać pod uwagę to, że Kuba za swoją matkę uważa Ewę. Ujawnienie prawdy może zrujnować jego świat, nie dając mu nic w zamian. Może powinien zostawić wszystko tak, jak jest? Komu tak naprawdę potrzebna jest prawda? Prawda was wyzwoli — powtórzył w myślach. Ale czy Kuba chce wyzwolenia? Co mu to da? A jeśli to tylko egoistyczne pragnienie Tomasza, by zrzucić z serca sekret, który mu coraz bardziej ciąży? Poczuł do siebie niesmak. Przysięgał Ewie, że Kuba nigdy się o Basi nie dowie. A teraz aż palił się, by złamać obietnicę. Wytarł rękawem pot z czoła i spojrzał na syna. Kuba, niosąc niewielki, wąski plecak, stawiał uważnie kroki na mokrej ścieżce. Podchwycił spojrzenie ojca i uśmiechnął się z dumą.

— Tata, jesteśmy już wyżej niż Rysy! Super, nie?

Jaworski skinął głową. Dobrze, że są tu razem. Nie jest jeszcze gotowy na rozmowę o Basi. Nie wie nawet, czy kiedykolwiek się na to zdecyduje. Ale odzyskuje zaufanie syna. I to już było coś.

Po czterech godzinach doszli do obszernej polany, na której stało kilkanaście drewnianych szałasów.

— Mandara Hut, dwa tysiące siedemset dwadzieścia metrów nad poziomem morza — beznamiętnie poinformował ich Samuel i wskazał największą chatę pełniącą funkcję jadalni. Przy ścianie stała drewniana drabina, po której można było wejść na piętro. Stały tam w długim szeregu piętrowe prycze. Tomasz i Kuba zajęli miejsca tuż obok pozbawionego szyb okienka. Tylko tu czuć było jakikolwiek ruch powietrza.

Kucharz dotarł do obozowiska przed nimi, więc miał czas na przygotowanie kolacji. Ale gdy Tomasz i Kuba usiedli za stołem, rastafariański kelner podał im tylko popcorn i herbatę.

— To na wzmocnienie — wytłumaczył z surową miną i na potwierdzenie swoich słów napiął muskuły.

— Co o tym sądzisz, tato? — zapytał Kuba, patrząc z niedowierzaniem na stół.

— Czyste kalorie. Jako lekarz... — Tomasz pokręcił głową. — No, nie wiem. Ale chyba musimy im zaufać. Zresztą nie mamy nic innego do jedzenia. Może jutro będzie lepiej...

— Zobacz, wszyscy tu wcinają popcorn. Normalnie jak w kinie... — zaśmiał się Kuba.

Rzeczywiście, na ławach, przy drewnianych stołach siedziało już ze dwadzieścia osób. Turyści z Hiszpanii, Francji, dwie starsze Rosjanki, grupa Łotyszy w średnim wieku i amerykańska młodzież. Wszyscy bez entuzjazmu skubali białe kulki prażonej kukurydzy i pili słodką herbatę. Najbliżej nich siedziała piegowata ruda dziewczyna. Nie miała żadnego towarzystwa, z wyjątkiem czarnoskórego kelnera, który co chwilę pytał, czy ma ochotę na jeszcze więcej popcornu. Gdy pojawił się po raz trzeci, wybuchnęła śmiechem, a wraz z nią śmiali się Tomasz i Kuba.

— Jestem Joe!

Uścisk dłoni miała męski i twardy jak syberyjski drwal. Mówiła po angielsku, połykając nie tylko końcówki, ale i niekiedy całe słowa. Pochodziła z Sydney i studiowała na miejscowym uniwersytecie. Miesiąc temu wpadła na pomysł, by korzystając z letnich wakacji, wybrać się samotnie do Afryki Wschodniej. Następnego dnia wsiadła po prostu do samolotu i przyleciała do Nairobi. Zdążyła pojechać na safari do Parku Narodowego Masai Mara i zobaczyć z bliska Mount Kenya, gdy wybuchły zamieszki. Jakimś cudem przejechała autostopem przez ogarnięty wojenną gorączką kraj aż do portowego miasta Mombasa, a potem jednym z ostatnich pociągów przed zamknięciem granicy przedostała się do Tanzanii. Dopiero tu wpadła na pomysł, żeby zdobyć Kilimandżaro. Nie miała żadnego ekwipunku. Jej jedynymi butami były sznurkowe sandały. No i przede wszystkim nie miała za dużo pieniędzy. Ale nie wahała się ani przez moment. Dojechała aż do Moshi, pod wulkanem, i tam stanęła na głównym targu. Natychmiast otoczyli ją naciągacze i sprzedawcy pamiątek. Pozwoliła się zaprowadzić do jednego ze straganów, gdzie została przedstawiona komuś, kto określił się jako przewodnik z zamieszkującego te tereny plemienia Czaka. Tanzańczyk uzgodnił z Joe stawkę (trzeba przyznać, że niewygórowaną — połowę tego, co zapłacili Tomasz i Kuba), wziął zaliczkę na wypożyczenie Australijce ekwipunku i zniknął na dwie godziny. Optymistka Joe nawet nie brała pod uwagę możliwości, że ktoś może chcieć ją oszukać. I choć wydawało się to niemal nierealne, Czaka wrócił z kurtką puchową i górskimi butami. Następnego dnia o świcie zgodnie z planem wyruszyli na Kilimandżaro. Tomasz słuchał opowieści uśmiechniętej rudej dziewczyny z uwagą, która wzbudziła niepokój Kuby. Choć nie mógł się domyślać, jaką strunę w pamięci jego ojca poruszył naiwny optymizm australijskiej studentki, czuł, że z ojcem dzieje się coś, czego nie rozumie i na co nie ma wpływu. Po kolacji wyszli przed szałas. Po deszczu nie było już śladu, a ziemia intensywnie parowała. Nad soczystą zieloną trawą unosiły się języory wieczornej mgły. Tomasz i Kuba przespacerowali się pomiędzy drewnianymi chatkami rozrzuconymi po całej polanie. Osobno, nieco na uboczu, stały rozstawione namioty, w których szykowali się do snu przewodnicy i tragarze. Tomasz pod pierwszym lepszym pretekstem wrócił do szałasu. Nie chciał, by syn widział, jak łyka dwie aspiryny. Ból głowy i kołatanie serca — dobrze znał te objawy choroby wysokościowej. Martwiło go to, bo mogło oznaczać, że kolejny raz przegra pojedynek z wielką górą. Z zazdrością patrzył na syna, który ziewał zmęczony, ale, jak zapewnił — czuje się świetnie. Położyli się spać bardzo wcześnie, gdy pierwsze gwiazdy rozbłysły na granatowym niebie. Obaj mieli poczucie, że sen przyniesie im ukojenie. I obaj się mylili.

ROZDZIAŁ XXI

— Jak wy możecie jeść to świństwo? Założę się, że od tego rosną włosy na stopach i poziom libido spada poniżej zera — powiedział Konstanty, z odrazą grzebiąc widelcem w porcji sushi.

— To po co znowu to zamówiłeś? — zapytała Sandra i sprawnie operując pałeczkami, doholowała do ust ryżowy klocek z krewetką na wierzchu.

— A co miałem wziąć? Może mnie oświecisz? Spaghetti carbonara w japońskiej knajpie raczej nie podają... Dlaczego, gdy umawiamy się na wyjście na miasto, zawsze lądujemy w tej cholernej suszarni?

Ewa wzruszyła ramionami. Cała trójka dobrze znała odpowiedź: bo mała japońska restauracja mieści się w najbardziej zacisznym zakątku Galerii Mokotów. A Galeria jest jedynym miejscem w pobliżu ich redakcji, gdzie można wyskoczyć na obiad i wrócić, nie ryzykując zwolnienia z pracy za samowolne oddalenie się od biurka. „Godzina wolności trzy dni przed deadline'em — bezcenne!" — z patosem zauważył Konstanty, parafrazując popularną reklamę. Zresztą to właśnie on zapoczątkował tradycję „przeddeadline'owych" wypadów na sushi. Gdy zegar wybijał trzynastą, kierownik działu mody wkładał długi prochowiec Burberry, który w jego mniemaniu upodabniał go do Humphreya Bogarta, i rzucał w stronę asystentki naczelnego kwestię godną jego filmowego idola: „Wychodzę na godzinę, wracam za półtorej". Sandra i Ewa wymykały się za nim już bez takiej ostentacji. Choć sushibar w Galmoku odkrył właśnie Konstanty, to z wrodzonej przekory szybko zaczął kontestować własny pomysł. Czekał z utęsknieniem, aż w budujących się wokół biurowcach otworzą wreszcie jakieś urocze knajpki, a póki co ograniczał się do narzekania i zaciekłego dziobania maki i sashimi widelcem, na co skośnoocy kucharze patrzyli z prawdziwą zgrozą.

— Fatalnie wyszło — podsumowała Sandra opowieść Ewy o spotkaniu z Anną w operze. — Ta baba z czystej złośliwości opowie wszystko Tomkowi, gdy wróci z Afryki. Będziesz miała kłopoty.

— A może to wyjdzie jej na dobre? — zamyślił się Konstanty. — Ten romans i tak ciągnie się już zbyt długo. Powinnaś się wreszcie zdecydować: albo skrucha i powrót do męża, albo rozwód i skok na główkę, ze wszystkimi konsekwencjami. Życie w kłamstwie i grzechu...

— Błagam cię... — Ewa o mało nie zakrztusiła się jaśminową herbatą. — Rozumiem, że dwa lata intensywnych kontaktów seksualnych z wielebnym Jonaszem zmieniły cię w katolickiego integrystę, ale, na miłość boską... nie praw mi kazań!

— On jest seminarzystą, a dopiero w przyszłości być może zostanie kapłanem i wtedy ironiczne określenie „wie-

167

lebny", jakiego byłaś łaskawa użyć, będzie bardziej adekwatne — sprostował Konstanty. — A poza tym, zamiast mnie atakować, wejrzyj w swe serce, a tam...

— Nie przeginaj! — przerwała mu surowo Sandra, po czym odwróciła się do przyjaciółki. — Swoją drogą sama jestem ciekawa, co zamierzasz. Przecież musiałaś się liczyć z tym, że kiedyś się wyda...

Ewa milczała dłuższą chwilę, mocząc kawałek surowego tuńczyka w miseczce z sosem sojowym.

— Zerwałam z nim — zaczęła ostrożnie.

— Z kim? — Konstanty popatrzył na nią kpiąco. — *Sorry*, ale to nie jest takie oczywiste. Może zdradzisz nam nieco więcej szczegółów, siostro...

— Z Marcinem. Słuchaj, nie jestem w nastroju do żartów!

— Nic więcej nie powiem! — Konstanty udał, że zasuwa sobie usta.

— Już parę razy z nim zrywałaś — trzeźwo zauważyła Sandra.

— Fakt — westchnęła Ewa. — Ale tym razem mam nadzieję, że to decyzja ostateczna. Muszę po prostu uważać. Nie spotykać się z nim, nie rozmawiać, nie pozwalać, żeby podwoził mnie do pracy. No i najważniejsze... Nie dać mu się dotykać. Bo gdy go czuję, tracę głowę.

— Nie nazwałbym tego głową... — mruknął Konstanty i sekundę później, czując na sobie pełne potępienia spojrzenie Sandry, demonstracyjnie włożył do ust duży kawałek sashimi.

— Możesz to nazwać, jak chcesz. — Ewa wzruszyła ramionami. — Może nawet lepiej nazywać rzeczy po imieniu. Nie wiem, jak on to robi, ale nawet gdy jestem na niego wściekła, to wystarczy, że mnie dotknie, i już mam ochotę pójść z nim do łóżka. Zresztą nie musi to być łóżko...

— Oszczędź nam szczegółów. Już wystarczająco dokładnie domyślamy się, o co ci chodzi — powiedział Konstanty z pełnymi ustami.

— Dlaczego? — zaprotestowała Sandra. — Daj, człowieku, posłuchać! Mów, Ewa, jaki on jest? Wygląda na dzikusa.

Ewa westchnęła i poluzowała nieco za ciasno zawiązane sznurówki swoich wysokich kozaków.

— Jest trochę jak biała, niezapisana karta. Ale to nie jego wina. Pochodzi z takiego domu i środowiska... Oczywiście nie mam nic przeciwko prostym ludziom! Zresztą Marcin nie jest prostakiem. To znaczy bywa... ale nie ma natury prostaka. Jest wrażliwy. Kocha kino. Zna się na filmach znacznie lepiej ode mnie. Może i nie jest specjalnie oczytany ani nie wie nic o teatrze, ale lata do kina na wszystkie przeglądy. Ostatnio przez godzinę opowiadał mi o jakimś irańskim hicie, który podobno zawojował festiwal w Cannes. Nie jest przygłupem, który tylko marzy o tym, by z puszką piwa w ręku zwalić się na kanapę i oglądać mecz. Wiem też, że ładnie gra na gitarze. Kiedyś na imprezie...

— Powiedz lepiej koleżance, czy twój przyjaciel jest dobry w łóżku — burknął Konstanty. — Założę się, że pytając, „jaki on jest?", nie oczekiwała opowieści o miłośniku kina irańskiego i gitarzyście...

— A może to ty jesteś ciekawy? — zapytała uszczypliwie Ewa.

— Może... — zgodził się Konstanty. — Opowiadaj! Chyba że jest się czego wstydzić.

— Błagam — jęknęła Ewa. — Nie musisz mnie podpuszczać. Nie jestem pruderyjną cnotką niewydymką.

— Więc...

— Ujmę to tak: ma duuży potencjał, a z resztą sobie poradzę.

Konstanty zachichotał.

— Jak duży? Dwadzieścia, trzydzieści centymetrów?

Ewa przewróciła oczami.

— Czy ty nigdy nie dorośniesz?

— No, wszystko świetnie. Skoro tak ci z nim dobrze, to dlaczego od niego odchodzisz? — Sandra wrzuciła kostkę cukru do czajniczka z herbatą.

— Bo seks to nie wszystko.

Konstanty i Sandra popatrzyli na nią zdziwieni.

— Jak na kogoś, kto prowadzi w miesięczniku dział porad seksuologicznych, taka teza jest co najmniej kontrowersyjna.

— Jestem dziennikarką, a nie seksuologiem. Poza tym jestem kobietą.

— Ja też i... — zaczęła Sandra, ale Konstanty jej przerwał:

— Ja też jestem... bywam kobietą, przynajmniej tak się czuję w pewnych układach towarzyskich. I wiem jedno: jeśli ten facet tak na ciebie działa, to nie będzie łatwo ci od niego odejść.

— Chyba że zrobi jakieś świństwo. Wiesz, jak to facet... — podsunęła Sandra.

— Dajcie spokój! Chyba mam jakąś kontrolę nad swoim ciałem? Nie mam? — Ewa spojrzała pytająco na przyjaciół, ale Sandra uciekła wzrokiem gdzieś pod stolik i przyglądała się krytycznie swoim obcasom, a Konstanty puścił oko do skośnookiego kucharza.

— W każdym razie podjęłam już decyzję. Nie mogę być z mężczyzną, za którego muszę się wstydzić. Przecież to, z kim jestem, świadczy o mnie. Ta wersja *Pretty Woman* mi po prostu nie odpowiada. Cholera! Jestem na siebie wściekła, że tak długo i nieskutecznie bawiłam się w nauczycielkę savoir-vivre'u — ciągnęła niezrażona Ewa. — Poza tym kupiłam już bilety. Zaraz po wysyłce numeru do drukarni wyjeżdżam.

— Dokąd? Z kim? — Konstanty udał zdziwienie. — Ale nas zaskoczyłaś!

— Jadę do Tomka i Kuby. Sama! Żeby nie było żadnych niedomówień. Popełniłam błąd, że dwa tygodnie temu nie postawiłam sprawy na ostrzu noża i nie wyjechałam razem z nimi. Ale teraz to zrozumiałam. Dobrze się składa, że ominie mnie wspinanie się na tę okropną górę, ale wspólnych wakacji na Zanzibarze sobie nie daruję.

— Mam nadzieję, że wiesz, co robisz. — Sandra była sceptyczna. — Kogo ty naprawdę kochasz? Tomka czy Marcina? A może żadnego z nich, tylko swoje odbicie w lustrze?

— Powiedziałaś już Marcinowi? — spytał Konstanty.

Ewa bez przekonania przytaknęła.

— Powiedziałam mu, ale byłam bardzo zdenerwowana, więc nie wiem, czy on zdaje sobie sprawę z tego, że moja decyzja jest ostateczna. Pewnie uważa mnie za głupią wariatkę. Od dwóch dni się do niego nie odzywam. Nie odbieram telefonu, nie odpisuję na e-maile i SMS-y.

— To do niczego nie prowadzi! Porozmawiaj z nim

i spokojnie powiedz, że to koniec. — Sandra wzięła Ewę za rękę. — Dasz radę. Ale musisz to zrobić, bo faceci tacy jak on nie łapią delikatnych sugestii. Uwierz mi, znam ich.

— Będzie ciężko — przyznał Konstanty. — Zwłaszcza jeśli on wie, że wystarczy wsadzić ci rękę pod spódnicę i znów cały ten taniec godowy zacznie się od początku...

— Jesteś wulgarny! — skrzywiła się Ewa

— Świnia! — podsumowała Sandra.

Obrażony Konstanty wzruszył ramionami.

— Mówię, jak jest. Jeśli chcecie się same oszukiwać, to proszę bardzo, ale dla własnego dobra lepiej jest zrobić uczciwy rachunek sumienia...

Telefon Ewy zapikał nerwowo. Sięgnęła po niego z niechęcią i przeczytała SMS-a.

— Marcin błaga o to, żebyś do niego wróciła? — domyśliła się Sandra, usiłując tak wykręcić szyję, by choć rzucić okiem na wyświetlacz komórki.

Ewa pokręciła głową i skinęła na kelnera, by przyniósł rachunek.

— Na szczęście tym razem to nie on. Od kilku dni czekam na audiencję u Starego w sprawie podpisania mojego urlopu. Jola z sekretariatu dała mi znać, że mam się natychmiast stawić w jego gabinecie. Jeśli i tym razem mi nie da dwóch tygodni wolnego, to Bóg mi świadkiem, składam wypowiedzenie! Biletów i tak już nie mogę zwrócić, więc wóz albo przewóz. Trzymajcie za mnie kciuki.

ROZDZIAŁ XXII

— Zimno mi.

— Chodź...

Basia wślizgnęła się do jego śpiwora.

— Nic dziwnego, że ci zimno. Na tej wysokości trzeba już coś na siebie na noc narzucić.

— Przepisze mi pan, doktorze, jakieś majtki na receptę?

Tomasz przytulił ją mocno.

— Wiesz, że to, co robimy, jest niezgodne z etyką lekarską?

— Niezgodne z etyką byłoby pozostawienie zziębniętej kobiety na mrozie. Na zewnątrz jest około zera, a ja nie mam nic na sobie. Pan, panie doktorze...

— ...Przestań już z tym „panem doktorem"!

— Ty... też z tego, co nie powiem, że widzę, bo nie widzę, ale czuję... nie masz na sobie zbyt dużo. Jak możemy sobie w tej ekstremalnie trudnej sytuacji inaczej pomóc?

— W naszym szpitalu mamy tylko dwa lekarstwa na wszystkie choroby: aspirynę i modlitwę. Skuteczność obu jest niestety podobna.

— To nie było śmieszne.

Dziewczyna odwróciła się do niego plecami.

— Czasem nie mogę tego znieść — wyszeptała.

— Czego? Moich głupich żartów?

— Wiesz czego... Tego, że te dzieciaki tak dzielnie umierają. Nie płaczą, nie boją się. Po prostu gasną jak świeczki. Najgorsza jest świadomość, że w Europie marnujemy tony lekarstw na zupełnie trywialne choroby. A tu otwieram apteczkę i znajduję... aspirynę. W takim momencie mam ochotę wrzeszczeć i tupać. Albo kochać się do utraty tchu, do zatracenia. Żeby zapomnieć...

W płótno namiotu zaczął bębnić deszcz. Ciemność nocy rozdarła błyskawica, oświetlając na ułamek sekundy ich wtulone w siebie ciała.

— Jesteś piękna...

— Jesteś okropny! Prawie zasypiałam...

— Nie wydaje mi się. Sądząc po tym, jak poruszasz biodrami, raczej bym się skłaniał ku diagnozie, że jesteś aż nadto rozbudzona.

— Przeszkadzam panu, doktorze? Mam sobie pójść?

Basia przekręciła się na brzuch i uniosła na łokciach.

— Nigdzie nie pójdziesz! Na dworze jest zimno. Jest zimno. Zimno...

*

Z trudem otworzył oczy i potarł powieki, ścierając z nich resztki snu. Od rozbitego okna ciągnęło mroźne wilgotne powietrze. Na sąsiedniej pryczy kasłał Kuba. Tomasz wyciągnął rękę i dotknął czoła syna. Chłopak miał gorączkę. Cicho zaklął i zsunął się z metalowej koi, i trzęsąc się z zimna, naciągnął spodnie i bluzę. Wymacał w plecaku latarkę. Pomieszczenie omiótł wąski snop światła. Szukał czegoś, czym mógłby zasłonić rozbitą szybę, ale niczego nie znalazł. Zamknął więc szczelnie śpiwór syna. Po namyśle przykrył go dodatkowo kurtką puchową. Zanotował sobie w pamięci, by rano podać Kubie jakiś środek przeciwgorączkowy, i wrócił do swojego zimnego śpiwora. Zwinięty w kłębek trząsł się, słuchając zawodzenia wiatru. Do rana pozostało kilka bezsennych godzin. Próbował, jak zwykle bezskutecznie, przypomnieć sobie potargane strzępy snu. Od intensywnego skupienia rozbolała go głowa. Czy znów śnił o Basi? Przygryzł dłoń, aż zabolało, żeby się nie rozpłakać. Przez te wszystkie lata prawie zapomniał, jak bardzo brakuje mu jej pogody ducha i zwykłej ludzkiej dobroci. Na pewno miała jakieś wady... Próbował sobie przypomnieć jakąkolwiek kłótnię między nimi. Coś, co pozwoliłoby mu z lżejszym sercem zamknąć tamten rozdział życia. Z goryczą pomyślał o tym, jak żyje dzisiaj. Gdyby Basia żyła, pewnie nawet by na niego nie spojrzała. Nie miałby czym jej zaimponować. Co ostatnio zrobił dobrego dla innych? Wrzucił dziesięć złotych do puszki wolontariusza Wielkiej Orkiestry Świątecznej Pomocy? Naprawdę imponująca hojność. On, lekarz, który miał ideały i chęci, by zmieniać świat, uspokoił swoje nieczyste sumienie kwotą, którą zarabiał w przychodni w kilkanaście minut. Powiedzmy sobie szczerze: Tomasz Jaworski jest żałosny.

Po wietrznej i deszczowej nocy wstał zaskakująco słoneczny i ciepły dzień. Rastafariański kelner przyniósł im miskę ciepłej wody do mycia i głębokim basem zapytał, czy życzą sobie na śniadanie grzanki. Kuba próbował się dowiedzieć, czy jest jakaś alternatywa, ale uśmiechnięty Rasti tylko wzruszył ramionami.

Zjedli więc przed wymarszem po dwie grzanki z dżemem pomarańczowym i o ósmej rano zarzucili na ramiona plecaki. Droga wiodła przez wysokogórską tundrę, porośniętą miejscową odmianą kosodrzewiny. Tomasz z ulgą stwierdził, że Kuba jest w dobrej formie, a nocna gorączka zniknęła bez śladu. Po dwóch godzinach marszu przekroczyli górną granicę lasu i od tej pory wąska ścieżka pięła się po kamienistej półpustyni, porośniętej z rzadka kępami suchej trawy. Powyżej 3200 metrów weszli w chmury i temperatura momentalnie spadła do ośmiu stopni Celsjusza. Zrobiło się ciemno i zaczął siąpić drobny, ale dokuczliwy deszczyk. I właśnie w tym momencie Samuel zarządził postój na obiad. Kuba z wyraźnym obrzydzeniem obejrzał spalone na węgiel twarde udko kurczaka i odłożył do plastikowego pojemnika. Kucharz przygotował im jeszcze kanapki z kiszoną kapustą i lekko spleśniałe muffinki.

— Tato, *sorry*, ale tego nie da się jeść.

— Widzę. Łatwo nie będzie, ale trzeba coś w siebie wmusić... — Jaworski z wysiłkiem przełknął kęs kanapki. — Jezu! W życiu nie jadłem czegoś tak obrzydliwego! Ale chyba nie mamy wyboru, jeśli nie chcemy paść z głodu!

Szlak wznosił się coraz bardziej stromo. Między głazami rosły wysokie na kilka metrów drzewiaste senecje.

Przed drugą po południu dotarli do Horombo, skupiska małych trzyosobowych domków na kamienistym płaskowyżu. Deszcz przestał padać, ale wciąż było przeraźliwie zimno. Na domiar złego tragarze zapomnieli naciągnąć na ich plecaki ortalionowe pokrowce i większość ubrań była kompletnie przemoczona. Tomasz i Kuba obwiesili wnętrze domku mokrymi kurtkami i polarami i w niewesołych nastrojach udali się do gwarnej jadalni.

Horombo na wysokości 3780 metrów było najważniejszym i największym obozem na całej trasie. Tu każdy ze wspinaczy spędzał zazwyczaj dwie doby, aklimatyzując się. Nocowali tu również zdobywcy szczytu podczas drogi powrotnej w doliny. Wiecznie uśmiechnięty rastafarianin jako ich osobisty służący w ogóle się nie sprawdził. Inni kelnerzy przeganiali go za każdym razem, gdy chciał zająć jeden ze stolików dla Tomasza i Kuby. Bezradnie krążył po zatłoczonym wnętrzu jadalni, aż w końcu Tomasz wyjął mu z ręki miskę z popcornem i termos i wyszedł na zewnątrz. Usiedli na mokrych drewnianych schodach obok dwóch trzydziestolatków, którzy zawzięcie dyskutowali o wszystkich możliwych aspektach choroby wysokościowej. Kuba aż podskoczył z radości. Od wizyty na targu afrykańskiej sztuki ludowej w Mwenge nie spotkali z Tomaszem ani jednego Polaka. Teraz, chrupiąc zimny popcorn, przysłuchiwali się rozmowie Karola i Michała. Podróżnicy przygotowywali się do wejścia na Kilimandżaro od półtora roku. Przeczytali wszystkie możliwe książki na ten temat. Byli aktywnymi uczestnikami forów internetowych, na których zasypywali szczegółowymi pytaniami zarówno uznane autorytety, jak i zwykłych podróżników, którzy kiedykolwiek pojawili się w okolicy najwyższej góry Afryki. Z pasją gromadzili informacje o historii regionu, sytuacji politycznej, a nawet klimacie. Poważnie rozważali możliwość zapisania się na lekcje suahili. W końcu, przesuwając kilkakrotnie termin z powodu zawirowań osobistych i zawodowych, wyruszyli na wyprawę swojego życia. Jednak na miejscu okazało się, że zdobyta wiedza bardzo im ciąży. Niemal od pierwszych kroków na szlaku wciąż doszukiwali się u siebie objawów zabójczej choroby, o której czytali w tylu relacjach. Byli pewni, że wysokość skosi ich prędzej czy później. Zakładali, że nie zdołają nawet dojść do ostatniego obozu.

— A może po prostu idźcie wolno i nie zastanawiajcie się nad tym, czy płuca wam zaczną drętwieć, a z ust pocieknie różowa piana? — zaproponował Tomasz. Popatrzyli na niego jak na wariata. Jakby to, co zaproponował, było jakimś kosmicznym absurdem. Zmienili jednak temat i dzięki temu Kuba mógł się dowiedzieć co nieco o zamieszkach w Kenii, które przekształciły się już w regularną wojnę domową. Dwaj Polacy przed wejściem na Kilimandżaro pojechali na safari do Serengeti, zamiast jednak oglądać zwierzęta, wylądowali na posterunku policji w miejscowości Karatu, gdy nieopatrznie wyciągnęli aparaty fotograficzne, chcąc uwiecznić jadące na północ kolumny czołgów. Tanzańska armia zajmowała pozycje na granicy z Kenią, chcąc powstrzymać napływ uchodźców. Problemem mogło okazać się to, że zwaśnione plemiona mieszkają w obu krajach, a granica jest jedynie umowną linią na mapie i nie ma większego znaczenia nie tylko dla zwierząt, które rokrocznie migrują z Tanzanii do Kenii w poszukiwaniu bardziej soczystej trawy i wodopojów. Ignorowali ją także mieszkający tam od wieków ludzie.

— Tanzania nie ma takich konfliktów etnicznych jak Kenia czy Uganda, że nie wspomnę już o Ruandzie — pocieszał się Michał, z natury, jak widać, optymista.

— Nie istnieje żaden racjonalny powód, dla którego wojownicy z tych samych klanów mieliby mordować się w jednym kraju, a żyć w przyjaźni i pokoju w sąsiednim — z żelazną logiką wywodził posępny Karol. — Wybuch wojny w całej Afryce Wschodniej to kwestia czasu. I to, założę się, krótkiego. Wcale nie będę zdziwiony, jeśli konflikt zatrzyma nas w Arushy. Będziemy musieli przedzierać się na zachód. Przez dżunglę do Brazzaville i dalej, aż do Atlantyku.

— Wariat! — Michał popukał się w czoło. — Kilka tysięcy kilometrów przez las deszczowy.

— Można będzie wykorzystać rzekę Kongo. Jak Joseph Conrad w *Smudze cienia*.

— Chyba w *Jądrze ciemności*?

Karol energicznie przytaknął.

— No właśnie. Sam przyznajesz, że to realne.

— Nie. Tego nie powiedziałem. Mówiłem tylko, że pomyliłeś tytuły. Oba mają w sobie jakiś element mroku, ale „cień" i „ciemność" to nie to samo.

— Czepiasz się nieistotnych szczegółów. Ważniejsze jest to, żeby dostać się z powrotem do domu.

— Mogę się wtrącić? — zapytał Tomasz. — Panowie chcą uciec od wojny w Kenii do Konga? To jak leczenie przeziębienia za pomocą rozległego zawału serca.

— No tak! — Karol złapał się za głowę. — Zupełnie zapomniałem. Wojna domowa w Kongu jest chyba najkrwawsza w Afryce!

— Zapominasz o wojnie w Darfurze — upomniał przyjaciela Michał. — Tam jest jeszcze gorzej.

— To co mamy zrobić?

— Ja bym się nie przejmował... — mruknął Kuba.

— A może przedrzemy się do RPA? — zapalił się do pomysłu Michał. — Masz mapę?

— W Arushy... — westchnął Karol. — Ale może od kogoś pożyczymy?

Tomasz dał Kubie dyskretny znak i wycofali się do swojego małego domku. W międzyczasie dokwaterowano im dwudziestotrzyletniego Holendra, który tego dnia rano zdobył Kilimandżaro. Steven dostał się do Arushy z Amsterdamu na motocyklu. Zajęło mu to dwa lata. Przejechał na dwóch kółkach przez Europę, Bliski Wschód i pół Afryki. Gdy kończyły mu się pieniądze, po prostu znajdował sobie pracę. Najdłużej — przez trzy miesiące — pracował w Dubaju jako mechanik samochodowy. W Kairze oprowadzał wycieczki, a w Mombasie był instruktorem nurkowania. Gdy uznawał, że ma już dość pieniędzy, ruszał w dalszą podróż.

— Jedźcie do Malawi, to najpiękniejszy kraj na Ziemi! — stwierdził autorytatywnie, gdy tylko wymienili uściski dłoni. — Mili ludzie, tania benzyna i niezwykłe widoki. Tu jest dla mnie za dużo cywilizacji. Góry za bardzo przypominają Alpy.

Kuba nie zgadzał się z nim, zwłaszcza po odwiedzeniu toalety, która okazała się zwykłą dziurą w ziemi obudowaną czterema wątpliwej czystości deskami. Ale nie miał ochoty na dyskusję z emanującym pewnością siebie Holendrem.

— Jak było na Kili? — zapytał Tomasz.

— Powyżej pięciu tysięcy metrów walczyłem o każdy oddech. Kilka razy musiałem stanąć i wymiotowałem. Ale dałem radę. Zaliczyłem! — powiedział z dumą Steven.

Kuba skrzywił się z niesmakiem. Przerażała go ta fascynacja walką z własną słabością. Kilimandżaro wydawało mu się gigantycznym, okrutnym potworem, który porywa ludzi i przerabia na drgającą masę nerwów, mięsa i bólu. Przed snem Tomasz i Kuba wyszli na dwór. Chmury się rozpłynęły. Nad obozem, w miękkim świetle zachodzącego słońca, błyszczała ośnieżona kopuła. Kuba zdał sobie sprawę, że tak naprawdę po raz pierwszy widzi szczyt wulkanu. Nie był ani wielki, ani niebezpieczny, a jedynie bardzo odległy. Spojrzał w drugą stronę. W dole, ponad dwa kilometry pod nimi, rozbłysło tysiące świateł. To miasto Moshi. Spojrzał dalej i zobaczył powoli wtapiające się w mrok trudne do ogarnięcia wzrokiem równiny. Otwarta przestrzeń, która wydawała się wypełniać cały kontynent. Poczuł w sercu dziwne ukłucie. Trudno mu się było do tego przyznać, ale chyba zaczynał kochać Afrykę.

ROZDZIAŁ XXIII

Ewa zajrzała do gabinetu naczelnego i gwałtownie cofnęła się za próg.

— Wejdź! Czekamy tylko na ciebie! — zawołał Stary wesoło.

Na kanapie dygotała z zimna Milena, ubrana w krótką spódniczkę i niemal przezroczystą cienką bluzkę. Naczelny stał przy otwartym oknie w grubym golfie i marynarce i zaciągał się papierosem. Ewa pogratulowała sobie w myślach, że włożyła ciepły sweter. W pomieszczeniu temperatura nie przekraczała dziesięciu stopni.

— To chyba nie jest najlepszy moment. Jesteś zajęty. Przyjdę więc... — zaczęła Ewa.

— Ależ skąd! — przerwał jej Stary. — Siadaj. Chcę porozmawiać z dwiema moimi pięknymi kierowniczkami działów. — Jego szeroki uśmiech zwiastował zwykle spore kłopoty. Ewie ścierpła skóra.

— Wiecie, co się dzieje? — zagadnął i siorbnął kawę ze szklanki. — Musicie wiedzieć. Nie sposób tego nie zauważyć. Mamy kryzys...

— Konkurencja ledwo zipie — podpowiedziała usłużnie Milena.

— Bóg mi świadkiem, że chciałbym, żeby tak było... — westchnął Stary. — Niestety, ale tym razem to my ledwo zipiemy.

— Jak bardzo jest źle? — zapytała Ewa.

Pytanie było czysto retoryczne. O nadchodzącej recesji, a co za tym idzie, również fali zwolnień, szeptało się na korytarzach od paru dni. Niepokojące wieści dochodziły z księgowości i działu kadr. Podobno szykowano się do wielkiej restrukturyzacji. Za enigmatyczną nazwą kryły się jak zwykle prozaiczne wypowiedzenia. Czy to miał na myśli naczelny?

— Pytasz, czy jest bardzo źle? — Stary zapalił kolejnego papierosa. — Odpowiadam ci: bardzo... I niestety nie obejdzie się bez przelania niewinnej krwi.

— Na kogo padło? Na mnie? — Ewa uniosła się z fotela. — Dlaczego? Bo pracuję tu od dwunastu lat jak pies przywiązany łańcuchem do budy?

Grunt usuwał jej się spod nóg, ale wbrew temu, czego oczekiwała, zamiast wściekłości, czuła ulgę. Kłóciła się dla zasady. Myślami była już w Afryce.

— Mogę przejąć jej działkę. Będę pracowała więcej. We wszystkie weekendy! — wykrzyknęła Milena. Oczy jej zabłysły.

Zwietrzyła szansę, suka — pomyślała z niechęcią Ewa — Rzuciła się jak hiena na padlinę. Niech się udławi!

— Razem robiliśmy tę gazetę. Zaczynaliśmy od zera. — Ewa patrzyła na naczelnego, ignorując Milenę. — Przetrwaliśmy niejeden kryzys. Dlaczego mi to robisz?

Przecież to było oczywiste. Stary chciał się jej pozbyć, bo zasiedziała się w jednym miejscu. Żałowała, że nie odeszła sama kilka lat temu, gdy miała interesujące propozycje od konkurencji. Ale wtedy priorytetem była dla niej praca w sympatycznym, dobrze znanym zespole. W tamtym czasie jej najbliższą przyjaciółką była ta ździra, która stała teraz obok niej i z radością wbijała jej nóż w plecy.

— Przecież jeszcze nic nie powiedziałem! — Stary wzruszył ramionami i uśmiechnął się ironicznie. — Masz! — Podał Ewie kartkę. Rzuciła na nią okiem i spojrzała z niedowierzaniem na naczelnego.

— O co chodzi? — Milena już zapomniała o swojej euforii i teraz ona zaczynała się bać. — Co tu jest grane?

— Jedź na ten urlop. Podpisałem go. Odpocznij, wygrzej się na słońcu. — Stary machnął ręką w nieokreślonym kierunku, patrząc Ewie prosto w oczy. — A potem wracaj i zabieraj się do nowych obowiązków. A ty, Milena — uśmiechnął się — dostaniesz trzymiesięczną odprawę. Kup sobie coś ładnego.

Przez moment Ewa myślała, że jej konkurentka dostanie zawału serca. Kierowniczka działu zagranicznego zastygła z ręką przyciśniętą do piersi. A potem wybuchła:

— Ty pieprzony sadysto! Wykorzystałeś mnie i teraz chcesz uciszyć trzymiesięczną pensją?! Jesteś nikim! Zarobaczoną popielniczką! Nic nie zabije twojego smrodu. Otwieranie okna nie pomoże!

Naczelny zaśmiał się szyderczo.

— Spodziewałbym się większej klasy od kogoś, kto rokrocznie jeździł na festiwale filmowe i rozdanie Oscarów. Fachowiec, za jakiego się uważasz, na pewno bez trudu znajdzie pracę. Może nawet zaproponują ci fotel naczelnej? Jeszcze mi podziękujesz za kopa, od którego zacznie się twoja wielka międzynarodowa kariera.

— Jeszcze tego pożałujesz! — wrzasnęła Milena i wypadła z pokoju.

— Kryzys, kryzys... — mruknął naczelny. — Trzeba ciąć koszty. Mam nadzieję, że podołasz nowym obowiązkom?

Mimo wszystko Milena sporo tu robiła... Ewa pokręciła z niedowierzaniem głową. Wciąż jest w grze! Za jednym zamachem dostała urlop, awans i pozbyła się najgroźniejszej konkurentki. Może skoro tak dobrze jej idzie, powinna jeszcze w drodze do domu wstąpić do kolektury totolotka? Coś tu jednak jest nie tak...

— Dlaczego właściwie ją wywaliłeś? Przecież była ci wierna jak pies.

— Zarabiała trochę więcej od ciebie. Niewiele więcej, ale grosz do grosza...

— Masz ze mną same problemy. Chcę brać urlopy, nie ubieram się tak, jakbym właśnie wróciła z bicia rekordów seksualnych prowincjonalnej Polski. Mam wyliczać dalej?

Stary zgasił papierosa i zamknął okno.

— Dla mnie liczy się jakość, a nie ilość. To po pierwsze. Po drugie, jestem już coraz starszy i muszę dbać o serce. Nie chciałbym któregoś dnia na zebraniu schylić się po długopis i dostać zawału tylko dlatego, że rzuciłem okiem w niewłaściwym kierunku.

— Aż tak źle mnie oceniasz? — Ewa uśmiechnęła się smutno. — Jestem stara, brzydka i prawie zawsze noszę majtki. O to ci chodzi?

— Prawie zawsze? — Naczelny uniósł brwi. — Zresztą

to w tej chwili nieistotne... Najważniejsze, żebyśmy uratowali gazetę. Zawsze byłaś kreatywna, jeżeli chodzi o... hm... dobór tematów. Teraz musisz być jeszcze lepsza. Spada nam nakład. Trudno! Będziemy mieli coraz mniej reklam. Plany domów mediowych na przyszły rok są po prostu katastrofalne. To, co może nam zapewnić dotrwanie do lepszych czasów, to jakość. O czytelnika trzeba dbać. Chuchać na niego i dmuchać. Dopieszczać. A kto mógłby się równać w tej materii z tobą?

Ewa pokręciła głową z dezaprobatą.

— Czy tobie się nie pomyliła warstwa symboliczna z dosłowną? Owszem, piszę w „Kobiecie Modnej" o seksie i pieszczoty, jako temat, przerobiłam dosyć gruntownie. Ale mam nadzieję, że ty miałeś na myśli coś innego?

Naczelny aż sapnął z irytacji.

— Czy ty nie możesz po prostu powiedzieć „dziękuję" i wrócić po urlopie, żeby przejąć kierowanie działem zagranicznym? Musisz mi tu wyjeżdżać z tą całą psychologią?

Ewa wstała i odruchowo szybkim gestem wygładziła spódnicę, która podwinęła się, ukazując na moment koronkę pończoch.

— Nie zapominaj, że ja tu jestem od psychologii. I od seksu...

Naczelny z trudem oderwał wzrok od jej nóg.

— No, nie wiem, czy dokonałem dobrego wyboru. Mając na uwadze mój zbliżający się zawał...

Ewa, już z ręką na klamce, odwróciła się i spojrzała zdumiona na szefa. Wreszcie to do niej dotarło.

— Chcesz połączyć dział seks i psychologia z działem zagranicznym? Przecież to nierealne!

— Wręcz przeciwnie. — Stary zapalił papierosa. Wytrzymał bez palenia nie więcej niż trzy minuty. To i tak był rekord. — Uważam, że to świetny, ba!, genialny pomysł.

— Nigdzie tak nie ma. Ani w „Twoim Stylu", ani w „Pani", „Zwierciadle", „Sukcesie", „Bluszczu"... Co ty kombinujesz?

— Widzę, że zaczynasz wreszcie myśleć. Jeżeli czegoś nigdzie nie ma, to znaczy... — Kiwnął na nią, żeby dokończyła jego myśl.

— ...to znaczy, że pomysł jest poroniony.

Stary walnął pięścią w stół, aż przewróciła się ramka ze zdjęciem jego najnowszej żony.

— To znaczy tylko tyle, że nikt na to wcześniej nie wpadł.

— A jak to sobie wyobrażasz? — Ewa chuchnęła do wnętrza dłoni. Cała skostniała.

Naczelny podniósł do góry palec jak kaznodzieja.

— Pomysł jest genialny. Uważaj! Będziesz robiła wywiady z hollywoodzkimi gwiazdami o seksie. Świetne, co?

Ewa zamknęła oczy i policzyła do dziesięciu.

— Mam nadzieję, że żartujesz. Już widzę, jak Brad Pitt i Angelina Jolie siadają ze mną przy stoliku i zaczynają się zwierzać, w jakiej pozycji to robią i jakich gadżetów najchętniej używają.

Naczelny się rozpromienił.

— Widzę, że się nie pomyliłem. Załapałaś, o co mi chodzi. Świetnie!

— Wcale nie jest świetnie. Nikt się nie zgodzi na taki wywiad. Marzysz o pierwszym garniturze Hollywood, ale i trzecioplanowa gwiazdka serialowa z naszego kraju rzuci słuchawką, gdy zaproponuję jej temat rozmowy.

— Daję ci szansę. Nie zmarnuj jej — upomniał ją Stary. Już nie miał tak zadowolonej miny. — Idź już! Zanim zmienię decyzję. I wracaj z tej plaży wypoczęta. Kryzys... Zresztą, sama wiesz.

Odwrócił się do okna i pstryknął zapalniczką. Rozmowa skończona.

ROZDZIAŁ XXIV

— Będziemy mieli dziecko.

Tomasz wziął ją za rękę. Szli brzegiem morza po białym drobnym piasku, który nieodmiennie kojarzył im się z rozsypaną mąką.

— Skąd to wiesz? Przecież coś bym czuła! To kobieta zwykle mówi takie rzeczy swojemu mężczyźnie, a nie odwrotnie.

— Wiem, bo jestem lekarzem. Zaufaj mi.

Basia się zaśmiała, ale puściła rękę Tomasza i zaczęła w myślach liczyć dni, odginając palce.

— Daj spokój! Okres spóźnia ci się dwa tygodnie. Ale nie to jest najistotniejsze. Są inne symptomy. Powiększyły ci się piersi...

— Akurat! Znawca się znalazł!

— ...znacznie więcej śpisz, z minuty na minutę zmienia ci się nastrój, a dzisiaj rano wymiotowałaś.

— To po wczorajszych krewetkach.

— Krewetki jadłaś przedwczoraj. A raczej obwąchałaś talerz. Skubnęłaś może dwie, trzy.

Tomasz ją przytulił. Fala zmoczyła im stopy. Basia odwróciła głowę, wpatrując się ponad jego ramieniem w linię na horyzoncie, gdzie morze łączyło się z niebem. Oczy zaszły jej łzami. Wbiła brodę w jego bark, żeby nie dostrzegł, że płacze.

— Tomku... Co z nami będzie?

— Nic! Poza tym, że będziemy mieli dziecko, nic się nie zmieni.

— Nieprawda. Zmieni się wszystko.

Pogłaskał ją po mokrych policzkach i pocałował.

— Wiem, że to oznacza dla nas bardziej poważne podejście do życia. Już to przemyślałem. Posada w przychodni to oczywiście dla mnie priorytet, ale zdaję sobie sprawę, że nie utrzymam nas z pensji prowincjonalnego lekarza.

— Nie chodzi o pieniądze.

— Oczywiście, że pieniądze nie są najważniejsze. Ale dla mnie najważniejsze jest szczęście twoje i dziecka, a w miarę dobra sytuacja finansowa na pewno pomoże nam to osiągnąć. Pamiętasz, co mówił Tewie Mleczarz w *Skrzypku na dachu*? „To żaden wstyd być biedakiem, ale żeby to był znowu taki zaszczyt...".

Z nadąsaną miną klepnęła go poniżej pleców, jak niegrzecznego chłopca.

— Mówisz jak doradca bankowy.

Tomasz się uśmiechnął.

— Bardzo proszę moją rewolucjonistkę, żeby zeszła z barykady i zechciała wysłuchać mnie do końca. Mam pomysł, który pogodzi twoje lewicowe sumienie z twardymi realiami konsumpcyjnego świata. Moglibyśmy otworzyć tu, w Nungwi, szkołę nurkowania. Jest wspaniała, dziewicza rafa koralowa, długi sezon, ciepły ocean...

— Przecież nikogo tu nie będzie stać na takie fanaberie!

— Szkołę dla turystów, nie dla miejscowych, głuptasku... To miejsce z ogromnym potencjałem. Ktoś, kto tu pierwszy zainwestuje, sporo zarobi. Można też będzie dać pracę wielu ludziom. Przecież ktoś musi zbudować ośrodek, jakieś bungalowy, utrzymać wszystko w czystości, gotować jedzenie...

Czuł, że Basia powoli się uspokaja.

— To może się udać. Ale jak mam ci w tym wszystkim pomóc... Będzie nam ciężko — westchnęła.

— Dam sobie radę. — Tomasz napiął muskuły i stanął w pozie kulturysty. — Jestem w końcu twoim mężczyzną!

— Cały czas nie mogę w to uwierzyć... Tak uważałam... Jak to się stało?

— Basiu. Kto jak kto, ale my nie powinniśmy być zaskoczeni rozwojem wypadków. Gdy dorośli ludzie uprawiają seks, to istnieje duże prawdopodobieństwo, że z tego powstanie jakiś nowy obywatel.

— Byliśmy nieostrożni.

— Byliśmy zakochani. I jesteśmy coraz bardziej.

— Będziesz miał jeszcze większe kłopoty.

— Będę tatą...

*

— Tato! Hej, tato!

Kuba potrząsnął jeszcze raz ramionami Tomasza, a ten otworzył oczy i natychmiast je zamknął, bo blask bijący z otwartych drzwi niemal go oślepił. W nocy temperatura spadła poniżej zera i teraz słońce odbijało się od setek małych lusterek, które wieczorem były jeszcze kałużami.

Przed domkiem stał rastafariański kelner z miską ciepłej wody do mycia.

— Tato! Rasti mówi, żebyśmy się zbierali, bo za pół godziny wyruszamy.

Tomasz przeciągnął się i niechętnie wyczołgał ze śpiwora.

— A wiesz, że jest takie przysłowie: „Europejczycy mają zegarki, a Afrykańczycy — czas"?

— Powiedz to Rastiemu. Stoi tu z tą michą dobre dziesięć minut i już przebiera nogami. Szczerze mówiąc, nie wygląda na kogoś, kto ma czas.

Tomasz pokazał uśmiechniętemu kelnerowi, gdzie ma postawić plastikowe naczynie. Zdjął T-shirt, w którym spał, wyszedł półnagi na dwór i ochlapał się wodą. Wciągał całe hausty mroźnego powietrza i czuł się szczęśliwy. Kuba siedział na schodach i wiązał sznurówki przy ciężkich górskich butach. Ich współlokator Steven wciąż odsypiał trudy wejścia na Kilimandżaro. Pewnie śnił już o kolejnym etapie swojej podróży życia.

Po śniadaniu, na które składały się zimne spalone grzanki (Tomasz długo śmiał się z absurdalnego połączenia słów „zimne grzanki") z dżemem pomarańczowym i kawą, Rasti przyniósł im termos z herbatą i w towarzystwie Samuela ruszyli ścieżką do góry. Przewodnik zapowiedział im już wcześniej, że trzeci dzień wyprawy zostanie przeznaczony na aklimatyzację. Ich organizmy miały się przyzwyczaić do wysokości, by potem łatwiej było im wejść na szczyt wulkanu.

— Tato, mam pytanie... — zaczął w swoim stylu Kuba, gdy wolno szli szeroką ścieżką przez kamieniste usypisko. — Skąd tyle wiesz o Afryce? Nigdy nie opowiadałeś mi o tym, że tu byłeś.

— Nie było okazji... — zaczął Tomasz, próbując zyskać na czasie i zebrać myśli.

— Byłeś już na Kilimandżaro?

— Próbowałem kiedyś, jeszcze przed twoim urodzeniem, wejść na szczyt, ale mi się nie udało. Nie wiem nawet, czy dotarłem na taką wysokość, na jakiej teraz jesteśmy. Byłem chyba kiepsko przygotowany, a i towarzystwo, z którym się wybrałem, nie miało pojęcia, jakie to będzie dla nas wyzwanie.

— Byłeś z mamą?

Tomasz milczał przez chwilę, rozważając, czy to dobry moment, by powiedzieć synowi prawdę.

— Ewa nie pojechała ze mną do Afryki. Byłem tu sam na stażu w szpitalu w Arushy. Pobraliśmy się po moim powrocie.

Nie chciał kłamać, a nie dojrzał jeszcze do powiedzenia Kubie wszystkiego.

Chłopak popatrzył na niego uważnie, ale więcej nie pytał.

Utrzymywali spokojne tempo marszu, pouczani co kilka minut przez Samuela, by szli wolno: *pole pole*. Wczorajszy deszcz był już tylko bladym wspomnieniem. Powietrze miało rześki zapach, a na niebie nie widać było ani jednej chmurki. Po dwóch godzinach doszli do *Zebra rocks*, niezwykłej formacji skalnej, która wyglądała tak, jakby ktoś pomalował kawałek góry w czarno-białe pasy. Ponieważ zarówno Kuba, jak i Tomasz czuli się wyśmienicie, Samuel poprowadził ich jeszcze dalej, na szeroką przełęcz oddzielającą drugi wierzchołek Kilimandżaro — Mawenzi — od najwyższego wulkanu Kibo. Na wysokości 4400 metrów hulał ostry zimny wiatr. Ostatnie metry podejścia na przełęcz były ciężkie, szczególnie dla Tomasza, który czuł, że serce mu łomoce, jakby chciało wyrwać się z piersi. Za to widok, jaki się stamtąd roztaczał, rekompensował wszystkie trudy. Postrzępione skały Mawenzi wznosiły się pionowo prawie na wyciągnięcie ręki. W stronę głównego wierzchołka Kilimandżaro ciągnęła się szeroka, kamienista pustynia, przypominająca tatrzański piarg. Z równego jak stół płaskowyżu wyrastał ogromny stożek wulkanu. Jego szczyt zasnuły chmury, a czarne bazaltowe skały z białoniebieskimi językami lodowców zajmowały cały horyzont. Kuba i Tomasz patrzyli bez słowa na górę, która wydawała się łączyć ziemię z niebem. Z tej perspektywy Kilimandżaro wyglądała na nie do zdobycia.

Do Horombo dotarli wraz z pierwszymi kroplami deszczu. Steven zniknął, zostawiając im na starym bilecie nabazgrane życzenia: *Good Luck!*, mieli więc cały mikroskopijny domek dla siebie. Zjedli, choć raczej lepszym określeniem byłoby „wmusili w siebie" obiad. Gdy Rasti postawił przed nimi miskę z bezkształtną masą składającą się z ryżu i kiszonej kapusty na ciepło, Kuba powiedział głośno kilka mocnych słów i chciał odejść od stołu, ale Tomasz przekonał go, że nie warto wszczynać awantury. Z zazdrością patrzyli na grupę Niemców, którzy zajęli niemal pół jadalni i z apetytem zajadali wspaniale pachnący gulasz.

— Jedz. Jeśli to przeżyjemy, to przeżyjemy wszystko. Trzeba twardym być... — mruknął Tomasz i z lekką odrazą nałożył sobie do menażki sporą porcję.

Kuba roześmiał się i zgarnął resztę na swój talerz.

— Wiesz... Myślałem, że w naszej szkole jest najgorsza kucharka na świecie. Ale dziś tęsknię za tą paskudną jędzą.

Obok nich siedziało hiszpańskie małżeństwo. Patrzyli ze współczuciem na Tomasza i Kubę. Byli już po obiedzie, ale powodowani odruchem serca podzielili się z nimi żółtym melonem, który kelner podał im na deser. Polacy przyjęli połówkę soczystego owocu z wdzięcznością, ale bez skrępowania. Zdawali sobie sprawę, że powodzenie całej wyprawy zależy od tego, by mieli siłę piąć się w górę. Na tej wysokości nie było już miejsca na kurtuazyjne protesty.

Wczesnym wieczorem wskoczyli do śpiworów, żeby nie tracić ciepła i energii. Na dworze wiał silny, zimny wiatr. Co kilkanaście minut uderzał w ściany drewnianej chatki, jakby chciał ją wyrwać i cisnąć o skały.

— Tato... — zaczął Kuba.

Zaraz doda: „mam pytanie" — pomyślał Tomasz. I nie pomylił się.

— ...mam pytanie. Co to dokładnie znaczy po angielsku *bribe*?

Tomasz spojrzał na syna zdziwiony.

— Łapówka. A dlaczego pytasz?

— Bo ten nasz kierowca, Julius, pamiętasz? On mówił coś o korupcji, łapówkach...

— No tak. To duży problem w wielu krajach. Chyba tylko w Skandynawii nie wiedzą, co to takiego.

— A dlaczego ludzie dają łapówki?

— Żeby coś szybciej załatwić. Jeśli przepisy są skomplikowane albo jakiś towar jest trudno dostępny, to pokusa, żeby więcej na tym zarobić, niż oficjalnie można, jest silna.

— Tato... Mam pytanie... A lekarze też biorą łapówki?

Tomasz się roześmiał.

— Mogę ci powiedzieć, że raz w życiu dałem sporą

łapówkę. Ale bardzo mi zależało na załatwieniu pewnej ważnej sprawy. I udało się. Kiedyś ci o tym opowiem. A teraz śpij.

Kuba odwrócił się do ściany i zamknął oczy. Nie mógł jednak zasnąć. Słuchał wycia wiatru i zastanawiał się, czy powinien być lojalny wobec ojca, czy swojej dziewczyny. Najlepiej by się czuł, gdyby upewnił się, że jego tata jest uczciwy. Pamiętał swój niepokój, gdy Siwy opowiedział im na spotkaniu o akcji „Pokaż lekarzu, co masz w garażu". Miał ochotę natychmiast stamtąd wiać. Ale z drugiej strony, to właśnie wtedy poznał Joasię. Córka adwokata zaimponowała wszystkim, opowiadając o przekrętach swojego starego. Kuba nie chciał być gorszy. I teraz być może naresczie będzie miał się czym pochwalić. Wyciągnie z ojca informacje o tej aferze. Dał łapówkę? I bardzo dobrze! Powie wszystko Siwemu. A Joasia... Myśli chłopaka zaczęły krążyć wokół zbuntowanej nastolatki z kolorowymi włosami. Odważnej, bezkompromisowej, ładnej, seksownej, ubranej w obcisłą bluzkę... Kuba zasnął.

ROZDZIAŁ XXV

Marcin poprawił ustawienie kamery i wcisnął na klawiaturze komputera klawisz „enter". W kadrze pojawiła się najpierw jego ręka, a później — w miarę jak się odsuwał — cała postać. Usiadł na krześle i wykręcił głowę, żeby skontrolować obraz na ekranie monitora. Podniósł z podłogi gitarę, zagrał kilka mocnych akordów i przerwał na moment, by poprawić strój instrumentu. Potem spojrzał wprost w oko kamery i powiedział łamiącym się z emocji głosem: „To dla ciebie, Ewa". Zaczął od szybkiego molowego pasażu przerywanego rytmicznymi akordami. Melodia, cicha i płaczliwa, grana samymi opuszkami palców w górnych rejestrach kontrastowała z akompaniamentem wyrywanym z całą siłą pustych strun. Akordy z bolesnymi dysonansami wybijały rytm flamenco. Czasami Marcin na moment przerywał grę i po chwili ciszy zaczynał improwizować nową melodię. Z początku cichą i pogodną, w którą jednak co i raz wplatała się niepokojąca dysharmonia. Trytony i septymy burzyły jasną strukturę utworu i niczym banda łobuzów na wiejskiej potańcówce zdobywały wreszcie całkowitą dominację. Ale niemal niedostrzegalny podskórny puls flamenco zaczął opanowywać zarówno wystraszoną melodię, jak i panoszące się w niej fałsze. W rozszerzonej harmonii, która tak bardzo kojarzyła się ze spaloną słońcem Andaluzją, znalazło się miejsce i dla czystych współbrzmień opartych na tonice i dominancie, jak i dla dysonansów. Wszystko podporządkowane zostało rytmowi, który pulsował coraz szybciej i szybciej, jak młoda Cyganka wirująca przy ognisku w mieniącej się jaskrawymi kolorami spódnicy. Ostatni akord zabrzmiał niczym wystrzał z armaty. Marcin syknął z bólu, gdy pękła struna i uderzyła go w policzek.

Odłożył gitarę i przez moment siedział ze zwieszoną głową, po czym spojrzał prosto w obiektyw.

„Rozumiem twoje obawy. Pochodzimy z dwóch różnych stron galaktyki". — Uśmiechnął się i potarł czerwoną pręgę na policzku. — „Ale przecież to nie musi, do cholery, być odległość nie do przebycia! Niepotrzebnie skupiasz się na tym, co nas dzieli. Przecież ważniejsze jest to, co nas łączy. Spójrz: oboje kochamy muzykę. Może nie rozumiem... nie znam tych wszystkich oper i symfonii, których słuchasz, ale mogę się tego nauczyć! Chcę! Od dziecka gram... Muzykę mam we krwi. A czy się gra z nut, czy z serca, to chyba nie ma znaczenia? Oboje lubimy pisać i z tego uczyniliśmy nasz zawód. Jakie to ma znaczenie, że ty piszesz o tych wszystkich zawiłościach psychologicznych, a ja o silnikach, sprzęgłach i hamulcach tarczowych. Oboje pasjonujemy się tym, o czym piszemy, prawda? To oczywiście wciąż za mało, żeby spędzić ze sobą całe życie, ale dopiero dochodzę do najważniejszego..." — Machinalnie podniósł gitarę i zaczął cicho w takt słów wystukiwać synkopowany rytm. — „Najważniejsze jest to, że się kochamy. Przecież nie możesz zaprzeczyć! Widzę, jak się zmieniasz, gdy zaczynamy się całować. Bije od ciebie takie ciepło, że gdyby to można było przerobić na energię elektryczną, to spokojnie moglibyśmy przestać importować z Rosji gaz i ropę...". — Machnął ręką, jakby chciał odgonić natrętną muchę. — „Co ja ci w ogóle opowiadam! Przepraszam... Pewno wszystko popsułem. Już zmierzam do końca. Wytrzymaj jeszcze minutę. Ewo, kocham cię, ale ty nie odbierasz moich telefonów, nie odzywasz się w pracy... Nie chcę być natrętem. Nie musisz się mnie bać. Nie będę cię więcej nękał. Wszystko mi się w brzuchu ściska, ale wytrzymam. Nie znoszę tych drani, którzy nie rozumieją, gdy kobieta mówi »nie« i zatruwają jej życie. Ale z drugiej strony chcę... proszę cię... o jeszcze jedną szansę. Możemy trochę zwolnić, spotykać się rzadziej, żeby sprawdzić, czy za sobą tęsknimy. Ja jestem pewny, że chcę z tobą być. Jesteś dla mnie najważniejsza na świecie. Jednak nie będę o ciebie walczył z tobą samą. Jeśli po jakimś czasie, który sobie damy, powiesz mi szczerze i otwarcie, że mnie nie kochasz — to zniknę i więcej mnie nie zobaczysz. To ci mogę przysiąc". — Zamilkł na chwilę i nabrał powietrza. — „To moja ostatnia wiadomość do ciebie. Przez najbliższe noce będę na Gadu-Gadu. I tak nie mogę spać. Jeśli chcesz pogadać, odezwij się. Pamiętaj — kocham cię, ale pozwolę ci odejść, jeśli tego właśnie pragniesz".

Marcin wstał i zdecydowanym krokiem podszedł do komputera. Zatrzymał transmisję i zapisał nagranie jako plik MP4. Wahał się tylko przez moment, a potem wstukał adres poczty elektronicznej Ewy i wysłał do niej list z nagraniem w załączniku. Poczekał, aż komputer wyświetli komunikat o ukończeniu zadania, i znużony opadł na fotel. Sięgnął po gitarę i brzdąkał zamyślony, powtarzając sekwencję kilku akordów. Miał świadomość, że zrobił wszystko, co mógł, żeby przekonać Ewę o sile swoich uczuć. Teraz pozostało mu tylko czekać. A cierpliwość nie była jego najmocniejszą stroną...

*

Ewa odsunęła firankę i wyjrzała przez okno. Parking przed domem był pusty. I bardzo dobrze! Spodziewała się tego, ale świadomość, że Marcin przestał ją śledzić i żebrać o jej miłość, podniosła ją na duchu. Miała wrażenie, iż życzliwy los wykasował ten wątek z ostatnich kilkunastu miesięcy. Teraz wszystko było jasne. Koniec z kłamstwami, szarpiącym nerwy podwójnym życiem. Poczuła ogromną ulgę. Była wdzięczna Annie za to, że pomogła jej zmienić perspektywę i spojrzeć na Marcina bez różowych okularów. Co on mógł jej zaoferować? Jaką przyszłość? On — młody dziennikarz piszący o motoryzacji. Zawrócił jej w głowie, ale to już skończone. Pora, by wróciła do swojego „pana doktora". W czym właściwie Tomasz jest gorszy?

Nalała sobie kieliszek wina. Na moment znów ogarnęły ją wątpliwości. Akurat na to ostatnie pytanie z łatwością mogła udzielić odpowiedzi, która nie pasowała do jej dzisiejszego nastroju. Marcin, w przeciwieństwie do Tomasza, świata poza nią nie widzi. Jest gotowy poświęcić dla niej wszystko. Stara się nadrobić dzielący ich dystans. Wprawdzie różnica wieku — prawie dziesięć lat — nigdy nie zniknie, ale za jakiś czas i tak oboje się zestarzeją. Przy Tomaszu Ewa więdła. Nie była szczęśliwa i to odbijało się na jej wyglądzie. Gdy zaczęła się spotykać z Marcinem, odmłodniała. Poprawiła jej się nawet cera. Przyjaciele z uznaniem komplementowali tę przemianę. Pod tym względem romans na pewno jej służył. Jako żona lekarza miała zapewniony byt, niezależnie od własnej pensji. Ale czy Tomasz naprawdę się starał, żeby niczego im nie brakowało? Ile razy zarzucała mu brak ambicji i gnuśność? Przecież oferowała mu pomoc. Miała rozległe znajomości w mediach. Gdyby tylko chciał, mógłby zrobić naprawdę imponującą karierę. Miał wykształcenie i prezencję. Nadawałby się do udzielania porad zdrowotnych w telewizji śniadaniowej. Ostatecznie, jeśli rzeczywiście — tak jak twierdził — źle czuł się przed kamerą, mógł wykazać większą inicjatywę w swojej branży. Ileż jest w Warszawie prywatnych przychodni, które na pewno zatrudniłyby go, choćby na kilka godzin tygodniowo! Praca na jednym etacie, i to w państwowym szpitalu, to czyste lenistwo. Marcin — to się wyczuwało — ma w sobie pęd do kariery. Może być dziennikarzem, ale równie dobrze poradzi sobie w biznesie. Gdyby nad nim popracowała, ukształtowała go...

Dopiła wino i włożyła kieliszek do zmywarki.

Nie. Ta droga jest już zamknięta. Musi się skupić na tym, by odzyskać zaufanie męża. I to nie tylko dlatego, że, jak mawiał Pawlak z *Samych swoich*: „Po co szukać nowego wroga? Lepszy już stary". W ciągu ostatnich lat popełniła wiele błędów. Powinna to zauważyć wcześniej, albo może poczytać swoje własne teksty w gazecie. Przecież wielokrotnie opisywała, oczywiście w zawoalowany sposób, swój związek z Tomaszem. Analizowała go z każdej strony, a potem udzielała sobie samej światłych rad. Szkoda, że z nich nigdy nie skorzystała... Zbyt pochopnie oddaliła się od Tomasza. Powinna pozwolić mu zapomnieć o przeszłości. Niepotrzebnie przy każdej okazji rozdrapywała stare rany. To ona przecież sączyła jad, który zatruwał ich małżeństwo. Ale nie wszystko stracone. Jeszcze ma ostatnią szansę, by naprawić ich związek. Tylko żeby nic nie stanęło jej na przeszkodzie. Musi się skupić. Co ze sobą wziąć? Otworzyła szafę i wyciągnęła walizkę. Zaczęła wyrzucać z szuflad bieliznę, bluzki i buty. Czy to kraj arabski? Krótka sukienka będzie niewłaściwa? Ale Tomasz ją w niej lubił. Miejmy nadzieję, że nie ukamienują jej zaraz na lotnisku. A buty? Klapki na wysokim obcasie? Na szpilce? Na słupku? Na koturnie? Bo przecież na płaskim nie wchodzą w grę...

Ekran komputera rozbłysł tęczowym blaskiem, sygnalizując nadejście nowej wiadomości.

ROZDZIAŁ XXVI

Najtrudniejszy był ten pierwszy raz. Siwy osobiście wręczył mu kamień wielkości pomarańczy i pchnął do pierwszego szeregu. Kuba zbladł. Czuł, jak serce mu wali. Już za chwilę miał stać się jednym z nich. Prawdziwym Polakiem. Mężczyzną. Tuż za nim stanęła Joasia. Objęła go i musnęła ustami policzek, który wystawał spod kaptura głęboko nasuniętego na oczy.

— Masz cykora? To normalne. Każdy się trochę cyka. Nie przejmuj się! Dasz radę!

Oczywiście, że da radę. Wystarczy tylko zrobić dwa kroki, wziąć porządny zamach i rzucić. Z odległości dziesięciu metrów nie ma mowy, żeby nie trafił. A potem wszyscy będą mu gratulowali, poklepywali go po plecach. Będzie bohaterem.

Stali zwartą grupą na Ordynackiej. Przed nimi Nowym Światem szedł w stronę Krakowskiego Przedmieścia radosny, kolorowy pochód. Anarchiści, zieloni, politycy kilku lewicowych frakcji, feministki i geje szli razem w Paradzie Równości, dmuchając w gwizdki i wystukując afrykańskie rytmy na małych bębenkach. Tak jak go poinstruowano, Kuba patrzył na tę zbieraninę z pogardą. Wierzył w to, co mu o nich powiedział Siwy, bo dlaczego miał mu nie wierzyć? Że to sami degeneraci i dewianci. Chcą przeciągnąć wszystkich na swoją stronę, tak jak zrobili z większością gazet. Mają swoich agentów w każdej redakcji i telewizji. Ci „kolorowi" chcą zniszczyć Polskę i religię katolicką, żeby potem łatwiej ludzi otumanić i przejąć rządy w jego ukochanej ojczyźnie. Narzucić wszystkim tę ich fałszywą „tolerancję" rodem z Brukseli, która powodowała, że Murzyni, Żydzi i homoseksualiści chodzą po ulicach z hardo podniesionym czołem, śmiejąc się w twarz porządnym ludziom. Przez tę „tolerancję", tę „równość" prawdziwi Polacy staną się w swojej ojczyźnie obywatelami drugiej kategorii. Bo co to za demokracja, w której słowo byle cioty znaczy tyle samo, co słowo jego — Kuby Jaworskiego.

— Pedały! Pedały! Pedały! — zaintonował Siwy, a powtórzyło za nim kilkadziesiąt gardeł. — Pedały! Pedały! — skandował Kuba, czując, jak adrenalina pompuje mu w żyły odwagę.

— Faszyści! Faszyści! — odpowiedziało niepewnie kilka głosów z pochodu.

— Słyszeliście?! — krzyknął z tyłu Siwy — Słyszeliście?! Pedały nas obrażają! Bić skurwysynów!

Kilka osób stojących obok Kuby rzuciło kamieniami w ludzi idących Nowym Światem. Żołądek podszedł mu do gardła, ale decyzję już podjął. Impuls był zbyt silny, by mógł mu się oprzeć. Zamknął oczy, podniósł rękę i rzucił kamień.

*

— Hej, śpiochu! Dziś wielki dzień! — zawołał wesoło Tomasz.

Kuba usiadł na pryczy i policzył do dziesięciu, zanim odważył się otworzyć oczy. Sen oddalał się, a wraz z nim blakł piekący wstyd. Jak mógł trafić kamieniem w tamto dziecko? Swoją drogą, co za idiotka zabiera na demonstrację wózek z dwuletnią córeczką? „To był wypadek, po prostu się zdarzyło" — skwitował Siwy, ale Kuba nie potrafił sobie tego tak łatwo wybaczyć.

— Już idę, tato.

Rasti, tak jak wczoraj, stał na schodach domku i z uśmiechem przyklejonym do czarnej twarzy trzymał w rękach miskę z gorącą wodą. Słońce topiło szron na trawie, a w obozie zaczęła się już gorączkowa krzątanina.

Po śniadaniu Samuel sprawdził, czy Tomasz i Kuba nie zapomnieli przepakować bagaży, by w ich „szturmowych" plecakach znalazł się ekwipunek potrzebny na atak szczytowy. Po krótkiej odprawie i wpisaniu się do książki wyjść wyruszyli do ostatniego obozu — Kibo Hut. Czterogodzinna wędrówka nie nastręczała żadnych trudności. Pogoda była piękna. Niebo miało na tej wysokości głęboki, niemal granatowy odcień. Szli wolno, noga za nogą, świadomie oszczędzając siły. Zatrzymali się na krótki postój przy szemrzącym strumyku. Napis na drewnianej tabliczce — *Last water* — zmobilizował Rastiego do napełnienia kilku plastikowych butelek. Przed nimi, aż do podnóża kopuły wulkanicznego stożka, rozciągała się szara kamienna pustynia. Wędrowali w milczeniu przez księżycowy krajobraz, gdy dostrzegli przed sobą poruszający się szybko punkt. Gdy podeszli wyżej, minęły ich w pędzie metalowe nosze na jednym kole, prowadzone przez czterech tragarzy biegnących co sił w nogach. Na tym dziwnym wózku leżał przymocowany pasami mężczyzna. Kuba wytężył wzrok i wydało mu się, że rozpoznał jego twarz.

— Tato, to jeden z tych Polaków, z którymi gadaliśmy dwa dni temu.

Zafrasowany Tomasz przytaknął.

— Chyba masz rację. To niebezpieczna góra, mówiłem ci... A oni chyba mieli jakieś przeczucia. Mam wyrzuty sumienia, że zbagatelizowałem te ich opowieści o chorobie wysokościowej. Może trzeba było ich zbadać? Ciekawe, co się stało z tym drugim.

Odpowiedź poznali pół godziny później, gdy zatrzymał się przy nich schodzący samotnie Karol.

— Widzieliście Michała? — spytał i nie czekając na odpowiedź, dorzucił: — Złamał nogę na piargu, już przy zejściu. Uważajcie, bo tam jest strasznie ślisko. Na samej górze leży głęboki kopny śnieg, a poniżej zamarznięte grudy lodu zmieszanego z kamieniami. Cholernie niebezpieczne połączenie!

— Udało wam się wejść? — zdążył jeszcze zapytać Tomasz, bo Karol już ich wyminął i zaczął zbiegać w stronę Horombo. Zatrzymał się na moment, odwrócił i podniósł kciuk do góry.

— Gratuluję! — zawołał Kuba. — Jak było?

Ale Karol był już sto metrów niżej i po chwili znikł za zakrętem.

Spotykali teraz na szlaku coraz więcej wspinaczy schodzących ze szczytu. Ci, którzy dotarli aż na Uhuru — wierzchołek wulkanu — uśmiechali się i z daleka podnosili do góry kciuki. Inni, odpowiadając na pozdrowienia, rzucali krótko: „Gilman's Point", co oznaczało, że dotarli do krawędzi krateru, ale nie dali rady wspiąć się jeszcze dwieście metrów wyżej, do najwyższego punktu Afryki. Ale nawet ci, których pokonało zmęczenie i choroba wysokościowa, z dziarskimi minami zapewniali, że pojedynek z górą był przygodą ich życia.

Na przedzie ich grupy, zatopiony w myślach, szedł Samuel. Kuba z rozbawieniem zauważył, że ich przewodnik dyskretnie zamaskował czapką słuchawki i idąc, słuchał iPoda. Ożywił się tylko raz, gdy spotkali wracającą po zdobyciu szczytu Joe. Była śmiertelnie zmęczona. Z jej piegowatej twarzy spalona słońcem skóra odchodziła całymi płatami, ale dziewczyna nie traciła pogody ducha. Tak jak przypuszczali, dotarła wraz ze swoim przewodnikiem z plemienia Chaka na sam szczyt.

— Australijczycy bardzo silni! — powiedział Samuel z uznaniem. — Tak jak ich sąsiedzi i bracia Niemcy — dodał, kiwając głową, i znów zanurzył się w swój świat wypełniony dźwiękami radosnego afrykańskiego popu.

Kibo Hut na wysokości 4703 metrów to niski cementowy bunkier, w którym znajduje się ciemna jadalnia i kilka sal zastawionych piętrowymi łóżkami. Nie jest to schronisko górskie z prawdziwego zdarzenia, a jedynie miejsce, w którym wspinacze odpoczywają przez kilka godzin przed atakiem na szczyt lub po zejściu. Nie ma tam wody ani elektryczności. Izby są tak ciemne, że nawet w środku dnia trzeba używać latarek, żeby odnaleźć swoją pryczę czy zjeść podany przez kelnera popcorn. Tomasz i Kuba dotarli do ostatniego obozu koło południa. W zacienionych zakamarkach i pod wielkimi kamiennymi ostańcami leżał brudny śnieg. Prymitywne schronisko było puste. Wspinacze, którzy rano zdobyli szczyt, byli już w drodze powrotnej do Horombo. Ci, którzy, tak jak Jaworscy, wybierali się tam jutro, powoli docierali do Kibo Hut. Dla wielu turystów wysokość, na którą się wspięli, była szczytem ich możliwości. Francuska para, która dotarła tu tuż przed Tomaszem i Kubą, właśnie podjęła decyzję o zejściu. Mężczyzna wsparty na kijkach ciężko oddychał. Jego żona siedziała na płaskim bazaltowym głazie z twarzą ukrytą w dłoniach. Zmniejszona o czterdzieści procent zawartość tlenu w powietrzu zbyt mocno dała jej się we znaki. Może jej organizm nie zdążył się zaaklimatyzować do wysokości, a może osłabiło ją niewyleczone przeziębienie? Tomasz pokiwał głową ze zrozumieniem. Sam to kiedyś przeżył. Na szczęście tym razem czuł się o wiele lepiej.

Po krótkim odpoczynku — tym razem w towarzystwie Rastiego, który, jak się zwierzył, chciał wkrótce spełnić swoje wielkie marzenie i zdać egzamin na przewodnika — Tomasz i Kuba wyruszyli na krótki spacer, który miał ostatecznie przygotować ich do starcia z wielką górą. Pogoda od rana zdążyła się popsuć i w powietrzu wirowały wielkie płatki śniegu. Tuż za małą kamienną półką, na której stało schronisko, zaczynała się piętrzyć wysoka na ponad kilometr skalna ściana. Z daleka Kilimandżaro wydawało się jednolitą bazaltową masą. Na szczęście z bliska to, co Tomasz brał za niedostępną skałę, okazało się osypiskiem z wulkanicznego pyłu zmieszanego z lodem i kamieniami. Trudno było tu mówić o jakimś jednym konkretnym szlaku. Cały teren pokryty był siecią zygzakowatych ścieżek, które niekiedy urywały się gwałtownie w miejscu, gdzie niedawno zeszła błotno-kamienna lawina. Rasti z Kubą wysforowali się do przodu. Tomasz chciał iść szybciej, ale ból w płucach znacznie go spowolnił. Machnął ręką, by Kuba z rastamanem szli dalej bez niego, i usiadł na w miarę płaskiej skale, by spokojnie zaczekać na powrót syna. Jeśli spacer aklimatyzacyjny na tej wysokości ma mieć jakiś sens, nie może zamienić się w wyczerpujący marszobieg, dosłownie na kilka godzin przed atakiem na szczyt.

Zdjął plecak i wypił z zakrętki termosu kilka łyków słodkiej miętowej herbaty. Ciężkie śniegowe chmury wisiały tuż nad jego głową, otulając skały miękkim białym kocem. Delikatny podmuch wiatru rozerwał chmurę, a języki mgły powoli zaczęły wypełniać całą skalną kotlinę, w której się znajdował. Cisza niemal rozrywała bębenki w uszach. Na tej wysokości nie było już żadnych owadów ani ptaków. Martwa zamarznięta pustynia. Jednak nie... Tomasz gwałtownie wciągnął w płuca powietrze i omal nie krzyknął. Tuż przed nim stała młoda dziewczyna w letniej sukience i z bosymi nogami, jakby przed chwilą zeszła z plaży. Za nią piętrzyły się ciemne zwały zastygłej lawy — pamiątka po wybuchu wulkanu sprzed lat, a może i wieków. Śnieg padał coraz większymi płatami, osiadając na czarnych rozpuszczonych włosach dziewczyny.

— Basiu...

Uśmiechnęła się do Tomasza. Powiew wiatru zafurkotał jej sukienką.

— Basiu, chcesz, żebym mu to jutro powiedział, prawda?

Dziewczyna wolno skinęła głową.

— Jesteś pewna, że Kuba jest już na to gotowy? Chłopak jest w trudnym wieku. To może być dla niego za ciężkie do udźwignięcia. I tak mam z nim kiepski kontakt. A jeśli mu powiem i...

Położyła mu palec na ustach, ale odsunął jej rękę.

— Mam ci tyle do opowiedzenia. Twoje odejście zupełnie mnie rozbiło. Te wszystkie lata minęły bez sensu. Straciłem mnóstwo czasu. Nie zrobiłem niczego wartościowego, nie zrealizowałem żadnego z naszych marzeń. Po prostu żyłem. Trwałem. Wegetowałem. Bez ciebie...

Zamknął oczy i zmusił swoje płuca do kilkunastu głębokich oddechów. Gdy otworzył powieki, Basia wciąż tam stała i patrzyła na niego ze współczuciem.

— Wiem, że to żadne usprawiedliwienie — ciągnął już spokojniej — powinienem więcej czasu spędzać z naszym synem. Interesować się jego życiem. Grać z nim w te jego cholerne gry na komputerze. Może wtedy byłabyś bardziej szczęśliwa tam... tam, gdzie teraz jesteś...

Skinęła głową i złożyła dłonie jak do modlitwy. Tomasz zamilkł i wpatrywał się w nią szeroko otwartymi oczami.

— Powiem mu — zdecydował nagle. — Powiem, ale obiecaj mi, że przestaniesz do mnie przychodzić. Od piętnastu lat śnisz mi się co noc. Kocham cię... Kochałem cię — poprawił się szybko — ale muszę zamknąć ten rozdział w moim życiu. To już ostatni raz, dobrze?

Postać uniosła rękę, jakby chciała go pogłaskać, ale w ostatniej chwili zmieniła zdanie i przyciągnęła jego głowę do swojej twarzy. Tomasz zobaczył, że jej oczy są pełne łez.

„Nie bój się. On już wie" — usłyszał głos gdzieś głęboko, w zakamarkach swojego umysłu. Mrugnął i zjawa zniknęła.

Potrząsnął głową. „Halucynacje. Na tej wysokości to normalne. Przy tak rozrzedzonym powietrzu łatwo o..." — mówił do siebie szeptem, ale nagle przerwał, a jego wzrok padł na płat śniegu, na którym widział przed chwilą młodą kobietę. Widniały na nim ślady bosych stóp.

ROZDZIAŁ XXVII

— No i co ja mam teraz zrobić?

Ewa upiła łyk świeżo wyciskanego soku grejpfrutowego i spojrzała z nadzieją na przyjaciół. Sandra pochyliła głowę i z napiętą uwagą wpatrywała się w talerz gaspacho, a Konstanty szukał kontaktu wzrokowego z młodym przystojnym kelnerem, który żeglował w ich stronę z półmiskiem wegetariańskiej quesadilli. Kawiarnia Między Nami na Brackiej o tej porze, między śniadaniem a lunchem, była prawie pusta. Zajęli najlepszy stolik na pięterku, wezwani przez Ewę na nadzwyczajną naradę ratunkową. Mieli nadzieję dojść do jakichś konstruktywnych wniosków jeszcze przed wyjściem do pracy, a przy okazji coś razem zjeść.

— Podsumujmy... — zaczął niepewnie Konstanty — ...po pierwsze — odgiął jeden palec — nie chcesz zachować się jak świnia wobec Mileny, choć ta suka z prawdziwą rozkoszą wbiłaby ci nóż w serce, a potem zatańczyłaby z radości na twoim grobie. Po drugie — zrobił z kciuka i palca wskazującego zgrabne kółeczko — uważasz, że przez ostatnie lata, a już na pewno kilka miesięcy, byłaś nie do końca w porządku

211

wobec swojego męża. Czy wyraziłem się jasno i wystarczająco delikatnie? — Komicznie uniósł brew, ale tym razem nikt się nie zaśmiał. Wyprostował więc w nieprzyzwoitym geście środkowy palec — ...Po trzecie, twój nowy chłopak, „władca sprzęgieł", że się tak wyrażę... najpierw był gruboskórnym chamidłem i — co mnie szczególnie zbulwersowało — ignorantem w elementarnych sprawach związanych z modą, a później okazał się przewrażliwionym wirtuozem, który zdobył twoje czułe serce za pomocą rytmicznego szarpania strun. Czy coś mi umknęło?

Ewa ukryła twarz w dłoniach.

— Gdy tak mówisz, czuję się po prostu jak totalna zdzira.

— Nie dziękuj. Od tego przecież są przyjaciele — rzuciła ironicznie Sandra i ugryzła solidny kawałek przekąski.

— Gdyby chciała, żeby ktoś ją pogłaskał po główce i powiedział, że jest najpiękniejsza i najmądrzejsza na świecie, to by zadzwoniła do Marcina, a nie do nas — powiedział z urazą Konstanty. — To masochistka. Lubi się podręczyć.

— On ma rację. Niestety... — westchnęła Ewa. — Jestem głupią suką. A przynajmniej tak to dzisiaj wygląda. A najgorsze, że nie wiem, co robić, i nie mam zbyt wiele czasu. Jutro rano lecę do Tanzanii.

— Tak ci współczuję. Namęczysz się w tym upale — biadolił nieszczerze Konstanty. — Ile tam jest stopni? Pewno ze trzydzieści. O mój Boże...

— Czym ty się w ogóle przejmujesz? — Sandra przerwała na moment dokładne wycieranie ust serwetką. — Pojedziesz. Odpoczniesz. Spotkasz się z Tomkiem i Kubą. Będziesz daleko od Marcina, Mileny i Starego. No i, co mnie trochę wkurza, daleko od nas. Przecież nie musisz już dziś podejmować żadnych życiowych decyzji. Na spokojnie zorientujesz się tam na miejscu, na czym stoisz. Wrócisz do Warszawy i może ci się rozjaśni. A przy okazji... Mogę jeszcze jedną quesadillę? Zimą strasznie chce mi się jeść.

— A potem ktoś z nas narzeka, że jest gruby i żaden facet się za nim nie ogląda — rzucił w przestrzeń Konstanty.

— No, to chyba mówisz o sobie — oburzyła się Sandra. — To ty ciągle się odchudzasz i na wszystko narzekasz.

Ewa w zamyśleniu gładziła palcem brzeg kieliszka, wydobywając z niego szkliste jęczące tony.

— Wszystko się zgadza — powiedziała. — Też sobie tak pomyślałam: pojadę i potem się będę martwiła co dalej. Ale pewne rzeczy są nieodwracalne. Kiedy patrzyłam wczoraj na Milenę, która pakowała się do tych tekturowych pudeł... Przepracowałyśmy razem ładnych parę lat. Wiem, że jest głupią suką, ale idzie kryzys. Będę ją miała na sumieniu. Gdzie ona znajdzie pracę?

— Może w pralni? Bo przecież magle już chyba zlikwidowali. Daj spokój! Ona na pewno nie byłaby taka sentymentalna — stwierdziła zdecydowanie Sandra.

— Kiedy ja nie wiem, czy chcę zająć jej miejsce. Stary zrobił to w jakiś taki niefajny sposób...

— Nie zajmiesz niczyjego miejsca! — wykrzyknął Konstanty. — Sama nam powiedziałaś, że to ma być bardziej psychologia i seks niż zagranica.

— Stary ma jakiś zupełnie od czapy, nierealny pomysł na ten dział. To się nigdy nie uda. Tylko zrobię z siebie idiotkę.

— Już robisz, litując się nad Mileną — zimno stwierdziła Sandra. — A pomysłów naczelnego nie musisz rozumieć dosłownie, tylko no... symbolicznie. Przecież ostatnio ogłosił rewolucję w dziale graficznym. Baliśmy się jak cholera. Zarządził, że mamy kupować tylko najlepsze sesje zdjęciowe z „Vogue'a" i „Vanity Fair", a z fotografami klasę niżej od Horowitza natychmiast zrywamy współpracę. I co? Jak się skończyło? Przyszła księgowa i w pięć minut sprowadziła go na ziemię. Po jej wyjściu był o, taki malutki...

— No dobrze. — Konstanty demonstracyjnie spojrzał na zegarek. — Następny punkt programu, proszę...

— Tomasz kontra Marcin — podpowiedziała Sandra. — Swoją drogą, ty to masz problemy! Kocha się w tobie dwóch porządnych facetów, z których jeden... to taki mały dodatkowy bonusik... już jest twoim mężem. Boże! Spraw, żebym mogła kiedyś mieć takie zmartwienia!

— Tomek kochał kiedyś inną kobietę i mogę się założyć, że wciąż o niej myśli — odrzekła kwaśno Ewa.

— Kiedyś! To było w innej epoce! Ona nie żyje od piętnastu lat! — Sandra darła się na całe gardło, aż menedżerka kawiarni wyjrzała z kuchni, by sprawdzić, co się dzieje — Dziewczyno! Popatrz na to trzeźwo. Jej nie ma. A ty jesteś. Jeden zero dla ciebie! — już spokojniej dodała przyjaciółka.

— Niekoniecznie... — Ewa się zawahała. — Bo... Trudniej jest walczyć ze wspomnieniami niż z rywalką z krwi i kości. Chyba wolałabym, żeby Tomek się w kimś zakochał. Umiałabym sobie z tym poradzić. Nie chciałabym się przechwalać, ale nie ma szans, żeby jakaś salowa czy pielęgniarka potrafiła choć w połowie tak zająć się w sypialni mężczyzną jak ja. A tak? Czasem wydaje mi się, że on jest ze mną tylko dlatego, że nie może już być z tamtą. To trochę upokarzające, nie sądzisz?

— To rzuć go i wyjdź za Marcina. — Konstanty wzruszył ramionami i pociągnął przez słomkę solidny łyk soku pomidorowego. Ostatnio był na permanentnej diecie i po wyeliminowaniu wszystkich potraw z tłuszczem, cholesterolem i chemicznymi dodatkami, w menu pozostała mu tylko bezalkoholowa Krwawa Mary.

— Ten facet dopiero jest w fazie formowania. — Ewa na myśl o Marcinie uśmiechnęła się bezwiednie i poprawiła kokieteryjnie włosy. — Uważa mnie za połączenie seksinstruktorki z nauczycielką savoir-vivre'u. To bywa zabawne, ale nie wiem, czy chcę spędzić resztę życia z kimś, kto traktuje mnie jak ostateczną wyrocznię i najwyższy autorytet w każdej sprawie. No nie... — Ściągnęła brwi. — Na szczęście nie w każdej. Nie pyta mnie, co myślę o syntetykach do skrzyni biegów. Chwalił się, że ostatnio pisał o tym tekst na trzy rozkładówki. — Zawahała się na moment. — Wiecie... Czasem mam wrażenie, że Marcin lepiej niż ze mną dogaduje się z Kubą.

— Ha! — wykrzyknął Konstanty.

Koleżanki spojrzały na niego z potępieniem.

— No co jest? Nic takiego nie powiedziałem — mruknął. — Chodzi mi o to, że mężczyzna z mężczyzną... zawsze to łatwiej się zrozumieć. Nie mam na myśli niczego zdrożnego.

— Mówiłaś, że jesteś jego nauczycielką... — zastanowiła się Sandra. — To jasne, bo masz piętnaście lat więcej...

— Dziesięć. Niecałe — oburzyła się Ewa. — Już mnie tak nie postarzaj!

— No dobrze, niech będzie dziesięć — zgodziła się przyjaciółka. — Powiedzmy, że zrobienie z Marcina człowieka zajmie ci pięć lat...

— Takie studia — ożywił się Konstanty. — Indywidualny tok nauczania i tylko dwa przedmioty: seks i podawanie śniadania do łóżka.

— Za pięć lat — mówiła Sandra, nie zwracając uwagi na próbującego się wtrącić przyjaciela — będziesz miała faceta porządnie wytresowanego, z którym można się pokazać na mieście. Kto wie, może nawet zaryzykujecie jeszcze raz Teatr Wielki?

— Za pięć lat będę już ryczącą czterdziestką. Samotną, zgorzkniałą i zdesperowaną.

— Nic na to nie wskazuje — delikatnie zaoponował Konstanty. — Na dziś stan jest taki, że masz uczuciową „klęską urodzaju". A pięć lat minie jak z bicza strzelił.

— Rozmawiałaś z Marcinem? — zapytała Sandra.

Ewa pokręciła głową.

— Chciałam. Naprawdę chciałam. Ale wiem, że gdy się odezwę, on natychmiast do mnie przyjedzie. Wpuszczę go do domu i... wszystko zacznie się od początku.

— Przecież tego pragniesz, może nie? — zdziwił się Konstanty.

— Tego pragnie tylko część mnie — uściśliła Ewa.

— Chyba nawet wiem która...

— Nie musisz od razu być taki dosłowny — obruszyła się Ewa. — Tak. Pragnę go. Lubię się z nim kochać. Sprawia mi to wielką przyjemność. Mam satysfakcjonujące orgazmy. Zadowolony?

— Pomiędzy „lubię się z nim kochać" a „kocham go"

jest subtelna, ale znacząca różnica — zauważył Konstanty. — A na subtelnych, ale zarazem znaczących różnicach to ja się znam. Ostatnio w pewnym klubie podszedł do mnie koleś i chciał zatańczyć. Od razu wyczułem, że to baba. Nie znoszę tych lasek, które przychodzą na nasze branżowe imprezy, żeby sobie robić jaja z chłopaków. Powiedziałem jej...

— Błagam... Nie opowiadaj nam teraz pikantnych szczegółów z twojego bujnego życia towarzyskiego — jęknęła Sandra. — Są ważniejsze rzeczy. Ewa, a kiedy, jeśli mogę zapytać, ostatni raz kochałaś się z Tomaszem?

— A nie sądzisz, że to trochę zbyt osobiste pytanie, moja droga? — próbowała żartobliwie nadąsać się Ewa, ale szybko wróciła do poważnego tonu. — Sama się nad tym niedawno zastanawiałam. W sylwestra... Trochę się wstawiłam i zaczęłam go prowokować. A on, oczywiście, wykorzystał sytuację...

Konstanty i Sandra popatrzyli na siebie zdumieni.

— „Wykorzystał sytuację", żeby uprawiać seks z własną żoną? Pomyśleć, że twoim poradom seksualnym ufa spora część kobiet w naszym kraju!

Ewa sięgnęła po torebkę i wyjęła bilety lotnicze.

— Wiem, że was zawiodłam. Zresztą nie tylko was. Ale tu mam dowód, że szczerze chcę wszystko naprawić. Może ten facet rzeczywiście zasługuje na więcej. Więc dam mu więcej, niż będzie w stanie znieść. Jeszcze będziecie ze mnie dumni!

— Jedź — burknęła naburmuszona Sandra. — A jeśli po raz kolejny zmienisz zdanie, daj mi jego numer telefonu. Albo tego drugiego. A teraz chodźmy do pracy, bo chociaż niektórzy z nas są teraz na fali, to inni za spóźnienie mogą wpaść w spore tarapaty. Jak chcesz, Ewa, to możesz tu zostać i skończyć moje gaspacho. Widziałam, jak niby od niechcenia je podjadałaś. Nie krępuj się. Przy okazji możesz za to nasze śniadanko zapłacić. Nie obrazimy się, prawda, Konstanty?

— Nigdy się nie obrażam na przyjaciół. Szczególnie jeśli płacą za mnie rachunki.

ROZDZIAŁ XXVIII

Tomasz kilkakrotnie próbował dowiedzieć się od Samuela, dlaczego szczyt Kilimandżaro zdobywa się nocą, i za każdym razem słyszał inną odpowiedź. Najpierw przewodnik chciał mu wmówić, że w świetle dnia wysokie na kilometr ściany wulkanu są zbyt przerażające i samym swoim widokiem odbierają wspinaczom odwagę i siły. Potem racjonalnie dowodził, że słońce topi śnieżną czapę, która otula wierzchołek, a przez to marsz robi się bardzo niebezpieczny, z uwagi na wyłaniający się spod świeżego śniegu lód. Trzeci powód był natury estetyczno-meteorologicznej: rankiem jest największa szansa na ładną pogodę i widoki. Popołudniami zawsze się chmurzy. Dlatego późne popołudnie i wieczór Tomasz i Kuba spędzili w Kibo Hut. Udało im się nawet zasnąć na parę godzin, a punktualnie o dwudziestej trzeciej Samuel ich obudził. Ubrali się przy świetle latarek i zasiedli do ostatniego posiłku przed atakiem na szczyt. Milczeli, jedząc słodkie herbatniki i popijając je miętową herbatą. Obaj czuli wyjątkowość chwili. W powietrzu wyczuwało się adrenalinę. Poszczególne grupy cicho opuszczały schronisko.

Tomasz po raz setny sprawdził zawartość plecaków, żeby wziąć ze sobą tylko najpotrzebniejsze rzeczy. Resztę, wraz ze śpiworem, zostawił na pryczy w sypialni. Wyszli o północy w towarzystwie Samuela i jego asystenta, Dominika, najstarszego członka zespołu. Wieczór był jasny, świecił księżyc w pełni. Przed nimi piętrzyła się ciemna ściana wulkanu. Gdzieniegdzie widać było poruszające się wolno świetlne punkty latarki wspinaczy, którzy wyruszyli przed nimi. Samuel przypomniał im żelazną zasadę *pole pole* i poszedł przodem. Dopóki podchodzili zakosami pod skalną ścianę, utrzymywali równe, spokojne tempo. Jednak w pewnym momencie zaczęło robić się stromo. Tomasz oddychał miarowo. Podczas wdechu liczył w myślach do czterech, po czym wolno wypuszczał powietrze. Wydawało mu się, że poruszają się w żółwim tempie, ale już po kilkunastu minutach zaczęli doganiać, a później wyprzedzać wspinaczy, którzy wyszli ze schroniska przed nimi. Wkrótce też spotkali pierwszych pechowców, którzy nie wytrzymali trudów nocnej wspinaczki. Chwiejnym krokiem wracało do obozu hiszpańskie małżeństwo. Nie pomogło im doświadczenie zdobyte na Mont Blanc i w Pirenejach. Pięć tysięcy metrów okazało się dla ich organizmów granicą nieprzekraczalną. Od grupy pięciu Łotyszy oderwała się dwójka, która, życząc pozostałym powodzenia, zawróciła do Kibo Hut. Tomasz starał się, by Kuba pozostawał w zasięgu jego wzroku. Nie było to łatwe, bo nastolatek parł do przodu znacznie szybciej niż jego ojciec. Tomasz oddychał z coraz większym trudem, a każdy ruch był okupiony ogromnym wysiłkiem. Podejście zrobiło się bardzo strome. Na domiar złego litą skałę zastąpił osypujący się drobny wulkaniczny żużel. Przy każdym kroku Tomasz czuł, jak zapada się po kostki w miękkim tufie. Czasami nieostrożne stąpnięcie powodowało, że zamiast iść w górę, osuwał się kilkanaście centymetrów, zasypując drobnymi kamieniami idącego za nim Dominika. Noc, póki co, była ciepła. Termometr pokazywał tylko kilka stopni poniżej zera. Po dwóch godzinach marszu zatrzymali się na łyk herbaty i kilka kęsów snickersa, od tygodnia przechowywanego na dnie plecaka specjalnie na tę wyjątkową noc.

— Jak się czujesz? — Tomasz z niepokojem patrzył na syna, który się chwiał.

— Daj spokój, tato. Nie pękam, więc chyba wszystko w porzo! Daleko jeszcze?

Wypił jeszcze łyk mocno osłodzonej herbaty. Za nic w świecie nie przyznałby się do tego, że jest wyczerpany. Wiedział, ile znaczy dla ojca zdobycie tej góry. Gdyby musiał zawrócić ze względu na kiepską formę syna, z pewnością byłby zawiedziony.

Tomasz wymienił kilka zdań z Samuelem i zmartwiony pokręcił głową.

— Cholera, co to za przewodnik? Facet nie ma pojęcia, gdzie jesteśmy. Mówi jak jakiś sfinks, że do krawędzi krateru jeszcze dużo wysiłku, ale świetnie sobie radzimy i bardzo podziwia ciebie. Jesteś podobno silny jak Niemiec, albo nawet jak brat Niemca — Australijczyk.

— Super! — westchnął Kuba. — Jestem tu pierwszy raz, ale też mogę tak określić nasze położenie: jesteśmy gdzieś pomiędzy obozem a szczytem.

Jaworski roześmiał się i sięgnął po plecak.

— No trudno... Chodźmy dalej, póki za bardzo nie ostygliśmy. Moim zdaniem jesteśmy już całkiem blisko krateru. Damy radę!

Ściana w tym miejscu stawała dęba i robiła się już niemal pionowa. Weszli w kopny śnieg i musieli jeszcze bardziej uważać. Samuel torował, a pozostała trójka starała się iść po jego śladach. Kuba szedł teraz za ojcem, a Dominik, „dziadek", jak mówił o nim nastolatek, zamykał pochód. Widoczność i pogoda zdecydowanie się pogorszyły. Księżyc schował się za chmury i poza drżącym kręgiem światła z latarek reszta niknęła w mroku.

Kuba z coraz większym trudem brnął po śladach ojca. Kilka razy zatrzymał się, łapiąc łapczywie powietrze, i nawet nie zauważył, kiedy stracił Tomasza z oczu. Otaczał go zimny mrok. Wpadł w rodzaj transu. Nie wiedział, gdzie jest i co się z nim dzieje. Tylko resztka instynktu samozachowawczego sprawiała, że podnosił nogi i parł do przodu. Tata mówił, że będzie ciężko — przypomniał sobie. — Ale damy radę. Damy radę! Uczepił się tej myśli jak ostatniej deski ratunku. Próbował skoncentrować wzrok na śladach, które wiodły w górę, ale oczy uciekały na boki. W oblepiającej go szarej pustce wydawało mu się, że rozpoznaje jakieś głosy i niewyraźne twarze. Uśmiechnął się do młodej kobiety, która przemknęła tuż koło niego w lekkiej krótkiej sukience. Starsza od niego najwyżej o pięć lat, zajrzała mu w oczy i posłała całusa. Tuż za nią zobaczył Ewę, która ciągnęła z wysiłkiem wielką walizę. Chciał się zatrzymać i jej pomóc, ale ona tylko machnęła ręką, sygnalizując, że da sobie radę. I dobrze, bo z boku stała Joasia i mówiła coś do stojącego tyłem mężczyzny. Najwyraźniej o coś go prosiła, a on kręcił głową. Na coś się nie zgadzał. W pewnym momencie zrobił gest, jakby zamierzał ją uderzyć. „Uważaj!" — chciał krzyknąć Kuba i zrobił krok w ich stronę. Zachwiał się i gdyby nie ukląkł na śniegu, przewróciłby się na plecy.

— *I can help rafiki yangu.*

Kuba podniósł głowę i zobaczył nad sobą zatroskaną twarz „dziadka". Dominik gestem pokazał mu, by zdjął plecak. Chłopak odpiął paski i odetchnął z ulgą. Starszy Murzyn uśmiechnął się i podniósł do góry kciuk.

— *Hakuna matata!*

Kuba odwzajemnił uśmiech. No tak... *hakuna matata* — czyli *no problem.* Dzięki, dziadku! Dominik zarzucił sobie na ramię jego plecak i wyciągnął do niego rękę. Kuba złapał sękatą dłoń i wstał. Kryzys minął. Wiatr rozwiewał szare, lepkie języki mgły. Było coraz zimniej, ale on czuł się znacznie lepiej. Mógł ruszyć w dalszą drogę.

Tomasz skupił się na ostrożnym stawianiu kroków. W jego głowie dźwięczały urywki przebojów sprzed lat. Gdy przymykał oczy, pod powiekami widział drżące fioletowe i czerwone kręgi. To niedotlenienie. Kilka głębszych oddechów i wszystko będzie dobrze — pomyślał, ale wciąż szedł jak automat. Powoli zapominał, gdzie jest i dokąd zmierza. Stawiał po prostu kolejne kroki. Lewa noga, prawa, znów lewa...

— *Bwana Tomash. Bwana Tomash!*

Samuel potrząsnął nim gwałtownie. Tomasz otworzył oczy i rozejrzał się niepewnie. Stali na smaganej zimnym wiatrem krawędzi wulkanu. Na drewnianej tablicy opartej o stertę kamieni widniał napis: *Gilman's Point 5681 m A.S.L. Welcome and congratulations.*

— Tato! Udało się!

Tomasz odwrócił się i uśmiechnął. Kuba podniósł ręce do góry w geście zwycięstwa.

— No, udało się. Prawie... Jeszcze tylko dwieście metrów. Ale chyba najgorsze za nami.

— Tato... Ale ty wyglądasz! Poczekaj, zrobię ci zdjęcie.

Tomasz dotknął niepewnie swojej twarzy. Kilkudniowy zarost pokryty był szronem. Wysokość, niedotlenienie i ogromny wysiłek pogłębiły zmarszczki i wyostrzyły rysy. Kuba za to kipiał energią.

— Wszystko w porządku, synku? Nie boli cię brzuch? Nie masz zawrotów głowy?

— W porzo. Był taki moment... Ale stary... ale Dominik mi pomógł. Wziął mój plecak i odżyłem. — Kuba odwrócił się i skłonił głowę przed starszym asystentem przewodnika. — Przyznaję, że nie doceniłem gościa. Wygląda, jakby miał za chwilę paść i już więcej się nie podnieść, ale jest twardym facetem. *Thank You Dominik! Asante sana!*

Tomasz pokręcił z uznaniem głową.

— Szybko się uczysz. Ale jeśli mamy iść dalej, to chodźmy, bo zaczyna mi być zimno.

Ruszyli zaśnieżoną percią po wewnętrznej stronie krateru. W porannej szarówce coraz wyraźniej było widać wnętrze wulkanu. Tomasz uśmiechnął się do siebie, gdy przypomniał sobie, jak wyobrażał sobie wcześniej ten widok. Zamiast połyskujących płomieni i buzującej lawy zobaczył martwą śnieżną połać. O tym, że to wulkan, świadczyły jedynie czarne bazaltowe skały wystające spod lodu. Po udręce wspinaczki na krawędź krateru marsz łagodnie wznoszącą się ścieżką był niczym spacer po parku. Jednak Tomasz ostatkiem sił zmusił się do zachowania czujności. Jeden nieostrożny krok i mógłby znaleźć się kilkanaście metrów niżej, na wypolerowanych przez wiatr skałach. Przez moment próbował sobie wyobrazić akcję ratunkową na wysokości niemal sześciu tysięcy metrów i szybko doszedł do wniosku, że lepiej tego nie sprawdzać.

Do Stella Point, miejsca, w którym łączą się wszystkie szlaki prowadzące na najwyższy wierzchołek Kilimandżaro, dotarli o szóstej rano. Na wąskiej ścieżce zaczęło się robić tłoczno. Samuel i Tomasz z coraz większym niepokojem spoglądali na Kubę, którego euforia zaczynała przybierać niepokojące rozmiary. Pogwizdywał i próbował nawet podśpiewywać. Kilka razy zachwiał się niebezpiecznie i gdyby nie Dominik, runąłby w przepaść. W pewnym momencie stanął, zgiął się wpół i wstrząsnęły nim torsje. Tomasz przeraził się i bliski był decyzji, by zacząć odwrót, ale Kuba po chwili poczuł się lepiej. Wypił resztkę herbaty z termosu i odzyskał siły. Ścieżka była coraz bardziej stroma. Sporo wysiłku kosztowało ich wymijanie grup turystów idących w stronę szczytu i zajmujących całą szerokość szlaku. Przebywali już prawie sześć godzin powyżej pięciu tysięcy metrów. Tomasz czuł w skroniach narastający ucisk. Z nadzieją patrzył w górę, na bliski już szczyt, ale to, co brał za wierzchołek, okazywało się tylko wzniesieniem, a ścieżka biegła dalej, w stronę kolejnego przewyższenia. Weszło słońce i musieli założyć okulary lodowcowe. Blask bijący od śniegu mógł ich oślepić.

Uhuru Peak — „Szczyt Niepodległości" — najwyższy

punkt Afryki, wyglądał niepozornie. Płaska, pokryta śniegiem półka — tu kończył się szlak. Tomasz dotknął tablicy informacyjnej, na której zapisano wysokość 5895 m n.p.m., a także dodatkową, „edukacyjną" ciekawostkę, że jest to najwyższa wolno stojąca góra na świecie. Próbował powiedzieć coś do syna, ale był zbyt wzruszony. Kuba usiadł na śniegu i patrzył w dal, w kierunku zielonej sawanny, która ciągnęła się aż do Jeziora Wiktorii, na granicy z Kenią i Ugandą. Tomasz wyjął z plecaka aparat i zdjął rękawice, by zrobić zdjęcia. Dopiero teraz zdał sobie sprawę z tego, jak bardzo jest tu zimno. Temperatura musiała spaść kilkanaście stopni poniżej zera, a porywisty wiatr potęgował uczucie chłodu. Samuel pogratulował im zdobycia szczytu i pokazał gestem, że powinni zacząć schodzić. Słońce stało coraz wyżej i robiło się ślisko. Kuba wstał i uparł się, by do pamiątkowej fotografii pozować z Dominikiem. Krzepki staruszek był bardzo zmieszany, ale posłusznie ustawił się wraz z nastolatkiem przy tablicy, na której Kuba z dumą przykleił polskiego orzełka.

Zmęczenie gdzieś się ulotniło. Schodzili teraz szybko i w doskonałych humorach. Trasę, której przejście zajęło im całą noc, teraz połknęli w niespełna trzy godziny. Po krótkim odpoczynku w Kibo Hut i zdjęciu ciepłych kurtek ruszyli w dół do Horombo. Teraz oni byli bohaterami. Z uśmiechem odpowiadali na pozdrowienia wspinaczy podchodzących do ostatniego obozu. Podnosili kciuki do góry i wykrzykiwali „Uhuru!". Około południa, po trzydziestu godzinach od wyjścia z Horombo, zameldowali się w „swoim" małym domku. Usiedli na schodach jadalni, czekając, aż Rasti poda im popcorn, i korzystali z dobrej pogody. Tomasz spojrzał z czułością na syna. Dopiero teraz zauważył, że Kuba niemal dorównuje mu wzrostem. Czyżby przegapił moment, w którym z chłopca stał się mężczyzną? Ich spojrzenia się spotkały. Kuba patrzył na niego w napięciu.

— Tato... Mam pytanie. Powiesz mi to wreszcie?

— Jasne! A co chcesz wiedzieć?

— Dlaczego mama nie jest moją mamą?

ROZDZIAŁ XXIX

Mocno pociągnął brezentową płachtę i pokrowiec opadł na cementową podłogę, odsłaniając muskularną sylwetkę samochodu. Cadillac eldorado z 1970 roku był dumą i zarazem największym młodzieńczym marzeniem Marcina. Sprowadzenie z Australii zabytkowego pojazdu kosztowało go wiele wyrzeczeń, czasu i pieniędzy. Przeciągnął samym czubkiem palca po perłowym lakierze. Niemal wszystko w tym aucie było efektem jego pracy. Samochód przez ponad piętnaście lat niszczał w jakiejś stodole pod Melbourne. Spadkobiercy właściciela wozu wystawili go na internetową aukcję, ale wylicytowanie cadillaca było o wiele łatwiejsze niż później przekonanie Australijczyków, żeby wysłali auto frachtem do Europy. Gdy Marcin odbierał w porcie w Hamburgu swój wymarzony samochód, serce biło mu z emocji. Chwilę później, gdy otwarto kontener, wpadł we wściekłość. Z cadillaca ukradziono nie tylko radio i wyposażenie stereo, ale niemal wszystko, co dało się wyrwać. Do warsztatu swojego ojca w podwarszawskiej Zielonce przywiózł na lawecie wrak, który w ogóle nie przypominał legendarnego krążownika szos. Ale Marcin się zawziął. Każdą wolną chwilę spędzał w warsztacie lub przed ekranem komputera, szukając na aukcjach części zamiennych. Dwa lata temu samochód był już prawie gotowy. I wtedy Marcin stracił zapał. Aż do zeszłego miesiąca. Przyjechał do rodzinnego domu i sporządził dokładny spis części, które w cadillacu wymagały jeszcze naprawy. Zamówione przez Internet paczki przychodziły z Niemiec, Kalifornii, a nawet z Nowej Zelandii. Teraz, rozpakowane i posegregowane, stały pod ścianą warsztatu.

Marcin przebrał się w ubrudzony smarami kombinezon i otworzył maskę samochodu. Przez chwilę patrzył z zadumą na potężny ośmiolitrowy silnik, zaprojektowany na długo przed kryzysem naftowym i wzrostem cen ropy, a potem wziął klucz i zaczął odkręcać klemy akumulatora.

— Wróciłeś na dłużej, czy tylko wpadasz jak po ogień? W drzwiach warsztatu stanął starszy mężczyzna.

— Wziąłem kilka dni urlopu. Posiedzę w domu.

— Pomóc ci coś?

— Nie, tato. Dam sobie radę.

— No to ci pomogę...

Ojciec Marcina zakasał rękawy flanelowej koszuli i z metalowej szafki na narzędzia wziął drugi klucz. Stanął obok syna i obaj w milczeniu odkręcili śruby. Wspólnie, sapiąc z wysiłku, dźwignęli wielki akumulator i postawili na cementowej posadzce.

— Jak ona się nazywa?

— Kto? O kim mówisz? — zapytał Marcin ostro, starając się ukryć zmieszanie.

— Wiesz, o kim mówię... — Ojciec uśmiechnął się lekko. — Przecież to jasne! Praktycznie od dwóch lat w ogóle do nas nie przyjeżdżasz. Do nas... — prychnął. — Co tam do nas! Rodzice to dla pana redaktora mogliby w ogóle nie istnieć. Nie przyjeżdżasz do swojego pieszczoszka! A pamiętam, że gdy miałeś się żenić z Tosią, mówiłeś, że tylko tym cadillakiem pojedziesz do ślubu.

— Stare dzieje. — Marcin wzruszył ramionami i usiadł na przednim siedzeniu. Podważył śrubokrętem plastikową osłonkę pod kierownicą i wyjął wiązkę kabli.

— Dwa lata temu, gdy się pokłóciliście z Tosią, przestałeś cokolwiek robić przy tym samochodzie. Taki byłeś wcześniej zachwycony, wyszykowałeś go, że prawie, prawie... A potem nic! Zupełnie nic! — Ojciec otworzył drzwi od strony pasażera i z rozmachem usadowił się obok Marcina. — A teraz najpierw przysyłają tu jakieś paczki z częściami, a wreszcie zjawiasz się ty. I zamiast przywitać się z matką i ojcem, od razu idziesz do warsztatu, do pieszczoszka. Dlatego pytam jeszcze raz: co to za dziewczyna?

Marcin westchnął, rozłożył oparcie fotela i przeciągnął się. Ojciec miał rację. Cadillac nieodmiennie kojarzył mu się z miłością. Choć trudno było porównywać Mazowsze do Kalifornii, to podświadomie marzył o tym, by zrealizować swoje wielkie marzenie i gnać autostradą krążownikiem szos w ciepły letni wieczór z kobietą swojego życia u boku.

— Ma na imię Ewa i pracuje w „Kobiecie Modnej". Jest ode mnie trochę starsza, ale pokochacie ją, zobaczycie.

— Panna? Rozwódka? Nie podoba mi się to, że jest starsza. Kobieta powinna być młodsza. — Ojciec pokręcił głową z dezaprobatą.

— Wiek nie ma znaczenia, tato. Liczy się człowiek. A ona jest mądra. A zresztą...

— Co? No wykrztuś to.

— Nie, nic...

Marcin znów pochylił się ze śrubokrętem pod kierownicą. Nie chciał dzielić się z ojcem swoimi wątpliwościami. Wiedział, jak bardzo rodzice przeżyli jego rozstanie z pierwszą dziewczyną — córką sąsiadów, z którą swatano go od dzieciństwa. Tosia była efektowną blondynką. Szczupła, z niebieskimi oczami i niezależnie od pory roku opaloną na brąz skórą. Pracowała w zakładzie fryzjerskim przy głównej ulicy miasteczka, a szło jej na tyle dobrze, że otworzenie własnego interesu było tylko kwestią czasu. Może nawet w Warszawie? O takich jak ona mówiło się tu z uznaniem „dobra partia". W Tosi kochało się pół Zielonki, więc wiadomość o tym, że planowanego od lat ślubu nie będzie, stała się lokalną sensacją. Napisano nawet o tym, oczywiście w dość zawoalowany sposób, w „Wieściach Wołomińskich". To wtedy Marcin wyprowadził się z rodzinnego domu do Warszawy. Wolał oddawać pół pensji na wynajmowanie kawalerki na Grochowie, niż codziennie tłumaczyć się rodzinie i sąsiadom z tego, że pomiędzy nim a najpiękniejszą dziewczyną w mieście nie ma chemii. Wkrótce po jego wyprowadzce Tosia zaskoczyła wszystkich i wyjechała do Londynu. Tam zaczęła podobno nowe życie, ale o tym, co miss Zielonki robi w Anglii, dochodziły sprzeczne wieści. Najbardziej prawdopodobne było to, że otworzyła salon fryzjerski dla psów. Kiedyś wspominała, że to jej marzenie. Zupełnie nieprawdopodobnie brzmiały informacje, iż pracuje po prostu w Tesco, lub wiadomość, którą przywiózł z Wielkiej Brytanii kolega z podstawówki Marcina, a obecnie kierowca tira w wielkiej firmie spedycyjnej: Tosia została gitarzystką rockową i występuje w jednym z klubów w Chelsea.

Marcin wzruszył ramionami. Już go to nie obchodziło. Życzył jej jak najlepiej, ale miał własne życie i swoje problemy.

Syknął z bólu, gdy śrubokręt ześlizgnął się ze śruby i skaleczył go w palec.

— Już zaraz koniec lutego — zaczął ojciec.

— No i co? Potem będzie marzec, kwiecień i tak dalej. Tata już mnie nauczył kalendarza. Gdy miałem trzy lata. Pamiętam.

— Chodzi mi o to, żebyś nie przegapił momentu składania papierów na studia.

— Nigdzie się nie wybieram! — żachnął się Marcin. — Próbowałem tyle razy, że mam dość studiowania.

Ojciec chciał coś powiedzieć, ale machnął ręką. Syn zdał maturę w technikum na samych piątkach i szóstkach. Mógł pójść na każde studia techniczne i dziś byłby inżynierem. Ale uparł się na najtrudniejszy możliwy kierunek — łódzką filmówkę. Filmy od dzieciństwa były jego pasją. Odkąd pamiętał, jeździł autobusem, a potem rozklekotanym maluchem ojca do kina w Wołominie. Pierwsze zarobione pieniądze wydał na odtwarzacz wideo. Wyobrażał sobie, że jest polskim Quentinem Tarantino — pożeraczem filmów, który sam stał się postacią wyciętą z celuloidu.

Syn mechanika samochodowego z Zielonki poległ już na pierwszym egzaminie. Nie poddał się i później próbował przez pięć kolejnych lat. Za każdym razem wracał do domu ze łzami w oczach. Dwa lata temu jak zwykle złożył dokumenty, ale już na egzamin nie pojechał. Dostał pracę w „Świecie Aut" i przestał marzyć o zawodzie aktora.

— Ten twój tekst o motocyklach dla dziewczyn był bardzo dobry — zagaił pojednawczo ojciec. — Nawet matka się zaciekawiła i chwaliła sąsiadom. Widać, że znasz się na rzeczy.

— Aż tak się znowu znać nie trzeba. Przysyłają nam materiały z różnych firm. Wystarczy skopiować i wkleić... — Marcin wzruszył ramionami.

— Dobrze piszesz — upierał się ojciec. — Rozwijasz się. Nawet ja to widzę, choć raczej do tej pory nieczytaty byłem. Ciekawe, po kim odziedziczyłeś talent.

— A skąd to tata wie, że się rozwijam? — Marcin odłożył śrubokręt na tylną kanapę. Ojciec, nie pytany, podał mu klucz nasadowy. Chłopak machinalnie zaczął odkręcać nim śrubę. — Piszę o tym, na czym się znam. To ojciec mnie wszystkiego o samochodach nauczył — dodał, patrząc z wdzięcznością na starszego mężczyznę.

— Swoje wiem. Razem z matką od początku zbieramy wszystkie twoje artykuły i wklejamy do albumu. Kiedyś to sobie zobaczysz. Jak pisałeś dwa lata temu i teraz. Niebo a ziemia. Zostaniesz jeszcze drugim Sienkiewiczem.

— Innych pisarzy tata nie zna? — zakpił Marcin, ale postarał się tak złagodzić ton, by nie brzmiało to obraźliwie.

Ojciec pogłaskał go po policzku.

— Synuś, masz już swoje lata. Kiedy nam dasz wnuki?

— A cóż to, sklep?

— Marcinie, jesteśmy z matką coraz starsi. Jeśli chcesz, żebyśmy ci pomogli, to musisz się trochę pospieszyć, bo za parę lat nie będzie nas na świecie.

Marcin zawzięcie majstrował przy jakiejś wyjątkowo upartej śrubie.

— Tato, niech tata żyje jak najdłużej, a o wnuki się nie martwi. Będzie dobrze!

— Obyś później nie żałował... — mruknął ojciec.

Telefon Marcina zapiał jak kogut. Chłopak wytarł ręce w spodnie i wyjął go z kieszeni. Bezgłośnie poruszając ustami, przeczytał wiadomość: „Pięknie dla mnie zagrałeś. Dziękuję. Myślę o Tobie, ale dajmy sobie teraz trochę czasu. Zobaczymy się za dwa tygodnie. Nie zapomnij o mnie! E.".

ROZDZIAŁ XXX

— To chyba rzeczywiście właściwy moment... — zaczął Tomasz. — Musisz mi jednak wybaczyć, że nie powiem ci wszystkiego. Przynajmniej nie od razu. To długa i skomplikowana historia, a ty, jak by na to nie patrzeć, jesteś jeszcze dzieckiem.

— Mam piętnaście lat. Zaryzykuj! Przecież po to tu przyjechaliśmy, prawda? — Kuba wzruszył ramionami i zaczął skubać źdźbło trawy.

Tomasz skinął głową.

— Masz rację. Wydawało mi się, że tutaj to będzie znacznie prostsze... Ale nie jest. Trudno, spróbuję! Od czego by tu zacząć...

— Najlepiej od początku.

— Dobrze. Ewę poznałem jeszcze w szkole...

— Tato! — przerwał mu gwałtownie Kuba — miałeś mi mówić o mojej mamie!

— Tak... Ale w ten sposób nie opowiem ci tego od początku, tylko od środka. Musisz poznać tę historię. To tylko kilka zdań...

— Znam opowieść o tym, jak się poznaliście. Mama...
Ewa pokazywała mi zdjęcia. Przystojny student medycyny
i wygadana maturzystka. — Przewrócił oczami. — To wersja
oficjalna. A jak było naprawdę?

— To jedyna wersja. Spotykaliśmy się trzy lata, a potem
zamieszkaliśmy razem. Byliśmy parą, rozumieliśmy się,
kochaliśmy... To oczywiste, że postanowiliśmy się pobrać.
Wyznaczyliśmy nawet datę ślubu. Ale wcześniej wyjechałem
do Afryki na kilkumiesięczny staż. Mój pobyt się... przeciągnął, bo poznałem twoją mamę. Zakochałem się w niej i tak
przyszedłeś na świat ty. Tutaj, w Afryce...

Kuba zerwał się na równe nogi.

— To chyba żart! Tato! Mogę ci pokazać paszport. Urodziłem się w Warszawie!

Tomasz spodziewał się takiej reakcji. Jego syn, skrajny
racjonalista, wierzył tylko w to, co mógł zobaczyć. To
zadziwiające, jak bardzo podobny jest do Ewy i jak różni się
od swojej rodzonej matki.

— Sporo kosztowało, żeby wyrobić ci fałszywe dokumenty, ale bez tego nie udałoby się utrzymać wszystkiego
w tajemnicy. Ewa też domagała się, żeby zatrzeć wszelkie
ślady twojej przeszłości. Przecież, gdybyś kiedyś zajrzał do
swojej metryki, musiałbyś zadać nam kilka trudnych pytań,
prawda?

— A jaka jest prawda?

— Przyszedłeś na świat w szpitalu w Stone Town. To
stolica Zanzibaru, bardzo pięknej wyspy u wschodnich
wybrzeży Afryki. Wiesz, że tam urodził się Freddie Mercury
z zespołu Queen?

— Nie słucham takiej muzy...

— Nieważne... Mieszkałem wtedy z twoją mamą w małej wiosce na północy wyspy. Pracowałem tam w przychodni, a właściwie małym skromnym szpitaliku z kilkoma łóżkami i ambulatorium. Mama... Basia... była wolontariuszką. Przyjechała do Tanzanii, żeby pomagać biednym i chorym ludziom. Poznaliśmy się w Arushy.

— Gdzie ona teraz jest? Dlaczego nigdy mi o niej nie opowiadałeś?

— Umarła. Zachorowała na malarię. Nie mogłem jej uratować.

Kuba ukrył twarz w dłoniach.

— Nie odpowiedziałeś na moje pytanie. Dlaczego tak długo ukrywałeś to przede mną? To chyba nie jest normalne, że dopiero w gimnazjum dowiaduję się, że moja mama jest kimś zupełnie innym...

— Gdy Basia umarła, miałeś dwa miesiące. Nie wiedziałem, co robić. Byłem zrozpaczony. Dzięki pomocy polskiej ambasady udało mi się wrócić do Polski. — Tomasz się zawahał. Słowa z trudem przechodziły mu przez gardło. — Mama... Ewa, wciąż na mnie czekała. Zgodziła się przygarnąć nas obu, ale pod warunkiem, że wymażę z mojej i twojej pamięci wszystko, co wydarzyło się wcześniej w Afryce. Nie miałem wyboru... Przynajmniej wtedy tak mi się wydawało.

— Pokaż mi zdjęcie mamy.

Tomasz spuścił głowę.

— No nie! Nie mów mi, że nie masz żadnego zdjęcia! — krzyknął Kuba, a kilka osób opalających się przed sąsiednim domkiem odwróciło się w ich stronę.

— Zrozum, to była część umowy. Miałem wykasować

dwa lata ze swojego i twojego życia, a w zamian za to zyskiwałem dla ciebie... drugą mamę.

— Nie łapię tego. Jak mama... Jak Ewa mogła mi to zrobić?! — Chłopak miał w oczach łzy. — Czemu udawała, że jest moją mamą?

— Wiem. To dla ciebie trudny moment, ale...

— Gówno wiesz!

— Kuba, przepraszam, ale nie utrudniaj mi tego! I tak jest mi wystarczająco ciężko.

Przez chwilę siedzieli bez słowa. Słońce już zachodziło, ale było jeszcze całkiem jasno, choć już zaczynało się robić chłodno. Tomasz wstał i wyciągnął z plecaka polarowe bluzy dla siebie i syna. Patrzyli na zieloną równinę rozciągającą się u podnóża wulkanu dwa kilometry pod ich stopami.

— Tato, mam pytanie... Dlaczego zdecydowałeś się powiedzieć mi o tym? — Kuba patrzył na kruka, który na drewnianym dachu stał nieruchomo, jakby był wypchany. W dziobie trzymał kawałek chleba, zapewne ukradziony z plecaka jakiegoś turysty. — Co się takiego nagle stało, że złamałeś słowo dane Ewie?

Tomasz się wahał. Nie mógł powiedzieć Kubie prawdy, bo syn uznałby go za wariata. Jak inaczej mógłby zareagować, gdyby dowiedział się, że Basia śni mu się każdej nocy i domaga się, by opowiedział synowi jej historię? Poza tym nie chciał wdawać się w niuanse swojej relacji z Ewą i tłumaczyć dziecku, dlaczego uznał, że umowa, którą zawarli piętnaście lat temu, już nie obowiązuje.

— Synku, po prostu powinieneś się tego wreszcie dowiedzieć. To oczywiście niczego nie zmienia w naszym rodzinnym układzie, bo Ewa naprawdę przez te lata była twoją drugą mamą. Kocha cię tak jak i ja, ale...

— Nieprawda! — przerwał Kuba. — To, co mi powiedziałeś, wszystko zmienia. Jeśli Ewa rzeczywiście zabroniła ci powiedzieć mi prawdę o tym, kim była moja mama, to... to było świństwo!

— Przestań! Była przez te lata twoją najprawdziwszą mamą. Co z tego, że cię nie urodziła? To Ewa uczyła cię chodzić, mówić i myśleć! Wykłócała się o ciebie na szkolnych wywiadówkach i wycierała ci nos, gdy miałeś katar. I wcale cię nie ukradła. Nie podszywała się pod twoją prawdziwą mamę. Basia odeszła na zawsze. Urodziła cię i wkrótce umarła. Gdyby żyła... Ewa pewnie nigdy by cię nie poznała. Wychowałbyś się na Zanzibarze i lepiej mówiłbyś w suahili niż po polsku.

— Chyba że by mnie do tego czasu zarąbali maczetami — mruknął Kuba.

— Nawet nie wiesz, jak żałuję, że twoja mama umarła.

— Do dziś nie znałem nawet jej imienia. Jaka ona była?

Słońce schowało się za doskonale widoczny szczyt Kilimandżaro. Zapadał zmierzch. Powietrze pachniało śniegiem. Wieczorne mgły wypełzały z martwych kamiennych wąwozów i cicho rozprzestrzeniały się po całym obozie, jakby zalewała go sięgająca do kolan mleczna rzeka. Niebo po zachodniej stronie było jeszcze różowobłękitne, ale na wschodzie pociemniało i na granatowym tle zabłysły pierwsze gwiazdy.

— Była bardzo dobrym człowiekiem. Piękna, z niesamowitymi długimi włosami, które najczęściej wiązała w takie śmieszne kitki. Przyznam ci się, że niewiele wiem o tym, jak wyglądało jej życie przed przyjazdem do Afryki. Jej mama była aktorką, to po niej Basia odziedziczyła urodę. Ojca chyba nie znała, w każdym razie tak mi powiedziała. Chodziła do dobrej szkoły we Francji. To tam wpoili jej, że człowiek wykształcony ma pewne obowiązki wobec świata. Nie może pozostać obojętny na to, co dzieje się wokół niego. Musi zdecydowanie reagować na zło, pomagać słabszym, być tolerancyjnym dla tych, którzy wyrośli w innej kulturze, mają inny kolor skóry czy orientację seksualną. Była trochę naiwna, bo za wszelką cenę chciała w każdym zobaczyć same dobre cechy.

Kuba patrzył na ojca z niedowierzaniem.

— Moja mama lubiła asfalty i pedałów? Po prostu załamka!

Tomasz z zakłopotaniem potarł zarośnięty podbródek.

— To jest kolejny powód, dla którego chciałem zabrać cię do Afryki. Zauważyłem, że wpadłeś w dziwne towarzystwo i muszę ci to powiedzieć jasno i wyraźnie: nie akceptuję tego, w jaki sposób myślisz i co mówisz.

— Jakie dziwne towarzystwo? To są fajni spoko kolesie! I prawdziwi Polacy. Nie podoba ci się to, że chcę być patriotą?

— Twojej mamie nie podobałoby się to, że jej syn został rasistą i opowiada bzdury. Patriotą jest ten, kto kocha swój kraj, a nie ten, kto nienawidzi innych ludzi. I co to znaczy, że ktoś jest „prawdziwym" albo „nieprawdziwym" Polakiem? Jeśli wywodzi swój ród od Piasta Kołodzieja czy Mieszka Pierwszego, ale kradnie i oszukuje na podatkach, to jest z pewnością prawdziwym Polakiem, ale czy dobrym człowiekiem?

240

Obaj zamilkli. Kuba siedział podminowany i obrażony, obejmując kolana. Tomasz wstał, żeby wyprostować zdrętwiałą nogę. Czuł w kościach trudy dzisiejszego dnia. Najważniejsza rozmowa jego życia nie potoczyła się tak, jak to sobie wymarzył. Zamiast wzruszeń i nostalgii czuł tylko niesmak. Miał serdecznie dość dyskusji z synem, ale nie mógł pozwolić, by ta sprawa skończyła się w taki sposób.

— Posłuchaj mnie. Jestem lekarzem i wiem o ludziach naprawdę dużo. Nie ma wielkiej różnicy pomiędzy tym, jak wygląda serce Murzyna, Chińczyka, Indianina znad Amazonki czy „prawdziwego" Polaka. Wszyscy podobnie reagują na ból, smucą się, cieszą, chorują i umierają.

— Jesteś lekarzem, ale mojej mamy nie potrafiłeś uratować.

— Masz rację. Może nie jestem dobrym lekarzem. Ale w czym lepsi są twoi „prawdziwi Polacy" od Samuela i Rastiego?

— Od Rastiego to chyba każdy jest lepszy...

Tomasz uśmiechnął się smutno. Przez moment poczuł się tak, jakby prowadził jedną z niekończących się dyskusji z Ewą. Gdyby można było cofnąć czas, Basia by żyła, a Kuba wyrastałby wśród rówieśników na Zanzibarze... życie byłoby prostsze — pomyślał z żalem.

— Zobacz... Samuel zaprowadził nas aż na szczyt Kilimandżaro, a ten dziadek, Dominik, pomógł ci z własnej woli, gdy opadłeś z sił. Wziął twój plecak, choć wcale nie musiał. Mógł po prostu patrzeć, jak się męczysz, a potem sprowadzić cię na dół. Bez pomocy Dominika i Samuela nie zdobylibyśmy szczytu. Dlaczego nimi gardzisz?

— Nie gardzę — obruszył się Kuba. — Samuel i Dominik

są w porządku. Rasti też jest fajny. Ja tylko... ja nie lubię Murzynów, tak generalnie. A tych konkretnych lubię. Szczerze mówiąc, znam chyba więcej Polaków, których nie lubię, niż Murzynów. A tutaj, w Afryce, to Murzyni mi w ogóle nie przeszkadzają. Ale Polska powinna być dla Polaków!

— A Tanzania dla Tanzańczyków? Czechy dla Czechów, Niemcy dla Niemców, a Lichtenstein dla... nawet nie wiem dla kogo. Nie uważasz, że to bez sensu? Źle się tu czujesz?

— Ja? Świetnie.

— No widzisz! — ucieszył się Tomasz. — Ludzie tu w Afryce są gościnni i umieją sprawić, by nawet goście z dalekiej Polski czuli się dobrze. Nie myślisz, że powinniśmy taką samą atmosferę stworzyć dla turystów, którzy przyjeżdżają do Warszawy?

Kuba pokręcił głową.

— Już sam nie wiem... Robisz mi wodę z mózgu. Chciałbym, żeby mama tu była... To znaczy Ewa. Ona wie, jak z tobą rozmawiać. Kiedy do nas przyjedzie?

Tomasz poklepał go po plecach.

— Wkrótce do nas dołączy. Może już jest w drodze? Jutro w Arushy sprawdzimy Internet. A teraz chodźmy spać. Jest potwornie zimno. Nie wiem jak ty, ale ja jestem cholernie zmęczony...

ROZDZIAŁ XXXI

— Boże! Dlaczego nie pojechałam taksówką?!

Ewa ostentacyjnie wyjęła komórkę i spojrzała na wyświetlacz.

— Wiesz, która jest godzina? Za pół godziny zaczyna się odprawa!

— Przestań nudzić. Zdążysz! Za chwilę będziemy na lotnisku. Jeszcze tylko parę świateł. A taryfa też by tu ugrzęzła w korku. Chyba że „mistrz kierownicy" zawiózłby cię motocyklem... — Sandra starała się, by ton jej głosu był łagodny i kojący, ale sama kipiała ze złości, wpatrzona w nieruchomo stojący sznur samochodów na rondzie Zawiszy.

— Czy ty mi nawet w takiej chwili musisz dogryzać?

— Założę się, że Marcin chętnie by cię odwiózł, nawet jeśli wiedziałby, dokąd i po co jedziesz. To chłopak, który nie robi afery o byle co...

Ewa popukała się w czoło.

— Widać, że nie znasz się na facetach. Nawet nie spróbowałabym poprosić go o coś takiego. A zresztą, od czego mam was? No, przyciśnij trochę! Nie mam całego dnia!

— Jeśli się spóźnimy, to znaczy, że takie były wyroki boskie — pocieszył przyjaciółkę Konstanty, rozparty wygodnie na tylnym siedzeniu. — Po prostu musisz się z tym pogodzić i przyjąć z pokorą to, co niesie ci kapryśny los.

— Nie pieprz głupot, tylko zrób coś! — warknęła Ewa. Spojrzał na nią z wyrzutem.

— Naprawdę powinnaś się nad sobą trochę zastanowić. Jesteś ostatnio potwornie rozdrażniona. Wszystko cię irytuje. No i zrobiłaś się wulgarna. Jak tak dalej pójdzie, to nie będziesz miała wyjścia, jak tylko wrócić do męża. Nikt inny cię nie zechce.

Sandra wrzuciła jedynkę i przejechali kilkanaście metrów. Jej mini cooper stał już tuż pod sygnalizatorem.

— To, co powiedziałeś, było podłe. Chcę, żebyś o tym wiedział — dobitnie oznajmiła Ewa. — Nie masz pojęcia, przez co przechodzę. Mam nerwy w strzępach. Małżeństwo mi się rozpada...

— ...Kochanek chce się ze mną żenić, szef na złość dał mi awans, a już szczytem wszystkiego jest to, że w środku zimy wyjeżdżam na dwutygodniowe wakacje pod palmy. Koszmar. Współczuję... — westchnął Konstanty.

Samochód stojący za nimi przenikliwie zatrąbił.

— Już jadę! Nie zauważyłeś, że jestem mała i nie widzę świateł, ty dresiarzu! — wydarła się Sandra przez okno, wrzuciła bieg i samochód przetoczył się przez skrzyżowanie. — No co za ludzie są w tej Warszawie. Chamstwo!

— Wiem, że wkurza was, że wyjeżdżam na Zanzibar, ale spróbujcie mnie zrozumieć. Nie na wszystko mam wpływ. Na naczelnego i jego idiotyczne pomysły wpływu nie mam. Na Tomka, który pojechał sobie z Kubą do Afryki, też

244

wpływ mam mocno ograniczony. Do Marcina mogę się nie odzywać, ale nie mogę mu niczego narzucić ani zabronić. Jak to sobie wyobrażacie? Przecież nie podejdę do niego jak jakaś Anna Karenina i nie powiem mu wyniosłym tonem: „Gospodin Marcinie Matwiejewiczu Zarembo! Nakazuję wam, żebyście w tej chwili przestali mnie kochać! To, co było między nami, jest skończone. Całkowicie i bezapelacyjnie!". A potem dodam dramatycznym szeptem: „Odejdź! Zapomnij!".

— Dobre! — mruknął Konstanty z nutką podziwu. — Zwłaszcza to „Odejdź! Zapomnij!".

— A on skinąłby tylko głową, trzasnął obcasami, a potem wyciągnął z szuflady rewolwer i palnął sobie w łeb — dokończyła Sandra. — Wszystko oczywiście z czystej, niewinnej miłości. Albo najpierw strzeliłby do ciebie, a potem do siebie, choć pewnie ty wolałabyś, żeby było odwrotnie.

— Jeśli ja nie mogę ciebie mieć, to nikt już więcej nie wyciśnie pocałunku na twych pąsowych ustach — ironizował Konstanty.

— Hej! Przestańcie. To nie jest śmieszne! — oburzyła się Ewa.

— Miałaś nam opowiedzieć, jak się skończyła afera z babcią — zmienił temat Konstanty.

Ewa odgięła zasłonkę przeciwsłoneczną nad przednią szybą, otworzyła lusterko i zaczęła się malować błyszczykiem wyjętym z torebki.

— Afera, niestety, jeszcze się nie skończyła. Babcia dzwoni do mnie dwa razy dziennie. Chce koniecznie zostać moją przyjaciółką. Zarezerwowała mi hotel w... no zapomniałam... no, tam, dokąd lecę.

— W Dar es-Salaam — podpowiedział Konstanty.

— No właśnie! Potwornie drogi. Ale uparła się, bo ona w nim mieszkała, gdy pojechała piętnaście lat temu szukać informacji o córce. Gdy powiedziałam jej, że to trochę przegięcie płacić dwieście dolarów za noc, chciała mi pożyczać pieniądze. Czekałam, aż oznajmi, że leci razem ze mną... Upiorna staruszka!

— Nie przesadzaj — przerwała jej Sandra — może i jest upiorna, ale nie jest taka stara, a jak na swoje lata wygląda rewelacyjnie. Zauważyliście, że bogaci ludzie wolniej się starzeją?

— Kasa czyni cuda — westchnął Konstanty.

— Myślisz, że robiła sobie jakiś botoks? — zainteresowała się Sandra. — A cycki? Jakie ma cycki?

Ewa popatrzyła na nią z niedowierzaniem.

— Naprawdę myślisz, że zeskanowałam ją wzrokiem, a teraz szybko to sobie przetworzę w komputerze i podam ci wyniki? Przecież nie chodziłam z nią do sauny. Skąd mam wiedzieć, jakie ma cycki? Jest luty! W kawiarni była w golfie i żakiecie. W teatrze też nie była rozgogolona. Miała elegancką czarną sukienkę i perły. Ale nie mam pojęcia, co jej podciągano czy dorabiano.

— Mogłaś ją jakoś delikatnie podpytać — wytknęła jej Sandra. — Jesteś w końcu dziennikarką.

— Rozmawiałyśmy o Kubie, a nie o niej czy o mnie.

— Jeśli jeszcze nic sobie nie zrobiła, to niedługo będzie miała wszystko sztuczne. W końcu przenosi się do Ameryki Południowej, a tam do chirurga plastycznego kobiety chodzą częściej niż do dentysty — przypomniał Konstanty. — Aaa... rozumiem, dlaczego tak się zainteresowała Kubą. Dopiero niedawno dowiedziała się, że ma wnuka. Nawet jeśli nie była specjalnie troskliwą matką, to tym bardziej chce dla własnego samopoczucia pokazać wszystkim, jaką świetną jest babcią. To się często zdarza. Jonasz mówi, że...

— Hej! Odkąd to wielebny zna się na wnukach? — obcesowo rzuciła Ewa i wydęła usta do lusterka.

— Na wnukach się nie musi znać. Wystarczy, że sam ma toksyczną babcię, która przypomniała sobie o nim dopiero wtedy, gdy zdał maturę.

— To całkiem niedawno — zachichotała Sandra, a Konstanty zrobił się czerwony.

— Wiem, co sugerujesz, ale mylisz się. Przynajmniej ty, proszę, nie mieszaj homoseksualizmu z pedofilią. Jonasz jest młody, ale dorosły. Nie poderwałem go w liceum, tylko gdy już był studentem w seminarium.

— Co ty w nim widzisz? — Ewa skrzywiła się z niesmakiem. — Faceci w sukienkach to dla mnie ani chłop, ani baba. Jakaś trzecia płeć.

— Nie masz w sobie cnoty wiary i miłości. — Konstanty surowo ściągnął brwi. — A mężczyzna w sutannie ma w sobie coś archaicznego. Nie poddaje się modzie, co stanowi dla mnie dodatkowe wyzwanie. Ma w sobie pierwiastek zarówno kobiecy, jak i męski. Dla kogoś takiego jak ja, kto wciąż balansuje na granicy homoseksualizmu, to idealna sprawa.

— Balansujesz? — zdziwiła się Ewa. — Od kiedy?

— Od zawsze. — Konstanty uśmiechnął się smutno. — To mój największy problem. Choć z natury jestem mocno homoseksualny, to pociągają mnie fizycznie również kobiety. A o estetyce w ogóle nie ma w przypadku większości facetów mowy. Przynajmniej tu, w Polsce, chłopy mnie brzydzą. Co innego w Berlinie, w Paryżu... Tam jestem stuprocentowym gejem. W Warszawie zdarza mi się podziwiać urodę kobiet, a nie towarzyszących im palantów.

— Zakochałeś się kiedyś w kobiecie?

— Oczywiście! Wiele razy. Ale bez wzajemności... Konstanty zastygł w wystudiowanej pozie, zapatrzony w zaparowaną szybę.

— O! zobaczcie! rozluźniło się — ucieszyła się Sandra i płynnie ruszyła ulicą Żwirki i Wigury. — Korek się zrobił, bo coś remontują. W tym mieście wciąż coś naprawiają. Ledwo skończą w jednym miejscu, rozkopują ulicę sto metrów dalej. No i co z tą babcią?

— Spróbuj jechać trochę szybciej. Chcę jeszcze chociaż zajrzeć do strefy wolnocłowej. Babcia planuje urządzić przyjęcie na powitanie wnuka. Przebąkiwała też, że mogłaby zabrać dokądś Kubę w przyszłe wakacje. W sumie, czemu nie...

— Masz jakiś kontakt z Tomkiem? Oczywiście wie, że przyjeżdżasz? — zaniepokoił się Konstanty.

Ewa wrzuciła do torebki błyszczyk i wyjęła tusz do rzęs.

— No i tu mamy pewien problem. Kiedy wyjeżdżał, trochę się pokłóciliśmy. Miał do mnie, jak zwykle, jakieś nieuzasadnione pretensje. A wiecie, jaki on jest... Nie ma podzielnej uwagi. Zapomniał ładowarki do telefonu. Przysłał mi kilka SMS-ów, a potem chyba bateria w komórce mu siadła. Wysłałam do niego e-maila. Mam nadzieję, że go odbierze.

— Co? — Sandra popatrzyła na nią zdziwiona — Jedziesz w ciemno? Do jakiejś dziczy? Normalnie, lalka, nie poznaję cię.

— Wiem... — Ewa miękkim ruchem odgarnęła włosy
z czoła. — To wygląda jak szaleństwo, ale jestem pewna, że
Tomek jakoś mnie znajdzie. Najgorsze, że nie mogę w razie
czego przesiedzieć tych dwóch tygodni w pokoju hotelowym.
Przez Starego...

— A co? Naczelny kazał ci łazić po ulicach?

Ewa schowała tusz i wyjęła lakier do paznokci.

— Nie będzie wam przeszkadzało, jak rzucę sobie kolor,
bo mi się trochę starło? Miałam chwilę słabości...

— Z naczelnym?! — przeraziła się Sandra. — Fiu, fiuu!
I nic nie mówisz? Opowiadaj!

— No wiesz! Za kogo ty mnie uważasz?! — Ewa była
szczerze oburzona. — Po prostu zagadnął mnie w kuchni i...
i jakoś tak mnie podszedł, że powiedziałam mu o Tomaszu i Kubie. Że dojeżdżam do nich na Zanzibar. Pewnie
uważacie, że strzeliłam głupstwo?

— Wariatka! — skwitowała Sandra. — Będziesz tego
żałowała. To było niepotrzebne. Zamęczy cię głupimi komen-
tarzami.

— Nawet nie masz pojęcia, jaki on może z tej informacji
zrobić użytek. — Konstanty podniósł w górę palec wskazu-
jący. — Wspomnisz moje słowa!

— Sama wiem, co będzie... — Ewa machnęła zrezygnowana ręką. — Kazał mi napisać tekst do działu *podróże*,
więc zamiast leżeć na słońcu, będę musiała coś robić...

— Co? — zaciekawił się Konstanty. — Co będziesz
musiała robić?

— Nie wiem. Zwiedzać? Robić zdjęcia? Bez sensu.
Ale już nie mogłam się wywinąć. Po prostu mnie facet
wykorzystał.

— Wzięłaś telefon i ładowarkę? — przytomnie zapytała Sandra.

— Ja nie zapominam o takich rzeczach.

— No to prosimy o jakieś smakowite newsy. Jak tam Tomek? Czy się pogodziliście? Jak Kuba poradził sobie w Afryce?

— Niedoczekanie! Nic wam nie będę pisała.

Sandra puściła oko do Konstantego.

— Nie ma sprawy. Zapytamy Marcina. Długo bez niego nie wytrzymasz...

— No proszę! Jakaś ty domyślna! — obruszyła się Ewa. — Szczerze mówiąc, już się złamałam i wysłałam mu SMS-a.

— A widzisz?! — triumfował Konstanty. — Kobiety...

— Ale żenada... Ile wytrzymałaś? — zaśmiała się Sandra.

— Już wam nic nie powiem. Sandra! Wjedź na ten wiadukt. Tu jest terminal numer dwa...

— A nie boisz się, że tam wybuchnie wojna? — zaniepokoił się Konstanty. — Rano mówili w radiu, że w Kenii są zamieszki czy coś tam... Biali w każdym razie stamtąd pryskają w ekspresowym tempie.

— Nie słucham radia, przełączam kanał w telewizji, gdy zaczynają się wiadomości, staram się nie czytać gazet. I tobie radzę to samo!

— Jak na dziennikarkę, szefową dwóch działów, w tym zagranicznego, to odważna deklaracja — sarkastycznie stwierdziła Sandra.

— Płacą mi za pisanie, a nie za czytanie! — odcięła się Ewa.

Mini cooper ominął sznur taksówek czekających na klientów i zatrzymał się pod terminalem. Wysiedli, a Konstanty wytaszczył na chodnik walizkę, która cały czas jechała obok niego na tylnej kanapie.

— No to lecę! Trzymajcie za mnie kciuki! Wrócę opalona. Obiecuję! — Uśmiechnęła się Ewa i mocno wyściskała przyjaciół.

Patrzyli na nią zatroskani.

— Leć, ale uważaj na siebie. To Afryka, a nie Riwiera. Nikomu nie ufaj.

— Zobaczycie! Wszystko będzie dobrze...

ROZDZIAŁ XXXII

From kuba-jawor@yahoo.com
Subject: Tesknie za Toba
Date: February 28, 2008 08:34 PM GMT +03:00
To: joasia1992@polka.eu

Jumbo Jo!
Zajebiście dużo rzeczy wydarzyło się przez ostatni tydzień. Przede wszystkim... TA TAAAM! Wleźliśmy na tę górę! A musisz mi uwierzyć, że było zarąbiście ciężko. Ja już, normalnie, prawie spękałem, ale pomógł mi taki mały stary Murzyn (w sumie spoko koleś) i jakoś dałem radę. Spotkaliśmy masę fajnych ludzi, trochę frików z różnych stron świata, ale to ci opowiem już w domu, jak przerzucę zdjęcia do kompa. A teraz uważaj! Słuchaj, to jest *top secret*, bo nie chcę, żeby ktokolwiek poza tobą wiedział. Ojciec mi powiedział, że tak naprawdę urodziłem się tu, w Afryce, a nie w Warszawie, jak mam w papierach. Tylko błagam jeszcze raz,

nikomu nie mów, bo kumple mogą mi mieć trochę za złe to, że nie jestem takim stuprocentowym nadwiślańskim Polakiem, tylko tak trochę jakby Murzynem... :-0 Moja mama to nie jest mama, to znaczy Ewa. To właśnie jest troszkę skomplikowane. Moja prawdziwa mama miała na imię Basia i była córką jakiejś aktorki. Ale nie mieszkała w Polsce, tylko we Francji. Tam chodziła do szkoły i — choć to wydaje mi się już przegięcie — nie miała nic przeciwko pedałom i asfaltom. Tak mi mówi tata, ale nie chce mi się wierzyć, żeby była taka miękka i głupia. Fakt, że pojechała do Afryki na ochotnika pomagać lekarzom w szpitalu. Tu poznała mojego tatę, który po studiach robił jakąś specjalizację w Arushy — no, wiesz, pisałem ci, w tym mieście pod Kilimandżaro. Mój tata zakochał się w mamie, no i zostali razem po tym stażu w Afryce. Przenieśli się na wyspę Zanzibar i tam razem pracowali w jakiejś przychodni. Mama zaraziła się czymś i umarła, gdy miałem zaledwie dwa miesiące. Tata mówi, że zachorowała i szast-prast, tego samego dnia już jej nie było! No i ojciec mnie zabrał do Polski. Ale to była trudna sprawa, bo nie miałem żadnych papierów. To jest miałem... ale, że jestem Tanzańczykiem. No... Murzynem. I tata musiał mi załatwić nasze polskie obywatelstwo. I jeszcze moja mama, znaczy nie prawdziwa mama, tylko Ewa — żona taty — ona się uparła, żebym miał w dokumentach, że urodziłem się w Warszawie i że jestem jej dzieckiem. Tak chciała, i już! Ojciec mówi, że nie dało się tego załatwić oficjalnie. Żebym dostał biało-czerwone papiery, to musiał dać komuś sporą łapówkę. Ale błagam cię, nikomu o tym nie mów, a zwłaszcza Siwemu!!! Jakoś nie chcę, żeby tata miał przeze mnie kłopoty. Poza tym to stare dzieje, nie? Zrobił to, bo chciał mieć w domu spokój. Żadnego domu ani garażu za to sobie nie postawił. Pliss, nikomu nie wykabluj, dobra?

Bardzo za Tobą tęsknię. Dopóki pchaliśmy się tam w górę, na prawie sześć tysięcy metrów, to udawało mi się skupić tylko na Kili. Ale jak schodziliśmy — normalnie dwa dni ciągle w deszczu i błocie — to już myślałem tylko o Tobie.

— No i dalej już do końca bla, bla, bla... Kocham cię. Tęsknię. Chętnie bym cię przeleciał, daj mi dupy po powrocie i tym podobne...

Cała grupa wybuchnęła śmiechem, a Siwy podał wydruk e-maila niewysokiemu mężczyźnie w okrągłych okularkach.

— Co o tym sądzisz? Mamy go? Korupcja i skandal obyczajowy... Ciemny lud to kupi! Aśka! — Odwrócił się i poklepał po policzku dziewczynę, która stała obok niego i z niezbyt tęgą miną patrzyła na zaśmiewających się kolegów. — Spisałaś się na medal! Rewelacja! Odpisz mu jeszcze jakoś miło, żeby podpytał staruszka o szczegóły i nazwiska. Komu dał łapówkę? Ile? Za co konkretnie? Jak to załatwili? Kto mu pomagał? Nazwiska! Pamiętaj, jak najwięcej nazwisk! Zresztą wszystko może się przydać. Sama wiesz...

— Wiem... — Joasia westchnęła ciężko. — Ale czy nie

moglibyśmy już go olać? Trochę mi jednak głupio. Ten gówniarz naprawdę się we mnie zakochał, a ty tak przy wszystkich... — Zaczerwieniła się i nerwowo obejrzała na kilkunastu chłopaków, którzy wciąż turlali się ze śmiechu. — W żadnym wypadku nie możemy odpuścić! — stanowczo stwierdził Siwy i objął dziewczynę. — Słuchaj, nie zwracaj uwagi na tych leszczy. — Zniżył głos i pochylił się w jej stronę, wionąc smrodem tanich papierosów. — Jesteś warta dziesięć razy więcej niż oni razem wzięci. Oni to... to żołnierze. — Pokazał palcem najbardziej rozbawionego, ostrzyżonego na jeża osiłka. — Popatrz na tego głąba. Darek się przydaje, gdy trzeba komuś obić twarz albo wybić kilka szyb, ale nigdy nikt przy zdrowych zmysłach nie da mu zadania, które wymagałoby ruszenia szarymi komórkami. Albo Jędrzej, ten, który tak do ciebie suszy zęby. Przecież to dureń! Co z tego, że teraz się śmieje? Niech mu to pójdzie na zdrowie. Jak wróci do domu, ojciec znów obije mu gębę za to, że trzeci raz siedzi w drugiej klasie gimnazjum. Stary leje go od pół roku profilaktycznie, bo głęboko wierzy, że to jedyna metoda, żeby synek wziął się do nauki. Nie wie, że Jędrzej już kupił klamkę i gdy tylko wprowadzi się w odpowiedni nastrój za pomocą taniej wódy, to wsadzi mu lufę w gardło i naciśnie spust. Potem pójdzie siedzieć, bo takie zbrodnie policja akurat wykrywa. Nie trzeba być Sherlockiem Holmesem, żeby wydedukować, kto zabił pijanego w czarnoziem tatusia w menelskiej rodzinie. Jędrzej trafi za kraty, a za piętnaście lat do nas wróci. Bo będziemy jedynymi ludźmi na wolności, których zna. Wtedy nam się przyda. To typ gościa, który może się czegoś nauczyć tylko w więzieniu. Ty to co innego. Teraz pniesz się w górę i już niedługo będziesz takich chłopaczków jak Darek i Jędrzej posyłać do Żabki po papierosy. Musisz tylko być ostrożna i inteligentna, żeby nikt nie zdołał cię przekabacić.

— No co ty, Siwy! Przecież wiesz, że ja dla ciebie wszystko...

Spojrzała na niego z ufnością, a on przytulił ją, przy okazji fachowo oceniając rozmiar i jędrność jej piersi.

— Wiem, że dziś mogę ci wierzyć. Ale wiem też, że z kobietami różnie bywa. Prawdziwy egzamin zdasz dopiero wtedy, gdy zakochasz się w jakimś palancie, a ja każę ci go spławić.

— Nie zakocham się!

— Pewnego dnia się zakochasz! Zobaczysz...

Okularnik chrząknął i poklepał Siwego po ramieniu.

— Przepraszam, kolego, mogę na słówko?

Siwy puścił dziewczynę i pchnął ją delikatnie w stronę chłopaków, którzy przy trzech stołach emocjonowali się grą w piłkarzyki. Wyciągnął z kieszeni zmiętą paczkę papierosów i wyszli do drugiego pokoju.

— Nie do końca rozumiem, po co to robimy — zaczął okularnik. — Ten lekarz to płotka. Mój człowiek sprawdził go dokładnie w IPN. Nie ma nawet teczki — jest za młody. Nigdy nie działał w żadnej partii. Nie jest nawet ordynatorem, tylko zwykłym łapiduchem. Nie ustawiają się do niego kolejki umierających na raka czy na serce biedaków z koniakami i kopertami. Prawdę mówiąc, Tomasz Jaworski jest mało znaczącym przeciętniakiem. Z mojego punktu widzenia jest zupełnie nikim. O co w tym wszystkim chodzi?

Siwy włączył radio i pokój wypełniła skoczna łupanka. Otworzył okno i zaciągnął się papierosem. Dał znak okularnikowi, by się zbliżył, i zaczął mówić cichym, ledwo słyszalnym głosem:

— Myślę, że to prywatna wendeta Nieomylnego. Doktorek zalazł za skórę któremuś z Pretorianów i tym sposobem podpisał na siebie wyrok. Dlatego musimy gościa dorwać i przykładnie zniszczyć. Ty i ja. Jesteśmy od czarnej roboty. Taka nasza rola. Wiem... — znów się zaciągnął —...wiem, że to już nie te czasy, co jeszcze parę miesięcy temu, ale teraz to jest jeszcze bardziej istotne niż wtedy. „Władzę raz utraconą trzeba w krwawym trudzie odzyskać" — pamiętasz? Powinieneś pamiętać, bo sam to napisałeś.

Okularnik się zaśmiał.

— Naprawdę w to wierzysz? — spytał z ironią. — Że odzyskamy Sejm, Senat i utworzymy samodzielnie rząd, jeśli w gazecie obrzucę błotem jakiegoś doktorka? Obawiam się, że przeceniasz znaczenie i potęgę czwartej władzy.

Siwy podszedł do radia i zmienił stację na jakąś nadającą muzykę klasyczną. Przez kilkanaście taktów nucił wraz z orkiestrą smyczkową pogodną skoczną melodię divertimenta Mozarta. Gdy znów spojrzał na okularnika, w oczach miał groźne błyski.

— Prasa to potężna broń. Wielokrotnie w ciągu ostatnich lat byłem świadkiem tego, jak niewinna, ale kąśliwa notka gdzieś na siódmej stronie łamie pięknie rozwijającą się karierę. Czasem ktoś nie wytrzymuje presji i skacze z dziesiątego piętra. Uwierz mi, człowieka gazetą można zabić.

— Polityka! Polityka można zabić gazetą. Zwykłego człowieka opinia publiczna instynktownie chroni. Im bardziej go szkalujesz, tym bardziej ludzie są po jego stronie. Przecież już raz to przerabialiśmy. Czy Nieomylny niczego się nie nauczył? Przypomnij sobie przypadek tego kardiologa...

— Popełniliśmy w tamtej sprawie błędy? I dobrze! Wyciągnij więc wnioski i tym razem zrób to lepiej. Wymyśl coś! To ty jesteś pismakiem. Od lat zajmujesz się propagandą.

Okularnik zmrużył oczy i przez kilkanaście sekund patrzył na swoje paznokcie.

— Nie jestem od propagandy, tylko od polityki. Uważasz mnie za szmatę do wynajęcia? Mylisz się. Nigdy nie napisałem niczego, w co sam bym nie wierzył.

Siwy aż zakrztusił się dymem, a potem roześmiał się, szczerze ubawiony. Jego rozmówca patrzył na niego z kamienną twarzą.

— Dlaczego aż tak ci zależy, żeby zniszczyć gościa, którego nie widziałeś na oczy?

— To jest właśnie polityka.

Usiedli na zdezelowanych krzesłach. Siwy włączył czajnik i sypnął do szklanek kilka łyżeczek taniej sproszkowanej herbaty. Gdy woda się zagotowała, zalał fusy i beznamiętnie obserwował, jak wirują, tworząc na krawędzi szkła obrzydliwy kożuch.

— Jest pewien punkt zaczepienia — zaczął ostrożnie okularnik. — Można byłoby to spróbować ruszyć od tej strony... — Wyjął z kieszeni marynarki pogniecioną kartkę z wydrukowanym e-mailem Kuby i rozprostował ją na kolanie. — Tak... To może być nawet ciekawe...

— Wiedziałem, że coś wykombinujesz! — Siwy uśmiechnął się szeroko i w ostatniej chwili powstrzymał się od rubasznego trzepnięcia okularnika w plecy.

— Zobacz. On tu pisze o tym, że jego matka, ta, co umarła, była córką jakiejś aktorki. Wychowała się we Francji... Gdyby to rozgrzebać, sprawa dostałaby wiatru w żagle. Natychmiast poszłyby za tym tabloidy. Oszustwo w dokumentach syna anonimowego doktorka, uwierz mi... nikogo nie zainteresuje. Jeśli Nieomylny liczyłby, że na fali powszechnego oburzenia po ujawnieniu tego bulwersującego faktu wróci do władzy, to... *sorry*. Ale oszustwo w dokumentach wnuka słynnej Anny Bonacieux... O, to zupełnie inna historia.

— Anna Bonacieux? Ta od Wajdy? — Siwy otworzył szeroko oczy. — Skąd wiesz, że to o nią chodzi? Ten szczeniak przecież tego nie napisał...

Okularnik popatrzył na niego z wyższością.

— To mój zawód. Muszę szybko kojarzyć fakty. To była głośna sprawa na początku lat dziewięćdziesiątych. Tylko nikt nie wiedział, że Basia urodziła dziecko.

— Tabloidy oszaleją... — mruknął niepewnie Siwy. Widać było, że próbuje sobie przypomnieć mgliste wspomnienie dawno niewidzianej twarzy. — Jesteś pewien, że to chodzi o tę Bonacieux?

— Musimy tylko pilnować, żeby odpowiednio wyeksponować niegodziwości doktorka. A tak w ogóle, to co z niego za lekarz, jeśli nie umiał wyleczyć matki swojego dziecka?

Siwy wstał i zatarł ręce.

— Redaktorze! Widzę, że to jest dla ciebie bułka z masłem. A już myślałem, że nasz wspólny znajomy trochę cię przeceniał... A tu tymczasem jesteś fachowiec pełną gębą!

Okularnik roześmiał się nieszczerze.

— Spotkamy się w Sejmie, towarzyszu!

Siwy odprowadził go wzrokiem, a gdy dziennikarz zamknął za sobą drzwi, wzruszył ramionami i ze złością zapalił papierosa. W radiu spiker zapowiedział arię *Brindisi* z *Traviaty* Giuseppe Verdiego w wykonaniu Anny Netrebko i Orlanda Villazona. Starszy harcmistrz Jan Siwicki siedział nieruchomo, obserwując wąskie smużki tytoniowego dymu i słuchał radosnego toastu, który wznosiła piękna Violetta, nie zdając sobie sprawy, że niedługo umrze, a jej związek z Alfredem nie ma sensu. Jego myśli wciąż jednak wracały do okularnika. Nie lubił ludzi, którzy są bardziej cyniczni niż on sam.

ROZDZIAŁ XXXIII

— Doktorze! Tomasz zatrzymał się i spojrzał zdziwiony na mężczyznę siedzącego na obwieszonym skórzanymi sakwami motocyklu.

— Nie poznaje mnie pan? Spotkaliśmy się w Arushy, w sytuacji dla mnie trochę niekomfortowej... — Starszy Amerykanin wyciągnął do Tomasza rękę w skórzanej rękawicy. — Alex Mallone... Nie wiem, czy miałem okazję się przedstawić, jak upał mnie znokautował na ulicy w tamtej dziurze pod Kilimandżaro.

— Miał pan okazję. Nawet udało się panu wtedy wycharczeć, że przyjaciele mówią na pana Al-Mall. Ale dziś widzę, że, dzięki Bogu, czuje się pan dużo lepiej.

— Morskie powietrze bardziej mi służy.

Kuba zdjął plecak i otarł pot z czoła. Odkąd wysiedli z klimatyzowanego autokaru, którym przyjechali z Arushy do Dar es-Salaam, marzył o zimnej kąpieli.

— Dziękuję. Nie potrzebujemy przewodnika. Znam miasto. — Tomasz gestem spławił kolejnego lumpa, który zaproponował swoje usługi, widząc białych turystów z wielkimi plecakami.

— Jesteśmy dla nich nigdy niewysychającym źródełkiem forsy — zaśmiał się Amerykanin i dla zabawy odkręcił manetkę gazu, a jego wielka honda africa twin ryknęła, plując dymem z obu oksydowanych rur wydechowych.

— Powinien pan założyć kask — zwrócił mu uwagę Kuba.

Al-Mall pokiwał głową.

— Masz rację, chłopaku. Ale tu patrzyliby chyba na mnie jak na Marsjanina. Założę się, że gość, od którego pożyczyłem tego sprzęta, nawet nie wie, co to jest kask i na co się go zakłada. To pewnie jedno z ostatnich miejsc na Ziemi, gdzie przepisy ruchu drogowego ograniczają się do dwóch paragrafów: jeździj tak, żeby nie dać się zabić i zawsze miej przy sobie parę dolarów na łapówkę dla gliniarza.

Tomasz uśmiechnął się krzywo. Nie sądził, by wyluzowany Amerykanin miał dobry wpływ na jego syna, ale nie wypadało mu uciąć rozmowy z mężczyzną, którego przecież przed tygodniem reanimował.

— Dokąd pan jedzie na tym motocyklu? — zapytał Kuba.

Amerykanin pokazał w uśmiechu garnitur sztucznych zębów.

— Akurat teraz wyskoczyłem na miasto po fajki. Ale po południu jadę do portu, a potem popłynę promem na Zanzibar. Chcę zobaczyć Stone Town. Umówiłem się tam z pewną dziewczyną w barze Mercury koło przystani. Wiecie oczywiście, że na Zanzibarze urodził się ten Freddie z Queenów?

Kuba przewrócił oczami.

— Jasne! — Tomasz skinął głową. — Katowałem syna jego piosenkami przez całe dzieciństwo. A potem dowiedziałem się ze zdziwieniem, że on woli jakiś rap.

Alex podrapał się po głowie owiniętej sztywną od potu bandanką.

— Wiem, człowieku, co czujesz. Dla mnie też Queen był całym kosmosem. Może wypijemy za *Bohemian Rapsody*? — ożywił się.

— Może lepiej umówmy się na Zanzibarze. — Tomasz rozłożył ręce. — Teraz nie bardzo mogę. Przyjechała moja żona, a jeszcze się nie widzieliśmy. Na pewno wpadniemy razem do Mercury'ego. Jedziemy jutro do Stone Town.

— Świetnie! Będę się czuł bezpieczniej, doktorku, gdy już dotrzesz na wyspę. Do zobaczenia!

Amerykanin pomachał im i ruszył z wigorem, o mało nie zderzając się z nadjeżdżającym z przeciwka przeładowanym busem.

— Trzeba się przyzwyczaić do lewostronnego ruchu — westchnął Tomasz i odprawił ruchem ręki kolejnego „przewodnika", który na migi pokazał mu, że ma ochotę ponieść jego plecak.

Szli w tłumie ludzi nadmorskim bulwarem w stronę siedmiopiętrowego eleganckiego hotelu. Ubrany w liberię boy otworzył im drzwi i daremnie wysunął rękę po napiwek.

— Mama wybrała najlepszy hotel w mieście — zauważył kąśliwie Tomasz. — Z takim instynktem trzeba się urodzić. Tego chyba nie sposób się nauczyć. No nic, to na szczęście tylko jedna noc...

— Ona nie jest moją mamą — powiedział ostro Kuba.

Ojciec spojrzał na syna z niepokojem, ale widząc jego zaciętą minę, nic nie powiedział.

Recepcjonista krytycznie ocenił ich plecaki, lecz gdy Tomasz machnął mu przed nosem złotą kartą kredytową, posłusznie dał mu klucz do apartamentu na szóstym piętrze sąsiadującego z pokojem Ewy. Zadzwonił też do niej i uprzedził o przybyciu „męża z synem", jak kazał mu zaanonsować Tomasz. Z kamienną twarzą schował do kieszeni pięciodolarowy banknot i odprowadził ich do windy.

— Nareszcie! Czekam tu już od wczoraj!

Ewa otworzyła drzwi i przytuliła się do Tomasza.

— Mam nadzieję, że dotarłaś bez żadnych przykrych przygód?

— Hotel wysłał po mnie limuzynę na lotnisko. Kierowca nieźle mnie po drodze nastraszył. Odradzał wychodzenie na miasto, chyba że w jego towarzystwie... Nie wiem, czy to było powodowane troską, czy miał wobec mnie jakieś bardziej osobiste plany. W każdym razie nie skorzystałam. Ale to wy opowiadajcie! Kuba! Aleś ty schudł!

Chłopak wzruszył ramionami i oparł plecak o ścianę.

— Tato, dasz mi klucz do naszego pokoju? Chcę się wykąpać.

Tomasz spojrzał na Ewę z obawą i tak jak się spodziewał, zobaczył w jej oczach błysk zawodu. Podał Kubie klucze i poczekał, aż zamkną się za nim drzwi.

— Wybacz i jemu, i mnie. Powiedziałem mu o niej... Musi to jeszcze wszystko poukładać sobie w głowie.

— Rozumiem. Nie gniewam się. — Ewa się rozchmurzyła. — Chodź tu do mnie, mój ty zdobywco...

Przytuliła się do niego mocno.

— Tak się bałam, że znowu kogoś tu poznasz i mnie zostawisz... Czekałam na każdy e-mail od ciebie jak na wyrok.

— Proszę, nie wracajmy już do tamtej sprawy. Kocham cię i chcę być z tobą już na zawsze. Bardzo tęskniłem...

— Ja też... Jak poradziłeś sobie z Kubą? Trochę poczytałam w Internecie o tej górze i byłam przerażona. To chyba straszny wysiłek?

Tomasz się uśmiechnął.

— Kuba jest bardzo dzielny i wytrwały. Spisał się świetnie. Wiesz... wydaje mi się, że on... to pewnie zabrzmi jak jakaś piramidalna bzdura... jest podobny do ciebie. W ten sam sposób pochyla głowę i tak jak ty nie umie w pewnych sytuacjach trzymać języka za zębami.

Ewa zaśmiała się cicho.

— A wiesz, że ktoś mi to niedawno powiedział? Może i coś w tym jest... A jak zareagował na... no, wiesz...

Zakłopotany Tomasz spuścił wzrok.

— Nie najlepiej. Pewnie kiepsko to rozegrałem. Słaby ze mnie psycholog. Powiedziałem mu już po zejściu ze szczytu i dobra atmosfera od razu się popsuła.

— Co mu powiedziałeś?

— Wszystko. Dość ogólnikowo, ale niczego nie ukrywałem. Musi to sobie przemyśleć i... może będzie dobrze.

Ewa pokiwała głową.

— Przetrwaliśmy tyle, przeżyjemy i to. Teraz bardziej martwię się tym, co jest między nami.

— A co jest?

Tomasz usiadł w fotelu i popatrzył Ewie prosto w oczy. Usiadła mu na kolanach i pogładziła po zarośniętym policzku.

— Kłujesz...

— Szczerze mówiąc, nie spodziewałem się, że ktoś mnie będzie dziś głaskał.

— Przecież wiedziałeś, że dzisiaj się spotkasz ze swoją najukochańszą żoną. Napisałeś wczoraj w e-mailu, że nie możesz się doczekać, że tęsknisz... Jestem. A ty... wróciłeś do mnie?

Tomasz przytulił ją. Co ma jej odpowiedzieć... Że bał się tej dzisiejszej rozmowy? Powinien się cieszyć. Nie spodziewał się, że Ewa zdecyduje się na przyjazd do Tanzanii. Chociaż planowali to kilka tygodni temu, to wciąż stawiała każdą kwestię pod znakiem zapytania. Miał wrażenie, że robi wszystko, żeby znaleźć powód, by z nim nie jechać. A teraz jest tu z nim, on trzyma ją w ramionach, a ona pachnie kusząco jak sklep ze słodyczami.

— Oczywiście, że wróciłem — wyszeptał. — Obiecałem, że zamknę przeszłość, i właśnie to zrobiłem. Wiem, że wcześniej bywało różnie. Oddaliliśmy się od siebie. Ale teraz będzie tylko lepiej. Jeśli mi wybaczysz, to możemy zacząć nowe, naprawdę fajne życie. Razem. Jeśli tylko tego chcesz, to ja jestem gotowy.

— Jesteś gotowy? — Uśmiechnęła się do niego znacząco. — To dobrze, bo marzę o takim jednym silnym facecie, który właśnie wrócił z Kilimandżaro...

Złapała go za pasek od spodni i pociągnęła w stronę łóżka.

— Mam na ciebie straszną ochotę!

— Ale Kuba...

— Obiecuję, że zrobimy to naprawdę szybko. Dziś możemy ominąć grę wstępną i przejść od razu do sedna sprawy.

Tomasz jeszcze chciał zaprotestować, ale jego opór słabł

266

z sekundy na sekundę. Ewa całowała go namiętnie, jednocześnie rozpinając mu pasek od spodni.

— Chyba dostałaś SMS-a...

Przeturlała się na drugą stronę łóżka i wzięła z nocnego stolika komórkę. Na podświetlonym ekranie migała koperta. Rzuciła szybkie spojrzenie w stronę Tomasza. Odwrócił się dyskretnie i wyjął z plecaka sfatygowaną kosmetyczkę. Ewa chwilę się wahała, ale w końcu przycisnęła klawisz „OK" i bezgłośnie poruszając ustami, przeczytała wiadomość.

„Gdziekolwiek jesteś, cokolwiek robisz, wiedz, że i tak będę Cię kochał. I to się nigdy nie zmieni. Chcę być nieuleczalnym optymistą i wierzę w naszą miłość. Marcin".

— To od Sandry — powiedziała Ewa lekko. — Wciąż się dopytuje, czy jeszcze żyję i czy mnie tu jeszcze nie zjedli. À propos... Na pewno jesteście głodni.

Tomasz się roześmiał.

— No tak, zupełnie o tym zapomniałem. To przez ten upał. Po drodze wrzuciliśmy na ruszt jakieś skromne, za to dość pikantne ugali, ale to trochę mało jak na dwanaście godzin podróży. To znaczy mnie to by może i wystarczyło, ale Kuba pewnie kona z głodu. Wyskoczymy gdzieś na miasto? Z tego, co pamiętam, są tutaj całkiem niedaleko doskonałe hinduskie knajpy.

— Kochanie, nie ma sensu włóczyć się w tym upale. Tutaj, na siódmym piętrze, jest chińska restauracja z ładnym widokiem na morze. Jadłam tam wczoraj kolację i wciąż żyję... To dobrze wróży.

— W porządku. Tylko wezmę szybki prysznic i włożę czystą koszulę. Mogę wziąć od ciebie jakiś ręcznik? Obawiam się, że te, które zabraliśmy z domu, nadają się tylko do śmieci. Dwie minutki i będę jak nowo narodzony!

Tomasz wziął kosmetyczkę i zrobił krok w stronę łazienki, ale Ewa zagrodziła mu drogę i delikatnie pchnęła na łóżko.

— Poczekaj! Zanim znów mi gdzieś znikniesz, chcę, żebyśmy przypomnieli sobie, na co stać dwoje ludzi, którzy kiedyś ślubowali sobie miłość...

— Co dokładnie masz na myśli?

— A słyszałeś o takim terminie jak „obowiązek małżeński"?

Ewa jednym ruchem rozpięła suwak sukienki i pozwoliła, by opadła na podłogę. Jej szczupłe ciało chłonęło blask słońca przebijającego się przez niedokładnie zaciągnięte żaluzje.

— Zapomniałaś zabrać ze sobą bieliznę? — Tomasz uniósł brwi, udając zdziwienie, ale równocześnie szybko zaczął rozpinać guziki swojej koszuli.

— Oszczędzałam miejsce w walizce na pamiątki. A poza tym taki tu upał... — Ewa przeciągnęła się i pomogła mu zsunąć spodnie. — Elementarne zasady higieny podpowiadają, żeby nie kisić się w majtkach.

— Wspominałaś coś o jakimś obowiązku małżeńskim... — Tomasz pozbył się reszty ubrania i położył się na plecach na łóżku. — Nie zabrzmiało to szczególnie zachęcająco.

— Obowiązek to obowiązek. Trudno. Ale daj mi szansę, może to nawet kiedyś polubisz...

ROZDZIAŁ XXXIV

Anna Bonacieux uśmiechnęła się kpiąco i przyjęła elegancką, pełną gracji pozę do kolejnego zdjęcia.

— Paparazzi? W Warszawie? Mój chłopcze, marnuje pan czas. Nie sądzę, żeby pan sprzedał którejkolwiek gazecie fotografie starej kobiety. Moich najlepszych ról już nikt nie pamięta. Przynajmniej nikt z młodych czytelników magazynu, dla którego pan pracuje.

Fotograf bez słowa błysnął fleszem jeszcze kilka razy i wskoczył na motocykl. Dopiero w tym momencie z cienia wyszedł niepozorny mężczyzna w znoszonej czarnej skórzanej kurtce i w okrągłych okularach.

— Pani Bonacieux? Jest pani dla siebie zbyt surowa albo nie docenia pani magii swoich ról i pamięci fanów. — Sięgnął do taniego aluminiowego wizytownika i podał jej kartonik. — Krzysztof Doweyko z „Głosu Narodu". — Skłonił z wdziękiem głowę. — Poświęci mi pani kilka minut? Tu obok, na Nowym Świecie, jest cukiernia, gdzie podają cudowne, moim skromnym zdaniem najlepsze w Warszawie, eklerki...

Aktorka uważnie przyjrzała się wizytówce.

— Nie znam tej gazety. Tytuł jest taki... pompatyczny. Czym się pan zajmuje? Życiem gwiazd? Prowadzi pan rubrykę towarzyską?

Dziennikarz uśmiechnął się i wskazał stolik stojący w głębi sali, nieco pod ścianą.

— Pani Anno, dawno pani nie było w naszym kraju, prawda? Zrobi mi pani ogromną przyjemność, jeśli przyjmie zaproszenie na kawę i zaszczyci dziennikarza chwilą rozmowy.

Bonacieux wzruszyła ramionami i usiadła przy stoliku, który wskazał Doweyko.

— Ostrzegam, że nic panu nie powiem o moim nowym związku. Jeżeli zacznie pan ten temat, nasza rozmowa się skończy. Od kilku dobrych lat jestem już osobą prywatną. Tak samo mój partner, który w Polsce nie prowadzi żadnych interesów. Przyjechałam do kraju wyłącznie w sprawach osobistych. Jak pan sam widzi, w tej sytuacji inwestowanie w filiżankę kawy nie ma sensu.

— Wprost przeciwnie — roześmiał się dziennikarz i przywołał gestem kelnerkę. — Pije pani włoskie espresso czy francuską au lait? Stawiałbym na au lait, bo tyle lat mieszkała pani we Francji, ale jest popołudnie, więc może bardziej odpowiednia będzie kropelka małej czarnej...

— Światowiec. Chce pan uśpić moją czujność i liczy, że opowiem jakieś skandalizujące ploteczki z Hollywood? — Anna Bonacieux zalotnie zmrużyła oczy i wyciągnęła z paczki papierosa. — Zdradzę coś panu na początek. Café au lait w Paryżu jest dla turystów. Prawdziwa Parisienne rano zamawia café creme, a po lunchu wyłącznie un café czarną jak smoła.

Dziennikarz sięgnął do kieszeni marynarki po zapalniczkę, ale Anna powstrzymała go zdecydowanym gestem.

— Proszę się nie kłopotać. Nie palę. Po prostu nie umiem rozmawiać bez papierosa, ale niech pan nie zwraca uwagi na ten gadżet. Poproszę espresso — zwróciła się do kelnerki. — Podwójne, bez cukru. Kawa czarna jak sumienie redaktora naczelnego pana gazety i aromatyczna jak kairska noc...

— Pięknie powiedziane — skomplementował Doweyko i pokiwał z uznaniem głową. — Naprawdę pięknie. Nie straciła pani blasku i charme'u. Wspomniała pani... — uśmiechnął się najbardziej niewinnie jak umiał — ...że przyjechała do Polski w sprawach osobistych. Skoro pani sama zaczęła ten temat, to jak się miewa pani wnuk?

Anna patrzyła na niego w milczeniu. Nadeszła kelnerka i postawiła na stoliku dwie filiżanki kawy.

— Skąd pan wie?

— Ależ pani Anno! — żachnął się. — Osoba tak obyta w świecie i doskonale zdająca sobie sprawę z realiów show-biznesu nie powinna zadawać takich pytań! A przynajmniej nie dziennikarzowi.

— Ale pytam, bo ta sprawa była dla mnie sekretem przez piętnaście lat. Jeszcze miesiąc temu nie wiedziałam o istnieniu...

— ...Kuby. On się nazywa Kuba Jaworski, prawda?

— Jest pan wyjątkowo dobrze poinformowany. Tym bardziej ciekawi mnie, skąd pan to wie?

— Potraktuję to pytanie jak komplement. Dobre przygotowanie do rozmowy to w moim zawodzie sprawa podstawowa. Szkoda, że tak wielu młodych dziennikarzy tego nie wie i cierpi przez to prestiż naszej profesji. Nawet nie wyobraża pani sobie, jak niekompetentne potrafią być dziś stażystki, które przychodzą do naszej gazety! Co z tego, że znają trzy języki i... — urwał. — Czy rozmawiała już pani z ojcem chłopca, doktorem Tomaszem Jaworskim?

— Nigdy go nie spotkałam.

— Czy pani córka... Proszę przyjąć moje spóźnione, ale najszczersze wyrazy współczucia z powodu śmierci Basi... Czy dobrze rozumiem, że ona nie poinformowała pani, że wychodzi za mąż i będzie miała dziecko?

Anna Bonacieux rozejrzała się bezradnie po kawiarni. Przy sąsiednim stoliku trzy młode dziewczyny zaśmiewały się, słuchając opowieści starszego mężczyzny, którego twarz wydała się aktorce znajoma. Czyż to ten pisarz z Krakowa? Jak on się nazywa...

— Proszę mi powiedzieć, czy Basia wyszła w Afryce za mąż? — drążył Doweyko.

— Ja... ja nie wiem. — Aktorka nerwowo zmięła papierosa i wrzuciła go do popielniczki. Natychmiast sięgnęła do torebki i wyjęła z niej nową paczkę cienkich cygaretek.

— Nie wierzę, że pani nie wie takich rzeczy. To było pani jedyne dziecko!

Anna Bonacieux ukryła twarz w dłoniach.

— Dlaczego pan jest taki okrutny? Nie dość, że straciłam córkę? Nie wiem, czy wyszła za mąż, bo byłam złą matką. Nie wiem, bo straciłam z Basią kontakt i nie starałam się jej odszukać. Nie wiem, bo... głupia... myślałam, że mam jeszcze dużo czasu. Ale nie sądzę, żeby moja córka chciała kiedykolwiek wyjść za mąż. Wychowała się w rozbitej rodzinie i w laickim kraju, w którym małżeństwo nie jest uznawane za wartość. Jestem niemal pewna, że nie wierzyła w moc urzędowo podpisanego kontraktu między dwojgiem kochających się ludzi. Ale kobiety czasem zmieniają zdanie, nawet w najbardziej zasadniczych kwestiach...

— A więc mogła wziąć ślub i nic pani o tym nie powiedzieć?

— Oczywiście. Nie byłyśmy ze sobą tak... blisko.

— Czy Tomasz Jaworski mógł chcieć ją wykorzystać?

— Dlaczego pan tak myśli?

— Może próbował związać się z Basią z uwagi na pani nazwisko? Dla kogoś takiego jak on mogło to mieć spore znaczenie, nie tylko prestiżowe. Gdyby przedstawił się jako zięć słynnej Anny Bonacieux, wiele drzwi stanęłoby przed nim otworem.

Aktorka pokręciła głową.

— Znów mi pan pochlebia. Ale nie znał pan mojej córki. Basia nigdy nie używała nazwiska Bonacieux, tylko tego po swoim ojcu, którego już chyba nikt nie kojarzy z moją osobą. Nie miała też w zwyczaju opowiadać o swojej rodzinie. Nawet w czasach, gdy jeszcze ze sobą rozmawiałyśmy, mówiła do mnie po imieniu. Już nie pamiętam, kiedy ostatni raz powiedziała do mnie „mamo". Na pewno nie wykorzystałaby moich wpływów, aby komukolwiek ułatwić karierę. Nawet jeśli byłby jej mężem. A może powinnam powiedzieć „szczególnie jeśli był jej mężem".

Krzysztof Doweyko stuknął o blat paczką marlboro, wyjął papierosa i zapalił.

— Tego pani nie może wiedzieć na pewno. Zakochane kobiety robią znacznie większe głupstwa.

Anna popatrzyła na niego uważnie.

— Wie pan coś, czego ja nie wiem na temat tego człowieka? Próbował wykorzystać moje nazwisko? Proszę mi powiedzieć...

Dziennikarz nie odpowiedział, tylko znacząco zapatrzył się w okno.

— Co pani o nim myśli?

— O Tomaszu Jaworskim? Nie znam go. Mogę tylko powiedzieć, że ma miłą żonę. Niech pan mnie posłucha: nie chcę nikomu zaszkodzić.

Spojrzał na nią zaintrygowany.

— A więc mogłaby mu pani zaszkodzić? Czy to jest związane z problemami w jego małżeństwie?

— I tak już zbyt wiele czasu panu poświęciłam. Nie wiem, po co pan mnie o to wszystko wypytuje. Jaki to ma związek ze mną, moją karierą czy wizerunkiem aktorskim? Nie zadał pan ani jednego pytania o filmy, w których zagrałam. Czy w ogóle widział pan którykolwiek z nich?

— Proszę się nie unosić. — Doweyko zdjął okulary i przetarł je papierową serwetką. — Czy mogę być z panią szczery?

— Nareszcie! Dość mam już tych podchodów.

— Pani niedoszły zięć zadarł z bardzo wpływowymi ludźmi. Przeprowadziłem mały rekonesans i wiem, że ma pani dość sprecyzowane plany na najbliższe lata. Być może po raz ostatni przyjechała pani do Polski. Jeżeli uda się sfinalizować związek z bogatym argentyńskim latyfundystą, jesień życia spędzi pani w warunkach odpowiednich dla tak pięknej i inteligentnej kobiety. Ale oboje wiemy, że duże pieniądze nie lubią rozgłosu...

— Co pan insynuuje? — Anna sięgnęła po kawę. Doweyko obserwował, jak drży jej ręka, gdy podnosiła filiżankę do ust.

— Moja oferta jest rozsądna i skromna. Jutro w obu największych tabloidach ukażą się materiały przedstawiające w, przyznajmy to otwarcie, negatywnym świetle Tomasza Jaworskiego. Jeśli powie mi pani coś, co pozwoli skupić uwagę czytelników na innych aspektach niż fatalny w skutkach romans sprzed piętnastu lat, to być może uda się w ogóle nie wspominać o Annie Bonacieux, wybitnej aktorce, ulubienicy całego szacownego grona reżyserów polskiej szkoły filmowej. To nie będzie aż takie trudne, bo Basia nosiła nazwisko, które w żaden sposób nie identyfikowało jej z panią.

— A jeśli się nie zgodzę?

— To wtedy nie będę mógł zagwarantować, że pani nazwisko się tam nie pojawi, a artykuł trafi nie na piątą czy szóstą stronę, tylko na pierwszą. Wtedy przeprowadzka do luksusowej willi w uroczej winnicy pod Mendozą stanie pod dużym znakiem zapytania. Oczywiście mogę się mylić i pani narzeczony nie zwróci najmniejszej uwagi na to, że jego piękna wybranka jest zamieszana w międzynarodowy skandal. W takim wypadku proszę z oburzeniem odrzucić moją ofertę i broń Boże nie czytać jutrzejszych gazet.

— Proszę wymienić choć jeden powód, dla którego miałabym chcieć zaszkodzić temu człowiekowi. Przecież go nie znam. Wiem o nim tylko to, że jest ojcem mojego wnuka, a moja córka bardzo go kochała.

Doweyko wbił w nią twarde spojrzenie.

— Nie ma powodu, dla którego miałaby pani chronić lekarza, który doprowadził do śmierci pani jedynego dziecka. To, że Basia go kochała, w pani oczach powinno jeszcze bardziej go pogrążać. Jaworski jest lekarzem medycyny tropikalnej, tak? Nie dziwi pani, że córka umarła na malarię, mając u boku, a może nawet za męża, specjalistę od tej właśnie choroby? O czym to może świadczyć?

— Nie mam pojęcia!

— Co to za lekarz, który pozwala umrzeć matce swojego dziecka na chorobę, której leczenie jest dla niego chlebem powszednim?

— Co pan sugeruje? Morderstwo? Niech pan nie będzie śmieszny.

Okularnik poważnie skinął głową.

— Zapewne nigdy nie dowiemy się prawdy. Ale wyobraźmy sobie taką sytuację: młody, przystojny lekarz wyjeżdża do Afryki i wdaje się w romans. W Polsce zostawia narzeczoną. Romans kwitnie. Kochankowie planują wspólne życie. Trzymają się za rączki, razem oglądają zachody słońca, kochają się na plaży przy świetle księżyca. Po prostu bajka. Potem ona zachodzi w ciążę i rodzi dziecko. Sama pani wie, że gdy na świecie pojawia się niemowlak, w związku między dwojgiem dorosłych coś zaczyna trzeszczeć. Ona jest zmęczona i obolała. Nie ma mowy o jakimkolwiek seksie. Nawarstwiają się problemy i on zaczyna coraz poważniej myśleć, że popełnił błąd, odchodząc od tamtej kobiety. Pisze list, może dzwoni. Ona mówi: wracaj, choćby z dzieckiem. On najpierw tę myśl odrzuca, a później dojrzewa do tego, by rozwiązać psychologicznie zawikłaną sprawę łatwo, drastycznie i nie budząc niczyich podejrzeń. Ot, jeszcze jedna ofiara choroby, na którą ludzie umierają od początku świata...

Anna Bonacieux zabębniła palcami o marmurowy blat stolika.

— Jaką mam gwarancję, że mnie pan nie oszuka?

Na twarzy dziennikarza pojawił się uśmiech rekina.

— Żadnych. Tylko moje słowo honoru.

Kobieta westchnęła głęboko.

— Nie musiał mi pan tego mówić aż tak szczerze. Dobrze. Powiem coś panu, ale jeśli pan wystawi mnie do wiatru, poświęcę resztę życia i pieniędzy, żeby pana dopaść.

Doweyko wyciągnął z kieszeni cyfrowy dyktafon i sprawdził, czy działa.

— Niech pani mówi. Słucham...

ROZDZIAŁ XXXV

Najpierw na horyzoncie pojawiła się jasnozielona kropka kontrastująca z głębokim granatem Oceanu Indyjskiego. Gdy podpłynęli bliżej, mogli już rozróżnić pióropusze palm górujących nad białym paskiem plaży. Prom zaczął delikatnie się kołysać — znak, że są już na płytszej wodzie okalającej wyspę. Ewa odczuła to szczególnie mocno i poprosiła, by Tomasz odprowadził ją do komfortowo wyposażonego lobby, gdzie przesypiało rejs kilku białych pasażerów. Kuba został na pokładzie, gdzie zaprzyjaźnił się z młodym żołnierzem, który był prawie jego rówieśnikiem. Wojsko zajęło właściwie cały prom. Wąsaci oficerowie dowodzili kilkusetosobowym oddziałem złożonym głównie z szesnasto- i siedemnastolatków. Chłopcy w panterkowych mundurach siedzieli w kucki na pokładzie, podjadali orzeszki nerkowca i popijali ciepłą coca-colę. Młody żołnierz, który zagadnął Kubę o wynik meczu finałowego Pucharu Narodów Afryki, nie miał pojęcia, dokąd go wiozą i w jakim celu. Tomasz wyjął z plecaka najnowszy numer gazety „Arusha Times", w której przeczytali relację z meczu Egiptu z Wybrzeżem Kości Słoniowej, a przy okazji znaleźli małą notkę o rebeliantach z Kenii, wraz z uchodźcami przedostających się na tanzańskie wyspy. Na Pembie i w północnej części Zanzibaru aresztowano kilka grup uzbrojonych partyzantów. W związku z trudną sytuacją do tych regionów zamierzano przerzucić siły policyjne i żandarmerię wojskową. Żołnierze na pokładzie promu kiwali głowami. Tak, to całkiem możliwe, że w gazecie napisano właśnie o nich.

Gdy prom zawinął do portu w Stone Town, wojsko odmaszerowało, a garstka turystów przeszła przez szczegółową kontrolę paszportową i celną.

— To idiotyczne! — oburzał się Kuba. — To tak jakby u nas wprowadzono kontrolę paszportową dla cudzoziemców, którzy chcą spędzić wakacje na wyspie Wolin...

— Za chwilę zobaczysz, że Zanzibar to tak naprawdę zupełnie inny kraj — uśmiechnął się Tomasz. — I jeśli o mnie chodzi, podoba mi się bardziej niż ta reszta, która jest na kontynencie. Ale to tylko moje zdanie. Musisz sobie wyrobić własną opinię.

Tuż za bramą portu otoczył ich tłumek taksówkarzy i „przewodników", szykujących się do stoczenia zażartego boju o prawo niesienia ich bagaży. Tomasz tym razem nie protestował. Po prostu wymienił cenę, którą był skłonny zapłacić za przejazd do hotelu, i z kilku taksówkarzy trwających na placu boju wybrał najsympatyczniejszego. Biała toyota corolla, która czasy świetności miała dwie dekady temu, ruszyła wolno przez labirynt wąskich uliczek. Kuba wychylił się przez okno i chłonął zapachy i dźwięki miasta.

— Tato! Naprawdę tu się urodziłem?

— Naprawdę. I założę się, że gdy zamkniesz oczy, poczujesz mocniejsze bicie serca. Stone Town jest częścią ciebie, twojej historii i pamięci.

Chłopiec przymknął oczy, ale po kilkunastu sekundach potrząsnął głową i zrezygnowany opadł na oparcie kanapy.

— Niczego nie mogę sobie przypomnieć...

— Nie szkodzi. Przyjdzie czas, że to poczujesz.

Ewa spojrzała na męża z wyrzutem.

— Nie rób dziecku wody z mózgu. Co on, według ciebie, ma pamiętać? Mój ty romantyku... Powinieneś pisać wiersze, a nie leczyć ludzi.

Hotel Zanzibar Coffee House spełnił oczekiwania całej trójki. Ewa cieszyła się z przestronnego czystego apartamentu, w którym główne miejsce zajmowało ogromne łóżko z ciemnego palmowego drewna, okryte delikatną moskitierą. Kuba docenił kafejkę internetową przy recepcji, a Tomasz z zadowoleniem stwierdził, że tak surowa na całym Zanzibarze prohibicja nie obowiązuje w restauracji urządzonej na dachu budynku. Jedynym minusem był brak ciepłej wody. Co prawda hotelowy boy zaklinał się, że to zupełnie wyjątkowy zbieg okoliczności, no, po prostu pech, jakaś drobna usterka, która zaraz zostanie naprawiona, ale Tomasz bezdusznie rozwiał marzenia Ewy o długiej gorącej kąpieli z pianą i aromatycznymi olejkami, które w małych buteleczkach stały przy wannie. I tym razem się nie pomylił — ciepła woda nie pojawiła się w kranach ani razu.

Za to kolacja nikogo nie rozczarowała. Usiedli na niskich, obitych pluszem ławach na dachu hotelu. Orzeźwiająca oceaniczna bryza delikatnie jak wiatrak wentylatora ustawionego na najniższe obroty poruszała nabrzmiałe upałem nocne powietrze. Z góry miasto rozświetlone setkami migocżących światełek wyglądało jak bożonarodzeniowa dekoracja. Kelner przyniósł im ogromny półmisek smażonych krewetek, a do tego właśnie wyjęte z pieca placuszki i sypki, pachnący przyprawami ryż. Ewa zamówiła butelkę białego wina i szklankę wody z lodem.

— Tata mówił, żeby pod żadnym pozorem nie pić niczego z lodem — skrytykował ją zadziornym tonem Kuba.

— Naprawdę tak mówiłeś? — zdziwiła się Ewa, patrząc na Tomasza. — W taki upał lód to podstawa.

— No cóż... — Tomasz z zakłopotaniem potarł policzek. — Nie tylko tu, ale w całej Afryce są poważne problemy z dostępem do czystej wody. To, co płynie w kranach, to najczęściej po prostu ścieki wprost z jakiegoś bajora. Jakbyś na kroplę takiej wody spojrzała pod mikroskopem, to zobaczyłabyś wszystkie choroby świata. Nie chciałbym rzucać żadnych oskarżeń, może akurat tu robią lód z bezpiecznej i czystej wody butelkowanej, ale raczej bym na to nie liczył...

Ewa na wszelki wypadek odsunęła od siebie szklankę.

— No to dziwię ci się, że chciałeś tu kiedyś żyć.

— Uwierz mi, to miejsce ma ogromny urok. A choroby? To rzeczywiście wygląda kiepsko. Biali muszą szczególnie uważać. Nasze organizmy nie umieją sobie poradzić z malarią, pasożytami, amebami... Jeszcze w zeszłym stuleciu połowa Europejczyków, którzy tu przyjechali, umierała w ciągu pierwszych pięciu lat. Dlatego tak chętnie wysyłano w tropiki skazańców. Była spora szansa, że przyroda wymierzy im najsurowszą karę, a sędziowie w Londynie czy Paryżu mieli czyste ręce i sumienie.

— Murzyni nie chorują na malarię? — zdziwiła się Ewa.

— Chorują, ale rzadziej na nią umierają. Oczywiście statystyki powiedzą nam co innego. Pamiętajmy tylko, że biali mają dostęp do służby zdrowia i leków. Afrykańczycy za to nieco lżej przechodzą choroby tropikalne, zwłaszcza jeśli uodpornili się na nie w dzieciństwie. To „jeśli" jest w tym wszystkim słowem kluczowym. Śmiertelność wśród dzieciaków jest przerażająca. Ci, co przeżyją do piątych urodzin, mogą uważać, że wygrali los na loterii.

— To co tu jeść i pić, żeby było bezpiecznie? — chciał wiedzieć Kuba.

— Możesz bez obaw pić wodę z plastikowych butelek, tylko sprawdzaj zawsze, czy zakrętka ma nienaruszoną plastikową banderolkę. No i nie powinna ci zaszkodzić coca-cola. Dostać ją można wszędzie. To dziś we wszystkich krajach, zwłaszcza biednych, napój kultowy. Ale z colą nie przesadzaj, bo ma potwornie dużo kalorii. Dorosłym polecałbym piwo. Żeby je zrobić, trzeba zagotować wodę i przy okazji zabija się bakterie.

Muezin z minaretu stojącego niemal tuż przy hotelu łamiącym się głosem wezwał wiernych na wieczorną modlitwę.

— Zupełnie nie czuję, że jestem w czarnej Afryce — powiedziała z zadumą Ewa, rozrywając pomalowanymi na czerwono paznokciami pancerzyk kolejnej krewetki.

— I słusznie — stwierdził Tomasz. — Bo Zanzibar to zupełnie oddzielny twór. Do lat sześćdziesiątych rządzili tu Arabowie, a władcą był sułtan Omanu. Sporo mieszkało tu Persów i Hindusów. Popatrzcie jutro na drzwi domów na starym mieście — mają charakterystyczne metalowe kolce. To pamiątka z czasów, gdy po ulicach chodziły słonie.

Kelnerzy przesunęli kilka stolików z rogu tarasu i zrobili miejsce dla trzech muzyków w długich białych galabijach. Jeden z nich wyjął z drewnianego futerału delikatną arabską lutnię. Drugi rozstawił bębny, jeszcze inny rodzaj drewnianych cymbałów. Zaczęli cicho, ledwo przebijając się przez gwar rozmów, jednak z każdym kolejnym utworem muzyka stawała się głośniejsza. Słychać w niej było echa karaibskich rytmów, a pogodne proste melodie, oparte jedynie na kilku współbrzmieniach, mogły powstać tylko w miejscu, w którym słońce co rano ogrzewa turkusowe morze, a gaje bananowe ciągną się od piaszczystych plaż aż po porośnięte tropikalnym lasem wzgórza.

— Marzy mi się domek na brzegu oceanu, hamak i mnóstwo wolnego czasu — westchnęła Ewa. — Kochanie, tu jest pięknie, okolica hotelu przypomina stare miasta w Maroku czy Tunezji, ale chciałabym, żebyśmy już byli gdzieś na plaży. Palmy, ciepłe morze...

— Zastanawiam się, po co naprawdę tu przyjechałaś? — zaczepnie zapytał Kuba. — Przecież ty myślisz tylko o sobie! Tata chciał mi pokazać miejsca, w których był z moją mamą. Nie jesteś tu w ogóle nikomu potrzebna. Jeszcze niedawno chciałaś zostać w Warszawie, a teraz znów zaczynasz rządzić!

— Kuba, przestań! — ostro upomniał syna Tomasz. — To ja chciałem, żebyśmy przyjechali tu razem. Wszyscy! Rozumiesz? Jesteśmy rodziną.

— Mojej mamy tu z nami nie ma. — Kuba miał łzy w oczach.

— Naprawdę uważasz, że byłam dla ciebie złą matką? — zapytała łagodnie Ewa i próbowała pogłaskać chłopaka, ale wyrwał się i odsunął od stołu.

— Kuba, proszę cię! — Tomasz wstał. — Jesteśmy tu po to, żeby naprawić to, co przez lata udało nam się spieprzyć. To był błąd, że tak długo nie znałeś prawdy o swojej matce. Ale nie możesz winą za to obarczać Ewy.

— A kogo? To ona chciała wymazać moją mamę z naszego życia!

— A ja się na to zgodziłem. Chciałem, żebyś miał normalny dom, z matką i ojcem, którzy się kochają. I taki dom miałeś. Czy ci czegoś brakowało?

Kuba usiadł i napił się coli z butelki.

— Czy mi czegoś brakowało? — powtórzył. — Może drobiazgu... Prawdziwej mamy.

— Basia umarła. I nie była to z pewnością wina Ewy. Jeżeli możesz kogoś obwiniać za jej śmierć, to tylko mnie. Choć też, moim zdaniem, nie miałem wpływu na wyroki losu. Uwierz mi, chcę teraz jakoś zszyć to, co popękało między nami. Wierzę, że jeśli zaczniemy jeszcze raz, z dobrą wolą i chęcią przebaczenia sobie, to wyjdziemy z tego silniejsi i bardziej szczęśliwi.

— Możesz, tato, chcieć sobie rozmów, prawdy i przebaczania, a ona chce na plażę. Marzy o kocyku, hamaku i tego typu pierdołach. Więc założę się o wszystko, że już jutro będziemy... — modulował głos, przedrzeźniając Ewę: — „w domku na brzegu oceanu".

— Dość tego! — Ewa zerwała się od stołu. — Naprawdę nie zasłużyłam sobie na takie traktowanie.

Przeszła na drugą stronę tarasu i oparła się o ciepłą kamienną balustradę.

Przy stoliku zapadła cisza, z którą nieprzyjemnie kontrastowała wesoła, pulsująca rytmem muzyka.

— Tak — Tomasz skinął głową — masz rację, jutro stąd wyjeżdżamy. Ale myślę, że chciałbyś zobaczyć miejsce, w którym spędziliśmy z twoją mamą najszczęśliwsze dni.

— Pewnie, że chcę — mruknął pojednawczo Kuba. — I przepraszam za to, że na... Ewę najechałem. Ale mnie coś trafia, gdy ona zaczyna znów rozstawiać nas po kątach.

— Daj spokój! Naprawdę nie jest źle. Daj jej szansę.

— Ale wydaje mi się, że ona mnie nienawidzi. I nigdy mnie nie kochała. — Oczy nastolatka zaszły łzami.

Tomasz nie mógł się powstrzymać i go przytulił. Nie robił tego od co najmniej dziesięciu lat i obaj czuli się trochę niezręcznie.

— Jeszcze raz cię proszę, daj jej szansę. Basia nie wróci. A tu możemy jeszcze wszystko naprawić. Ewa naprawdę cię kocha. Zawsze byłeś jej jedynym, kochanym synkiem. Wydrapałaby oczy każdemu, kto chciałby zrobić ci krzywdę.

Kuba wtulił głowę w koszulę ojca i się rozpłakał.

Ewa sięgnęła do torebki i wyjęła telefon. Na ekranie wyświetlił się komunikat: „Masz 36 nieodebranych połączeń". Westchnęła głęboko i w myślach pogratulowała sobie tego, że rano wyłączyła dzwonek w komórce. Szybko przejrzała SMS-y. Konstanty i Sandra kategorycznie żądali, żeby jak najszybciej się z nimi skontaktowała. Niedoczekanie! Dwa kolejne SMS-y wysłano z nieznanych jej numerów. Obcy ludzie prosili o szybkie oddzwonienie. Ostatni SMS był od Marcina. Otworzyła go i w zachłannym pośpiechu przeczytała: „Kochanie, życie bez Ciebie nie ma sensu. Tęsknię za Tobą jak wariat. Jesteś dla mnie wszystkim. Wiesz... Dlatego błagam Cię, posłuchaj mnie: Wyłącz telefon. Z nikim nie rozmawiaj. Odpoczywaj i ciesz się życiem. Gdy wrócisz, wszystko będzie dobrze. Kocham Cię. M.".

Ewa wzruszyła ramionami i wrzuciła telefon do torebki. Miała do siebie żal o to, że tak czekała na wiadomość od niego. Jest jej dobrze z mężem i wygląda na to, że się pogodzą. To automatycznie oznacza zakończenie romansu z Marcinem. Nie miała już siły prowadzić podwójnego życia. Tylko dlaczego wciąż myśli o tamtym chłopaku, który został w Warszawie i na pewno leży teraz na wąskim łóżku w swojej wynajmowanej kawalerce na Grochowie i śni o ich ostatniej namiętnej nocy. Spojrzała w górę. Na granatowoczarnym niebie błyszczały gwiazdy i sierp księżyca. Tomasz stanął za jej plecami i poszukał dłońmi jej rąk. Przyciągnęła go do siebie.

— Gdzie Kuba?

— Poszedł do swojego pokoju. Przepraszam, że tak wyszło...

— To nie twoja wina. Ta rozmowa nie mogła inaczej wyglądać. Ale zobaczysz, jutro będzie lepiej.

Przytuliła się do niego. Muzycy zmienili repertuar i lutnista zaczął śpiewać w suahili smutną pieśń, trącając cicho struny lutni. Tomasz objął Ewę i pocałował.

— Kocham cię, wiesz?

— Wiem... — wyszeptała mu prosto do rozchylonych ust i pozwoliła, by ich wargi się złączyły.

ROZDZIAŁ XXXVI

— Co to, do jasnej cholery, znaczy!?

Dyrektor bez pukania wtargnął do gabinetu ordynatora i z całej siły walnął plikiem gazet o blat biurka.

Mężczyzna siedzący przy komputerze, nie podnosząc wzroku, dokończył zdanie, które pisał i posłał plik do drukarki.

— Możesz się oderwać na moment od tych jakichś szalenie ważnych rzeczy, które zajmują cię tak bardzo, że nie możesz nawet spojrzeć na swojego przełożonego i poświęcić mu jednak odrobinę czasu? — zapytał dyrektor chłodno. Dopiero teraz ordynator spojrzał na niego z uprzejmym zainteresowaniem.

— Tak? A o co chodzi?

— O to, że nasz szpital przez jednego idiotę z twojego zespołu znalazł się na celowniku brukowców. I zastanawiam się właśnie nad tym, jak to się stało, że dałeś temu sukinsynowi urlop akurat wtedy, gdy rozdmuchano tę aferę. Wiedziałeś, że Jaworski ma w prokuraturze sprawę o wymuszenie łapówki? Wiedziałeś? Bo ja nie! A od rana muszę się za niego tłumaczyć. Czy ty zdajesz sobie sprawę z tego, jak katastrofalnie wpłynie to na wizerunek naszego szpitala? Już teraz mamy długi...

— Też mi nowina! Mamy długi jak każdy szpital. Nie jesteśmy jakimś wyjątkiem, oazą dobrobytu na mapie ogólnej mizerii — mruknął ordynator.

— I co z tego, że wszyscy mają długi, skoro to o naszym lekarzu piszą... poczekaj... zaraz znajdę... — Wygrzebał ze stosu gazet kolorowy tabloid. — Posłuchaj: *Gdy fatalnie zarządzany szpital tonie w długach, doktorek Tomasz J. (lat czterdzieści dwa) byczy się na plaży w Afryce. Czy pojechał tam za tysiące, które wyciągnął z kieszeni podatników, czy za łapówki wyłudzone od zdesperowanych pacjentów?*

— Bzdura!

— Tak uważasz? — zapytał złowieszczym tonem dyrektor. — To powiedz mi, proszę, gdzie jest teraz Jaworski? Leczy hemoroidy w Ciechocinku? Masz mnie za idiotę?

— Uwziąłeś się na niego? To on ma kłopoty. Przecież to widać gołym okiem, że ktoś próbuje go wepchnąć w to śmierdzące gówno. Powinniśmy stanąć po jego stronie, zwłaszcza że wiemy obaj, że to uczciwy facet i dobry lekarz.

— To nie jest tylko jego prywatna sprawa. Gdyby było tak, jak mówisz, machnąłbym ręką na wszystko i wyłączył telefon. Ale niestety nie możemy tego tak zostawić. Nie zdajesz sobie sprawy z tego, jak trudne będą teraz negocjacje z NFZ. Oni na pewno wykorzystają Jaworskiego, żeby rzucić się na nas jak hieny. Jakie będę miał argumenty za tym, by w następnym roku znów nie urwali nam kilku procent z budżetu? Gdy zacznę się stawiać, wyciągną z szuflady zdjęcie naszego uśmiechniętego lekarza na safari w Kenii, czy gdzie tam jest, i powiedzą, żebym nie biadolił nad budżetem, bo skoro pierwszy lepszy lekarz od nas wyjeżdża sobie zimą do Afryki, to znaczy, że z finansami u nas nie jest tak źle.

— Jaworski nie wziął żadnej łapówki — powiedział zdecydowanie ordynator. — To pomówienie. Zemsta Zielińskiego za to, że Tomasz nie poleciał na skrzydłach warować przy łóżku jego syna.

— Możliwe — zgodził się dyrektor. — Nawet całkiem prawdopodobne. A co powiesz na to?

Wyciągnął kolejną gazetę.

— Dobrze zaczyna się już od tytułu: *Rodzinka z piekła rodem*, a potem jest zdjęcie tej aktorki od Wajdy, nasz szpital i wakacyjna... oczywiście odpowiednio podrasowana, fotka Jaworskiego. Lubisz stare, dobre, polskie filmy? Więc może to cię zainteresuje: *Ciekawe, czy Anna Bonacieux (lat sześćdziesiąt osiem), polska aktorka, ulubienica najlepszych reżyserów, zdaje sobie sprawę z tego, że jej wnuk Kuba (lat piętnaście) wyrósł na bandytę? Ale trudno się temu dziwić, jeśli wychowuje się w takiej rodzinie... Tomasz J.* — *ojciec Kuby, to nieudolny łapiduch, na którym ciążą poważne prokuratorskie zarzuty. Ponad szesnaście lat temu podstępem zdobył serce Basi Jurewicz (zmarłej w wieku dwudziestu lat), córki aktorki. Z tego związku urodził się syn, ale Anna Bonacieux, jak twierdzi, nie miała o tym pojęcia. „Byłam złą matką. Straciłam kontakt z córką, która wyjechała do Afryki i tam poznała tego okropnego człowieka"* — *mówi ze łzami w oczach legenda polskiego kina. W niewyjaśnionych do dziś okolicznościach nieszczęsna młoda dziewczyna zmarła zaraz po urodzeniu syna. Doktor J. za pięć tysięcy dolarów łapówki wręczonej urzędnikowi miejskiego magistratu sfałszował metrykę syna i tak kilkumiesięczny Kuba urodził się po raz drugi, tym razem jako warszawiak, dziecko ówczesnej konkubiny Tomasza J. Czy okrutnie sponiewierany przez los, osierocony we wczesnym dzieciństwie chłopiec miał choćby najmniejsze szanse na odnalezienie się w nowym życiu? Czy jego życie potoczyłoby się inaczej, gdyby trafił do normalnego kochającego domu? Bo Ewa J. raczej nie mogła mu zapewnić spokojnego dzieciństwa. Dziennikarka popularnego magazynu dla kobiet jest uznanym autorytetem w sprawach życia erotycznego. Zresztą „pani od seksu" nie ogranicza się jedynie do opisywania tajników Kamasutry. Z rozkoszą nurza się w rozpuście, paradując ze swoim najnowszym, dużo młodszym od niej kochankiem, po stołecznych lokalach. Czy taka osoba może dobrze wychować młodego człowieka? Dlatego nie dziwi fakt, że nastoletni Kuba zszedł na złą drogę. Podczas ostatniej Parady Równości policyjne kamery zarejestrowały, jak wyrostek wmieszał się w tłum kontrmanifestacji przeciwników małżeństw homoseksualnych i tam próbował wywołać rozróbę. Jak zapewnia oficer policji, który ochraniał warszawską Paradę Równości, Kuba J. był wyjątkowo agresywny i rzucał kamieniami w Bogu ducha winnych ludzi. Ciężko ranił dziecko, dwuletnią Amelkę M. Czy tak zachowuje się syn lekarza i dziennikarki, wnuk słynnej Anny Bonacieux?*

Dyrektor popatrzył ze zgrozą na zdjęcie w gazecie przedstawiające twarz dziecka z ogromnym, nabiegłym krwią siniakiem na policzku.

— Do stylu można się czepiać. Za dużo pytań retorycznych i dobór słów z powieści dla kucharek, ale zestaw fotografii mówi sam za siebie: przebrzmiała gwiazda, lekarz łapówkarz, konkubina nimfomanka, synalek bandyta i zmasakrowany niemowlak.

— To szyta grubymi nićmi prowokacja. Znam syna Jaworskiego. Nigdy by czegoś takiego nie zrobił — powiedział stanowczo ordynator.

Dyrektor w odpowiedzi pokazał mu kolejną gazetę.

— Wiem, że to skrajnie prawicowa szmata, ale nie sądzę, żeby kłamali. Zresztą sam oceń: *Rozmowa z Janem Siwickim, starszym harcmistrzem drużyny Orzeł Biały. Pytanie dziennikarza: „Jak to się stało, że skaut z pana hufca zranił dziecko na Paradzie Równości?". I odpowiedź: „To jakieś koszmarne nieporozumienie, wręcz odważę się powiedzieć — polityczna prowokacja. Ten chłopak, Kuba J., pojawił się wśród nas tuż przed demonstracją. Nikt go nie znał, widzieliśmy go pierwszy raz w życiu. Nagle wyjął z plecaka kamienie i zaczął rzucać w ludzi. Natychmiast go obezwładniliśmy, ale zdążył zranić to biedne dziecko. Nie wiem, skąd się wziął tam ten młodociany bandyta, ale przysięgam, że nie mieliśmy i nie chcemy mieć z nim nic wspólnego. To jakiś fanatyk, albo gorzej...". I w tym momencie wybitnie inteligentny dziennikarz drąży: „Gorzej niż fanatyk? Co pan podejrzewa?". Jak myślisz, co podejrzewa? Nie wiesz, to posłuchaj: „Jak już panu wspomniałem, podejrzewam prowokację — mówi Jan Siwicki. — Komuś bardzo zależało, żeby naszą pokojową demonstrację zmienić w rozróbę. Określone kręgi od dawna usiłują zdyskredytować działalność naszego koła młodych patriotów. Politykierzy, którzy mienią się »demokratami« są wilkami w owczej skórze. Jak widać, potrafią posunąć się do największej podłości, by oszkalować swoich politycznych przeciwników"*. Dziennikarz podpuszcza go dalej: *„Dlaczego wietrzy pan spisek? Dlaczego Kuba J. nie miałby należeć do waszych najradykalniejszych zwolenników?"*. I teraz jest najlepsze: *„Kuba J. miałby być jednym z harcerzy Orła Białego? To chyba ponury żart. Naprawdę wierzy pan w to, że syn dziennikarki piszącej o seksie i sprzedajnego lekarza łapówkarza z jednego z owianych najgorszą sławą szpitali, znalazłby się w naszych szeregach? Trochę realizmu, błagam. Przecież nawet ślepy zobaczy, że to nie trzyma się kupy. Tacy jak on stanowią trzon młodzieżówki zupełnie innej partii. I to im zależy, żeby nam przylepić łatkę warchołów. Sprawa jest ewidentnie polityczna..."*. I tak dalej i tak dalej...

Ordynator zwalczył pokusę sięgnięcia po papierosa.

— Co zamierzasz?

— To chyba oczywiste. Ta sprawa śmierdzi. Nie chodzi tylko o bandytę i łapówkarza — to, co się wyrabia przy okazji tej nagonki, zatrąca o politykę. Nic gorszego nie mogłoby się nam przytrafić, więc musimy wywalić Jaworskiego na zbity pysk. Najlepiej byłoby dyscyplinarnie, ale pewnie bez wyroku sądu w sprawie łapówki się nie da. Choć może jeśli go przyciśniesz, odejdzie za porozumieniem stron.

— Ja mam go przyciskać? — zdziwił się ordynator.

— A kto? Ja? To ty jesteś jego bezpośrednim przełożonym. To zwykle miła fucha. Tylko w takich sytuacjach bywa trochę trudno.

— Za co mam go zwolnić?

— Musisz coś wymyślić. Ale za dużo tu znaków zapytania, by mógł zostać. Ostatecznie daj mu trzymiesięczną odprawę, ale bez rozgłosu. Najlepiej, żeby ludzie myśleli, że poleciał natychmiast tylko za cień podejrzenia. To podniesie morale. Może nawet zyskamy u mediów kilka punktów.

— Dlaczego dobry lekarz ma wylecieć z pracy za coś, czego nie zrobił?

— Nic nie zrobił? A zszarganie opinii szpitala to według ciebie nic?

— Słuchaj, on nie wziął tej łapówki. Jestem tego absolutnie pewny.

Dyrektor aż sapnął ze zniecierpliwienia.

— Gówno mnie obchodzi, czy wziął coś, czy nie. To nie ma nic do rzeczy! Narobił nam syfu i musi za to odpowiedzieć. Wyrzucisz go, czy ma to zrobić za ciebie ktoś inny?

— Raczej ktoś inny — powiedział spokojnie ordynator.

Wyjął z drukarki kartkę, złożył zamaszysty podpis pod kilkoma linijkami tekstu i podał ją dyrektorowi szpitala.

— Składam wypowiedzenie. Nie będziesz moimi rękami załatwiał czyichś brudnych interesów.

— Coś sugerujesz? — zapytał agresywnie dyrektor.

— Nic. Po prostu z jakiejś pierdoły robisz sprawę polityczną. A ja się tak bawić nie chcę.

— Pożałujesz tego! Nie pozwolę ci tak po prostu odejść!

Ordynator się zaśmiał. Zdjął fartuch i podał go dyrektorowi.

— Odchodzę. W tej chwili. Spróbuj mnie zatrzymać.

— Nie zgadzam się! A chorzy? A przysięga Hipokratesa?

— Wiesz co... Pocałuj mnie w dupę!

ROZDZIAŁ XXXVII

Kuba, nie otwierając oczu, wsłuchiwał się w śpiew muezina wzywającego wiernych do pierwszej porannej modlitwy. Głos wznosił się i opadał, wychwalając Allaha, którego łaska sprawiła, że świat przetrwał jeszcze jedną noc. Gdy melodyjne inkantacje ucichły, chłopak odsunął moskitierę i wstał. Niebo na wschodzie poróżowiało, ale ciasne uliczki Stone Town wciąż tonęły w mroku. Kuba, nie zastanawiając się długo, wsunął na nogi klapki, wziął mały plecak z aparatem fotograficznym i starając się stąpać jak najciszej, zbiegł po schodach do hotelowego lobby. Recepcjonista spał w fotelu przed włączonym telewizorem. Kuba obojętnie rzucił okiem na lokalną odmianę *Milionerów* i wyszedł na ulicę.

Powietrze pachniało drzewem sandałowym i kwiatami bugenwilli. Chłopak szedł wolnym krokiem, spod wpółprzymkniętych powiek obserwując budzące się do życia miasto. Dostawcy popychali z wysiłkiem ogromne dwukołowe wózki wyładowane piramidami owoców i zgrzewkami coca-coli. Spieszyli się nie tyle, by uprzedzić sprzedawców, otwierających właśnie sklepy, ile żeby zdążyć przed słońcem, które lada chwila miało wyskoczyć zza horyzontu. Kuba wyjął aparat i uchwycił kilka malowniczych obrazów miejskiego poranka: ziewającego wychudzonego kota, piekarza, który po nocnej zmianie, jeszcze cały umorusany mąką, zagadywał grubą roześmianą Murzynkę. Przed obiektywem jego aparatu przedefilowała grupka nad wyraz poważnych sześciolatków w granatowych mundurkach. Zapewne spieszyli się do szkoły. Kuba szedł coraz dalej, zaglądając ciekawie do sklepów z przyprawami, do których przyciągała go intensywna, egzotyczna woń. Ominął za to z daleka rzeźnika, ozdabiającego witrynę swojej jatki świeżo uciętym baranim łbem. Z pewnym zainteresowaniem wstąpił do kilku kramów z pamiątkami, ale na dłużej zatrzymał się dopiero w sklepiku, w którym brodaty rastafarianin w gigantycznym, kolorowym, włóczkowym berecie sprzedawał płyty CD. Z małego przenośnego boomboxa płynęła pogodna skoczna muzyka reggae. Wszędzie witano go uśmiechem. Kuba początkowo uciekał wzrokiem, ignorując rzucane mu od progu pozdrowienia, ale po jakimś czasie udzielił mu się optymizm i dobry nastrój na tyle, że budząc salwy śmiechu, sam zagadywał sprzedawców: *Jumbo! Habari gani?* — „Cześć, jak się masz?".

To jest moje miasto. Tu się urodziłem. Gdyby moja mama nie umarła, to pewnie chodziłbym w Stone Town do szkoły, jak te szczyle w niebieskich katanach — myślał najpierw z rozbawieniem, a potem z coraz większą fascynacją. Szedł plątaniną wąskich uliczek, ciasnych przejść, czasem zawracając, gdy droga kończyła się ślepym zaułkiem. Z podziwem patrzył na stare pochylone domy, które pamiętały czasy, gdy Zanzibar był jednym z największych na świecie ośrodków handlu niewolnikami. Ozdobne, nabite ćwiekami drzwi prowadziły na ocienione dziedzińce lub wyłożone kosztownym, szlachetnym drewnem mroczne klatki schodowe.

Zapach drzewa sandałowego w dzielnicy małych hotelików ustąpił aromatowi świeżo palonej kawy, a gdy Kuba nieświadomie skierował się w stronę morza, nad wszystkie inne przebiła się kusząca woń dochodząca z portowych garkuchni. Chłopak dopiero teraz zdał sobie sprawę, że wałęsa się po mieście od ponad godziny, a nic jeszcze nie jadł. Sięgnął do kieszeni i przeliczył garść pieniędzy. Dwa i pół dolara. Musi wystarczyć. Co mógłby zjeść w Warszawie za sześć złotych? Nawet na kebab by pewnie mu nie wystarczyło. Ominął kilka pustych restauracji, w których przykryte białym obrusem stoliki czekały na bogatych turystów, i wszedł do małego baru. Przy plastikowych, niezbyt czystych stolikach kilkunastu mężczyzn zajadało z gazety, która pełniła funkcję talerza, jakąś potrawę o smakowitym, obezwładniającym zapachu.

— Tato byłby zachwycony, gdyby mnie tu znalazł — mruknął do siebie Kuba i zaśmiał się, gdy wyobraził sobie, co powiedziałaby Ewa, jeśliby tu akurat przypadkowo zajrzała.

Chłopiec nie miał pojęcia, co zamówić, więc położył po prostu dwa dolary na ladzie i pokazał gestem na swój brzuch. Sprzedawca zasypał go gradem pytań, jakby liczył na to, że nastolatek tylko udaje, że nie zna suahili, ale w końcu machnął ręką i postawił przed nim solidną porcję smażonej ośmiornicy, okrągły kawałek podpłomyka i małą butelkę coli. Kuba wziął ostrożnie swoją „tackę" z gazety i usiadł przy wolnym stoliku. Nieufnie podniósł do ust ośmiornicę — jego dotychczasowe doświadczenia z owocami morza ograniczały się do krewetek i sushi. Nie były to miłe wspomnienia. Spodziewał się najgorszego: smaku wodorostów i konsystencji pozostawionych przez dłuższy czas na słońcu żelków. Tym większe było jego zdziwienie. Ośmiornica była delikatna, krucha, w smaku najbardziej przypominała doskonale przyrządzonego kurczaka z rożna. Szybko uporał się ze swoją porcją, przegryzając od czasu do czasu kawałkami placka. Przed wyjściem zajrzał do kuchni i uśmiechnął się do dwóch kucharzy pochylonych nad skwierczącymi patelniami.

— *Asante!* Dziękuję! — rzucił i podniósł do góry kciuk.

Po wyjściu z baru stanął zdezorientowany. Może to i jest moje miasto, ale nie mam pojęcia, jak wrócić do hotelu — pomyślał i pierwszy raz tego dnia poważnie się zaniepokoił. Próbował odtworzyć w głowie trasę spaceru, ale szybko się poddał. Przypomniał sobie, że ma w kieszeni jeszcze pół dolara. Niewielka pociecha. Na taksówkę raczej nie wystarczy.

— *Jumbo! Give me a pencil!*

Spojrzał zdziwiony na uśmiechniętego czterolatka, który lekko szarpał go za rękaw.

— Ołówek? Kto dziś pisze ołówkiem? — zdziwił się Kuba. Zdjął plecak i z bocznej kieszeni wyjął długopis. Malec wyciągnął rękę, Kuba się zawahał.

— Słuchaj, mały! Dostaniesz długopis i pół dolara, ale zaprowadź mnie do hotelu Zanzibar Coffee House, OK? — Zanzibar Coffee House? — powtórzył jak echo dzieciak.

Kuba energicznie pokiwał głową.

— Zaprowadź mnie, a dostaniesz ten długopis. — Pstryknął w skuwkę i uśmiechnął się do malucha. — To co, umowa stoi?

Dzieciak wziął go za rękę i pociągnął w stronę wąskiej uliczki. Po chwili przyłączyła się do nich może czteroletnia dziewczynka z umorusaną buzią, ale za to z dumnie błyszczącymi kolczykami w uszach. Po przejściu kilkudziesięciu kroków ich orszak powiększył się jeszcze o dwóch chłopców i dziesięcioletnią dziewczynkę, która tuliła do siebie małego kotka. Kuba zaśmiał się i poprosił przechodzących turystów, żeby zrobili im zdjęcie.

Cała wyprawa trwała zaledwie kilka minut, bo Zanzibar Coffee House był, jak się okazało, prawie tuż za rogiem. Wałęsając się po mieście, Kuba zatoczył koło. Ale cóż, umowa to umowa. Dał dzieciom pół dolara i dodatkowo rozdał długopisy. Dawno nie czuł się tak dobrze.

W lobby spotkał ojca.

— Już wstałeś? — zdziwił się Tomasz. — Mama zaraz... Ewa zaraz zejdzie na śniadanie. Mam nadzieję, że jesteś spakowany, bo za godzinkę wyjeżdżamy.

— Jestem po śniadaniu. — Kuba wzruszył ramionami. — Spakuję się, tylko szybko sprawdzę pocztę. Dasz mi jakąś kaskę?

Tomasz wyjął z portfela kilka banknotów.

— Zobacz, co tam na świecie, i już nigdzie nie wychodź. Pamiętaj, po śniadaniu wyjeżdżamy.

Kuba usiadł przy komputerze w małej salce koło recepcji i ściągnął pocztę. Skasował kilka spamów i otworzył list, na który czekał z niecierpliwością od wielu dni.

From: joasia1992@polka.eu
Subject: bez tematu
Date: March 02, 2008 14:31 PM GMT +01:00
To: kuba-jawor@yahoo.com

Najdroższy!
Wiem, że mi tego nigdy nie wybaczysz. Zrobiłam straszną rzecz. Nawet nie wiesz, jak bardzo mi wstyd. Zawiodłam ciebie i siebie. Nie potrafię zdobyć się na odwagę i napisać ci, co się stało. Ale niestety, jestem pewna, że i tak szybko się tego dowiesz. Nie zasługuję na to, żeby się z tobą spotykać. Zresztą po tym wszystkim nie będziesz chciał mnie znać. Ja bym nigdy nie wybaczyła czegoś tak obrzydliwego. Zasługuję tylko na to, żeby mnie nienawidzić. Wiem, że miałeś wobec mnie szczere intencje. Zaufałeś mi, a ja cię zdradziłam. Udawałam, że cię kocham, żeby wyciągnąć od ciebie informacje o twoim tacie. Gdy zorientowałam się, do czego to posłużyło, było już za późno. Najgorsze, że dopiero wtedy zdałam sobie sprawę, że tak naprawdę się w tobie zabujałam. I nie mogę sobie darować, że zrobiłam to, co zrobiłam. Teraz moje życie straciło sens. I wiem, że sama zawaliłam sprawę. Na własne życzenie. Nie proszę nawet,

żebyś mi wybaczył. Ja bym czegoś takiego nie wybaczyła.

Nie pisz do mnie więcej i skasuj mój numer telefonu. Mam nadzieję, że nigdy się już nie spotkamy. Bo spaliłabym się ze wstydu. Żegnaj!

J.

Kuba przez dłuższą chwilę wpatrywał się tępo w ekran komputera. Czuł, że uszła z niego cała pozytywna energia. Dopiero teraz zauważył, jak jest duszno. Po plecach ściekała mu strużka potu. Lepiące się od brudu skrzydła wiatraka wiszącego u sufitu z trudem mieliły zatęchłe powietrze. Chciał uderzyć pięścią w monitor. Roztrzaskać to pudło, dzięki któremu mógł przeczytać tak straszne słowa. Nie miał jednak siły, by choćby zerwać się i pobiec przed siebie. Dokądkolwiek. Najlepiej prosto nad ocean. Wskoczyć do zimnej wody i zanurkować najgłębiej, jak się da. A potem zmusić się do krzyku i nigdy już się nie wynurzyć. Jak Asia... Jego Joasia. Najpiękniejsza, najmądrzejsza i najodważniejsza dziewczyna, jaką w życiu spotkał... Jak ona mogła mu to zrobić? I co powie ojciec, gdy okaże się, że to on wykradł dla tej... głupiej dziwki... wszystkie jego sekrety. Ukrył twarz w dłoniach. Jak mógł zakochać się w dziewczynie, która okradła go ze wspomnień i tajemnic? Gorączkowo próbował przypomnieć sobie, co jej mówił i pisał, ale poszczególne słowa fruwały wokół niego, nie pozwalając się uchwycić. W głowie miał coraz większą pustkę. Szumiącą jednostajnie rzekę liter, których nie sposób odczytać.

Wstał i starając się zachować resztki zdrowego rozsądku, zapłacił w recepcji za Internet, i wrócił do pokoju. Położył się na łóżku i zamknął oczy. Nie rozumiał, co się stało, ale podświadomie wyczuwał, że wydarzyło się coś bardzo niedobrego. Poczuł, że w żołądku ma bryłę lodu. Wcisnął głowę w poduszkę i marzył, by teraz, natychmiast, w tej chwili nastąpił koniec świata.

ROZDZIAŁ XXXVIII

„Błagam Cię, nie dzwoń do mnie więcej. Staram się poskładać swoje życie, a to, co robisz, do niczego nie prowadzi. Tylko mnie dręczysz. Jeśli masz serce, podaruj mi wolność. Wiem, że to boli. Uwierz, mnie też nie jest lekko. Wciąż Cię kocham, ale musimy się rozstać. Nie ma innego wyjścia".

Ewa wysłała wiadomość, wyłączyła telefon i wrzuciła na dno torebki. Dobrze, że Tomasz wreszcie wyszedł na śniadanie, bo przez całą noc drżała ze strachu, że wpadnie na pomysł, by przejrzeć pocztę w jej komórce. Gdy tylko zamknęły się za nim drzwi, spojrzała na ekran i zmartwiała: pięćdziesiąt siedem nieodebranych połączeń z kilkunastu różnych numerów. Wprawdzie żaden z nich nie był numerem Marcina, ale nie miała najmniejszych wątpliwości, że to on tak desperacko próbuje się z nią skontaktować.

Usiadła na łóżku. Tak, wreszcie wie, czego w życiu pragnie. Jej mąż ma sporo wad, ale spędzili ze sobą dużo dobrych chwil i Tomasz zasługuje na to, by dać mu jeszcze jedną szansę. Kuba ma już piętnaście lat. Za trzy, najpóźniej cztery lata zapewne będzie chciał się wyprowadzić z domu. Do tego momentu Ewa musi wytrzymać. Zresztą może nie będzie aż tak źle? Ujawnienie prawdy popsuło relacje między nimi, ale po fazie buntu powinien przyjść czas wybaczenia. Z pewnością będzie to od niej wymagało sporego poświęcenia. Trzeba będzie powściągnąć emocje, trzymać nerwy na wodzy, przynajmniej przez jakiś czas. Ale gra jest tego warta. Jeśli to z Tomaszem przetrwają, przetrwają wszystko. Teraz najważniejsze jest pozytywne myślenie. I jakieś lekkie śniadanie...

Włożyła zwiewną sukienkę i zbiegła na dół. Tomasz pomachał do niej zza stolika ustawionego pod wielkim oknem.

— Gdzie Kuba? Jeszcze śpi? — zapytała Ewa, gdy tylko usiadła przed talerzem z zimnym omletem.

— Mówił, że już jadł śniadanie. Chwilę siedział przy komputerze, a potem poszedł się spakować. Słuchaj, czy ja ci wczoraj dałem lekarstwa?

— Jakie lekarstwa? — zaniepokoiła się Ewa.

— Na malarię. Profilaktycznie trzeba je zażywać codziennie. Mówiłem wam o tym przed wyjazdem. Zostawiłem dla ciebie fiolkę z pigułkami na stole w kuchni.

Ewa wzruszyła ramionami i skubnęła kawałek omletu z talerza Tomasza. Niestety, był tak samo zimny i pozbawiony smaku jak ten, który leżał przed nią.

— Nie jestem chora. Nie będę się faszerowała jakąś chemią. Uważam, że trochę przesadzasz.

— Może i tak, ale proszę cię, połknij to. — Tomasz podał jej pastylkę. — Będę spokojniejszy — szepnął bardziej do siebie niż do niej.

Po śniadaniu wymeldowali się z hotelu i zapakowali do małego busa dalla-dalla, który regularnie, dwa razy dziennie, kursował na linii Stone Town—Nungwi. Ewa delikatnie spytała, czy nie mogliby tych kilkadziesiąt kilometrów przejechać zwykłą taksówką — kosztowałoby to raptem kilka dolarów więcej — ale Tomasz koniecznie chciał, żeby Kuba poznał uroki podróżowania w lokalnym stylu. Chłopak w ponurym desperackim milczeniu godził się na wszystko. Ale gdy usiadł na drewnianej ławce przy pozbawionym szyb oknie, szybko odzyskał dobry nastrój. Nie sposób było się smucić, gdy wokół świat emanował radością życia. Kręta droga biegła przez gaje bananowe i małe wioski, gdzie z otwartych domów dobiegały gorące rytmy w karaibskim stylu. Chwilami asfaltowa wstęga zbliżała się do oceanu i wtedy miejsce rozłożystych, ciemnozielonych bananowców i plantacji ananasów zajmowały szarpane wiatrem palmy kokosowe, a na turkusowym morzu podskakiwały niewielkie łódki z arabskimi trapezowymi żaglami.

Dwa razy bus musiał się zatrzymać przy blokadzie z wielkich beczek po oleju. Żołnierze, bez specjalnego zaangażowania, sprawdzali dokumenty ciemnoskórych pasażerów. Białych turystów ostentacyjnie ignorowali, o co Tomasz nie miał akurat pretensji. Z każdym kilometrem okolica stawała się coraz bardziej dzika, a zieleń po obu stronach drogi bardziej soczysta. Dobry nastrój udzielił się nawet Ewie, która wychylała się przez okno i wdychała słodkie aromaty ziół i kwiatów, bezbłędnie rozpoznając nuty zapachowe będące podstawą najlepszych perfum francuskich domów mody.

— W tych okolicach znajdują się farmy przypraw, gdzie

hodują goździki, cynamon, wanilię i tak dalej... — powiedział Tomasz.

— Musimy tu przyjechać. Koniecznie! — zapaliła się Ewa. — Mówiłam ci, że mam napisać coś o Zanzibarze do działu *podróże*. Farmy zapachów to idealny temat! Powinny tu przyjeżdżać całe wycieczki kobiet. Francuskie Grasse może się schować. Chyba nigdzie indziej na świecie wiatr nie ma takiego zapachu...

— Oczywiście, że musisz to zobaczyć. — Tomasz objął ją i lekko musnął ustami jej szyję. — Ale najpierw zainstalujmy się na plaży. Mam ochotę wreszcie popływać. Koniec z górami, deszczem i popcornem. Teraz czas na ciepłe morze, pieczone steki z tuńczyka i drinki z parasolką!

Nungwi, osada w najbardziej wysuniętej na północ części wyspy, była turystycznym eldorado przede wszystkim dla miłośników nurkowania, którzy zjeżdżali się z całego świata, by pływać na pobliskiej rafie koralowej. Nie brakowało też zwykłych wczasowiczów, którzy szukali tu spokoju, ciszy, pokrytych białym drobnym piaskiem plaż i doskonałej kuchni opartej na wszelkiego rodzaju owocach morza.

Hotele i luksusowe pensjonaty zajmowały cały pas wybrzeża. W głębi lądu, za zieloną linią wysokich traw, leżała murzyńska wioska, której bieda i zacofanie kontrastowały z czystym i schludnym otoczeniem plaży.

— Kiedy tu byłem ostatni raz, szczytem nowoczesności był cementowy barak przychodni — powiedział Tomasz, gdy tylko wprowadzili się do krytej palmowymi liśćmi nowocześnie urządzonej chaty na osiedlu bungalowów, które wyrosło wprost na piasku. Do łagodnie falującego morza mieli nie więcej niż dziesięć kroków. — A za cenę, którą tu

305

teraz musimy zapłacić za jedną noc, w tysiąc dziewięćset dziewięćdziesiątym drugim roku mogłem przeżyć miesiąc. Ciekawe, ile tu teraz zarabia lekarz.

Okrągła chatka miała dwa kryte moskitierą drewniane łóżka i skromną, ale czystą łazienkę. Kuba ze złośliwą satysfakcją zauważył na ścianie kilka dorodnych karaluchów, ale błagalne spojrzenie ojca sprawiło, że nie podzielił się swoim odkryciem z Ewą. Resztę popołudnia spędzili na plaży, ciesząc się ciepłym oceanem i słońcem. Na czystym piasku opalało się kilkanaście rodzin Europejczyków i Amerykanów z pobliskich hoteli. Pomiędzy plażowiczami krążyli czarnoskórzy sprzedawcy okularów przeciwsłonecznych, masajskich ozdób, orzeszków nerkowca czy soczystych, pokrojonych w cząstki kawałków ananasa. Małe dzieci z murzyńskiej wioski chlapały się w płytkiej wodzie razem z kilkoma hałaśliwymi kundlami.

Ewa leżała pod wielkim parasolem i starała się o niczym nie myśleć. Uszło z niej całe napięcie ostatnich dni. Wsłuchiwała się w kojący, miarowy odgłos fal rozbijających się o rafę kilkadziesiąt metrów od brzegu. Obok niej, na dużym ręczniku, opalał się Tomasz. Pogłaskała go po siwiejących skroniach.

— Dziękuję, że mnie tu przywiozłeś.

Spojrzał na nią z czułością.

— Przecież mówiłem ci, że od dawna o tym marzyłem. To naprawdę dobre miejsce do życia. Choć nie mam stąd samych najlepszych wspomnień...

— To dlaczego chciałeś tu wrócić?

Tomasz przekręcił się na brzuch i oparł brodę na pięściach.

— To zupełnie irracjonalne. Ale...

Zawahał się, czy powiedzieć prawdę.

— Chodzi o te sny? — domyśliła się Ewa.

Spojrzał na nią zdziwiony.

— Skąd to wiesz? Mówiłem coś przez sen?

— Od lat w środku nocy budzą mnie twoje monologi. Nie wiem, o czym mówisz, ale wciąż powtarzasz jej imię.

Machinalnie nabrał w dłoń garść piasku i podrzucił, obserwując, jak małe drobinki kwarcu połyskują w słońcu.

— To chyba jest związane z tym, co wyprawia moja podświadomość. Uwierz mi: ja tych snów nie pamiętam. Ale mam wrażenie, że to już minęło. Musiałem się uporać z kilkoma rzeczami, które od lat nie dawały mi spokoju. I mam nadzieję, że przyjazd tu mi w tym pomógł. Zwłaszcza że jesteśmy tu oboje. Razem łatwiej...

Pocałowała go w usta. Spontanicznie, bez zastanowienia.

— Kocham cię, wiesz?

— Wiem. Czemu zawsze pytasz mnie, czy to wiem? Kocham.

— Bo takie rzeczy się powinno wiedzieć.

— A ty wiesz, czy mnie kochasz?

— Wiem!

Odwrócił głowę. Ewa odpowiedziała na jego pytanie zbyt szybko, a potem roześmiała się zbyt głośno.

— Na pewno mnie kochasz?

Spojrzała na niego zaskoczona.

— Oczywiście! Masz jakieś wątpliwości?

Tomasz miał wątpliwości, ale zdawał sobie sprawę, że nie jest to dobry moment na dzielenie się przemyśleniami dotyczącymi zawartości komórki Ewy. Znów przekręcił się na plecy i z ulgą zamknął oczy. Szum fal wypłukiwał z niego złe emocje. Spokój powoli powracał, a wraz z nim bolesne przekonanie, że próba zszycia ich związku jest co najmniej o kilka lat spóźniona. Warto było spróbować, ale bez większych nadziei na sukces. Przez te lata wyrósł między nimi mur. Sam — był tego świadomy — dołożył do niego niejedną cegłę. Nierealna była nadzieja, że jeden krótki wspólny wyjazd wszystko załatwi. Doceniał to, że Ewa odgrywała rolę szczęśliwej żony. On też bardzo się starał, by unikać drażliwych kwestii i zapewnić jej maksimum komfortu i bezpieczeństwa. Może gdyby się na taki wyjazd zdecydowali dziesięć lat temu...

— Chodźmy popływać — zaproponowała Ewa. — Nie wiem, czy tu są rekiny, ale przez pomyłkę wzięłam kostium tak bardzo wycięty, że pewniej będę się czuła, gdy pójdziesz ze mną. Zauważyłeś, jak ci Masajowie na mnie patrzą?

— Jak na piękną krowę.

— No wiesz! — Ewa pokręciła głową zdegustowana. — Myślałam, że stać cię na żarty w lepszym stylu. Ty mnie po prostu nie szanujesz.

— Wręcz przeciwnie! Dla Masajów krowy są najważniejsze i najpiękniejsze na świecie. Porównanie do nich to tu duży komplement.

Ewa wzruszyła ramionami. Komplementy męża w afrykańskim stylu jakoś jej nie bawiły. Na końcu języka miała złośliwą uwagę, by tego typu teksty zostawił sobie dla poznanych w Tanzanii piękności. Ale z ogromnym wysiłkiem się powstrzymała. Próba odbudowy ich związku ma swoją cenę. Tomasz wziął ją za rękę i w milczeniu weszli do ciepłej jak zupa wody. Razem popłynęli w stronę wystających z morza skał, które odsłaniał południowy odpływ.

ROZDZIAŁ XXXIX

— Jesteś zwykłą świnią! Oszustem! A ja starą idiotką, że zaufałam takiej szumowinie.

Doweyko skrzywił się z niesmakiem i odsunął nieco telefon od ucha.

— Pani Anno, powiem szczerze, że jestem zaskoczony i rozczarowany. Zupełnie nie rozumiem, o co pani chodzi? Czyżby miała pani jakieś zastrzeżenia do mojego artykułu w „Głosie Narodu"?

— Masz mnie za wariatkę? Widziałeś okładkę dzisiejszego „Faktu"? Moje zdjęcie na całą stronę z podpisem: *Byłam złą matką — mówi Anna Bonacieux. Czy Julio Esteban Buonaventura, argentyński milioner i najnowszy narzeczony gwiazdy o tym wie?*

Dziennikarz zakrył ręką mikrofon i pochylił się w stronę kierowcy.

— Skręć tu w lewo. Potem będzie kilkaset metrów po strasznych dziurach, musisz uważać na zawieszenie. Nie chciałbym tu gdzieś utknąć.

— Jesteś tam jeszcze, ty parszywy gnoju?! — wrzasnęła Anna Bonacieux.

— Jeżeli jest pani łaskawa mówić do mnie, to jestem i czekam, aż wysunie pani jakieś konkretne zarzuty do mojego tekstu. Przypomnę tylko, że pracuję dla „Głosu Narodu", a nie...

— Ty draniu! Sprzedałeś mnie tabloidom!

— Pani wybaczy, ale proszę mieć pretensję do dziennikarzy podpisanych pod tamtymi niegodziwymi słowami. Jeśli życzy pani sobie rozmawiać o „Głosie Narodu", to ja chętnie...

— Naprawdę masz nadzieję, że ujdzie ci to na sucho? Nie wywiniesz się. Tylko z tobą rozmawiałam. Nikt inny tego nie słyszał. I jakoś nie wierzę w zbiegi okoliczności, gdy wszystkie gazety przytaczają słowa, które powiedziałam tylko raz, jedyny raz w całym życiu. Do ciebie, draniu!

Doweyko ziewnął i przytrzymał się uchwytu nad drzwiami. Rzeczywiście strasznie trzęsło. Samochód brnął po osie w gęstej brei z błota i śniegu. Co chwilę któreś z kół wpadało z jękiem w ukrytą pod warstwą błota dziurę. Amortyzatory wbijały się z głuchym stukotem w podwozie.

— Czy po tej stronie Wisły nie wynaleźli jeszcze asfaltu? — sapnął szofer, ściskając z całych sił kierownicę.

— To pamiątka po niemieckich bombardowaniach w tysiąc dziewięćset trzydziestym dziewiątym — rzucił swobodnie dziennikarz, znów zasłaniając mikrofon. — Szkoda, że nie wzięliśmy z redakcji terenówki prezesa. Byłaby przynajmniej jakaś frajda.

— Pozwę cię do sądu, skurwysynu! — krzyczała Anna. — Nigdy ci tego nie daruję! A jeśli się wywiniesz od więzienia, to znajdę kogoś, kto sprawę załatwi tak, że do końca życia będziesz żałował tych paru złotych, które zarobiłeś, opluwając Annę Bonacieux!

— Nie wiem, dlaczego uparła się pani, by oskarżać mnie o nie moje grzechy. Nie przypominam sobie, by wspominała pani podczas naszej rozmowy o panu Estevezie...

— Estebanie — poprawiła go odruchowo Anna.

— No widzi pani? Nawet nie wiem, jak się ten człowiek nazywa. Naprawdę nie mam nic wspólnego z tymi obrzydliwymi paszkwilami.

— To dlaczego... — aktorka wyraźnie traciła rezon — ...dlaczego oni wiedzieli to, co powiedziałam tam, w cukierni?

— Och! — Doweyko uśmiechnął się do swojego odbicia w brudnej szybie. — Dziennikarze brukowców dysponują dziś gadżetami godnymi Jamesa Bonda. Może ktoś nas podsłuchał? Jest pani absolutnie pewna, że nikt za panią nie szedł? Wydawało mi się, że tuż przed naszym spotkaniem jakiś motocyklista zrobił pani zdjęcie...

— Cholera! To prawda... — Anna Bonacieux zamilkła na moment. — To co... — głos jej się łamał... — to co ja mam zrobić? Co pan radzi?

— No cóż... — westchnął dziennikarz i z satysfakcją odnotował, że gwiazda przestała się do niego zwracać w obraźliwej formie drugiej osoby liczby pojedynczej. — Sprawa nie jest prosta, ale mam pewne znajomości tu i ówdzie. Jeśli brukowce panią opluły, to może powinna pani udzielić szczerego wywiadu jakiemuś kolorowemu tygodnikowi? Odrobina łez, lukru i pięknie wystylizowana sesja zdjęciowa załatwią sprawę.

— Tak pan myśli? — zapytała z nadzieją Bonacieux.

— Oczywiście. Przecież ludzie panią kochają! Jest pani legendą... Przepraszam. Muszę kończyć. Zadzwonię do pani później.

Doweyko dał znak kierowcy, żeby zatrzymał się przed zamkniętą na głucho bramą warsztatu samochodowego.

— Jesteś, kurwa, mistrzem — powiedział do niego kierowca, gdy dziennikarz zamknął telefon i wsunął do kieszeni. — Nie wiem, jak to zrobiłeś. Baba chciała cię zabić, a ty w dziesięć minut namówiłeś ją na kolejny wywiad, za który zgarniesz dwa razy większą kaskę niż za ten paszkwil w naszym „Fakcie".

— Jeżeli coś można sprzedać dwa razy, to dlaczego nie spróbować? — zaśmiał się Doweyko. — Ale teraz czeka nas trudniejsze zadanie. Masz aparat?

Jego kolega sięgnął na tylne siedzenie i wyciągnął ciężkiego nikona z długim obiektywem.

— Świetnie. Więc uważaj. Jeśli facet będzie agresywny, zrób kilka zdjęć i spadamy. Szczerze mówiąc, na to właśnie liczę. Pasuje mi do obrazka: mąż łapówkarz, synek łobuz, żona dziwka, kochanek bandyta. Wszystko się zgadza.

— A jeśli cię zaprosi do domu i tam dopiero da ci w mordę?

— Cóż... — Doweyko wzruszył ramionami — ryzyko zawodowe. Ale to mało prawdopodobne. Jeżeli jest prymitywnym bandziorem, to skorzysta z pierwszej okazji. Wyczuję go. Uwierz, to nie jest pierwsza moja taka sprawa. A jeśli wejdę do niego do domu... No, wiesz... Staropolska gościnność. Gość w dom, Bóg w dom. Dam sobie radę. Jeszcze zobaczysz... poczęstuje mnie herbatą.

Dziennikarz trzasnął drzwiami od samochodu i otulił się szczelnie płaszczem. Zacinał nieprzyjemny deszcz ze śniegiem. Do zmierzchu zostały jeszcze dwie godziny, ale nisko wiszące czarne chmury sprawiały, że miało się wrażenie, iż zaraz zapadnie noc.

Drzwi otworzyła szara, zmęczona kobieta.

— Dzień dobry. — Doweyko ciekawie zajrzał do prostej, obwieszonej płaszczami sionki. — Ja do Marcina Zaremby. To pani syn, prawda?

Kobieta wzruszyła ramionami.

— No i co z tego? Na urlopie jest.

— Ale koledzy mówili, że znajdę go w domu. Nigdzie nie wyjechał, prawda? — Dziennikarz posłał kobiecie swój najbardziej szczery uśmiech, ale nic nie wskazywało, by odniosło to jakiś skutek.

— Nie wyjechał. Ale w domu też go nie ma.

— Świetnie! — zaśmiał się Doweyko. — Więc gdzie jest, jeśli nigdzie go nie ma?

— Pan do mnie?

Dziennikarz się odwrócił. Drzwi do garażu były otwarte i stał w nich dobrze zbudowany mężczyzna w ubrudzonym smarem kombinezonie.

— Marcin? — Doweyko przetarł okulary i przyjrzał się dokładniej sylwetce na tle garażu. — Wiedziałem, że piszesz w „Świecie Aut", ale myślałem, że pracują tam sami czarusie, którzy z każdą pierdołą latają do autoryzowanego serwisu. A tu widzę... To warsztat twojego ojca? Można rzucić okiem?

— Po co pan przyszedł? — zapytał Marcin, ale wpuścił Doweykę do środka.

— Piękna sztuka! — Doweyko aż zagwizdał z wrażenia. — To jaguar? — Poklepał chromowaną osłonę chłodnicy.

— Nie, cadillac. Nie zna się pan na samochodach, panie...

— Doweyko. Krzysztof Doweyko z „Głosu Narodu". Kolega po fachu, że tak powiem...

Marcin umył ręce nad dużym żeliwnym zlewem i wytarł je papierowym ręcznikiem.

— Co pana do mnie sprowadza, „kolego po fachu"?

Doweyko uśmiechnął się nieśmiało i wyciągnął papierosy.

— Zapalisz?

Marcin pokręcił głową.

— Trudno. Sprawa jest delikatna. Chodzi o Ewę Jaworską...

— Tak...?

Dziennikarz pstryknął zapalniczką i zaciągnął się dymem.

— Niezły kocioł się zrobił wokół niej. Ale możemy jej pomóc. Przecież ci na niej zależy, prawda?

Marcin podszedł do drzwi warsztatu i starannie je zamknął.

— To ty napisałeś te bzdury w „Fakcie"?

— Chyba żartujesz! Mówiłem ci, że pracuję w „Głosie Narodu".

— Nie ma takiej gazety.

Doweyko zaśmiał się i pokiwał głową z uznaniem.

— Brawo! Jesteś inteligentny. To bardzo dobrze. Widzę, że się dogadamy, bo tak naprawdę mamy wspólne interesy.

— Nie sądzę.

— Słuchaj. Mogę mówić szczerze? No dobrze, nie musisz odpowiadać. Przedstawię ci pewną propozycję, która powinna cię zainteresować. Otóż zależy mi na tym, by usadzić na dłużej męża twojej znajomej. Bo jeszcze są małżeństwem, prawda? Jaworski naraził się pewnym wysoko postawionym osobom, które są przyjaciółmi moich przyjaciół. Poza tym jest to dość nieprzyjemna postać, która, z tego, co wiem, stoi na drodze do twojego szczęścia. Mówiłem, że mamy wspólne interesy...

— A ja mówiłem, że nie sądzę.

Dziennikarz spojrzał na niego z politowaniem.

— Rozczarowujesz mnie. Myślałem, że naprawdę ją kochasz.

— Uważaj na słowa — ostrzegł go Marcin obojętnym, chłodnym tonem.

— Dlaczego? Miłość to piękna rzecz, choć czasami wymaga większych poświęceń, niż się nam na początku wydawało.

Marcin otworzył maskę cadillaca i zaczął przecierać szmatką zawory silnika. Doweyko stanął tuż obok niego.

— Jeśli zewrzemy szeregi, uda nam się osiągnąć dwa cele: Jaworski dostanie po łapkach, a ty będziesz miał piękną Ewę na wyłączność. Zła perspektywa?

— Co miałbym dla ciebie zrobić?

Dziennikarz wyciągnął z kieszeni chusteczkę i przetarł zaparowane szkła okularów. Nawet nie przypuszczał, że tak łatwo pójdzie. Uśmiechnął się do Marcina.

— Pomóż mi. Daj coś, za co można byłoby usadzić tego doktorka. Przecież nie rozmawialiście przez te kilka miesięcy z Ewą wyłącznie o miłości, muzyce i czarującym blasku księżyca. Wszyscy mają jakieś kłopoty finansowe, robią drobne świństewka. Może Ewa ci wspominała o problemach męża w pracy, narzekała na jakieś namolne pacjentki, skarżyła się na seksowne pielęgniarki na nocnych dyżurach? Mówiła ci, ile on pije? Przecież wszyscy lekarze piją, prawda? Wiem... Jesteś uczciwym chłopakiem i wolałbyś to z Jaworskim załatwić o poranku, w lasku, za pomocą szabli lub pistoletów, zgodnie z regułami kodeksu Boziewicza...

— Masz rację. Jestem uczciwym chłopakiem.

Doweyko się skrzywił. Ta rozmowa zaczynała go nużyć.

— Zastanów się. Kochasz ją czy nie?

Uderzył go, nawet się nie zamachnąwszy, łokciem w podbródek. Doweyko machał rękami i runął na stolik zastawiony starymi kubkami po herbacie i narzędziami. Nim zdążył się podnieść, Marcin złapał go za klapy płaszcza i z ogromną siłą pchnął na ścianę. Zrobił krok do tyłu i walnął pięścią w splot słoneczny. Dziennikarz jęknął i osunął się po ścianie na cementową posadzkę. Upadając, kopnął miskę ze starym olejem silnikowym. Marcin zaklął i odskoczył, potykając się o stos opon. Doweyko wykorzystał ten moment i rzucił się do drzwi warsztatu. Szarpnął klamkę i zataczając się, wybiegł na dwór. Oślepił go blask flesza.

— Nie mnie, idioto! Jemu rób zdjęcia!

Zdezorientowany kierowca opuścił aparat. W tym samym momencie usłyszeli potężny huk, a tylna szyba w ich samochodzie roztrzaskała się w drobny mak. Na ganku domu stał starszy mężczyzna i mierzył do nich ze sztucera.

— Co ty, kurwa, robisz?! — wrzasnął Doweyko i kucnął, kryjąc się za rzędem rachitycznych tujek przy siatce ogrodzenia.

Kierowca, który stał w połowie drogi pomiędzy samochodem a mężczyzną ze sztucerem, zdezorientowany upuścił w błoto aparat fotograficzny i podniósł ręce do góry.

— Radzę wam się stąd zabierać. Tata ma kiepski wzrok. Jak go znam, nie celował w auto... — wycedził Marcin, stając w drzwiach warsztatu.

Mężczyźni szybko dopadli do samochodu. Doweyko wychylił się przez okno.

— Proszę, przemyśl jeszcze moją propozycję! Zadzwonię do ciebie za dwie godziny!

Kierowca ruszył, rozchlapując błoto, i popatrzył na dziennikarza z mieszaniną niechęci i podziwu.

— Ty się, kurwa, nigdy nie zniechęcasz, prawda?

ROZDZIAŁ XL

— Tom, to naprawdę ty?

Szpakowaty, niezwykle chudy Murzyn w okularach w drucianych oprawkach przecisnął się przez tłum rozbawionych turystów i usiadł na wysokim stołku obok Jaworskiego.

— Posiwiałeś.

— Ty też!

Uścisnęli sobie dłonie.

— To Nelson Habari, lekarz, z którym kiedyś pracowałem w tutejszej przychodni — powiedział Tomasz do Ewy. — A to moja rodzina: Ewa i Kuba. Kubę na pewno pamiętasz, choć nie sądzę, żebyś go rozpoznał na ulicy.

Lekarz długo wpatrywał się w twarz chłopca. W końcu roześmiał się i poklepał go po policzku.

— Gdy cię ostatnio widziałem, miałeś nie więcej niż trzy miesiące. Kawał byka z ciebie się zrobił! Mama byłaby dumna.

— Znał pan moją mamę? — ucieszył się Kuba.

— Oczywiście. Moje dzieci bardzo ją lubiły. Nazywały ją „dobrą panią", bo zawsze dawała im cukierki. W tamtych czasach nie było tu jeszcze tak wielu turystów. Nikt inny ich tak nie rozpieszczał... — Odwrócił się do Tomasza. — Wiesz, że wcale mnie to nie dziwi, że cię widzę? Śniłeś mi się kilka dni temu. Powiedziałeś, że znów będziesz pracował w naszej przychodni.

— Ja ci to powiedziałem?

— Przyszedłeś do mnie we śnie. Nie do końca ufam snom, ale skoro po piętnastu latach mi się śni, że przyjechałeś, a zaraz potem rzeczywiście przyjeżdżasz, to... sprawa jest jasna. — Czarnoskóry lekarz postukał dłonią w kontuar, a kelner bez słowa postawił przed nim szklankę piwa.

Jaworski z uśmiechem pokręcił głową.

— Przykro mi, ale jestem zwykłym turystą. Przyjechałem na kilka dni odpocząć, a przy okazji pokazać Kubie miejsca, które powinny zawsze być w jego sercu.

Nelson popatrzył na niego z sympatią.

— Mówiłem, że mi się śniłeś. Przyjechałeś mi pomóc... Ale do tego jeszcze wrócimy. Czym się zajmuje twoja żona?

— Pracuję w gazecie — powiedziała Ewa i upiła łyk kolorowego drinka. — Piszę różne artykuły.

Nelson pokręcił głową i spojrzał na Jaworskiego z wyrzutem.

— Twoja żona jest bardzo chuda. Musisz o nią lepiej dbać.

Ewa roześmiała się i przytuliła do ramienia Tomasza.

— Widzisz, kochanie... nawet twój przyjaciel z Zanzibaru zauważył, że mnie zaniedbałeś.

— W takim razie zostawiam was i pójdę z Kubą zorganizować coś do jedzenia.

Jaworski poklepał syna po plecach i razem ruszyli w stronę zaplecza baru.

Lekarz wziął Ewę za łokieć i poprowadził kilka kroków w stronę morza.

— Jest pani dziennikarką? To musi pani koniecznie napisać coś o naszej wyspie. Potrzebujemy reklamy, żeby przyjechało do nas więcej bogatych turystów z Europy. Proszę spojrzeć w górę. Czy widziała pani gdzieś na świecie piękniejsze gwiazdy?

Ewa wybuchnęła śmiechem.

— Ale pan umie czarować kobiety... Gwiazdy mam na co dzień w mojej gazecie. Za to drinki są tu rzeczywiście fantastyczne. Bardzo miły ten bar na plaży. Jak on się nazywa... Tomasz mi mówił...

— Nazywamy go U Chola, na pamiątkę pierwszego właściciela, który jakiś czas temu zniknął, aresztowany za pokątne sprzedawanie marihuany. Albo za przekręty podatkowe? — Czarnoskóry lekarz ściągnął brwi. — ...Już nie pamiętam. Nie ma tu żadnego szyldu, ale jest duch Chola i to wystarczy.

— Nie tylko duch. Już dwa razy jacyś młodzi ludzie próbowali nam sprzedać narkotyki.

Nelson westchnął.

— To policyjni prowokatorzy. Aż dziw, że wciąż znajdują się chętni na ich usługi. Przecież wszyscy ich znają! Najpierw sprzedają turystom towar, później aresztują, a wreszcie wypuszczają za studolarowy banknot. Powiem pani, że widziałem, jak niektórzy turyści specjalnie kupują od nich zioło, żeby potem poczuć dreszczyk emocji, gdy facet w mundurze zatrzaskuje im na przegubach nadgarstki i brutalnie rzuca na maskę policyjnego land-rovera. Tyle zabawy za jedyne sto dolarów...

Usiedli na odwróconej do góry dnem łodzi.

— Mam nadzieję, że Kuba znalazł w pani drugą matkę — powiedział Nelson, poważniejąc. — Bardzo tutaj wszyscy martwiliśmy się o Toma i małego Kubę.

— Jak pan sam widzi, Kuba wyrósł na prawdziwego mężczyznę — odpowiedziała Ewa.

Ktoś wyłączył w barze muzykę i zapadła cisza, przerywana miarowymi uderzeniami fal o brzeg.

— Dopiero jedenasta. Już zamykają? — zdziwiła się Ewa.

— Nie! Skądże — zaśmiał się mężczyzna. — To dopiero początek wieczoru. Chyba przyszedł czas na jakąś atrakcję.

I rzeczywiście. Na piasku przed barem rozstawili swój sprzęt połykacze ognia. Po chwili z przenośnej wieży stereo popłynęła tajemnicza niepokojąca melodia, w takt której trzej ciemnoskórzy akrobaci zaczęli wirować, malując pochodniami w powietrzu płomieniste kręgi.

— Mój syn pracuje w jednym z hoteli jako przewodnik. Jutro wybiera się z grupą ze Skandynawii na „wonne safari". Może pani do nich dołączyć... — zaproponował Nelson, obserwując z sympatią zapatrzoną w ogień Ewę.

— Co to jest „wonne safari"? Brzmi kusząco.

— Och, to tylko taka górnolotna nazwa. Po prostu jadą autokarem do dużego gospodarstwa w okolicy. Uprawia się tam przyprawy i owoce. To jedna z naszych wyspiarskich specjalności. Jeśli chce pani napisać o nas w gazecie, nie można tego nie zobaczyć.

— W takim razie chętnie się wybiorę. Tylko nie wiem, czy moi dzielni mężczyźni...

— Proszę się o nich nie martwić. Zajmę się Tomaszem i Kubą... W końcu przyjechali tu, żeby odwiedzić stare kąty.

Oprowadzę ich po przychodni. Widzę, że skończyła pani drinka. Jeszcze raz to samo?

Ewa skinęła głową i podała lekarzowi pustą szklankę. Była już trochę wstawiona, a miała ochotę się upić. Nareszcie może się wyszaleć jak za dawnych studenckich lat. Koniec z kontrolowaniem każdego gestu. Dość nękania telefonami, dość SMS-ów. Po prostu czysta zabawa. Odprowadziła wzrokiem Nelsona, który pewnym krokiem wkroczył w krąg światła, wyminął tancerzy i skierował się do baru.

Ewa została sama. Tancerze wciąż wirowali, otaczając się pulsującymi ognistymi kręgami. Coś jednak było nie tak. Drgnęła niespokojnie. Stała na wilgotnym piasku i co kilkanaście sekund fala moczyła jej stopy aż do kostek. Odwróciła się i spojrzała w czarną czeluść. Serce mocno jej zabiło. Przed sekundą wydawało jej się, że czuje na sobie czyjeś spojrzenie. Ale otaczała ją tropikalna noc, a kilka metrów od niej goście baru przyglądali się pokazowi tancerzy, nagradzając oklaskami ryzykowne ewolucje.

— *Mtoto nzuri.*

Ewa aż odskoczyła. Tuż obok niej stała stara pomarszczona kobieta w spranym batikowym zawoju. Uśmiechała się bezzębnymi ustami. Dotknęła jej kościstą ręką i powtórzyła swoje słowa niczym zaklęcie. Ewa stała jak zaczarowana, patrząc w mądre oczy sędziwej Murzynki. Fale oceanu lizały im stopy.

— Chodź! — Tomasz wziął Ewę za rękę i wciągnął w krąg światła. — Oficjalnie kuchnia jest już zamknięta, ale udało się, po starej znajomości, zorganizować coś do jedzenia. Nie wiem jak ty, ale ja umieram z głodu. A specjalnością tego lokalu są absolutnie rewelacyjne owoce morza...

Ewa obróciła się, ale staruszka zniknęła, a może zasłonili ją roześmiani wczasowicze, pociągający przez słomki kolorowe drinki.

Nad barem znajdowała się restauracja, do której wstęp mieli tylko wybrani goście. Nelson i Jaworscy usiedli na poduszkach przy niskim stole. W okrągłej misie kucharz podał rodzaj gulaszu z ryb, krewetek i warzyw. Każdy dostał talerzyk z porcją kukurydzianego purée, z którego należało utoczyć małe kulki i maczać w aromatycznym gulaszu. Ewa, po chwili wahania, opowiedziała o spotkaniu ze staruszką. Tomasz się roześmiał, ale czarnoskóry lekarz miał kwaśną minę.

— To chyba nasza wioskowa wiedźma. Lepiej omijać ją z daleka.

— Ale nie powiedziała ci niczego złego. Nie masz się czego obawiać — uspokoił Ewę Tomasz. — *Mtoto nzuri?* Tak? No cóż, myślę, że chciała cię pochwalić. Może nas obserwowała i zobaczyła Kubę. Jak na tutejsze warunki, on rzeczywiście jest *mtoto nzuri*.

— A co to znaczy? — dopytywał się Kuba, widząc rozbawienie ojca.

— „Ładne dziecko" — odpowiedział Nelson i za pomocą spłaszczonej kukurydzianej kulki nałożył sobie na talerz imponującą porcję gulaszu. — To, co powiedziała, to rzeczywiście chyba nic złego, ale na przyszłość lepiej się od wiedźm trzymać z daleka.

— Nie przesadzaj. — Tomasz machnął ręką. — Przeszedłem się po południu po wiosce i po prostu nie można nie zauważyć, jak bardzo się to wszystko unowocześniło. Jak na mój gust nawet trochę za bardzo. Wyobraź sobie, że nigdzie nie mogłem dostać piwa bananowego, a w barze zbitym ze starych zmurszałych desek, niedaleko portu, proponują już nie tylko coca-colę, ale i café latte i cappuccino.

— To przez jedną Amerykankę, która przyjechała tu dwa lata temu i postawiła sobie za punkt honoru zrobienie z Nungwi zwykłego nudnego kurortu — westchnął Nelson. — Otworzyła przy targu, zaraz obok przychodni, kawiarnię, rodzaj Starbucksa. I oczywiście biali turyści walą do niej drzwiami i oknami. A przez to w miejscowych barach wszyscy zaczęli ją naśladować. Stąd w menu te latte, mocha espresso i cappuccino. Ale nie dajcie się zwieść pozorom. Łatwiej wprowadzić nowe zwyczaje picia kawy niż zmienić dusze ludzi.

— Co masz na myśli? — zaniepokoił się Tomasz.

Nelson zamilkł na moment i spojrzał wymownie na Kubę i Ewę.

— Możesz przy nich mówić. Nie mamy przed sobą tajemnic.

— Więc dobrze — zaczął. — Wiesz, że dwa miesiące temu wrócił tu popobawa?

— Kto? — zdziwiła się Ewa.

— Proszę... Jesteś lekarzem. Nie opowiadaj bajek — żachnął się Tomasz.

— Popobawa to zły duch. Człowiek ze skrzydłami nietoperza, który w nocy bezszelestnie frunie nad falami oceanu. Gdy upatrzy sobie jakąś osadę na wybrzeżu, sprowadza choroby, niszczy uprawy i zatruwa umysły ludzi — tłumaczył Nelson. — Ja oczywiście w to nie wierzę, ale mówię to ku przestrodze, bo miejscowi święcie wierzą w popobawę. Do tego stopnia, że mogą posunąć się do morderstwa.

— O czym ty mówisz?! — Tomasz spojrzał z niepokojem na szpakowatego lekarza.

Nelson, zanim odpowiedział, nalał sobie z dzbanka wodę i wypił ją duszkiem.

— Przed waszym przyjazdem, dosłownie kilka dni temu, w samo południe przejeżdżał przez wioskę jakiś obcy facet na rowerze. Ktoś pokazał go palcem i rzucił oskarżenie, że gość wygląda jak popobawa. To o tyle zabawne, że nikt jeszcze popobawy nie widział. Ale wystarczył cień podejrzenia. Najpierw faceta zrzucono z roweru, potem ktoś cisnął kamień, jeszcze jeden i jeszcze... Zleciały się baby z targu, rybacy, którzy naprawiali sieci, dzieci wyszły ze szkoły. Kamienie rzucali wszyscy. Na koniec polali go benzyną i spalili. Razem z rowerem, na którym przyjechał. Tak wygląda prawda o nowoczesnej wiosce, w której możesz w każdym barze zamówić cappuccino. Wiem, bo wszystko rozegrało się na placu targowym tuż pod oknami przychodni.

— A co na to policja? — zapytał Kuba, bardziej zaintrygowany niż przestraszony.

— Przyjechali ze Stone Town, spisali zeznania i odjechali. Przecież nie zamkną całej wioski! A wiecie, co jest w tym wszystkim najdziwniejsze? Że rzeczywiście jeszcze tego wieczoru mogłem odesłać wszystkich chorych do domu. Po prostu wyzdrowieli. Tak jakby całe zło odeszło.

— Świetnie! — Tomasz zatarł ręce ze sztucznym entuzjazmem. — To popobawę mamy już z głowy!

— Na jakiś czas tak... — pokiwał głową Nelson. — Ale tylko na jakiś czas. Wiedźmę, którą widziała dziś Ewa, zabijaliśmy już trzy razy...

ROZDZIAŁ XLI

Smukły chłopak kilkoma precyzyjnymi ruchami maczety ociosał orzech, a z uciętego czubka zrobił łyżeczkę, którą, po wypiciu mleczka, można było wyskrobać z wnętrza smakowity miąższ. Ewa jedną ręką przytrzymała okulary przeciwsłoneczne, a drugą wygrzebała z torebki mały aparat fotograficzny. Z przyjemnością wciągnęła powietrze przesycone aromatem wanilii i słodkiej mieszanki owoców i przypraw. Zrobiła kilka zdjęć oprawiającemu kokosy chłopcu i sącząc przez słomkę prosto z kokosa przezroczyste mleczko, ruszyła w kierunku turystek zgromadzonych wokół przewodnika. Ambros, prawie trzydziestoletni syn Nelsona, niezbyt dobrze sobie radził, próbując zapanować nad rozchichotaną grupą szwedzkich emerytek. Starsze panie były w doskonałych nastrojach i dokazywały jak gimnazjalistki na szkolnej wycieczce. Przewodnik już po kilku minutach miał dosyć przekrzykiwania chóru rozbawionych babć, które ewidentnie podczas śniadania wypiły o jedną lampkę szampana za dużo. Dlatego oprowadzanie wycieczki po farmie ograniczył do niezbędnego minimum. W ekspresowym tempie pokazał swoim podopiecznym poletko trawy cytrynowej i rosnące obok krzaki cynamonowca. Naciął nożem kłącze kurkumy, żeby wydobyć ze środka intensywnie żółty sok, a później rozkopał ziemię, wydobywając na powierzchnię bulwy imbiru. Tylko machnął ręką w kierunku drzewa curry i waniliowych pnączy, po czym zostawił grupę przy przypominających kształtem maliny owocach liczi, rekomendując je jako „najsmaczniejsze owoce na świecie". Nie zawracał sobie głowy oprowadzaniem turystów po gaju, w którym rosły trzy gatunki bananów, ananasy i drzewa mango. Ewa nie miała mu tego za złe. I tak najbardziej podobał jej się podsunięty rano przez Nelsona pomysł, by przespacerowała się alejkami farmy z zamkniętymi oczami, kierując się zapachem owoców i ziół. W ten sposób mogła zdać się na swoje wyostrzone zmysły i odkryć nieznane cudowne aromaty. Gdy tylko Ambros dał hasło do samodzielnego zwiedzania, Ewa zacisnęła powieki i wolno, po omacku ruszyła piaszczystą ścieżką na poszukiwanie najsłodszych zapachów. Szybko jednak odkryła, że nieustanna analiza atakujących ją ze wszystkich stron woni zwyczajnie ją męczy. Dlatego gdy grupa głośno wyrażających swój zachwyt turystek z Uppsali znikła za równymi rzędami kakaowców, Ewa usiadła na ławce, nieopodal niepozornych zielonych chaszczy, które — jak informowała stosowna tabliczka — rodziły jedną z najdroższych przypraw świata, kardamon.

Spojrzała na zegarek i uśmiechnęła się do siebie. Jej życie w Warszawie było wyliczone co do minuty. Polegało na nieustannym bieganiu między domem a pracą, Tomaszem a Marcinem, służbowymi wyjściami na konferencje prasowe, wywiadami. W samej redakcji też był ustalony rytm pracy: zgłaszanie tematów, zebrania, pisanie tekstów, redagowanie, negocjacje z grafikami, by jak najmniej trzeba było dopisywać bądź skracać gotowe teksty na komputerowych makietach, nieustanna presja deadline'ów zwykłych, skróconych i świątecznych... To wszystko tutaj w ogóle nie miało znaczenia. Życie toczyło się w innym rytmie. Mogła siedzieć na ławce albo położyć się na trawie i wdychać czyste, pachnące kardamonem powietrze, aż kierowca autobusu zatrąbi, informując wszystkich, że warto wracać na obiad do Nungwi. Ma godzinę, może dwie, albo trzy... Któż to wie? Czas tu nie biegł linearnie jak w Europie, odmierzany rytmicznym ruchem wskazówek sekundnika, tylko po afrykańsku — od jednego wydarzenia do drugiego. Zegarek mogła zostawić w walizce. Tu był tylko nikomu niepotrzebnym gadżetem.

Obejrzała się za siebie. Była sama. Szwedzkie emerytki całym stadem wybrały się na spacer do gaju bananowego, gdzie, chichocząc, robiły sobie zdjęcia z kwiatostanami bananowca, przypominającymi wielkie kolorowe penisy. W koronie mangowca świergotały jaskrawo upierzone ptaki. Ewa sprawdziła uważnie, czy na trawie przy krzewie kardamonu nie ma mrówek, i z rozkoszą wyciągnęła się na miękkim zielonym dywanie. Otarła papierową chusteczką spoconą twarz i wyjęła z torebki telefon. Włączyła go, wpisała PIN i czekając na zalogowanie do sieci, wystawiła twarz do słońca. Nareszcie ma czas, by zastanowić się nad propozycją naczelnego. Czy przyjęcie oferowanego jej stanowiska to rzeczywiście dobry pomysł? Musiała przed samą sobą przyznać, że kusiła ją możliwość rozwinięcia skrzydeł.

Od jakiegoś czasu nudziła ją powtarzalność tematów. Jej artykuły w dziale *psychologia i seks* tak naprawdę wciąż krążyły wokół tych samych spraw. I nie mogło być inaczej, skoro badania focusowe potwierdziły, że czytelniczki jej magazynu najbardziej interesują takie rzeczy jak zdrada, relacje partnerskie czy poprawienie sprawności seksualnej. Teraz ma szansę spróbować czegoś nowego. Przecież interesuje się życiem zagranicznych gwiazd. Czuła, że może o wiele lepiej od Mileny prowadzić wywiady z aktorami i muzykami. Już w maju mogłaby wyskoczyć na dwa tygodnie do Cannes. Na przełomie sierpnia i września wybierze się na festiwal filmowy do Wenecji. Może spotka Brada Pitta albo Russella Crowe'a? Na pewno będzie George Clooney, w końcu przecież mieszka we Włoszech, gdzieś w willi nad jeziorem Como. Uśmiechnęła się do siebie. Tak, to jest wyzwanie! Oczami duszy zobaczyła, jak najpierw przeprowadza wywiad z przystojnym doktorem Rossem, albo jeszcze lepiej: na wielkiej konferencji prasowej, gdzie są setki dziennikarzy z całego świata i zadają jakieś idiotyczne, beznadziejnie słabe pytania, nagle wstaje ona, bierze mikrofon i mówi: „George, co dziś zrobiłeś dla pokoju na świecie?". I wszyscy patrzą na nią z podziwem. A potem kelner w liberii podaje jej liścik od aktora. Spotyka się z George'em na kolacji, i...

Otworzyła oczy i sięgnęła po leżące obok niej na trawie soczyste mango. Z drugiej strony przejście do działu zagranicznego nieuchronnie wiąże się z opuszczeniem bezpiecznej, wygodnej niszy, w której była przez tyle lat. Będzie musiała włożyć w nowe obowiązki więcej serca, wysiłku i czasu. Czy to się opłaci? Jeszcze niedawno odpowiedziałaby bez namysłu: tak! Chętnie szła do pracy. W domu był nudny mąż i irytujący syn. A w redakcji czekał na nią ekscytujący ciekawy świat. No i Marcin... Marcin... Spojrzała na wyświetlacz komórki. Znów kilkadziesiąt nieodebranych połączeń. Dlaczego pisał, żeby wyłączyła telefon, skoro później do niej wydzwania? I to z różnych telefonów. A jeśli nie on, to kto?

Szybko przejrzała spis numerów, z których dzwoniono do niej w ciągu ostatnich dwóch dni. Serce zabiło jej mocno. Znalazła komórkę naczelnego, Konstantego i Sandry. Co się mogło wydarzyć? Zawahała się, po czym wystukała numer Marcina. Odebrał od razu, jakby czekał na jej telefon.

— Co się stało? — zapytała bez żadnego wstępu.

— A co wiesz? — głos Marcina był czysty i wyraźny, jakby stał tuż obok niej i nie dzieliło ich pół świata.

— Jeszcze nic, oprócz tego, że mnóstwo ludzi próbuje się do mnie dodzwonić. Zgodnie z twoją radą wyłączyłam komórkę, ale muszę przyznać, że zaczynam się tym wszystkim martwić. A nawet... Cholera! Jestem przerażona! Mów wreszcie, co się tam dzieje?

— Nie chcę ci psuć urlopu... — zaczął Marcin ostrożnie — ...więc zastanów się, czy jednak nie byłoby lepiej, żebyś znów wyłączyła telefon i zadzwoniła do mnie dopiero z lotniska.

— Zwariowałeś? Już zaczęłam się trząść ze strachu. Proszę, powiedz mi szybko, o co chodzi, albo zadzwonię do kogoś innego!

— Dobrze. Postaram się to przekazać jak najłagodniej. Pamiętasz tę aktorkę, twoją znajomą, którą spotkaliśmy w operze?

— Annę? No oczywiście! Co z nią?

— Od kilku dni jest na okładkach brukowców.

— Zdarza się. I co z tego? Jaki to ma związek... O Boże! Umarła? A nic nie wskazywało na to, że z nią kiepsko! Ewa uniosła się tak gwałtownie, że jej ciemne okulary potoczyły się aż na piaszczystą ścieżkę.

— Nie. Nie chodzi o nią. Ta aktorka jest tylko wabikiem dla tłumów. Sprawa dotyczy twojego męża. Chyba się komuś naraził i w mediach trwa na niego nagonka. Chodzi o to, że podobno wziął jakąś łapówkę... A może dał? Nie śledziłem tego aż tak dokładnie. I Anna Bonacieux występuje tam jako babcia Kuby. Zresztą Kubie też się od prasy dostało. Czy to prawda, że jest faszystą?

— O czym ty mówisz?

— Jest też jeszcze coś, o czym powinnaś wiedzieć. Jedna z gazet napisała o nas. I to w dość niepochlebnym, sensacyjnym tonie.

— O mnie i o tobie?

— Niestety. A wszystko po to, żeby udowodnić, że tworzycie patologiczną rodzinkę. Przykro mi, że dowiadujesz się o tym w ten sposób, ale chyba lepiej, żeby ci to powiedział ktoś, kto cię... ktoś ci życzliwy niż jakaś szumowina z brukowców. U mnie też już byli i wypytywali o twojego męża. Moim zdaniem powinnaś go jakoś ostrzec. Zwłaszcza jeśli podjęłaś już decyzję i... no wiesz. Chcesz z nim... chcesz do niego wrócić. Bo chcesz, prawda?

Ewa usiadła na trawie i oparła się o pień mangowca. Było jej duszno.

— Marcin... Jak to się stało? Boże... Co ja... Co my teraz zrobimy?

— Jeśli chcesz mojej rady, to postaraj się przeczekać. Przecież sama wiesz, jak to się robi w gazetach. Jeśli nie będzie żadnych nowych informacji, skandali, czy choćby polemicznych wypowiedzi, to wszystko szybko się wypali i znudzone media rzucą się na kogoś innego. Dlatego mówiłem ci, żebyś wyłączyła telefon. Niczego nie potwierdzaj, niczemu nie zaprzeczaj. I... nawet nie wiesz, jakie to dla mnie trudne... Nie odchodź teraz od Tomasza. Powinniście przejść przez to razem.

— Już mnie nie kochasz, prawda?

— Nie. Nieprawda. Ale teraz potrzebujecie się nawzajem bardziej niż kiedykolwiek. Jak Bill i Hillary Clinton podczas afery z Moniką Lewinsky. Pamiętasz to? Ja cię naprawdę kocham. Dlatego poczekam.

Ewa zatrzasnęła klapkę telefonu i z wysiłkiem dźwignęła się z trawy. Powoli docierało do niej to, co powiedział Marcin. Tomasz... Łapówka... To jakiś absurd! Kosmiczne nieporozumienie. Łatwo będzie wyjaśnić, zaprzeczyć, podać oszczercę do sądu. Ale Kuba... Przecież on taki nie jest. A tu w gazetach... Faszysta? Owszem, jakiś czas temu wpadł w dziwne towarzystwo. Rozmawiali o tym z Tomaszem. Ci harcerze byli jacyś dziwni, nie przypominali zuchów z czasów, gdy ona chodziła do szkoły. Ale dlaczego ktoś się uwziął na nią i Marcina. Przecież to prywatna sprawa. Między dwojgiem dorosłych ludzi! Romans? Zdarza się. Nie jest premierem ani nawet posłanką. O co w tym wszystkim chodzi? Ktoś chce zniszczyć jej życie? Może Milena? Ale żeby miała aż tak mocne plecy? Prywatna wendeta... To nie do pomyślenia. I co teraz ma zrobić? Tomasz dowie się o Marcinie. A tak się starała, by pozacierać wszystkie ślady.

Jej życie właśnie wychodziło na prostą. Po tylu ostrych zakrętach, nareszcie. A tu tak... Zapachy świeżych owoców, goździków, wanilii i cynamonu teraz ją tylko drażniły. Z trudem łapała hausty gęstego gorącego powietrza. Powłócząc nogami, ruszyła w kierunku rozbawionych emerytek, które odkryły, że łupinki liczi mogą im służyć jako szminki, i malowały się ze śmiechem, wyrywając sobie z rąk czerwone skórki. Ewa zacisnęła powieki i poczuła, że żołądek podchodzi jej do gardła. Zrobiła jeszcze kilka kroków i się zachwiała. Nie widziała, jak skandynawskie turystki podbiegają do niej i pomagają ułożyć się na puszystej trawie cytrynowej, w cieniu starego kakaowca. Nie czuła, jak Ambros spryskuje jej twarz wodą. Zapadała się coraz głębiej i głębiej w ciemną jaskinię bez dna. Straciła przytomność.

ROZDZIAŁ XLII

— No nie! Znów się spotykamy! Ale tym razem się spóźniłeś, doktorku. Ktoś inny już zebrał mnie do kupy. Możesz co najwyżej wypić za moje zdrowie.

Tomasz spojrzał zdziwiony na mężczyznę z obandażowaną głową leżącego na prostym metalowym łóżku.

— To twój znajomy? — spytał Nelson z nadzieją. — Może wiesz, czy jego polisa ubezpieczeniowa obejmuje leczenie kaca po przedawkowaniu mojito?

Kuba pochylił się nad leżącym mężczyzną i przybił z nim piątkę.

— To nasz znajomy Amerykanin. Al-Mall czy też Alex... Nie pamiętam, jak woli, żeby do niego mówić — uśmiechnął się Tomasz. — Wcale bym się nie zdziwił, gdyby nie miał żadnego ubezpieczenia. Lepiej od razu zabierz mu portfel.

— Tata go reanimował na ulicy w Arushy, a potem spotkaliśmy go w Dar es-Salaam, jak szarżował na motocyklu — opowiadał z podziwem Kuba.

— Nieźle się bawisz, człowieku. Ile ty masz w ogóle lat? — Nelson wziął kartę pacjenta i wyjął z kieszeni fartucha długopis.

— Sześćdziesiąt dwa, doktorku. I zamierzam, przy dobrych wiatrach, pożeglować jeszcze drugie tyle!

— Jak spotkanie ze znajomą w Stone Town? — zapytał Tomasz, patrząc przez ramię Nelsona na kartę Aleksa.

— Rewelacyjnie, doktorku. Po prostu bomba! Do Mercury'ego przyszła z koleżanką. W sumie miały razem nie więcej niż trzydzieści sześć lat! — Amerykanin zaniósł się tubalnym śmiechem, a Kuba przewrócił z niesmakiem oczami.

— Czułem, że tu pana znajdziemy. Przed bramą stoi motocykl — zmienił temat.

— Jeszcze stoi? — zdziwił się Alex. — Myślałem, że miejscowi złodzieje są bardziej spostrzegawczy. Chyba zostawiłem kluczyki w stacyjce. Zresztą nie wiem. Niewiele pamiętam. Dyskutowałem z jakimś Norwegiem o jego dziewczynie. Wyczesał miejscowy towar... jeśli wiecie, co mam na myśli. No i chyba byłem, jego zdaniem, zbyt mało tolerancyjny, jeśli chodzi o wielorasowe przekładańce...

— Powinien pan odpocząć! — przerwał mu stanowczo Nelson. — Jeszcze jedna doba w szpitalu z pewnością poprawi pana kondycję. A przy okazji i naszą sytuację finansową...

Poprowadził Tomasza i Kubę do dyżurki — nieotynkowanego pokoiku z małym wąskim oknem, biurkiem i dwoma krzesłami. Tomasz otworzył apteczkę wiszącą na ścianie i pokręcił głową.

— Od piętnastu lat nic tu się nie zmieniło. Nadal leczysz wszystkie choroby, jakie zna medycyna, aspiryną, chininą i glukozą.

— Jak widzisz... — Nelson rozłożył bezradnie ręce. —

Tylko to mi dają. Wiem, że Czerwony Krzyż i inne organizacje charytatywne przysyłają do Tanzanii całe statki lekarstw, ale w jakiś tajemniczy sposób leki znikają, zanim dotrą do takich małych szpitalików jak nasz. Chciałbym wierzyć, że trafiają do bardziej potrzebujących.

— To absurd! — prychnął ze złością Tomasz. — Byłem na dziesiątkach sympozjów i zjazdów, na których specjaliści z koncernów farmaceutycznych przedstawiali najlepsze i najbardziej nowoczesne leki na choroby tropikalne. Co roku wychodzi coś nowego, a ty nie masz nawet coartemu, podstawowego leku na malarię?

Nelson się zaśmiał.

— Zapytaj mnie, na ilu byłem zjazdach lekarzy. Ale przecież znasz odpowiedź, bo nigdy się tam nie spotkaliśmy. Dokształcają się i podnoszą kwalifikacje medycy z Europy i Ameryki. To logiczne, bo tylko tam choroby tropikalne można leczyć nowymi drogimi lekami. Nam musi wystarczyć aspiryna... A żeby ją prawidłowo podawać, nie muszę się nigdzie szkolić. Aspiryna i glukoza... To się musi przekładać na sytuację naszej przychodni. Widziałeś... Oprócz kilku miejscowych dzieciaków z malarią leży u nas tylko ten amerykański nosorożec. A i tak dlatego, że gdy go do nas przynieśli po awanturze w barze U Chola, był nieprzytomny. Każdy turysta z katarem czy złamaną ręką, nie wspominając o poważniejszych wypadkach przy nurkowaniu, widząc, co tu mamy, wzywa ambulans i jedzie do Stone Town. My leczymy tylko biedaków.

— Przydałby wam się menedżer, który mógłby załatwić jakieś leki i trochę tu ogarnął... — Tomasz znaczącym spojrzeniem omiótł lepiące się od brudu ściany. — Nie chciałbym ci sprawiać przykrości, ale naprawdę to wygląda tragicznie.

Lekarz klepnął w plecy Kubę.

— No, wielkoludzie! Chcesz zobaczyć zdjęcia? Mam gdzieś tu w albumie fotografie twoich rodziców, a nawet chyba kilka ujęć z tobą, gdy byłeś naprawdę mały.

Chłopcu zaświeciły się oczy.

— Zobaczę mamę? Naprawdę?

— Oczywiście! Chodź ze mną.

Zaprowadził Kubę do sąsiedniego pomieszczenia i posadził na plastikowym krześle. Z półki zdjął wielką księgę i otworzył na stronie zaznaczonej kawałkiem starej gazety.

— Wiedziałem, że przyjdziesz, więc się wcześniej przygotowałem. Tu, na kilku stronach, są zdjęcia z tamtych czasów. Tatę chyba poznasz. A to jest twoja mama... — Wskazał palcem filigranową uśmiechniętą brunetkę, przyciskającą do piersi gołego niemowlaka. W tle widać było zarysy budynku przychodni.

— Zostań tu chwilkę, a ja wrócę do twojego taty, dobrze?

— Oczywiście — zapewnił Kuba i pochylił się nad zdjęciami. Serce biło mu tak szybko, jakby przebiegł maraton. Wpatrywał się w pożółkłą fotografię, chcąc zapamiętać każdy najdrobniejszy szczegół. A więc tak wyglądasz — pomyślał. — Jesteś śliczna, mamo.

Nelson zamknął za sobą drzwi. Stanął przed Tomaszem i złożył ręce jak do modlitwy.

— Nie chciałem, żeby chłopak to słyszał, ale muszę powiedzieć ci coś ważnego. Powiem to krótko: mam AIDS. Wiem o tym od trzech lat. Błędy wieku średniego...

Tomasz chciał mu przerwać, ale Nelson powstrzymał go gestem.

— Musisz pozwolić mi dokończyć! Moja choroba, *insz Allah*, rozwija się powoli, ale jak sam widzisz, nie mam tu czym się leczyć. Próbowałem już wszystkiego, co oferuje nasza medycyna ludowa. Nacierałem się krwią białej jaszczurki, myślałem też o najpotężniejszym lekarstwie, jakie jest tu znane — stosunku z dziewicą. Nie! Błagam, nie przerywaj mi! Do tego na szczęście nie doszło, ale chcę, żebyś zrozumiał moją desperację. Pojawiła się pewna szansa. Moi krewni z Dar es-Salaam zebrali pieniądze na kurację w Niemczech. Jest tam taka klinika uniwersytecka w Würzburgu, gdzie mogliby mnie przyjąć. Ale musiałbym na kilka miesięcy stąd wyjechać. A nie mogę, bo jestem jedynym lekarzem. Rozumiesz?

— Rozumiem. Ale to niemożliwe. — Tomasz usiadł na drewnianym taborecie i złapał się za głowę. — Nelson, co ty zrobiłeś?! Jak ty, lekarz... Po prostu nie wierzę! Jak mogłeś w ogóle rozważać te idiotyczne zabobony?! Stosunek z dziewicą? Gdy masz AIDS? I jeszcze chcesz, żebym cię zastąpił?

— Wiem, że to zrobisz. Śniłeś mi się...

— Sny! Popobawa! Wiedźmy, które zmartwychwstają! Bzdury! O czym ty w ogóle mówisz?!

— Tom, jesteś tutaj potrzebny. Pół roku! A potem, jeśli będziesz chciał, wracaj do swojego bogatego szpitala z półkami uginającymi się od leków. Wierzę, że tutaj przez ten czas możesz osiągnąć o wiele więcej niż ja. Postawisz tę przychodnię na nogi. To więcej niż pewne. Bóg mi cię zsyła. Jesteś biały...

— A jakie to ma znaczenie?

— Ma. Zobaczysz. Turyści, widząc takiego lekarza, nie będą uciekali z krzykiem. Zaczną się u nas leczyć. Zostawią trochę pieniędzy. Będziesz miał za co sprowadzić nowoczesne leki ze Stone Town, a może nawet z Dar es-Salaam.

Tomasz pokręcił głową.

— Słuchaj, nie chcę cię rozczarować, choć widzę, że wszystko już sobie dokładnie zaplanowałeś. Ale zrozum! Nie mogę tu zostać. Chodzi o Ewę. Ostatnio mieliśmy kiepski okres. Właściwie prawie się rozstaliśmy. Teraz jakimś cudem udało się to posklejać. A to, co mi proponujesz, oznaczałoby po prostu ni mniej, ni więcej, tylko koniec mojego małżeństwa. Ona nigdy nie zgodzi się na to, by zamieszkać tu ze mną. Ma pracę w Warszawie i złe wspomnienia związane z moim wyjazdem do Afryki kilkanaście lat temu.

— Tom! Pół roku. Możesz mi uratować życie.

— Dlaczego nie poprosisz kogoś innego? Jeśli chcesz, mogę popytać w Polsce. Ktoś się znajdzie. Ja już raz próbowałem związku na odległość. I wiesz, co z tego wynikło...

— Miałem sen i wierzę...

— Przestań!

Nelson chciał dodać coś jeszcze, ale zadzwoniła leżąca na biurku komórka. Odebrał i zastygł, słuchając potoku głośnych nerwowych słów. Tomasz chciał dyskretnie wyjść, by nie stawiać przyjaciela w niezręcznej sytuacji, ale Nelson złapał go mocno za ramię.

— Poczekaj! Dzwoni mój syn. Mówi, że coś się stało Ewie.

Słysząc podniesione głosy z sąsiedniego pomieszczenia, zaniepokojony Kuba otworzył drzwi. Jego ojciec wściekle uderzał pięścią w drewniane biurko.

— Jak to? Autobus, który miał dowieźć kolejną grupę turystów, a ich zabrać z powrotem, wyjechał z Nungwi dwie godziny temu i nie dojechał na miejsce!? Co to znaczy „straciła przytomność"? Ma gorączkę?

Nelson nawet nie próbował go uspokoić.

— Nie wiem, co się stało. Zaraz wezwiemy ambulans ze Stone Town, ale kiedy tam dojadą, Bóg raczy wiedzieć.

— Muszę tam natychmiast pojechać. Gdzie to jest?

— Na farmie Mkokotoni. Blisko.

— Wiem. Byłem tam. Załatw mi samochód!

Nelson spojrzał na niego z rozpaczą.

— Nie mam. I nie sądzę, żebyś o tej porze coś znalazł.

— Tato! — Kuba starał się zwrócić uwagę ojca.

— Nie teraz! Widzisz, co się dzieje. Ewa straciła przytomność. Jest pół godziny stąd, a ja nie mogę jej pomóc! — Tomasz ukrył twarz w dłoniach. — Nie! — jęknął. — To jakieś przekleństwo. Znów to się dzieje. To niemożliwe...

— Tato. Chodź! Chyba wiem, co zrobić.

Tomasz wybiegł za synem przed przychodnię. Kuba podbiegł do zaparkowanego przed bramą motocykla, wskoczył na owinięte taśmą klejącą siodełko i zapalił silnik.

— Skąd... — zaczął Tomasz, ale Kuba niecierpliwym gestem ponaglił go, by zajął miejsce za nim.

— No, wsiadaj! Nie bój się. Umiem tym jeździć. Nauczył mnie taki kolega mamy... Zresztą nieważne. Chyba się spieszymy, nie?

Tomasz nie zadawał już więcej pytań. Gdy tylko zajął miejsce, motocykl skoczył do przodu, a Tomasz musiał się kurczowo złapać Kuby, by nie spaść na piaszczystą drogę.

Przemknęli przez senną, zastygłą w południowym upale wioskę i z rykiem silnika wyjechali na asfaltową drogę wiodącą na południe, w stronę Stone Town. Motocykl pędził na pełnych obrotach, płosząc ptaki w koronach palm i pasące się na poboczu garbate krowy. Kuba pochylił się nad kierownicą, nie tyle, żeby zmniejszyć opór powietrza, ile by schować się za ubrudzoną szczątkami owadów pleksiglasową szybą. Dużo by dał, żeby mieć teraz choćby gogle i porządne buty. Zmienianie biegów w cienkich tenisówkach było dość bolesne. Po kilkunastu minutach szaleńczej jazdy Tomasz, przekrzykując świst wiatru, kazał skręcić Kubie w boczną szutrową drogę. Musieli zwolnić, a motocykl podskakiwał na dziurach i niebezpiecznie ślizgał się na błotnistych zakrętach. W pewnym momencie zobaczyli na drodze dwie beczki po oleju. Obok, na poboczu, stał autokar. Gdy podjechali bliżej, przed prowizoryczną blokadę wyszedł żołnierz i dał im znak, by stanęli.

— Zatrzymaj się — powiedział Tomasz. — Postaram się szybko to załatwić.

— Wyłącz silnik i zejdźcie z motoru! — krzyknął żołnierz i machnął groźnie karabinem.

— Poczekaj. Nie wyłączaj silnika. — Tomasz powstrzymał syna, który już sięgał do stacyjki.

Kuba opuścił jedną nogę na ziemię, ale zamiast wyłączyć silnik, dyskretnie wcisnął sprzęgło i wrzucił pierwszy bieg.

— Proszę nas puścić. Jestem lekarzem. Na farmie, dwa kilometry stąd, zdarzył się wypadek. Muszę tam jak najszybciej dotrzeć — powiedział Tomasz ostro, najpierw po angielsku, a potem w suahili.

— Natychmiast wyłącz silnik! — powtórzył żołnierz.

Kuba spojrzał uważniej na autokar. Turyści siedzieli w środku i dawali mu jakieś rozpaczliwe znaki. W krzakach koło stojącego na poboczu samochodu słońce odbiło błysk stali. Zmrużył oczy i zobaczył kilku mężczyzn z maczetami. Nie czekał dłużej.

— Tato. Trzymaj się! — zdążył krzyknąć, nim wcisnął gaz i gwałtownie puścił sprzęgło. Motocykl poderwał przednie koło i z rykiem silnika ruszył w stronę uzbrojonego mężczyzny. Na szczęście żołnierz nie miał zamiaru konfrontować się z wyjącym jak startujący odrzutowiec motorem. Odskoczył, upuszczając karabin, a Kuba przejechał pomiędzy dwiema beczkami na tylnym kole. Gdy tylko przednia opona złapała grunt, wrzucił wyższy bieg i przyspieszył, zostawiając za sobą chmurę dymu. Nie zwolnił, aż zobaczył przed sobą otwartą bramę farmy. Dopiero teraz zredukował bieg i obejrzał się, czy nikt za nimi nie jedzie.

— *Bwana Tom*! Tutaj!

Syn Nelsona, Ambras, machał do nich spod sękatego kakaowca. Wokół stał wianuszek starszych kobiet.

Tomasz zeskoczył z siodełka i podbiegł do Ewy leżącej nieruchomo na intensywnie zielonej trawie. Kuba padł obok na kolana i z rozpaczą potrząsał bezwładną Ewą.

— Mamo! Obudź się! Proszę...

ROZDZIAŁ XLIII

Ciemność poszarzała, a potem przemieniła się w biel sufitu. Ewa odetchnęła głębiej i czekając, aż wzrok odzyska ostrość, wsłuchiwała się w dźwięki dochodzące zza muślinowej moskitiery. Rozróżniała bzyczenie owadów, wesołe okrzyki dzieci grających w piłkę pod małym, pozbawionym szyb oknem, i odgłos kroków na pokrytej linoleum podłodze. Kroki się zbliżały. Ktoś odgarnął muślinową zasłonę i zobaczyła nad sobą znajomą postać w białym fartuchu.

— To ty?

— Bogu dzięki. Już się zaczynałem poważnie martwić. — Tomasz uśmiechnął się, dotknął jej przegubu i zbadał puls.

— Co się stało? Gdzie jesteśmy?

— To szpital Mnazi Mmoja w Stone Town. Bardzo przyzwoite miejsce. Nie musisz się niczego obawiać. Zresztą jesteś tu od dwóch dni i zdążyliśmy zrobić wszystkie konieczne badania. Napędziłaś mi niezłego stracha.

— Źle się poczułam na tej farmie z przyprawami. Pewnie za dużo ostrych zapachów i słońca.

— Szczerze mówiąc, bałem się, że to malaria. Niezbyt poważnie podeszłaś do problemu profilaktyki...

Ewa pogłaskała go po ręce.

— Przepraszam... Sprawiam ci tylko kłopoty. Ale obiecuję, że się poprawię. Nie gniewaj się na mnie.

— Drobiazg! — Tomasz się uśmiechnął. — To nie twoja wina. Nie zemdlałaś przecież tylko po to, żeby mnie zmartwić. Nałożyło się kilka rzeczy. To nie takie proste... — Zawahał się na sekundę, po czym odsunął skrawek wykrochmalonego prześcieradła i przysiadł na łóżku. — Musisz wiedzieć, że nie było łatwo do ciebie dojechać. Jacyś bandyci, a może partyzanci... nigdy się tego nie dowiemy, zatarasowali drogę i porwali autokar, który miał was zabrać z farmy. Musieliśmy wezwać na pomoc wojsko. Dojechaliśmy jakoś do ciebie z Kubą na motorze.

— Poczekaj... Nic nie rozumiem. Jechałeś z dzieckiem na motorze? Partyzanci? O czym ty mówisz?

Tomasz westchnął.

— Uprzedzałem, że to nie jest proste. A motocykl prowadził Kuba. Ja byłem tylko pasażerem. Nie wspomniałaś mi, że twój przyjaciel nauczył go jeździć. Zresztą zrobił to doskonale...

Ewa z trudem usiadła na łóżku. Tomasz pomógł jej podłożyć pod plecy poduszkę i podał obity porcelanowy kubek, do którego nalał wody z plastikowej butelki.

— Muszę ci coś powiedzieć. Przypomina mi się coraz więcej rzeczy. Zanim zemdlałam, rozmawiałam z kimś przez telefon. Tam, w Polsce, dzieją się jakieś okropne rzeczy. W gazetach oskarżyli cię o...

— Wiem — przerwał jej Tomasz i machnął lekceważąco ręką. — Już słyszałem. Dostałem e-maila od ordynatora z mojego szpitala. Pozwoliłem sobie też skorzystać z twojej komórki i zadzwoniłem do paru osób. Paskudnie to wygląda, ale nie martw się, jakoś damy sobie z tym radę. Teraz musisz przede wszystkim odpoczywać i jak najszybciej dojść do siebie. Nie ma sensu, żebyś stresowała się tym, co napisała jakaś bulwarówka. Przecież sama mnie uczyłaś, że „dzisiejsze gazety wyścielą jutrzejsze kosze".

— Łatwo ci mówić... Martwię się. Co będzie, gdy wrócimy do kraju? Nie chcę nawet myśleć, co się z nami stanie. Może lepiej nie wracać...

Kuba uśmiechnął się i pocałował ją w rękę.

— Będzie dobrze. Przebukowałem ci bilet na jutro. Wrócisz z Kubą. On ci pomoże z bagażami. To naprawdę duży chłopak i możesz mu zaufać.

— A co z tobą? Ty nie wracasz? — Ewa poderwała się z poduszek. — Nie zgadzam się. Teraz musimy być razem! Na dobre i na złe! Na zawsze!

Tomasz pokręcił głową.

— Niestety, to raczej niemożliwe. Ja muszę zostać tutaj. A ty i dziecko powinniście wrócić do Polski.

— Dziecko? Mówiłeś przed chwilą, że to duży chłopak... Spokojnie moglibyśmy zostać tu razem jeszcze tydzień, zanim się to wszystko uspokoi.

Tomasz uśmiechnął się do niej smutno.

— Kuba powinien zgodnie z planem wrócić do szkoły. Ale mówiąc „dziecko", nie miałem na myśli mojego syna. Zapewne tylko przez nieuwagę zapomniałaś mi powiedzieć, że jesteś w piątym tygodniu ciąży?

— Ja? W ciąży? O czym ty... — Ewa urwała i spojrzała na Tomasza z rozpaczą.

— Nie wiem, czy powinienem składać gratulacje... Na wszelki wypadek, uprzedzając twoje pytanie, chciałbym cię zapewnić, że zrobiono ci tutaj dość szczegółowe badania i wszystko jest w jak najlepszym porządku. Dziecko rozwija się prawidłowo. Jak mówią miejscowi: *mtoto nzuri*... Ginekolog radzi jednak, żebyś jak najszybciej wróciła do Polski. Jak zauważyłaś, nie reagujesz najlepiej na tutejszy klimat.

Ewa ukryła twarz w dłoniach.

— Nienawidzisz mnie, prawda?

— Skądże znowu! Po prostu zaczynam rozumieć, dlaczego nam się nie udało.

— Nie planowałam tego...

— Nie musisz się z niczego tłumaczyć. Może tak miało być? A tak przy okazji... Rozmawiałem z Marcinem. Sympatyczny facet. Raczej się nie zaprzyjaźnimy, ale nie będziemy też do siebie strzelali. No i jest idolem Kuby... — Tomasz pokręcił ze zdziwieniem głową. — Ale się porobiło.

Opadła bez sił na poduszki i zamknęła oczy. Tomasz z wahaniem pogłaskał jej rozrzucone na poduszce włosy.

— Widać za mało cię kochałem.

— Dlaczego wszystko jest według ciebie stracone? — zapytała Ewa, nie otwierając oczu. Spod zaciśniętych powiek spływały łzy.

— Nie rozumiesz? Przecież to proste. Masz dziecko z innym. On kocha ciebie, a ty jego. Rozwiedziemy się, wyjdziesz za niego i będziecie żyli długo i szczęśliwie. Jak w bajce.

— Ty też miałeś dziecko z inną, a pozwoliłam ci wrócić.

Wychowałam Kubę, jakby był moim rodzonym synem. Ciebie nie stać na taki gest? Myślałam, że mnie kochasz. Przez dłuższą chwilę oboje milczeli. Wreszcie ciszę przerwał Tomasz:

— Jestem ci ogromnie wdzięczny i do końca życia będę pamiętał twój wielkoduszny gest. Kuba kocha cię jak matkę, a najlepszym dowodem na to jest fakt, że mając wybór, woli wrócić do Warszawy i zamieszkać z tobą i z Marcinem niż zostać ze mną.

— Możemy wrócić razem. Ja, Kuba i ty. We trójkę. I możemy spróbować jeszcze raz.

— Nie, Ewa. To zły pomysł.

— Dlaczego? Nie zasługuję na jeszcze jedną szansę?

Tomasz nalał sobie wody i wypił cały kubek jednym haustem.

— Zasługujesz na to, by mieć normalną kochającą rodzinę. Nam się nie udało. Kochałem cię, ale nie potrafiłem zapomnieć o Basi. Nie powinienem do ciebie wracać, dopóki nie uporałem się z tamtą miłością. Zrozumiałem to już dawno, ale nie miałem odwagi...

— Zostawiasz mnie tylko dlatego, że zakochał się we mnie ktoś inny? Korzystasz z okazji, bo wiesz, że nie będę sama? — Ewa otworzyła oczy i spojrzała na niego z bezsilną złością. — Brakowało ci odwagi, żeby mi powiedzieć, że już mnie nie kochasz?

Tomasz rozłożył bezradnie ręce.

— Nie zostaniesz sama. I to jest dla mnie najważniejsze.

— Jesteś tchórzem!

— Skoro tak uważasz... Jeśli będzie ci łatwiej, gdy zrzucisz całą winę na mnie, to śmiało! Nie krępuj się.

Ewa odwróciła się do niego plecami.

— Naprawdę uważasz piętnaście lat, które spędziłam u twojego boku, za stracone i niewarte nawet tego, by o mnie choć trochę powalczyć?

Tomasz wstał i podszedł do drzwi.

— Z kim mam walczyć? Z facetem, którego kochasz tak bardzo, że zachodzisz w ciążę, choć nam się to nie udało przez tyle lat?

— Nigdy ci na mnie nie zależało. Taka jest prawda. Wróciłeś do mnie, bo tak ci było wygodnie.

Tomasz, który już miał wyjść, zatrzymał się, po czym odwrócił gwałtownie do Ewy. Skuliła się na łóżku.

— Czyżby?! — podniósł głos, a twarz wykrzywił mu ironiczny grymas. — Wierzysz w to, że było mi wygodnie nie zauważać twoich „fascynacji"? Myślisz, że jestem ślepy? Przecież nawet się specjalnie nie kryłaś.

— Przeglądałeś moją komórkę? — Ewa ściągnęła brwi. — Jak mogłeś...

— A co, miałem czekać, aż sama mi powiesz?

— I czego się dowiedziałeś, detektywie od siedmiu boleści?

Tomasz potarł z roztargnieniem brodę.

— Wiesz co, to nie ma sensu. Mógłbym ci wyrecytować kilkanaście, jeśli nie kilkadziesiąt pikantnych SMS-ów z ostatnich dwóch miesięcy albo zapytać cię, co robiłaś na świątecznej zabawie w pracy w połowie grudnia. Tylko po co? Żeby udowodnić, że to ty mnie zdradziłaś? Przecież wiem, co odpowiesz.

— Że ty zraniłeś mnie pierwszy.

— Właśnie. Dlatego oszczędźmy sobie żenującej pyskówki i rozstańmy się jak ludzie zwyczajnie i po ludzku.

— To zabawne... — prychnęła Ewa — że mówisz to w tym miejscu...

Zza okna dobiegało melodyjne wezwanie muezina do południowej modlitwy. Upał stawał się coraz gęstszy. Tomasz otarł z czoła pot i szerzej otworzył okno.

— To już koniec, Ewa. Dziękuję ci za te piętnaście lat, ale pora, by każde z nas poszło swoją drogą.

— Gdybyś mnie naprawdę kochał, nie pozwoliłbyś mi odejść.

— Mam nadzieję, że będziesz szczęśliwa.

Tomasz wyszedł. Ewa opadła na łóżko i podciągnęła kolana pod brodę. Leżała z mocno zaciśniętymi powiekami i modliła się żarliwie, żeby to był tylko sen.

EPILOG

Warszawa, 14 czerwca 2008 roku

— Co ty tu jeszcze robisz! Za piętnaście minut masz być na dole!

Sandra była naprawdę wkurzona. Nie dość, że najlepsza przyjaciółka już drugi raz wychodzi za mąż, a ona wciąż nie może wyjść z facetami poza fazę powłóczystych spojrzeń, to jeszcze sukienka typu „beza" w kolorze majtkowego różu, którą dziś ma na sobie, zamiast dodać jej uroku i seksapilu, prowokuje jedynie do drwin.

— *Sorry*, że ci to mówię, ale wolałam cię w dżinsach i podkoszulku — powiedziała Ewa, patrząc na nią krytycznie.

Przyjaciółka zatrzepotała rzęsami, udając zdziwienie.

— Nie podoba ci się? Przecież sama wybierałaś stroje dla druhen. Uparłaś się na kolekcję „W romantycznym buduarze".

— Wiem. Ale teraz zmieniłam zdanie.

— Za późno. Na szczęście to nie ja dziś jestem królową balu. Nikt nawet na mnie nie spojrzy.

Ewa oparła głowę o framugę okna. Zza firanki widziała ustawione na trawniku składane krzesełka przystrojone białymi kwiatami. Obok, na drewnianym podeście, kwartet smyczkowy stroił instrumenty. Tuż przy starannie przystrzyżonym żywopłocie ustawiono pergolę z purpurowymi różami — to pod tym stylowym baldachimem z kwiatów miała za chwilę wziąć ślub.

— Nie myśl tyle.

Sandra objęła ją, starając się nie ubrudzić szminką białej sukni Ewy ani welonu przyszpilonego do włosów upiętych w fantazyjny kok.

— Nie myśl. Nie martw się. Zobacz lepiej, ilu ludzi przyszło.

Rzeczywiście. Między rzędami krzeseł kręciło się prawie pięćdziesiąt osób. W większości dziennikarzy „Świata Aut" i „Kobiety Modnej", ale przyszło też kilka koleżanek Ewy, z którymi znała się jeszcze z liceum. Zaledwie godzinę temu dojechali też na miejsce jej rodzice.

— Zaprosiłaś naczelnego? — zainteresowała się Sandra. — Z naszej redakcji są prawie wszyscy oprócz niego.

— Osobiście wręczyłam mu zaproszenie. Ale wiesz, jaki on jest... Powiedział, że chodzi wyłącznie na własne śluby, a i to niechętnie. Znacznie bardziej lubi rozwody. Podejrzewam, że gdyby nie podniecała go perspektywa bliskiego rozwodu, nigdy nie wziąłby żadnego ze swoich czterech ślubów.

— To twoja mama? — zapytała Sandra, pokazując dystyngowaną szatynkę w wielkim kapeluszu.

Zrezygnowana Ewa skinęła głową.

— Tylko ich mi tu jeszcze brakowało...

Rodzice, odkąd przeszli na emeryturę, coraz więcej czasu spędzali w domku letniskowym w Nartach. Kilka lat temu podjęli decyzję, by sprzedać mieszkanie na Żoliborzu i przenieść się na stałe na ukochane Mazury. Ewa miała do nich żal, że zajęci sobą i swoimi sprawami prawie o niej zapomnieli. Dzwonili kilka razy do roku przy okazji świąt i urodzin. Tylko raz zaproponowali, by Kuba przyjechał do nich na wakacje. W jednej z nielicznych szczerych rozmów mama wyjaśniła jej, że nie pałają sympatią do Tomasza. Zawiedli się na zięciu. Myśleli, że dobrze sytuowany lekarz będzie skarbem w rodzinie. Ale Tomasz nie przepadał za rodzinnymi imprezami. Nigdy nie pojawiał się na wspólnych wigiliach i sylwestrach, wymawiając się rozkładem dyżurów. Nie bez znaczenia było też to, że Ewa między wierszami przyznała, iż nie są razem szczęśliwi. Dlatego rozpad jej małżeństwa w ogóle ich nie zmartwił, a Marcina polubili i zaakceptowali od razu.

— Ten facet to skarb — westchnęła Sandra. — Nie spieprz tego.

— O kim mówisz?

— Nie wygłupiaj się. Mówię o tamtym przystojniaku — wycelowała palec w Marcina, który rozmawiał z tatą Ewy. Obok nich przestępował z nogi na nogę Kuba. Nowe buty ewidentnie go uwierały.

— To wszystko wydarzyło się zdecydowanie za szybko — powiedziała Ewa, odwracając się od okna. — Sama nie wiem... Chyba źle zrobiłam, decydując się na ten ekspresowy ślub.

— A na co chciałabyś czekać? Aż się zestarzejesz?

— Może powinnam poczekać choćby na urodzenie dzieciaka? — Wskazała swój zaokrąglony brzuch. — Ledwo wbiłam się w tę kieckę.

— Absolutnie się z tobą nie zgadzam! — zaprotestowała Sandra. — Panna młoda w ciąży to element naszej narodowej tradycji. Nie wyobrażam sobie, żeby mogło być inaczej. Ślub bez dziecka w drodze przynosi pecha. Przypomnij sobie swoje pierwsze wesele...

— To miłe, co mówisz, ale nie musisz mnie pocieszać.

Ewa usiadła na taborecie, starając się nie pognieść sukienki, i ukryła twarz w dłoniach.

— Ani mi się waż płakać! — ostrzegawczo krzyknęła Sandra. — Ten cholerny makijaż robiłam ci pół godziny!

Ale Ewa nie mogła powstrzymać łez. Od powrotu z Afryki nie miała tak naprawdę czasu, by sobie to wszystko poukładać. Najpierw był potworny, obezwładniający stres. Co powie Marcin? Rodzice? Znajomi? Jak ułożą się stosunki w pracy? Przecież tak dużo rzeczy nagle musi się zmienić... Na szczęście zarówno Marcin, jak i Tomasz stanęli na wysokości zadania. Marcin zaopiekował się nią i nigdy nie miał żalu o jej wahania i rozterki. Tomasz nie robił problemów. Zgodził się na rozwód bez orzekania o winie, choć, jak złośliwie zauważyła sędzina rozwiązująca ich małżeński kontrakt, „wina jest widoczna gołym okiem". Dzięki znajomościom naczelnego (Stary jest przecież ekspertem w dziedzinie rozwodów), udało się poprowadzić ich sprawę szybką ścieżką i po trzech miesiącach Ewa znów była kobietą stanu wolnego. Nie zamierzała jednak długo się tym cieszyć. Już od wczesnej wiosny każdą wolną chwilę poświęcała na przygotowania do perfekcyjnego wesela. W parku Skaryszewskim znalazła restaurację z pięknym ogrodem schodzącym aż do tafli malowniczego jeziorka. Urzędnik z pobliskiego Urzędu Stanu Cywilnego na Kamionku zgodził się udzielić im ślubu w plenerze. Kwartet smyczkowy polecony przez bliskiego przyjaciela Konstantego — znanego krytyka muzycznego — miał akurat wolny termin. Wszystko układało się tak, jak to sobie zaplanowała. Aż nadszedł ten dzień. A Ewę w najmniej odpowiednim momencie opadły czarne myśli.

— Co jest grane? — Konstanty wetknął głowę do pokoju. Jednym spojrzeniem ogarnął zapłakaną Ewę i przerażoną Sandrę. Gwizdnął pod nosem i zaklął.

— Mamy spadek formy — wytłumaczyła oględnie Sandra, przewracając oczami.

— Poproszę muzyków, żeby zaczęli już grać i zaraz do was wracam — sapnął Konstanty. — Nigdzie się nie rozchodźcie!

Ewa wzięła z rąk Sandry papierową chusteczkę i głośno wytarła nos.

— Spieprzyłam sprawę.

— Ale konkretnie o co chodzi?

— Chyba nie jestem jeszcze gotowa na drugie małżeństwo.

Sandra pokiwała głową i podała jej drugą chusteczkę. Zza okna dobiegały pierwsze takty *Eine kleine Nachtmusik*. Pozytywna skoczna melodia podszyta delikatną nostalgią powinna ukoić nerwy. I rzeczywiście, Ewa na moment przestała płakać.

— Nie powinno się wpadać z jednego małżeństwa w drugie. Sama pisałam o tym kiedyś artykuł. Powinnam zrobić sobie jakąś przerwę, wyciszyć się, zapisać na kurs jogi, zmienić podejście do życia. W przeciwnym razie w drugim związku będę tylko powielała błędy z pierwszego... — Ewa mówiła coraz szybciej, nie zwracając uwagi na to, że Sandra słucha jej dość nieuważnie, starając się równocześnie poprawić jej makijaż. — ...A najgorsze, co może być, to przeniesienie problemów i konfliktów na kolejną osobę. Podświadomie będę obarczała Marcina wszystkimi winami Tomka. Albo, co gorsza, będę ich nieustannie porównywała. Znienawidzi mnie, gdy po raz setny powiem: Tomasz w tej sytuacji zachowałby się inaczej. Tomasz powiedziałby to i to. Tomasz lubił pierogi z mięsem, a nie ruskie...

— Hej! — przerwała jej Sandra. — Skoro to wszystko wiesz, to chyba nie ma problemu. Nie możesz uniknąć tylko tych rzeczy, o których nie masz pojęcia. A ty przecież jesteś mądralą.

Ewa pokręciła energicznie głową, aż zaszeleścił welon.

— Tylko kilka miesięcy, a może i lat w samotności sprawiłoby, że zapomniałabym o Tomku i zaczęła nowe życie. Nie da się o tak!... — pstryknęła palcami — ...odwrócić kartki i zacząć kolejny rozdział.

— Kilka lat? — zastanowiła się Sandra. — Świetny pomysł. A co z dzieckiem?

— O Boże! — jęknęła Ewa. — Musisz mi to znów wypominać? Zupełnie jakbyś się cieszyła, że jestem stara, brzydka i w ciąży...

Drzwi do pokoju otworzyły się z impetem i wpadł Marcin.

— Mówiłem ci, że wszystko załatwię — usłyszeli głos zasapanego Konstantego, który gonił go po schodach. — Nie musisz...

— Właśnie że muszę! — zaprotestował Marcin. — Muszę zabrać stąd moją piękną żonę!

— Wcale nie jestem piękna. Jestem gruba! — jęknęła Ewa.

— Makijaż! — syknęła ostrzegawczo Sandra. — Nie rycz, bo mi się puder kończy.

— Powiedziałem coś nie tak? — zapytał niepewnie Marcin. — Na dole już wszyscy czekają, a urzędnik zaczyna się pieklić.

— Pięć minut! — rzuciła Sandra. — Obiecuję, że za pięć minut Ewa kwitnąca i uśmiechnięta zejdzie na dół i powie ci „tak". A jeśli będzie się opierała i wybrzydzała, to chętnie ją zastąpię.

— Nic z tego nie rozumiem... — Marcin pokręcił głową. — Jeszcze godzinę temu wszystko było dobrze. Co mogę zrobić?

— Zostań gejem! — Konstanty wesoło klepnął go w plecy i sprawnym ruchem skierował w stronę wyjścia. — Wyzwania stojące przed współczesnymi heteroseksualnymi mężczyznami przerastają większość populacji.

— Hej! — Sandra pogroziła mu palcem. — Tylko nie wciskaj nam tu tej swojej nachalnej promocji homoseksualizmu. Przez takich jak ty coraz trudniej znaleźć fajnego, inteligentnego, wolnego faceta. Teraz każdy albo jest brudny, albo żonaty, albo gej...

— Ale kiedy to prawda! — oburzył się Konstanty. — Zobacz tylko, do czego doprowadziła tak zwana prasa kobieca. Normalni, jak się raczyłaś wyrazić, faceci wyginęli. Nikt już nie zachwyca się tym, że mężczyzna przewija niemowlę i karmi je butelką. Wręcz napiętnowani są ci, którzy tego nie potrafią. Kiedyś po dniu pracy ojciec przychodził do domu, zjadał obiad i siadał z papierosem w fotelu, żeby poczytać w spokoju gazetę. Żona, nie dość, że podsuwała mu pod nos żarcie, to jeszcze uciszała dzieci, żeby nie zakłócały staremu spokoju. Czasem tylko, używając wszystkich swoich psychologicznych sztuczek, prosiła go, by naprawił kran czy wkręcił żarówkę. To wszystko. A dziś? — Konstanty dramatycznie zawiesił głos. — Dziś facet rano zawozi dzieci do szkoły, potem gna do roboty, wraca, a tu czeka go zrobienie obiadu i zmywanie, a potem odrabianie lekcji i poważne rozmowy, bo małolat zaczął palić trawkę albo aresztowali mu w szkole telefon komórkowy. Na koniec żona obrzuci go stekiem wyzwisk i bez ogródek stwierdzi, że nie jest mężczyzną, bo nie zauważył, że kran kapie. A przecież facet powinien dostrzec kapiący kran, gdy wyciągał kosz ze śmieciami. To już lepiej zostać gejem...

— A gdzie w tym wszystkim jest miłość? — zapytała Ewa.

— Typowe babskie mazgajstwo. — Konstanty wzruszył ramionami. — Miłość... Też wymyśliła. Zapytaj lepiej, gdzie w tym wszystkim jest seks? Na pewno nie w domu, w którym facet musi zmieniać pieluszki, a potem przepytywać dziecko z budowy pantofelka, a na koniec walczyć z kapiącym kranem. Zanim on to wszystko zrobi, to żona dawno zaśnie przed telewizorem, okutana w bezkształtny dres. Co innego w domu, w którym partnerską miłością darzą się...

— Och, zamknij się! — prychnęła Sandra. — Idź już lepiej i zajmij się kwartetem. Widziałam, jak się gapiłeś na wiolonczelistę.

— Prześliczny, prawda? — rozpromienił się Konstanty.

Sandra wypchnęła go za drzwi i z westchnieniem ulgi oparła się plecami o framugę.

— Kończmy to wreszcie, bo goście się rozejdą.

Ewa pokręciła głową.

— Czy naprawdę myślisz, że dziecko jest najlepszym fundamentem związku? Przecież Kubę wychowywałam jak rodzonego syna i zobacz, w przypadku mojego małżeństwa z Tomaszem to się nie sprawdziło. Jakie mam gwarancje, że z Marcinem będzie inaczej?

— Nie masz gwarancji. Nigdy! — orzekła Sandra.

— No właśnie...

Ewa podeszła do okna i wyjrzała zza firanki.

— O cholera! Goście się już chyba niecierpliwią, a Konstanty awanturuje się z kwartetem...

— No to chodźmy już! — rzuciła pospiesznie Sandra, patrząc na Ewę z nadzieją.

— Ale czy mogę to zrobić Tomkowi? — zawahała się panna młoda. — Wiem, że jesteśmy już po rozwodzie, ale tak szybki ślub jest chyba niestosowny.

Sandra gniewnie prychnęła.

— Już to przerabialiśmy!

— Był jaki był, ale był... Nie mogę powiedzieć, że zmarnowałam te piętnaście lat, prawda?

— Nie walczył o ciebie ani minuty. Taki facet to nie facet! Po prostu się odsunął i powiedział: „droga wolna". Naprawdę żałujesz kogoś, kto wyżej ceni jakieś mgliste wspomnienia od kobiety, z którą przez półtorej dekady śpi w jednym łóżku? Piętnaście lat seksu z taką seksbombą! Powinien walczyć o ciebie do upadłego. Jeśli tego nie zrobił, to znaczy, że nie był ciebie wart. Chodźmy już!

Ewa uśmiechnęła się i chciała coś odpowiedzieć, ale przerwało jej natarczywe pukanie.

— Ożeż k... — zaczęła Sandra, ale umilkła, bo w drzwiach ukazała się głowa Kuby.

— Mamo! Jestem głodny...

Ewa spojrzała na niego zdziwiona.

— Głodny? Tu na dole jest restauracja. Niech ci coś dadzą.

— Ale mamo! Nie chcą mi dać nic przed ślubem. Mogłabyś już zejść. Załatwmy to szybko, bo padnę.

Sandra pokiwała głową.

— Chłopak ma rację. Ja z tych nerwów nic chyba w siebie nie wmuszę, ale jeśli się zaraz nie napiję wina, to eksploduję.

— Nie możemy na to pozwolić... — Ewa odetchnęła głęboko. — I tak widzę, że nie mam tu nic do powiedzenia. Pomożesz mi zejść z tych schodów? — Podała rękę Kubie.

— Sama sobie wybrałaś te buty — zauważyła Sandra.

— Dwudziestocentymetrowe szpile od Christiana Louboutina. Jak spadać, to z wysokich obcasów. To moja najnowsza dewiza.

— Wariatka. Ja się boję nawet na nie popatrzeć, a ty, w ciąży...

Dwie minuty później Ewa, opierając się na ramieniu Kuby, pojawiła się w ogrodzie na końcu ścieżki, która aż do pergoli wysypana była płatkami róż. Skrzypek z kwartetu na widok panny młodej przerwał dyskusję z Konstantym i usiadł za pulpitem. Muzycy spojrzeli po sobie i zaczęli grać marsz weselny. Marcin stał spokojnie przy obrośniętej bluszczem kolumnie i uśmiechał się do Ewy, która ściskając w ręku bukiet z drobnych białych róż, wolno szła w jego stronę. Wciąż kurczowo trzymała się łokcia Kuby. Konstanty i Sandra stanęli przy Marcinie. Już tylko kilka kroków dzieliło Ewę od miejsca ceremonii. Jak przez mgłę widziała zgromadzonych gości, swoich rodziców i rodziców Marcina.

Urzędnika z urzędu stanu cywilnego ze złotym łańcuchem na piersi i starannie przyciętą brodą, która przydawała mu powagi i dostojeństwa, choć miał pewnie nie więcej niż trzydzieści lat...

„To mój ślub — powiedziała do siebie w myślach. — Muszę wziąć się w garść. Dziś jest najpiękniejszy dzień mojego życia". Zachwiała się lekko na wysokich obcasach, ale Kuba trzymał ją w żelaznym uścisku. Spojrzała na niego z wdzięcznością.

— Mamo, nie rób wiochy... Dasz radę?

Ewa puściła dłoń Kuby i wyciągnęła rękę do Marcina. Mrugnęła do niego zalotnie.

— Na co czekamy? Zaczynajmy! — rzucił wesoło urzędnik. — Zebraliśmy się tu...

— Przepraszam — przerwała mu Ewa — jeszcze tylko sekundkę...

Przytuliła się do Marcina.

— Pocałuj mnie — wyszeptała. — Powiedz, że mnie kochasz i nigdy nie opuścisz.

Nie odpowiedział, tylko objął ją mocno i pocałował.

— Nie powiedziałem jeszcze: „Może pan pocałować pannę młodą"! — obruszył się urzędnik.

Ale nikt go nie słuchał.